A DEMANDA DO
SANTO GRAAL
O MANUSCRITO DE HEIDELBERG

copyright   Hedra
edição brasileira©   Hedra 2015
tradução©   Marcus Baccega
edição consultada   Bibliotheca Palatina Germaniae Codex 147
edição   Jorge Sallum e Luis Dolhnikoff
assistência editorial   Luan Maitan
capa   Ronaldo Alves—Tapeçaria de Bayeux Séc. XI–XII
ISBN   978-85-7715-406-7
corpo editorial   Adriano Scatolin,
Caio Gagliardi,
Jorge Sallum,
Luis Dolhnikoff,
Oliver Tolle,
Ricardo Musse,
Ricardo Valle,
Tales Ab'Saber

Grafia atualizada segundo o Acordo Ortográfico da Língua Portuguesa de 1990, em vigor no Brasil desde 2009.

Direitos reservados em língua portuguesa somente para o Brasil

EDITORA HEDRA LTDA.
R. Fradique Coutinho, 1139 (subsolo)
05416–011 São Paulo SP Brasil
Telefone/Fax +55 11 3097 8304

editora@hedra.com.br
www.hedra.com.br

Foi feito o depósito legal.

A DEMANDA DO SANTO GRAAL
O manuscrito de Heidelberg

Marcus Baccega (*organização e tradução*)

1ª edição

hedra

São Paulo_2015

Sumário

A DEMANDA DO SANTO GRAAL ... 7

O despontar ... 11
O escudo branco com a cruz vermelha ... 41
A tentação de Parsifal ... 97
A penitência de Lancelot ... 153
Uma luta de irmãos ... 212
A irmã de Parsifal ... 255
Lancelot em Corbenit ... 317
O Santo Graal ... 337

APÊNDICE ... 361

O Santo Graal, o «Ciclo de Artur» e o mundo moderno ... 363

A demanda do Santo Graal

O despontar

NA NOITE SACRA de Pentecostes, tendo os convivas da Távola Redonda vindo a Camelot e assistido missa, e devendo-se pôr a mesa pois era tempo da refeição do meio-dia, veio, a cavalo, uma donzela ao salão e muito se aprestou, pois seu cavalo por toda parte suava. Desmontou e veio perante o rei, e o saudou. E ele disse que Deus lhe pagasse e que, ante Deus e ele, ela era muito bem-vinda. Ela disse: "Senhor, dizei-me por Deus, Lancelot está aqui?"

"Sim", disse o rei, "vede onde ele está!" E ela sabia qual ele era e foi para onde ele se encontrava e diz: "Lancelot, eu lhe digo da parte do rei Pellis, por quem deveis acompanhar-me àquela floresta". E ele pergunta a quem ela obedece. "Eu obedeço àquele", disse ela, "de quem vos falei" "E por qual razão me convocais para cavalgar convosco?" "Isso logo vereis", disse ela. "Em nome de Deus", disse ele, "pois desejo com prazer seguir convosco". Então disse a um de seus servos que selasse seu corcel e lhe trouxesse suas armas, e aquele cumpriu. E porque o rei e todos os que estavam no palácio viram que ele queria partir, lamentaram e queixaram-se muito a ele na ocasião. E porque viram que ele não desejava permanecer, deixaram-nos cavalgar, e a rainha disse: "Lancelot, deixai-nos, pois, nesta ocasião de festejo?" "Senhora", disse a donzela, "sabei que o tereis de pronto novamente amanhã para a ceia". "Pois, ide", disse ela, "se não retornardes amanhã, isto será contra minha boa vontade". Ele e a donzela levantaram-se, apartaram-se então, sem descanso ou outra companhia, senão a de dois escudeiros que vieram com a donzela. E passaram à frente da cidade de Camelot, e ao passarem à floresta, cavalgaram por ampla vereda bem meia milha até que adentraram um vale.

Lá viram um convento de freiras. E a donzela volveu pelo mesmo caminho tão rápido quanto pôde. E ao vir à porta, bateram-lhe os servos. E se a abriu, e eles desmontaram e entraram. E quando os que lá estavam foram avisados de que Lancelot veio, foram todos a seu encontro e lhe ofertaram grande honraria e o conduziram a uma câmara e o desarmaram. E ao ter sido desarmado, viu em um leito seus dois primos Bohort e Leonel, e isso o maravilhou muito, e os acordou. E quando o viram, abraçaram-no e o beijaram, e nutriram grande alegria por se verem uns aos outros.

"Caro Senhor," falou Bohort a Lancelot, "que aventura vos trouxe cá, Senhor? Esperávamos encontrar-vos em Camelot." E então lhe disse como a donzela o havia para lá trazido e não sabia por quê. E enquanto conversavam, vieram três freiras a ele, que perante ele trouxeram Galaat, o belo garoto. Esse era tão bem feito de membros, que nunca se teria encontrado outro igual sobre a terra. E aquela mulher que o tinha às mãos, chorava alegremente. E ao virem a Lancelot, então disse: "Senhor, eu vos trago nossa criação e toda a alegria que temos e todo o nosso consolo e toda a nossa esperança, para que queirais torná-lo cavaleiro, porque ele vem de homens mais nobres que vós, segundo nos parece. Portanto ele deve receber a ordem da cavalaria". Ele achou o rapaz demasiadamente completo de toda a beleza que nele via, e tanto bem, que lhe agradaria deveras torná-lo cavaleiro. E respondeu às mulheres que cumpriria com imenso gosto o pedido, se o desejassem. "Senhor," disse ela, "assim queremos que aconteça ainda hoje ou amanhã". "Em nome de Deus", disse ele, "quando quiserdes". Lancelot lá pernoitou e fez que o rapaz permanecesse acordado por toda a noite no mosteiro. E, às primas horas da manhã, tornou-o cavaleiro e atou-lhe uma espora por isso, e Bohort uma outra.

E depois Lancelot lhe afivelou sua espada por esta razão, e lhe deu um golpe e disse que Deus o tornaria um nobre, se não lhe faltasse a beleza. E porque nele fez tudo aquilo que se deve fazer a um novo cavaleiro, então disse: "Caro Senhor, não deveis cavalgar comigo para a corte do rei Arthur?" "Senhor," disse ele, "convosco não cavalgarei para lá". Então disse Lancelot à abadessa: "Senhora, é vossa vontade que vosso novo cavaleiro conosco cavalgue para a corte do meu Senhor, o rei Arthur?" "Senhor," disse ela, "ele ainda não deve ir para lá! Portanto assim que soubermos que é o tempo, nós o deveremos enviar para lá". Então se apartaram Lancelot e seus camaradas e cavalgaram tanto que se encontravam em Camelot ao tempo das terças. O rei tinha então ido à missa com grande séquito de altos homens. E os três primos tinham vindo ter à corte, desmontaram e subiram ao salão.

Então se puseram a dizer do garoto que Lancelot havia feito cavaleiro. Então disse Bohort que ele nunca vira algum homem que tanto se parecesse com Lancelot. "E", disse ele, "eu não quero crer em outra coisa senão que seja Galaat, que foi concebido com a bela filha do Rei Pescador, se ele tanto se assemelha à sua linhagem quanto à nossa". "Valha-me Deus", disse Leonel, "nisso quero de bom grado crer, pois ele se parece de toda forma com nosso senhor, Lancelot".

Durante um bom tempo conversaram sobre aquilo, para tentar que Lancelot retirasse qualquer palavra de sua boca. Mas nenhuma palavra disse por conta daquilo que se falou. Então deixaram de falar sobre isso e observaram os assentos à Távola Redonda e encontraram em cada um escrito: "Aqui deve este se sentar, aqui deve aquele se sentar". E assim foram a observar até que chegaram ao grande assento, que era chamado o Assento Perigoso. E lá encontraram letras, e eram recentemente escritas. Observaram o que falam, e elas falavam pois: "Quatrocentos e cinquenta e quatro anos após o martírio de Deus, ao dia de Pentecostes, então este assento deve encontrar seu mestre". Quando eles o viram, um disse ao outro: "Em verdade, há aqui maravilhosa aventura!" "Certamente", disse Lancelot, "aquele que contar corretamente nesta missiva os termos da ressurreição de Nosso Senhor, encontrará que é hoje, e neste dia deverá ocorrer, pois que hoje é o dia de Pentecostes que deverá ser após quatrocentos e cinquenta e quatro anos. Eu gostaria que ninguém visse esta letra até que o rei, que deve ultimar essa aventura, venha".

Eles disseram que desejavam ocultar e trouxeram um lençol de seda e encobriram a escrita que lá estava. E quando o rei Arthur veio do mosteiro e viu que Lancelot havia regressado e trazido Bohort e Leonel, alegrou-se muito e os recebeu com grande alegria, e disse que eram bem-vindos aos olhos de Deus e aos seus. A alegria elevou-se maravilhosamente entre os camaradas da Távola Redonda, quando também viram, com muito gáudio, os dois irmãos. E o senhor Gawin perguntou como eles estavam desde então. Eles disseram: "Muito bem, pela Graça de Deus!", que estiveram desde então sempre fortes e saudáveis. "Seguramente", disse o senhor Gawin, "estou por hora todo contente e isso me alegra". Grande era a alegria dos convivas da corte, Bohort e Leonel quando por muito tempo não tinham visto os homens. E o rei ordenou que se pusesse a mesa, pois lhe parecia ser tempo de cear. Então disse o Senhor Key: "Sentai-vos agora para cear, assim me parece que não cumpris o costume da corte pois vimos de toda forma que não vos sentais para nenhum festejo, eis que vai ocorrer na corte uma aventura aos olhos de todos os vossos heróis". "Seguramente", disse o rei, "dizeis a verdade, esse costume tenho de toda forma conservado e devo conservá-lo quanto tempo me aprouver; tive, pois, grande alegria que Lancelot e seus primos tenham vindo à corte saudáveis e contentes como não imaginava".

"Então homenageai", disse Key. Enquanto eles falavam, veio um servo e disse ao rei: "Senhor, mais maravilhas vos trago". "Dizei-me o que mais!" "Senhor, lá abaixo, próximo a vosso palácio, encontra-se uma coluna, que singra as águas, vinde e vede, pois que sei que é uma maravilhosa aventura." E o rei foi lá para observar a aventura, e assim fizeram todos os outros. Ao virem até a água, então viram que a coluna estava fora da água e era de mármore vermelho. E na coluna viram que uma espada estava fixa e belamente embainhada. E a bainha da espada era um rubi e eram douradas as letras preciosamente encravadas. E os heróis observavam as letras, que diziam: "Ninguém deve retirar-me daqui senão aquele que me deve ter por direito e que deve ser o melhor cavaleiro do mundo". Quando o rei viu as letras, então falou a Lancelot: "Senhor, tomai a espada, pois é vossa por direito, sabendo bem eu que sois o melhor cavaleiro que há no mundo". E ele respondeu asperamente: "Senhor, não pertence isso a mim e nem poderia dela querer lançar mão, pois não sou digno de tomá-la e por isso devo conter-me, e seria tolice eu querer tocá-la".

"Tentai, porém!", disse o rei, "se quiserdes retirá-la". "Senhor," falou ele, "eu não o farei, pois bem sei que quem tentar e falhar sairá encantado". "O que sabeis?", disse o rei. "Senhor," disse ele, "eu o sei bem e vos digo, e quero que saibais que ainda hoje, neste dia, devem alçar-se as grandes aventuras e a grande maravilha do Santo Graal". E como o rei ouviu que Lancelot não o queria fazer, falou ao senhor

Gawin: "Caro sobrinho, tentai vós". "Senhor, com a vossa licença, eu não o farei: se meu senhor Lancelot não quer tentar, seria então tolice tentar lançar mão, quando sabeis que ele é muito melhor cavaleiro que eu". "Deveis, porém, tentá-lo porque eu o quero, não para possuirdes a espada!" E ele lançou mão à coluna e agarrou a espada com toda força e puxou o quanto pôde, mas não logrou sacá-la. O rei disse atônito: "Caro sobrinho, deixai estar, pois cumpriste meu mandamento". "Senhor Gawin", disse Lancelot, "sabeis por certo que esta espada deverá cortar-vos de tão perto que daríeis um castelo para que não a houvesses tocado". "Senhor," disse o senhor Gawin, "nisto não faço gosto; se devo agora por tal razão morrer, então o faço para cumprir a vontade do meu senhor". E porque o rei ouviu esta fala, arrependeu-se do que Gawin tinha feito, e disse a Parsifal que tentasse. E ele respondeu: "Com prazer, para fazer corte ao meu senhor", e lançou mão à espada e puxou o quanto pôde, mas não conseguiu tê-la. E então acreditaram todos que estavam no lugar que era verdade o que Lancelot dissera, e que as letras na espada eram certeiras, e ninguém jamais poderia ser temerário para fazê-lo. Então disse o senhor Key: "Senhor, valha-me Deus, então podeis ir cear, se o quiserdes, pois me parece que não vos faltará aventura antes da ceia".

"Vamos então", disse o rei, "já é tempo". Então se foram todos dali e deixaram a coluna restar sobre a água. E o rei chamou a soprar a comida e foi sentar-se para cear, e cada qual foi sentar-se em seu lugar. No mesmo dia serviram à mesa quatro reis coroados e com eles tantos homens elevados que seria maravilhoso dizer. No mesmo dia sentou-se o Rei Arthur sobre seu elevado assento no palácio e foi servido junto a grande cortejo de príncipes. Assim aconteceu, estando assentados todos, por toda parte, pois tinham vindo todos os convivas da Távola Redonda e todos os assentos estavam preenchidos. Então lhes aconteceu uma maravilha, pois todas as portas e janelas do palácio se fecharam, sem que ninguém pusesse a mão, e por isso o salão escureceu. E todos se espantaram com estas coisas, fosse o sábio ou o parvo. E o Rei Arthur, com a primeira fala, disse: "De fato vimos hoje um milagre e cremos que deveremos amanhã ver o que é isso". Enquanto o rei assim falava, adentrou um nobre com trajes alvos, velho e sisudo, e nenhum cavaleiro presente soube informar de onde ele tinha vindo. E o fidalgo vinha a pé e conduzia com a mão um cavaleiro, com armadura escarlate, sem espada ou escudo.

E falou tão logo adentrou o palácio: "A paz esteja aqui!" E disse ao rei, quando o viu: "Rei Arthur, eu te trago o cavaleiro, por quem há tanto tempo se aspira, e ele procede da alta linhagem do Rei Davi e de José de Arimateia. É aquele com quem os prodígios desta e de outras terras devem ocorrer, vede-o aqui!" E o rei ficou muito feliz e disse ao fidalgo: "Sede bem-vindo, e sendo isso mais verdadeiro, então bem-vindo seja vosso cavaleiro! Se é aquele há tanto reclamado, que deverá nos realizar as aventuras do Santo Graal, e nunca maior alegria nos foi dada por nenhum homem, que aquela que dele devemos ter."

"Seja ele ou outro, então desejo que se lhe favoreça, pois é de tão alta linhagem como dizeis." "Em verdade", disse o nobre, "deveis ver um belo início a partir dele", e o fez desarmar. Então ficou com uma saia de cindel vermelho, e se lhe deu portanto uma capa de samítico vermelho, guarnecida com arminho, que trajou sobre o pescoço. Quando estava trajado e pronto: "Segui-me, senhor cavaleiro", disse ele, e esse o fez, e o conduziu ao Assento Perigoso, ao lado do qual se sentava Lancelot. E alçou o pano de seda, que sobre ele permanecia; lá havia letras escritas, que diziam: "Aqui é o assento de Galaat". O fidalgo observou que as letras haviam sido recentemente inscritas, segundo lhe pareceu. Então reconheceu o nome e clamou tão alto que todos os que estavam no castelo ouviram: "Senhor, aqui cavaleiro, sentai-vos aqui, pois é vosso o lugar". E sentou-se sorridente. E diz ao nobre senhor: "podeis bem seguir vosso caminho, pois que fizeste o que vos foi pedido, e saudai por mim intensamente todos aqueles que [são] da santa corte e meu tio rei Pellis e meu avô, o rico Rei Pescador e dizei-lhe por minha causa que desejo ir tão logo possa, ou quando for devido". E o nobre despediu-se e encomendou a Deus o rei Arthur e todos os outros. Pois se lhe perguntou quem ele era, ele bem respondeu asperamente, que não o saberiam agora, se deveriam saber ao tempo propício em que poderiam perguntar. Então dirigiu-se à porta principal do palácio, que estava fechada, e a abriu e precipitou-se para a corte, pois que seus cavaleiros e servos eram bem quinze que haviam com ele vindo, e montou e despediu-se da corte, de tal sorte que não, nenhum homem à vez que dele soubesse.

Pois que todos os que estavam no salão viram que o cavaleiro assentava-se no assento, pois que muitos mais corajosos o teriam temido, e pois que grande aventura poderia ocorrer, nenhum havia que não se admirasse que era um jovem varão, e ignoravam por graça de quem ele poderia ter vindo, então era por vontade de Nosso Senhor. Então houve grande alegria, e todos que estavam na corte ofertaram ao cavaleiro mercê e honra, pois que bem pensaram que era ele aquele pelo qual a aventura do Santo Graal deveria ser superada. Então bem perceberam junto ao assento, pois ninguém se tinha assentado, que para todos, a não ser para ele, haveria malefício em o fazer.

Então lhe ofereceram grande honra e o serviram tanto quanto podiam, e o consideravam o mais alto sobre todos os cavaleiros da Távola Redonda. E Lancelot, que o via com grande prazer por mercê da maravilha, quando ele reconheceu que era aquele a que havia feito cavaleiro no dia, teve grande alegria. E portanto fez-lhe a máxima honra que conhecia e falou-lhe por algumas vezes e perguntou-lhe de seu ser, e que de muitas maneiras o tornasse conhecido, o que ele não deveria recusar. E informou-lhe muito acerca do que lhe tinha perguntado. E Bohort também se alegrou, de modo que não poderia estar mais feliz, quando bem reconheceu que era Galaat, filho de Lancelot, que deveria levar ao fim a aventura e a maravilha. Então falou Leonel a seu irmão: "Amado irmão, sabeis quem é o cavaleiro lá sentado sobre o Assento Perigoso?" "Dele bem não sei", falou Bohort, "além de que é aquele que meu senhor Lancelot há pouco fez cavaleiro com sua mão e seja aquele de quem ele e eu dizíamos, aquele que meu senhor Lancelot ganhou com a filha do rico Rei Pescador". "Sabei seguramente", falou Leonel, "que é nosso parente, e desta aventura devemos com direito estar felizes. Se estou sem engano, ele ainda deve vir na mais alta honra, pois nenhum cavaleiro se aproxima dele, que tenhamos conhecido, pois que se portou muito belamente".

Assim falaram os dois irmãos de Galaat, e assim fizeram todos os outros da corte. E assim levaram os outros para cima e para baixo, tanto que a rainha, que na câmara comia, ouviu dizer. Quando um servo lhe falou: "Senhora, mais maravilha aconteceu aqui dentro". "Como", perguntou ela. "Por minha verdade", falou ele, "um cavaleiro está na corte, que preencheu a aventura do Assento Perigoso, e todo o mundo maravilhou-se por ter-lhe vindo a graça". "Seguramente", disse ela. "Pode isto ser veraz?" "Sim", disse ele, "seguramente". "Valha-me Deus", falou ela, "pois cabalmente lhe aconteceu, quando essa aventura não poderia ocorrer a ninguém, pois estaria morto ou ferido, e o teria levado ao fim". "Ah", disseram as damas "como nasceu em boa hora o cavaleiro! Se nenhum cavaleiro foi mais nobre para isso lhe acontecer. Nesta aventura pode-se bem reconhecer que esse é quem deve concluir a aventura da Grã-Bretanha, por meio da qual o rei ferido deve convalescer". "Caro amigo", falou a rainha ao servo, "dizei-me pois, que Deus o ajude, de que figura ele era?" "Senhora", falou ele, "é um dos mais formosos cavaleiros no mundo, sem medida jovem e idêntico a Lancelot e à linhagem do rei Ban, tão maravilhosamente que todos os que daqui falam tomam por verdadeiro que ele vem dele". E então desejou a rainha vê-lo muito mais que antes. Quando ouviu falar de sua aparência, bem pensou que ele era quem Lancelot havia ganho com a filha do rico Rei Pescador, portanto que se lhe dissesse de que maneira ele o ganhara. E foi por causa do garoto que ela tanto se zangou, como se dele fosse a culpa.

Quando o rei tinha comido, e os convivas da Távola Redonda se tinham levantado de seus assentos, e o rei mesmo foi até o Assento Perigoso e suspendeu o pano de seda e encontrou o nome de Galaat, que ele tanto desejou saber. Então o mostrou o rei ao senhor Gawin e disse: "Caro sobrinho, eis que recebemos Galaat, o bom cavaleiro, que todos da Távola Redonda tanto desejamos ver. Então reverenciemos em honra por tê-lo conosco, já que não deve permanecer muito tempo conosco, pois bem sei que a busca do Santo Graal logo se eleva, como estou certo. Eis o que Lancelot entendia [que devesse] nos falar, quando ele não teria dito, se não tivesse sabido por diversa maneira". "Senhor," disse meu senhor Gawin, "vós e nós estamos com ele em dívida para servi-lo como aquele a quem Deus nos enviou, por causa de quem se redime a terra das grandes maravilhas e das grandes aventuras que tanto já perduraram".

Então veio o rei a Galaat e falou: "Senhor, sejais bem-vindo, pois muito desejávamos ver-vos. Eis que vos temos aqui, pelo que damos graças a Deus e a vós por ter desejado vir para cá". "Pois Senhor," falou ele, "é meu dever dizê-lo, que é daqui que deverão vir os companheiros da busca do Santo Graal, que certamente deve elevar-se". "Senhor," disse o rei, "vossa vinda nos dá muito a fazer por causa desta grande maravilha que deve nesta terra ser levada a termo e por um prodígio que hoje ocorreu, em que todos falharam. Porque sei que não falhareis, pois sois aquele que deve levar tudo ao fim, em que os outros falharam. Por isto Deus o enviou, Senhor, para que completásseis o que ninguém pôde ultimar". "Senhor," falou Galaat, "onde está a aventura de que me dizeis? Pois anseio muito por vê-la". "Eu devo indicar-vos", falou o rei e o tomou pela mão e desceu do palácio. E os convivas da corte seguiram para ver como deveria findar a aventura da coluna. Para lá correram estes e aqueles, de modo que nenhum cavaleiro permaneceu no palácio. E as novas vieram perante a rainha. E tão logo quanto ouviu, ergueu as tábuas e falou para quatro das principais damas que com ela estavam: "Caras Senhoras, ide comigo até lá, pois não deixai, de forma alguma, preciso ver a aventura terminar, se conseguir chegar a tempo".

A rainha retirou-se do palácio e com ela grande parte de damas e donzelas. Assim que se aproximaram da água e os cavaleiros a viram chegar, principiaram a falar: "Hoje, hoje, minha Senhora rainha!", e deram-lhe passagem. E o rei falou a Galaat: "Senhor, vede cá a aventura, da qual vos disse para retirar a espada desta coluna; pois que todos os melhores de minha casa falharam, pois não a souberam extrair". "Senhor," falou Galaat, "não é prodígio, pois a aventura é minha e não deles, e por esta certeza de ter a espada, não preciso de nenhum senhor comigo, como podereis ver por vós mesmos". Então pôs as mãos à espada e a retirou levemente, como se não estivesse atada, e tomou a bainha e a enfiou e a afivelou consigo e falou ao rei: "Senhor, assim está melhor que antes. Então não se me aprovisiona um escudo, que eu não possuo?" "Caro Senhor," falou o rei, "um escudo há Deus de vos conceder, como vos fez com a espada". Então viram tudo rio abaixo, de onde vinha uma donzela em um palafrém negro e veio depressa para eles. E quando veio ter, saudou o rei e seu cortejo e perguntou se Lancelot estaria lá, e ele estava de todo próximo a ela. Respondeu e falou: "Donzela, estou aqui!" Ela o contemplou, o conheceu e lhe falou, chorando: "Ah Lancelot, muito se inverteu vosso ser desde ontem de manhã". E quando falou isso, Lancelot respondeu-lhe e falou "Donzela, como é isto que me dizeis?" "Por minha verdade", falou ela, "com prazer vos devo dizer, à escuta de todos os que cá estão: hoje de manhã éreis o melhor cavaleiro que aí vive; e quem o tivesse chamado melhor cavaleiro teria dito o verdadeiro, pois o éreis. E se o dissesse agora, dever-se-ia considerar mentira. Um melhor do que sois é bem visitado com a aventura da espada, pois não teríeis ousado dela lançar mão. E por isso vosso nome foi confundido e invertido, por isso vos lembro para não crer que ainda sois o melhor cavaleiro do mundo". E ele falou que não mais queria acreditar que o fosse, "Pois essa aventura mo tirou do coração".

Então se virou a donzela para o rei e falou: "Rei Arthur, Mathias, o Eremita, vos exora comigo que neste dia, ainda hoje, deve ocorrer a maior honra que jamais se deu para qualquer cavaleiro da Bretanha, e não por vossa causa, é por causa de outra pessoa, e sabeis por que causa? Pelo Santo Graal, que deve aparecer em vossa casa e fartar a todos os convivas da Távola Redonda". E tão logo o falou, virou-se e seguiu a via por onde tinha vindo. E suficientes cavaleiros e convivas a teriam lá retido, para saber quem ela era e de que lado tinha vindo. E, pois, ela não quis dizê-lo a nenhum dos que lhe pediram. Então falou o rei para os heróis de sua corte: "Caros Senhores, é pois da demanda do Santo Graal que tivemos verdadeiramente sinais de que logo a ela vireis. E por causa disso bem sei que não mais vos verei aos montes como aqui estais, então quero que no gramado de Camelot haja agora um torneio tão cortante que após vossa morte ainda dele digam aqueles que vos sucederem". E eles o seguiram todos e foram para a cidade e se armaram, e uma parte armou-se quase a enfiar [a armadura], e os outros não mais tomaram que cobertura e escudo e abandonaram-se à sua força. E o rei, que tudo isso fizera, não o fizera senão para ver a força de Galaat, pois pensou que ele não retornaria em breve quando deles se separasse.

E lá estavam todos reunidos no gramado de Camelot, os grandes e os pequenos, Galaat a pedido do rei e da rainha colocou sua malha de pescoço e alçou seu elmo, sem o escudo, pois não queria receber de ninguém admoestação. E meu senhor, senhor Gawin, que também estava muito feliz, falou que queria conduzir-lhe a lança. E deste modo falou também meu senhor Ywain e Bohort de Ganna, e a rainha tinha ido além-muros com grande séquito de damas e donzelas. E Galaat veio ao gramado com os outros cavaleiros e começou a quebrar lanças tão nervosamente que todos os que o viram tiveram grande maravilha e o tomaram pelo melhor cavaleiro dentre todos. E falaram todos aqueles que o viram que ele sobejamente portava a cavalaria, que bem parecia pelo que havia feito que no futuro superaria todos os demais cavaleiros em bravura. Quando ocorreu o torneio, acharam todos os companheiros da Távola Redonda que lá portaram armas, que ninguém restara a não ser dois, ele derrubou a todos. Um era Lancelot, o outro Parsifal. Assim durou o torneio até as nonas e durou até que o rei mesmo se preocupasse que não se desaviessem e os separou. E fez Galaat retirar seu elmo e o fez dá-lo a vestir a Bohort de Ganna, e o conduziram pelas principais alamedas com semblante aberto, pelo qual as pessoas mesmo o viram. E a rainha que o contemplava e falou que era certo que fosse ele o filho de Lancelot, pois dois homens bem não se assemelhavam como eles. Por isto não seria maravilha que fosse de tão grande cavalaria, quando outra coisa se lhe passaria de forma surpreendente. E uma dama ouviu dessa fala uma parte e respondeu logo de pronto: "É devido a ele por direito ser bom cavaleiro como dizei?" "Por certo", falou a rainha, "pois ele procede de todos os lados dos melhores cavaleiros do mundo e da melhor linhagem que se conhece no mundo".

Com isto seguiram as damas e queriam ouvir as vésperas, pois era uma grande celebração. E por que o rei tinha vindo da igreja e estava no alto palácio, pediu que se cobrisse a távola. E foram sentar-se os cavaleiros, cada qual em seu lugar, como se haviam sentado pela manhã. Tão logo estavam sentados e permaneciam em calmo silêncio, ouviram uma trovoada tão maravilhosamente grande que acharam que o palácio cairia. Com isso veio um belo sol, que brilhou tão claro que brilhou de modo sete vezes mais belo do que havia brilhado e ficaram todos os que dentro estavam como se estivessem agora cheios do Espírito Santo, e começou um a olhar o outro, e não sabiam como aquilo lhes havia acontecido, e não havia homem na corte que soubesse falar qualquer palavra para fora de sua boca, estavam todos emudecidos, pequenos e grandes. E permaneceram sentados por um bom momento, e não puderam senão olhar-se uns aos outros. Enquanto permaneciam sentados, adentrou o Santo Graal e estava coberto com um samítico branco, e ninguém pôde ver quem o trazia, e veio através das grandes portas ao palácio. E tão logo estava dentro, todo o palácio estava pleno de bom odor, como se todas as ervas do mundo se tivessem lá espalhado, e foi pelo palácio de confim a confim. E assim que isso aconteceu, foram todas as mesas preenchidas das melhores iguarias que alguém poderia imaginar. Pois que tinha servido de um ao outro, despediu-se deles o Santo Graal, de modo que ninguém soube de onde viera e por onde retornara. Então ganharam poder para falar como antes e agradeceram ao Nosso Senhor pela grande Graça e honra que Ele lhes havia feito, porque Ele os havia saciado da santa graça do Santo Graal. E sobre todos eles o Rei Arthur era o mais feliz, pela misericórdia que Nosso Senhor lhe fizera perante todos os reis que à sua frente estavam.

Por essas coisas alegraram-se os forasteiros e os pátrios, quando pensaram que Nosso Senhor não os havia esquecido, quando Nosso Senhor fez a eles tão grande graça e muito falaram sobre aquilo, tanto quanto durou a ceia. E o rei mesmo falou sobre isso com os que lhe estavam próximos e falou: "Senhores, devemos simplesmente ter grande alegria, pois Nosso Senhor nos demonstrou grande amizade, que ele nos queira enviar de sua graça em um tão alto dia como no dia santo de Pentecostes". "Senhor," falou o Senhor Gawin, "ainda há outra coisa aqui, que não sabeis: que cada homem foi servido de tudo aquilo que seu coração desejava, como se fosse na casa dos Reis Magos, sem que fôssemos decepcionados por não termos podido verdadeiramente vê-lo, quando tudo nos estava encoberto. Por isso eu juro de toda forma começar amanhã cedo, sem mais tardar, todas as coisas que devo entreter até realmente ter visto o que me foi aqui revelado, se de qualquer forma puder ser, assim poderei retornar".

Pois que os da Távola Redonda ouvissem isso, levantaram-se todos de seus assentos e fizeram o mesmo juramento que meu senhor Gawin havia feito, e disseram que não retornariam nem mais descansariam até que devessem estar assentados à mesa santa, onde estariam, de todo modo, todas as doçuras, como lá tinham experimentado. E assim que o rei ouviu que assim tinham jurado, foi-lhe muito desconfortável, pois sabia bem que não poderia impedir aquela demanda. E falou para o meu senhor Gawin: "Hei, Gawin, mataste-me por causa do juramento que fizeste! Tiraste-me a maior e mais bela companhia que já ganhei, e é a sociedade da Távola Redonda. Pois bem sei que, tão logo vos afasteis de mim, que nunca tão logo e tão prontamente retornareis quanto cavalgastes para fora. Pois bem sei que a maioria de vós morrerá nessa demanda, pois ela não tomará fim tão logo quanto pensais. Portanto não me dói pouco, pois todos os meus dias vos honrei e incentivei a todas as minhas fortunas, como se fôsseis meus filhos ou meus irmãos. Por tal me dói tanto vossa separação, pois me acostumei a estar convosco e vossa companhia e não posso saber como deverei me consolar". Após esta fala, levantou-se o rei em pensamento muito duro, e nesse pensamento saíram-lhe as lágrimas dos olhos, que todos os que na corte estavam bem notaram. E quando pôde falar, clamou tão alto que todos da corte ouviram: "Hei, Gawin, Gawin, fizeste-me o maior sofrimento e o maior lamento, que nunca posso superar, até que saiba ao certo que fim deve tomar a demanda; pois tenho grande preocupação de que nenhum meu amigo jamais retorne". "Hei Senhor," falou Lancelot, "o que dizeis!? Um tal homem como vós não deve levar preocupações em seu coração, pois justiça e equidade têm boa esperança e bom consolo, e devem consolar-vos. E deveras, se todos morrermos nessa demanda, seria para nós maior honra que em qualquer outro lugar". "Lancelot", falou o rei, "foi o grande amor que vos tive todos os meus dias, que me fez falar essa fala, não admira que eu esteja irado. Se nenhum rei na Cristandade ganhou tantos bons cavaleiros para sua távola como hoje eu tive neste dia, e nunca mais voltarem como hoje estiveram, então é o maior desassossego o que tenho".

A esta fala não soube Gawin responder, e bem sabia que o rei dizia verdade, e teria lamentado a fala que pronunciou, se tivesse ousado. Então não pôde ser, pois viera temerariamente, e viera em todas as câmaras, que estavam na corte, como eles assumiram a demanda do Santo Graal. E quiseram despedir-se pela manhã os que deveriam ser companheiros e havia muitos mais que estavam mais irados por isso que pela boa coragem. E por causa dos companheiros da corte, estava o rei Arthur temeroso sobre todos os reis.

Pois que as damas e donzelas que com o rei estavam assentadas, mais isso ouviram, zangaram-se e entristeceram-se muito, sobretudo as que eram esposas ou enamoradas dos companheiros da Távola Redonda. E isso não foi maravilha, pois elas estavam temerosas por eles, pois temiam que morressem na demanda. Então tiveram grande lamento a externar, e a rainha perguntou ao servo que ante ela se encontrava: "Dizei-me, estáveis lá, quando a demanda foi jurada?" "Sim", falou ele, "Senhora, meu senhor Gawin o jurou e Lancelot e todos os companheiros. E o senhor Gawin o jurou primeiro e meu senhor Lancelot, e assim fizeram todos os outros da Távola Redonda que lá estavam". Pois que ouviu essas coisas, entristeceu-se por causa de Lancelot, pois que pensou que ela [própria] fosse morrer, e não pôde conter-se, as lágrimas saíram-lhe dos olhos. E respondeu por um longo momento, estando tão triste, que mais triste não poderia estar: "É deveras uma grande pena", falou ela, "que sem a morte assim de alguns nobres cavaleiros nunca se vai completar, porque tantos cavaleiros se maravilharam dessa demanda. E muito me impressionou que meu senhor, o rei, que é como um sábio homem, tenha-o permitido. Se a melhor porção de seus heróis deve separar-se tão maravilhosamente, poucos bons deverão permanecer". E principiou a chorar muito maravilhosamente, e todas as damas que com ela estavam.

E estavam todos da corte tristes por causa dos mais que se deveriam separar. E tão logo as mesas foram retiradas no palácio e as damas se haviam levantado e se juntado aos cavaleiros, então se alçou o lamento de cada dama ou donzela, fosse esposa ou enamorada, falou a seu cavaleiro que queria acompanhá-lo na demanda. E havia suficientes na corte que facilmente se teriam deixado superar ou convencer, e não fosse um nobre ancião feito, que estava vestido em trajes santos e veio depois da ceia. E tão logo veio perante o rei, então clamou tão alto que todos puderam bem ouvir, os que ali estavam: "Ouvi, companheiros da Távola Redonda, Nascius, o eremita, vos apregoa que ninguém nesta demanda levará dama ou donzela, sem que caia em pecado mortal, e que nenhum homem deve adentrar, sem antes se penitenciar. Porque ninguém deve adentrar tão alto serviço, que não tenha antes se purificado e lavado de todo o pecado mortal e toda iniquidade. Pois essa demanda não deve ser de coisas maravilhosas, senão que deve ser de arraigado amor de Nosso Senhor, do alto ensinamento que o Mestre brevemente deve ensinar aos bons cavaleiros, que, por excelentes, tomou para seu serviço dentre outros cavaleiros do mundo, a quem ele deve franquear as grandes maravilhas do Santo Graal e deve deixá-los ver o que nenhum coração mortal poderia imaginar. Por virtude dessas coisas, não conduza ninguém sua esposa ou enamorada consigo".

E o rei fez hospedar o bom homem, bem e corretamente, e o rei lhe perguntou muito sobre seu ser. E ele lhe respondeu pouco, pois que tinha outras coisas a pensar por causa daquilo. E a rainha veio a Galaat e sentou-se junto a ele e lhe perguntou muito de onde ele era. E ele disse a ela uma grande parte do que ele sabia ser, sem que ele fosse filho de Lancelot, nisto não expulsou nenhuma palavra. Ainda então em sua fala percebeu a rainha seguramente bem que ele era filho de Lancelot, e que ele o tinha ganho com a filha do rei Pellis, pois que disso tinha ouvido fartamente falar. Por causa disso, queria ouvi-lo de sua própria boca, e por isso lhe perguntou a verdade de seu pai. E ele respondeu que não o sabia muito bem de quem era filho. "Hei, Senhor," falou ela, "escondeis-me o fato, por que o fazes? Nunca de vosso pai deveis ganhar vergonha, quando é o mais belo cavaleiro do mundo, e veio, de todo lado, de reis e rainhas e da mais alta linhagem que se sabe, e teve até agora o louvor das outras e dos melhores do mundo. Por causa disso ireis perante os melhores cavaleiros do mundo, se o igualares tão bem quanto nenhum simplório cavaleiro daqui, ele vos reconhecerá bem quando vos vir". Quando Galaat ouviu essa fala, enrubesceu-se muito e muito se envergonhou, e de pronto lhe respondeu: "Senhora, estais tão seguramente sabida de quem eu seja, então bem podeis me dizer. E é aquele a quem considero que seja meu pai, quero que tenhais dito verdadeiro; se não o for, então não posso seguir por causa de nenhuma coisa do que me dizeis". "Em verdade", falou ela, "desde que não o quisestes dizer, então quero eu vos dizer: aquele que vos ganhou, é o meu senhor Lancelot do Lago e o mais belo cavaleiro e o mais prezado cavaleiro que já nasceu em nossos anos. Por essa causa penso que não deveis esconder nem de mim nem de ninguém, quando de melhor cavaleiro e mais nobre não poderíeis ter sido ganho". "Senhora", falou ele, "desde que tão bem sabeis, por que vos devo dizer? Isso se tornará sabido a tempo".

Longamente falaram um com o outro e por tanto tempo até um bom momento da noite. E porque era tempo de ir dormir, e o rei tomou Galaat por sua mão e o conduziu à sua câmara e o fez jazer sobre a cama em que ele mesmo costuma ajustar-se, por grande honra a ele e por que nele via grande maravilha. E após foram o rei e Lancelot dormir e todos os grandes da corte. E pela noite esteve o rei em grande apreensão e pensou muito que os bons e os nobres de sua corte pela manhã deveriam separar-se e cavalgar para onde ele bem pensava que fossem permanecer longamente. E por causa de sua longa permanência, estava ele em tristeza, quando ele bem pensou que deles a maior parte deveria ficar na demanda. Essa era a coisa pela qual ele estava triste.

Assim em grande lamento e desta maneira estavam os heróis todos e todos aqueles que eram do reino de Logres. E porque Nosso Senhor Deus quis que o escuro da noite passasse e que despontasse o dia e brilhasse luz, os cavaleiros levantaram-se de pronto, todos que haviam assumido a demanda e vestiram-se e prepararam-se. E pois que se tinham prontos, levantou-se o rei de sua cama. E quando se tinha vestido, foi para a câmara onde o senhor Gawin e Lancelot permaneceram, um ao lado do outro, à noite. E ao vir ele, eles se tinham vestido e aprontado e queriam ir para a missa. E o rei, que lhes tinha amor como se fossem seus filhos, saudou-os quando foi a seu encontro. Eles se levantaram perante ele e o chamaram por bem-vindo, e ele os fez sentarem-se e sentou-se junto a eles. E começou a contemplar o senhor Gawin e falou: "Gawin, Gawin, vós me traístes, quando minha honra nunca foi por vós tão melhorada quanto agora é diminuída, quando eu nunca mais serei assim honrado por uma tão grande companhia quanto vós me tomastes com vossa insensatez. Ainda estou triste por causa deles quanto estou por vós dois, quando todo o amor que jamais nenhum homem ganhou por outros eu vos tive, e agora não se levanta, senão do tempo em que conheci a grande nobreza que em vós estava albergada".

Pois que o rei tinha dito essa fala, calou-se então e pensou seriamente e no pensamento caíram-lhe as lágrimas sobre seu rosto. E quando eles viram essa coisa, que ele estava irado, ficaram tão tristes como ninguém poderia dizer e não se atreveram a responder, pois eles o viram em cólera. E ele permaneceu um bom momento em ira, e quando pôde falar, então falou muito tristemente: "Hei, Senhor Deus, nunca pensei que jamais devesse merecer separar-me dessa companhia que Deus me emprestou". Depois falou a Lancelot: "Eu vos exorto pela verdade entre mim e vós que me auxilieis a aconselhar sobre essas coisas". "Senhor," falou ele, "eu vi jurar tanta gente nobre que não creio que isso possa ir à frente de qualquer maneira, pois não haveria ninguém que não tivesse vergonha e seria grande inverdade que deixasse a demanda". "Em minha verdade", falou o rei, "sei bem que dizeis o verdadeiro, quando o grande amor que vos tenho mo fez dizer; quando se não fosse isso o jurado, bem queria que se entendesse, o quanto me dói daqui separar-me".

 Assim longamente falaram juntos até que foi alto dia, e que o sol tivesse em grande medida derretido o orvalho, e o palácio começou a encher-se dos heróis do reino. E a rainha se tinha levantado e veio até o rei e disse: "Senhor, os cavaleiros esperam lá dentro para que vão à missa". E ele se levantou e secou os olhos, para que os que o vissem não percebessem o grande lamento que ele tinha sofrido. Meu senhor Gawin deixou trazerem-lhe suas armas, e meu senhor Lancelot. E por estarem bem armados, sem seus escudos, e vieram ao palácio e acharam os companheiros, eles também estavam prontos e queriam ouvir missa. E ao ouvirem missa no monastério, assim armados, foram de novo ao palácio e assentaram-se, uns e outros que eram companheiros para a demanda. "Senhor," falou o rei Bandirs para o rei Arthur, "desde que a coisa foi tão duramente empreendida, que não se pode sair, então sugiro que se faça trazer os santos, que os companheiros façam tal juramento, que é devido, aqueles que querem ir à demanda". "Eu bem confesso", falou o rei, "é como dizeis e não se pode conter". Então se fez o escrivão trazer os santos com que se costumava jurar na corte. E pois que se os tinha trazido perante o mestre, então falou o rei: "Senhor Gawin, vinde para cá, sois o primeiro e o impulso na demanda, por isso fareis o primeiro juramento!" "Senhor," falou o rei Bandirs, "ele não deve fazê-lo por primeiro, pois o que deve fazê-lo é aquele que consideramos por senhor e mestre da Távola Redonda. É o meu senhor, senhor Galaat". Tão logo o faça, devemos todos fazer esse juramento como ele fez, sem contradição". Então se chamou Galaat, e esse veio e ajoelhou-se perante os santos e jurou como verdadeiro cavaleiro que ele por ano e dia e ainda mais, que se não o fizesse, nunca deveria vir à corte, ele sabia, pois, ao certo do Santo Graal, devesse isso ser ou não de alguma maneira. Depois jurou Lancelot tal juramento como Galaat tinha jurado, e depois meu senhor Gawin e Parsifal e Bohort e Leonel e Ylays, o Belo. E então juraram os companheiros da Távola Redonda, um após o outro. E pois que tinham todos jurado e subscrito, acharam que lhes eram cento e cinquenta, que todos eram bons cavaleiros e nenhum hesitava dentre eles. Então comeram um pouco por causa do rei, pois assim lhes pedira. E quando tinham comido, retiraram seu elmo e apoiaram sobre sua armadura, e era uma coisa certa de que não mais poderiam ficar. E tomaram licença do rei e encomendaram a rainha a Deus com olhos gritantes. E pois que ela viu que queriam separar-se e não mais podiam permanecer, começou a padecer de grande lamento, como se seus amigos estivessem mortos ante seus olhos. E por que ela não queria que se o percebesse, então adentrou sua câmara e caiu sobre sua cama. Então começou a padecer do maior lamento, que nenhum homem tanto se endureceria, se o tivesse visto, que não se teria compadecido. E porque Lancelot estava pronto para montar, teve grande tristeza por causa da ira de sua dama, que ninguém poderia ter estado mais colérico, voltou-se para a câmara aonde a vira entrar, e foi-se para ela lá dentro. E porque a rainha o viu vir armado, começou a gritar: "Hei, Lancelot, bem me mataste, pois deixais a corte do meu senhor e seguis para terra estranha de onde ninguém retorna". "Senhora," falou ele, "devo muito mais brevemente, se Deus quiser, retornar para cá, do que pensais". "Hei, Senhor Deus," falou a rainha, "meu coração não me diz isso, estou no maior lamento e medo do mundo ao qual uma dama nobre pode vir por causa de um homem". "Senhora, para lá devo sair com vossa licença." "Quando quiserdes", falou ela, "nunca seguireis para lá com minha vontade; porque isso tem que ser, assim ide sob a guarda daquele que se deixou martirizar na Santa Cruz, para redimir o pecador da morte eterna, que vos acompanhe e proteja em todos os confins a que vieres!" "Senhora", falou ele, "Deus o faz por sua santa misericórdia".

Com isso separou-se Lancelot da rainha e baixou à corte e achou que seus companheiros outra coisa não fazem senão esperar por sua montaria. E ele foi ao seu cavalo e montou. E o rei viu que Galaat queria seguir sem escudo na demanda, como os outros. Veio até ele e falou: "Senhor, parece-me que não fazeis o suficiente se não conduzires daqui um escudo, como os outros companheiros". "Senhor," diz ele, "eu agiria de modo errado se tomasse um daqui, quando nenhum nunca pendeu de meu pescoço, já que a aventura me daria". "Pois vos acompanhe Deus", falou o rei, "quando me calo se não pode ser de outro modo". Estavam os grandes montados, e os cavaleiros, e cavalgaram embora uns e outros, e cavalgaram pela cidade, até que viessem ao campo, e nunca viram tamanho lamento e gritaria quanto a que faziam os da cidade conjuntamente. E porque viram que os companheiros que estavam na demanda do Santo Graal deles se separavam, não houve ninguém, nem pobre nem rico, de todos os graves que lá deviam permanecer, que não derramasse quentes lágrimas. Quando tiveram assim grande tristeza da separação, quando cada um dos que queriam partir não fez como se estivessem tristes, e fizeram como se estivessem felizes, como também estavam. E pois que tinham vindo à floresta ante o castelo Nagari, detiveram-se perante uma cruz. Então falou meu senhor Gawin para o rei: "Já cavalgaste suficientemente longe, deveis retornar e deveis fazê-lo, pois sois aquele que não nos deve acompanhar". "O retornar pesa-me mais que o vir para cá, quando também me dói separar-me de vós. Pois eu vejo, porém, que não pode ser diferente, então devo retornar". Então meu senhor Gawin retirou seu elmo de sua cabeça, e assim fizeram todos os outros. E depois, porque tinham todos seu elmo afrouxado, então encomendaram uns aos outros ao Nosso Senhor, em meio a quentes lágrimas. E de pronto separaram-se de uma tal maneira que o rei cavalgou para Camelot e os companheiros para a floresta. E cavalgaram até que vieram ao castelo Nagares.[1] Nagares era um nobre e de boa vida e era um dos melhores cavaleiros do mundo quando

---

[1]. O texto alterna os nomes Nagari e Nagares, ora conservados em suas posições originais na narrativa.

estava em juventude. E quando viu que os companheiros cavalgavam por sua fortaleza, fez fechar os portões em todos os lados e falou, pois Nosso Senhor lhe tinha feito a graça, de que os tivesse em seu poder, assim nunca viriam adiante, que ele não lhes tivesse feito a maior honra e o maior serviço, com todas as suas possibilidades. E desta maneira os reteve em seu poder e os fez desarmar, e os serviu pela noite tão bela e ricamente que todos eles se maravilharam de onde ele tomava os bens. Então se aconselharam pela noite o que gostariam de fazer de manhã. E veio a conselho que queriam pela manhã separar-se, e cada um queria cavalgar por sua via especial, pois pensaram que lhes acarretaria vergonha que cavalgassem uns com os outros.

Pela manhã, tão logo o dia brilhou, levantaram-se os companheiros e armaram-se e foram ouvir missa, em uma capela, que estava na casa. E quando tinham ouvido a missa, sentaram-se sobre seu corcel e encomendaram o senhor na casa ao Nosso Senhor Deus e lhe agradeceram muito pela honra que lhes havia feito. E cavalgaram para fora do castelo e na hora se separaram uns dos outros como tinham dito. E cavalgaram através da floresta, um aqui, outro acolá, onde viram de todo espesso por todos os confins que viam, caminho ou vias. E choraram muito na separação aqueles que, mais que todos, consideravam ter coração duro ou os mais corteses. Então se silencia a fala adiante sobre os outros e diz de Galaat, quando era autor desta demanda.

O escudo branco com a cruz vermelha

AQUI SE DIZEM mais coisas, pois Galaat estava separado de seus companheiros, que ele cavalgou três dias ou quatro, que ele não encontrou nenhuma aventura que não esperasse. E no quinto dia, após as vésperas, assim aconteceu-lhe que seu caminho o portasse a um certo convento. E quando lá entrou, bateu aos portões. E os irmãos de dentro correram para fora e o fizeram desmontar com autoridade, pois bem reconheceram que ele era um dos valorosos cavaleiros. Um tomou seu cavalo, outro o conduziu ao salão, que se elevava sobre a terra, para desarmá-lo. E pois que o tinham desarmado, ele viu dois companheiros da Távola Redonda, um era o rei Bandirs e outro, Ywan. E tão logo o reconheceram, correram para lá com braços abertos e o abraçaram e o proclamaram bem-vindo e lhe fizeram a maior honra que sabiam quando estavam alegres que o tinham achado, e se lhe fizeram reconhecer. E ele lhes fez em troca grande alegria, pois os tinha por irmãos e companheiros.

 Pela noite, pois que tinham comido e ido jogar lá embaixo, sob uma árvore, então lhes perguntou Galaat que aventura os tinha ali portado. "Valha-me Deus", falaram eles, "viemos cá para contemplar uma aventura; é por vez maravilhoso o que se nos fez entender, que há neste convento um escudo que ninguém pode portar em seu pescoço. Pois tão logo o tome e o queira portar, vai-lhe mal no primeiro dia ou no segundo, seja morto, ou ferido ou encantado. E por isso viemos cá para descobrir se é verdadeiro ou não o que se diz". "Quando quero seguir amanhã cedo", falou o rei Bandirs, "então devo saber se a aventura é verdadeira como se diz".

"Em verdade", falou Galaat, "dizei-me maravilha! A aventura é como me narraram e disseram, que não lograste conduzi-lo, então que sou aquele que o deve conduzir, quando não tenho nenhum escudo". "Senhor," falaram eles, "queremos deixá-lo para vós, quando não falhardes na aventura". "Quero", falou ele, "que façais a primeira tentativa, para saber se a aventura é assim verdadeira como se diz". Então o seguiram ambos.

À noite se o fez confortável e serviu-se-lhe de tudo o que tinham conhecido. E muito vastamente honraram os irmãos a Galaat, pois ouviram a palavra que dele davam os cavaleiros. Então o deitaram rica e magnificamente, como se deve fazer simplesmente a um homem como ele era. E de noite deitou-se junto a ele o rei Bandirs e seu companheiro na câmara. E de manhã, pois que tinham ouvido missa, pergunta o rei Bandirs a um dos irmãos onde estava o escudo, do qual se diz tanta maravilha na terra. "Senhor," falou o bom homem, "por que causa me perguntais por ele?" "Pela causa", falou ele, "de que quero levá-lo comigo, para saber se ele tem tal força como dele se diz". "Eu não vos aconselho", disse o bom homem, "que o leveis daqui, quando creio que não vos acontecerá nem virá nada a não ser vergonha". "Seja como for, ainda assim o quero ter", disse ele. Então o conduziu para trás do altar principal do convento e achou um escudo branco com uma cruz vermelha. Então falou o bom homem: "Aqui está o escudo, pelo qual perguntaste". E ele o contemplou e falou que nunca tinha visto escudo tão precioso ou belo, e cheirava tão bem como se todas as ervas do mundo tivessem sido espalhadas sob ele. Pois que Ywan o contemplou, então falou ele: "Então me ajude Deus, este é o escudo que ninguém deve levar em seu pescoço, pois que seria muito melhor cavaleiro que um outro. E por causa disso nunca ele virá ao meu pescoço, quando não sou engrandecido e assim nobre para que o deva levar". "Em verdade", falou o rei Bandirs, "eu devo portá-lo, aconteça-me o que acontecer", e o pendurou em seu pescoço e o portou para fora da igreja. E pois que veio a seu cavalo, então falou ele para Galaat: "Senhor, eu bem queria que aqui me esperásseis, para que soubésseis dizer o que me aconteceu desta aventura, quando, assim que me for mal, queria bem que o tivésseis, quando facilmente superardes a aventura". "Devo esperá-lo com prazer", falou Galaat. E de pronto sentou-se, e os irmãos no convento lhe emprestaram um escudeiro, que lhe fez companhia e que lhe trouxesse de volta o escudo, se preciso fosse.

Assim permaneceram Galaat e o senhor Ywan, que lhe fez companhia, por tanto tempo até que soubessem a verdade destas coisas. E o rei Bandirs levantou-se para seu caminho, ele e seu escudeiro, e bem cavalgaram duas milhas e vieram a um penhasco, na frente de uma ermida. Ele viu que de lá vinha um cavaleiro, armado com arma branca, e veio tão logo cavalgando quanto pôde e segurou sua lança à frente e veio caminhando perante ele. O rei Bandirs virou-se perante ele tão logo o viu vir e trouxe sua lança sobre ele, de modo que os pedaços voassem ocultos. E o bom cavaleiro o encontrou duro, de forma que se lhe romperam os anéis da coifa, que o ferro foi através do lado esquerdo e o encontrou tão duramente como aquele que tem grande força, que o conduziu do cavalo ao chão. Com a queda que ele caiu, então tomou o cavaleiro branco o escudo ao rei do pescoço, e falou tão alto que se podia bem ouvir e que o escudeiro o compreendesse: "Senhor cavaleiro", falou ele, "fizeste como um tolo e bufão, que pendurásseis este escudo em vosso pescoço, quando não é permitido a nenhum cavaleiro portar, a não ser ao melhor do mundo. E por causa do pecado que fizeste, então me enviou para cá Nosso Senhor Deus para tomar vingança por causa deste equívoco". E pois que o tinha feito, falou ao escudeiro: "Vê este escudo e o porta ao servo de Nosso Senhor Jesus Cristo, ao bom cavaleiro que se chama Galaat, que deixaste no convento. E diz-lhe que lhe roga o mais alto mestre que ele o leve. Ele o deve de todas as formas achar tão fresco e novo e pois bom quanto está agora. E isto é uma coisa que o vincula a ter-lhe amor, e saudai-o por causa de mim tão logo o virdes". E ele lhe perguntou como se chamava, para que pudesse dizer ao cavaleiro, quando a ele viesse. "De meu nome não podes saber, quando não é coisa que se possa dizer a qualquer homem terrestre, e por causa disto deves dele carecer e fazer como te chamei". "Senhor," falou o escudeiro, "porque não me quereis dizer o vosso nome, peço-vos por causa do maior amor que tendes no mundo que me queirais dizer a verdade desse escudo e como ele foi trazido a esta terra e por qual causa alguma maravilha pode daí vir, quando ninguém em nosso tempo em seu pescoço o pendura, que não lhe venha daí um mal". "Como muito me reclamaste que eu devo dizê-lo, e não apenas a ti, quero que aqui me tragas o bom cavaleiro, aquele que deve portar o escudo". E ele diz que o quer fazer com prazer, e que ele lhe dissesse onde deveria encontrá-lo quando para ali retornasse. "Neste sítio", falou o cavaleiro, "onde agora estamos".

Então veio o escudeiro ao rei Bandirs e perguntou-lhe se ele estava ferido. "Sim", falou ele, "muito duramente!" "Gostaríeis bem de cavalgar?", falou o escudeiro. E ele se endireitou e falou que queria tentar, por ferido que estivesse. E o escudeiro o ajudou por tanto tempo até que ele veio a seu corcel. E ele montou, e o escudeiro sentou-se atrás dele para mantê-lo, quando de outro modo não conseguiria se ter mantido, teria certamente caído por terra. Pois que fizeram isso, então se separaram do sítio, pois o rei estava ferido, e cavalgaram por tanto tempo até que vieram ao convento, do qual se tinham apartado. E porque foram alertados de que eles vinham, saltaram perante eles e ajudaram o rei Bandirs a desmontar e o conduziram a uma câmara e ataram suas feridas, que eram grandes e horríveis. E Galaat perguntou a um dos irmãos, que se indagava se ele poderia convalescer. Ele falou: "Ele bem deve convalescer, se Deus quiser, e ele está quase muito ferido, e isso ele não deve queixar a ninguém, pois lhe predissemos que a quem tomasse o escudo, viria mal. E ele o levou apesar de nosso mandamento, por isso deve ser havido por tolo". E pois que lhe fizeram no convento o melhor que podiam, falou o escudeiro a Galaat tão alto que todos os que lá estavam ouviram: "Senhor, a vós faz saudar o bom cavaleiro com a arma branca, que feriu o rei Bandirs, e vos envia este escudo e vos pede que o conduzis no futuro por causa do Alto Mestre, quando não sabe ninguém que o porte com mais direito que vós mesmo; por causa disso, ele vo-lo enviou comigo. E se quereis saber de onde vem a aventura que assim aconteceu aqui fartamente, então vinde a ele, e ele vos deve narrar como me prometeu".

E pois que os irmãos ouviram as novas, ofertaram a Galaat grande honra e falaram que abençoada fosse a hora que lá o trouxera, quando bem reconheceram que a grande e maravilhosa aventura por meio dele deveria ser ultimada. E o senhor Ywan falou a Galaat: "Pendurai este escudo em vosso pescoço, quando não foi feito para nenhuma pessoa senão para vós! Assim minha vontade é em alguma medida realizada, quando nenhuma coisa desejei mais saber que conhecer o cavaleiro que fosse digno de levar esse escudo". E Galaat falou que queria pendurá-lo em seu pescoço, porque ele lhe tinha sido enviado. E chamou-se [a si mesmo] para a primeira arma e chamou a trazer sua arma. E quando estava armado, então pendurou o escudo em seu pescoço e montou em seu corcel e separou-se deles e encomendou os irmãos a Nosso Senhor Deus. E Ywan estava armado e assentado sobre seu cavalo e disse que queria fazer companhia a Galaat. E ele respondeu que não poderia ser, que para lá não precisava de nenhuma companhia que não deste escudeiro. E assim se separou dos outros, e cada qual cavalgou por seu caminho. E o senhor Ywan cavalgou para a floresta. E o cavaleiro com a arma branca, que tinha visto o escudeiro, estava próximo dele. Eles o saudaram, e pois que viu o senhor Galaat, validou sua saudação, tão bonita e belamente quanto só ele podia, e ganharam conhecimento e um entreteve o outro. Então falou Galaat: "Por causa do escudo que devo levar ocorreu alguma aventura e muito maravilhosa nesta terra, como ouvi dizer. Assim quero com prazer vos pedir por reto amor, que me digais a verdade como e por que isso aconteceu, quando bem creio que bem o sabeis". "Senhor," falou ele, "bem quero com prazer dizer-vos, se o quereis, quando bem o sei". "Senhor Galaat", falou ele, "aconteceu doze anos após o martírio de Nosso Senhor, que José de Arimateia,[1] o nobre cavaleiro, que alçou Nosso Senhor da cruz, separou-se de Jerusalém com uma grande parte da linhagem de que ele era. E longamente erraram até que vieram a um caminho que os portou para a cidade de Saras, onde estava o rei Evalles, que

---

1. Apesar de nossa opção por conservar os nomes próprios das personagens e localidades narradas no original alemão, como grafado no século XIII nomes canônicos como José de Arimateia e as personagens bíblicas foram traduzidos para o português, para facilitar a identificação do leitor.

era pagão. E quando José veio a Saras, teve Evallet guerra com um seu vizinho, um rei rico e poderoso, que confinava com sua terra, que era chamado Thulomeus. E pois que Evallet tinha vindo próximo e queria submeter Thulomeus, que para si ambicionava sua terra, Josephus, filho de José, falou para ele que se viesse desaconselhado para a batalha, seria ferido e envergonhado por seus inimigos." "Como me aconselhais?" falou Evallet. "Quero bem dizer-vos", falou Josephus e principiou e diz-lhe da Nova Aliança e do verdadeiro Evangelho e da crucificação de Nosso Senhor e da ressurreição e diz-lhe a verdade, e fez trazer-lhe um escudo branco com uma cruz vermelha de cindel e falou: "Senhor rei Evallet, quero indicar-vos como deveis reconhecer o poder e a força da Santa Cruz. Isto é verdade, Thulomeus deve ter poder sobre vós, três dias e três noites, e tanto que não pensai em escapar. Assim deveis descobrir a Cruz e deveis falar: 'Prezado Senhor, de cuja morte trago sinais, ajuda-me deste medo e escolta-me são e sem dano, então creio servir e conservar tua aliança' ". Depois separou-se deles o rei e rumou para Thulomeus. E aconteceu certeiramente como lhe tinha dito Josephus. E lá viu tal medo que pensou que morreria, daí descobriu o escudo onde, no meio, estava um crucifixo, e falou a palavra que Josephus lhe tinha ensinado. Então lhe aconteceu sorte e honra, e ficou protegido de todos os seus inimigos e ganhou a vitória sobre Thulomeus e todos os seus homens. E quando veio ao sítio de Saras, ele diz a todo o seu povo a verdade do que tinha achado. E José cobriu então o escudo com a cruz, e falou que queria tornar-se cristão[2]. E antes que fossem batizados, veio um homem perante eles, com uma mão decepada e trazia o pulso na outra mão. E José o chamou, e ele veio até ele. E tão logo ele o tocou com a cruz que estava sobre o escudo, então achou sua mão de novo convalescida, que tinha perdido. E ainda aconteceu uma maravilhosa aventura, quando a cruz, que estava sobre o escudo, dele então se separou de tal maneira que ninguém conseguiu perceber onde estaria.

Então recebeu Evallet o batismo e ficou chamado Mordelas e tornou-se servo de Jesus Cristo e fez manter em honra o escudo. E depois aconteceu que Josephus separou-se do sítio de Saras, ele e seu pai. E pois que tinham vindo à Grã-Bretanha, lá acharam um rei, que era fartamente cruel e mau, que tomou a ambos como prisioneiros, e uma grande parcela de cristãos. Quando Josephus estava na prisão, então vieram as novas ao longe, quando ao tempo ninguém tinha tão grande nome como ele. E posto que o rei Mordelas foi alertado, pôs-se a caminho e seu povo e o senhor Natages seu cunhado e vieram à Grã-Bretanha por cima de quem mantinha Josephus preso. E desertificaram e apodreceram a ele e toda sua terra, e tornou-se a terra cristã. E tiveram Josephus em tanto amor que nunca depois desta vez se separou e com

---

2. O nome contido na versão original do documento é, de fato, *Joseph*, apesar de apresentar-se mais coerente a correção apresentada pelo tradutor alemão contemporâneo Hans Hugo Steinhoff, que consigna o nome *Evallet*. A mencionada tradução alemã prestou-se a uma comparação, muitas vezes necessária, para a presente faina em língua portuguesa.

ele permaneceram, e o serviram sobre toda a terra para onde se conduzia. E então veio que Josephus estava deitado em sua cama mortuária, e Evallet, que era chamado Mordelas, viu que ele queria se separar do mundo, e então foi perante ele e chorou muito amargamente e falou: "Senhor, porque quereis pois nos deixar, devo então aqui permanecer só nesta terra, e por causa de vosso amor deixei toda minha terra e todo o meu reino? Por meio de Deus, porque deveis daqui vos separar, deixai-me algum sinal, para que eu tenha algo que o lembre!" "Senhor," falou Josephus, "devo bem fazê-lo". E começou a refletir sobre o que poderia deixar-lhe. E posto que muito tinha pensado, então disse ele: "Rei Mordelas, faz-me trazer o mesmo escudo que levaste sobre Thulomeus". E o rei falou que queria com prazer fazê-lo, "quando não está longe daqui", quando ele o levava consigo de todas as maneiras, levasse ele ou quem ele quisesse em qual terra. E fez trazer o escudo perante Josephus. Pela mesma hora em que o escudo foi trazido perante Josephus, aconteceu que Josephus sangrasse assim tanto pelo nariz, que ninguém o soube acalmar, e tomou o escudo de pronto e faz uma cruz com o mesmo sangue no escudo que agora vedes aqui. E sabei seguramente que é o mesmo escudo de que vos disse. E quando tinha feito a cruz como aqui bem podeis ver, falou ele: "Tomai este escudo o qual vos deixo para uma memória minha, que bem vedes que esta cruz é feita do meu sangue. Deve de toda sorte ser assim fresco e novo e vermelho tanto quanto durar o escudo, e isso não deve ser curto. E sabei que ninguém deve levá-lo, quem quer que seja o cavaleiro, que vai se arrepender, até que o bom cavaleiro Galaat [venha], que é da linhagem de Natigen, que deve pendurar em seu pescoço. E por causa disso ninguém seja audacioso para pendurá-lo em seu pescoço, senão aquele a quem nosso Senhor Deus deve apanhar, e por cuja vontade assim muito mais maravilha será vinda do escudo que de outros, assim deve também mais nobreza e mais maravilha vir daquele que o deve levar que de outros".

"Por que me deixais assim tão boa memória de vós", falou o rei, "dignai-vos também a dizer-me onde devo deixar o escudo, quando bem quero que ele seja feito em tal sítio que o cavaleiro o encontre". Respondeu ele: "Aí deveis ver onde Natiges se fez enterrar quando morreu, lá deveis fazer o escudo, pois que lá virá o bom cavaleiro no décimo-quarto dia, assim tendo recebido a ordem da cavalaria". "E assim veio, quando hoje é o décimo-quinto dia em que viestes a este convento, onde Nascius[3] se encontra enterrado. Então vos narrei por que causa a aventura aconteceu e os cavaleiros de tola ousadia que por cima do mandamento quiseram levar o escudo, que não era permitido a ninguém senão a vós". E pois que o falara, então desapareceu, que Galaat nem soube [de] onde ele viera. E posto que o escudeiro que junto a ele estava escutou esta aventura, então caiu ele de seu cavalo e caiu aos pés de Galaat e pediu-lhe chorando, por meio do amor que ele tinha por aquele cujo sinal ele levava no escudo,

---

3. O documento altera o nome do cadáver.

que o deixasse com ele cavalgar e que o fizesse cavaleiro. "Seguramente", falou Galaat, "se devo ter companhia, não vos negarei". "Senhor," falou ele, "assim vos peço por Deus que me façais cavaleiro, quando bem vos digo que a cavalaria em mim se deve constituir, se Deus quiser". Galaat contemplou o escudeiro, que misericordiosamente chorava, e dele muito se apiedou, e pediu-lhe que quisesse fazê-lo. "Senhor," falou o escudeiro, "então nos deixai retornar para o lugar de onde viemos, quando lá tenho arma e corcel, e deveis fazê-lo com justiça, não por causa de minha vontade, senão porque há aí uma aventura, que ninguém consegue levar ao fim". "Quero com prazer o fazer", falou Galaat e retornou por isso ao convento. Posto que os do convento viram que ele voltava, então tiveram alegria e perguntaram ao escudeiro por que causa tinham eles retornado. "Para fazer-me cavaleiro", falou o escudeiro, e ficaram muito alegres por ele. E o bom cavaleiro pergunta onde seria a aventura. E os do convento falaram: "Sabeis o que é?" "Não", falou ele. "Assim sabei que é uma voz que vem de um sarcófago da terra para fora e é tão forte que ninguém pode ouvi-la, que não perca força de seu corpo por um longo tempo depois". "E sabeis de onde vem esta aventura?" "Não", falaram eles, "vem, pois, do mau espírito". "Então me conduzi para lá", falou ele, "quando vejo com prazer". "Então ide conosco", falaram eles. Então o conduziram a um canto da igreja, assim armado, sem o elmo. Então falou um irmão: "Senhor, vede lá a grande árvore e o sarcófago embaixo?" Sim", falou ele. "Então vos quero dizer", falou o irmão, "o que deveis fazer. Ide ao sarcófago e o erguei. Eu vos digo que deveis embaixo encontrar uma letra". Com isso foi Galaat para lá e ouviu uma voz, que fez um grito tão grande que foi maravilha e clamou tão alto que todos ouviram, os que lá estavam, e falou: "Servo de Jesus Cristo, não te aproximes de mim, quando me fazes expulsar do sítio onde tenho estado por longo tempo". Quando Galaat o ouviu, então não se assustou e caminhou para o sarcófago. E posto que o quisesse erguer em um canto, então viu de lá sair uma fumaça e uma chama, e viu depois de lá sair uma figura, a mais horrível e mais cruel em uma figura de homem, e fez uma cruz à sua frente, quando bem sabia que era o Inimigo. Então ouviu uma voz, que falou: "Galaat, santa pessoa, eu te vejo aqui com os santos anjos, que meu poder nunca pode ser perante a sua força, eu te deixo este sítio". E quando Galaat o ouviu, ele se persignou e deu graças a Nosso Senhor Deus e ergueu o sarcófago para cima e olhou para lá. Então viu um cavaleiro armado e tudo de que se precisa para um cavaleiro. E quando o deduziu, então chamou os irmãos e falou: "Vinde cá e vede o que achei e dizei-me o que é, pois estou pronto a fazer mais, se devo fazê-lo". E foram todos para lá. E quando viram o cadáver lá jazer, enterraram-no e falaram: "Senhor, não podeis fazer mais do que já fizestes, o cadáver, que aqui padecia, não deve nunca ser transferido do sítio, como consideramos". "Não" falou o velho, que tinha dito a aventura para Galaat, "quando ele deve ser retirado e arremessado para fora, quando esta terra é abençoada e consagrada, e por causa disso o cadáver dos falsos e maus cristãos aqui não pode permanecer jazendo". E então chamaram os servos do convento para que o erguessem para fora do túmulo e o jogaram para frente do cemitério. E então falou Galaat ao irmão: "Senhor, fiz tudo isso que pertence a esta aventura, que estou compelido a fazer?" "Sim", falou ele, "quando nunca vem voz de lá de dentro, de que aconteça tanto mal como desta". "E sabeis", falou Galaat, "por qual razão tantas maravilhas de lá vieram?" "Senhor," falou ele, "sim senhor, e quero de bom grado dizer-vos, quando vos é obrigatório saber e significa grande coisa".

Com isto, separaram-se então do cemitério e retornaram ao convento. E Galaat falou ao servo que ele deveria fazer vigília à noite na igreja, se deveria mesmo fazê-lo cavaleiro pela manhã. E aquele, que nada desejava senão aquilo que dele se demandava, preparou-se para receber a alta ordem da cavalaria, quando tanto a desejou. E o bom homem tomou Galaat e o conduziu a uma câmara e o fez desarmar e o fez sentar-se sobre uma cama e falou: "Senhor, perguntava-me agora da aventura, que trouxestes ao fim, e quero de bom grado vos dizer, quando nesta aventura repousavam três coisas que são para muito se temer: o sarcófago não era fácil de se levantar, o cadáver do cavaleiro precisava ser jogado para fora de sua forma, e a voz, que todo aquele que a ouvisse perdia sua força e seu poder; e dessas três coisas devo eu dizer-lhe o sentido.

O sarcófago, que cobria o morto, significa a dureza do mundo, que nosso Deus achou tão grande que veio para a terra, quando o filho não amava o pai, nem o pai ao filho; por esta razão conduziu o Inimigo ao Inferno aqueles que do mundo se separavam. E porque o Pai do Reino do Céu viu que era tão grande a dureza sobre a terra, que um não reconhecia ao outro, nem acreditava no outro, nem pelas prédicas que se lhe diziam, que achavam todos os dias novos deuses, e enviou Seu Filho ao mundo, que o achou duro e pecaminoso. E para amolecer essa dureza, e para amolecer os pecadores e os renovar, conduziu-se ao mundo e o achou assim duro e assim cheio de pecados mortais, que se poderia mais rápido amolecer uma pedra dura que o seu coração. Quando ele falou pela boca de Davi, o profeta, 'não serei vitorioso até que eu morra', isto é tanto quanto ter dito 'pai, terás bem pouca conversão deste povo antes da minha morte'. E assim, como o Pai enviou Seu Filho para redimir o povo e é renovado convosco, quando assim como o erro e a tolice fugiram à Sua chegada, e a Verdade brilhou e foi reconhecida, assim também nosso senhor Deus vos elegeu sobre todo outro cavaleiro para enviar pelas terras para completar as aventuras, e para reconhecer como elas aconteceram. Por tal razão o vosso futuro deve igualar o de Nosso Senhor Jesus Cristo, não de tão alto direito. Como os profetas foram muito antes do advento de Nosso Senhor, e tinham predito sua vinda e falavam que Ele deveria redimir o povo do tormento infernal, também se profetizou vosso futuro há mais de vinte anos. E falaram muitos que ninguém deveria ouvir a aventura de Logres até que vós viésseis. E desta forma, pois, bem nos aconteceu que viestes pela graça de Deus".

"Pois me dizei", falou Galaat, "o que o corpo significa; do sarcófago me tínheis dito a verdade". Ele falou: "Eu devo dizer-vos isso. O corpo significa a grande dureza do povo, que eles estavam todos mortos através dos grandes pecados que tinham feito de dia a dia, quando bem parece que estavam cegos do advento de Nosso Senhor Jesus Cristo. Quando então viram o rei acima de todo rei, tomaram-no por um pecador e consideraram que fosse como eles eram e o condenaram à morte pelo conselho do Diabo, que os enfeitiçou a todos, e que lhes tinha ido aos lábios. E por isso fizeram isso. Então Vespasiano os deserdou e expulsou tão logo soube a verdade dos profetas perante os quais eles foram falsos. E então foram trazidos à morte com o Inimigo e seu conselho".

"Então devo também de bom grado saber como o transtorno e o lamento vieram ao corpo, que à vez estava morto, e a voz do sarcófago". Ele falou: "Isso significa a terrível fala que veio à frente de Pilatos, o juiz, que Seu sangue deveria ir sobre nós e nossos filhos. E por esta causa então eles foram perdidos e perderam tudo que tinham. Assim podeis bem ver que essa aventura significa a Paixão de Nosso Senhor e sinal de sua vinda futura. E ainda vos digo mais: quando onde[4] cavaleiros forasteiros para cá vinham e iam ao caixão e o Ini-

---

4. O texto original apresenta os dois pronomes justapostos, exatamente como na tradução.

migo os reconhecia por pecadores de muito tempo e os via impuros, e via que estavam completamente sem castidade, assim lhes fazia ter grande medo de ouvir da voz e tanto se assustar que perdiam seu poder de todo seu corpo ermo. E se seu poder nunca fosse superado, então por causa dos pecadores, que estavam cheios de impureza, não teria Nosso Senhor vos enviado para cá, por causa de trazer a aventura ao seu fim. Então tão logo para cá viestes, o Diabo, que vos conhecia tão casto e tão limpo de todos os pecados como nenhum homem terrestre pode ser, não ousou deter vossa companhia e fugiu e perdeu todo seu poder de vossa vinda, e a aventura vos passou, pois que tantos nobres cavaleiros a tinham tentado. Assim vos tenho dito a verdade dessas coisas".

E Galaat falou que lá haveria maior significado do que ele próprio consideraria. À noite foi Galaat servido do melhor que os irmão puderam. E pela manhã fez o servo cavaleiro, como era costumeiro para o horário. E como tinha feito tudo que estava obrigado a fazer, perguntou-lhe como se chamava. E ele falou que se chamava Meliant e era filho do rei da Dinamarca. "Caro senhor cavaleiro", falou Galaat, "porque sois cavaleiro e vindes de tão alta linhagem como de reis, vede então que a cavalaria em vós está bem constituída e honrais vossa linhagem, então por causa de nenhum tormento, que se possa padecer, deve-se deixá-la". "Seguramente," falou o novo cavaleiro, "Senhor, devo bem conservá-la, se Deus quiser". E então chamou Galaat suas armas, e se lhe trouxe. E Meliant falou: "Senhor, por graça de Deus e vossa me fizestes cavaleiro, pois eu tenho tanta alegria disso que não consigo dizer. Quando bem sabeis, quem faz um cavaleiro, que ele não tem que recusar o primeiro pedido que lhe pede, se lhe pedir pedido possível". "Falais o verdadeiro", falou Galaat. "Por que o dissestes?" "Por que" falou ele, "eu vos quero desejar um dom e pedir que mo deis, quando é coisa de que nunca virá mal". "Eu vos dou", falou Galaat, "mesmo que deva me ferir". "Grande graça." falou Meliant, "Então quero pedir que me deixeis seguir convosco na demanda até que alguma aventura se nos depare. E depois, se a aventura nos portar juntos, que não me negueis vossa companhia pela vontade de outrem". "Quero de bom grado fazê-lo", falou Galaat. Então chamou Meliant que se lhe trouxesse um corcel, quando queria partir com Galaat. E se lhe trouxe de pronto, e separou-se deles com Galaat e cavalgaram o dia inteiro e a semana inteira. E então lhes sucedeu em uma terça-feira cedo que viessem a uma cruz e encontrassem letras, que estavam cortadas em uma madeira e falavam: "Cavaleiro, escuta! Tu, que buscas aventura, vê aqui dois caminhos, um para a mão direita e um para a mão esquerda. Pois o lado esquerdo te proibimos, que por aí não venhas, quando pois precisa ser um nobre para aí vir, para que logo deva sair". Quando Meliant viu as letras, então falou para Galaat: "Nobre cavaleiro, deixai-me cavalgar o caminho para o lado esquerdo, quando lá posso tentar minha força e reconhecer se alguma vez devo ter nobreza e por causa disso dever ter o nome de cavaleiro". "Se o quiserdes", falou Galaat, "assim deixai-me ir lá dentro, quando bem penso que eu mais facilmente saio de lá que vós". E ele falou que ninguém além dele deveria entrar, e com isto um se separou do outro, e cada um cavalgou seu caminho e sua via e procurou aventura o melhor que pôde. Com isto calam-se as notícias sobre Galaat e se diz de Meliant como lhe ocorreu.

Então dizem as notícias que, como Meliant estava separado de Galaat, que estava a dois dias de distância, e cavalgou tanto até vir, às primas horas da manhã, a um gramado e viu no meio da grama uma bela poltrona, e rica, e à frente da poltrona estavam távolas cobertas e estavam preenchidas com as melhores iguarias que se possam pensar, e estava sobre a poltrona uma coroa de todo rica. E ele a contemplou e não desejou nenhuma outra coisa que lá estava, senão a coroa, que era tão bela, que em boa hora tinha nascido aquele que a deveria portar. Então a tomou e falou que deveria conduzi-la consigo e a fez em seu braço direito e retornou à floresta. E não tinha cavalgado longe quando viu vir em sua direção um cavaleiro sobre um grande corcel negro, e o chamou e falou: "Senhor cavaleiro, deixai estar a coroa, pois que não vos pertence, e saibais que em muito má hora a tomais!" E quando o viu, virou por esta causa, quando bem sabia que com ele precisaria ferir-se e falou: "Amado Senhor Deus, ajuda teu cavaleiro!" E aquele lhe veio e o encontrou tão duro pelo escudo e pela proteção do pescoço, e fincou-lhe a lança através do lado e o feriu de novo por terra e assim o tinha pronto que ferro ficasse em seu corpo e um pedaço da madeira. E desmontou sobre ele e lhe tomou a coroa, quando nenhum direito tinha a ela, e retornou pelo mesmo caminho por onde tinha vindo. E Meliant permaneceu jazendo como não podia levantar-se e achou que estava ferido de morte e muito se admoestou que não tivesse seguido Galaat, porque disso lhe veio mal. E nisto que estava em tal lamento, ocorreu que o caminho de Galaat de tal maneira o portou que veio até ele. E pois que viu que Meliant jazia sobre a terra, assim ferido, entristeceu-se bastante, quando consigo pensou que ele estivesse ferido de morte. Então desmontou e foi até ele e falou: "Hei, Meliant, quem lhe fez isso, que Deus vos regenere!" E com isto Meliant o ouviu, então o reconheceu ao falar, e falou: "Hei, Senhor, por Deus, não me deixai morrer aqui nesta floresta, mas conduzi-me para qualquer convento, onde possa me acontecer meu direito e que lá mesmo eu morra como um bom cristão". "Como", falou Galaat, "como? Estais então tão ferido, que julgais morrer?" "Senhor," falou ele, "eu sim!" Então estava Galaat à vez triste e perguntou onde estariam os que lhe tinham feito aquilo. E com isto assim veio o cavaleiro para fora da floresta, que havia ferido Melians,[5] e falou para Galaat: "Senhor cavaleiro, precavei-vos de mim, pois quero lhe fazer o maior mal que puder". "Hei, Senhor," falou Melians, "é ele aquele que me matou, por Deus, precavei-vos dele!" E Galaat não respondeu nenhuma palavra e dirigiu-se para frente do cavaleiro, e ele veio tão ligeiro quanto pôde. E por ter vindo muito impetuo-

---

5. Também aqui o texto original alterna as formas *Meliant* e *Melians*.

samente, perdeu o seu [adversário]. Mas Galaat o encontrou tão duro que lhe enfiou a lança pelos ombros e o trouxe, a ele e ao corcel juntos, por terra, e a lança quebrou-se. E Galaat saltou por cima dele. E com isto, por cuja causa ele deveria volver, então viu de onde vinha um outro cavaleiro bem armado, que clamou: "Senhor cavaleiro, deveis deixar-me aqui o cavalo". E Galaat foi a seu encontro e colou a lança sobre seu escudo e a quebrou, pois que antes estava partida, e não conseguiu derrubá-lo da sela; e Galaat lhe cortou a mão direita com a espada. E porque ele sentiu que estava ferido, então volveu para a fuga, quando tinha grande medo de morrer. E Galaat não o caçou mais que o necessário para que não tivesse como fazer mais mal do que já tinha feito. E volveu para Meliant e não contemplou mais o cavaleiro que tinha derrubado o que mais queria fazer, quando de bom grado, por sua vontade, faria o que pudesse fazer. "Senhor," falou ele, "se eu pudesse suportar cavalgar, bem queria que perante vós me erguêsseis e me dirigísseis a um convento não longe daqui, que eu bem sei, se estivesse eu lá, far-se-ia tudo que se pudesse para me salvar". Galaat falou que de bom grado queria fazê-lo, "quando seria bom que se vos retirasse o ferro". "Hei, Senhor," falou Meliant, "não me faço bem em tal temor, eu teria então me confessado, pois que creio que eu morra de pronto. Por isto conduzi-me daqui de imediato". E então Galaat o tomou, o mais suavemente que pôde, e o assentou diante de si e o tomou pelo braço, de sorte que não caísse, quando estava muito doente; e alçou seu caminho e cavalgou por tanto tempo até que viesse à porta, e chamou os irmãos que lá estavam, que eram pessoas muito santas. E eles abriram a porta o receberam muito boamente e o portaram a uma câmara. E pois que tinha tirado seu elmo, então desejou o corpo de Nosso Senhor. E pois que tinha confessado e rezado por graça como um bom cristão, recebeu ele Nosso Senhor. E pois que O tinha recebido, falou para Galaat: "Que venha a morte quando ela quiser, quando estou bem preparado para ela. Então podeis tentar o que quiserem para retirar o ferro". Galaat retirou-lhe o ferro e ele desmaiou pela dor que padecia. E Galaat perguntou se ninguém ali que pudesse com feridas. "Sim," falaram eles, "Senhor". E chamaram a vir um velho monge, que tinha sido cavaleiro, e lhe mostraram as feridas. E ele as contemplou e falou que queria deixá-lo saudável em um mês, se Deus quisesse. Por essas notícias estava Galaat feliz e fez-se desarmar e ele falou que queria permanecer no dia e mais um dia para contemplar se Meliant poderia convalescer. E assim permaneceu Galaat lá três dias, e então perguntou a Meliant como estava. E ele disse que se volvia para convalescer. "Assim posso daqui me separar amanhã", falou Galaat. E ele lhe respondeu bem triste: "Hei, Senhor, quereis deixar-me aqui? Ainda sou aquele que deseja tanto a vossa companhia, mais que qualquer homem no mundo, se pudesse tê-la". "Senhor," falou Galaat, "não mais vos sou de valia e tinha muito com o que me ocupar além de descansar, sobretudo procurar o Santo Graal, quando a demanda por minha causa começou".

"Como", falou um dos irmãos, "ela já começou?" "Sim", falou Galaat, "somos ambos companheiros nela". "Por minha verdade", falou o irmão, "assim bem vos digo, cavaleiro seguro, que esta má sorte vos aconteceu por causa de vossos pecados. Se me mostrardes vosso ser desde que a demanda foi iniciada, eu queria bem vos dizer através de qual pecado isso vos teria acontecido". "Em verdade", falou Meliant, "eu quero de bom grado dizer-vos".

Então lhe contou Meliant como Galaat o tinha feito cavaleiro e das letras que eles encontraram na cruz, que proibiam o caminho para a mão esquerda, e como ele cavalgou pelo caminho e o que lhe aconteceu. E o bom homem era de visa santa e bem instruído e falou: "Senhor cavaleiro, seguramente é um sinal do Santo Graal, quando nada me dissestes que não tenha grande significado e isso também deve significar! O que deveríeis, para tornar-vos cavaleiro, antes de ter feito sua confissão, era vir para a ordem da cavalaria puro e claro de toda a impureza e de todo o pecado que vós sabidamente mancháveis. E assim viríeis para a demanda do Santo Graal não como estaríeis obrigado a estar. E pois que o Diabo isso viu, foi-lhe muito tormento e pensou que deveria atacar-vos tão logo vistes seu sítio, e vos fez como eu devo dizer-vos quando foi".

Pois que saístes do convento, e que vos havíeis tornado cavaleiro, o primeiro encontrar que vos encontrou foi o sinal da Santa Cruz. É um sinal de que todo cavaleiro está obrigado a deixar-se sobre o fato, e mais foram as letras que vos indicaram dois caminhos: um para a mão direita, o outro para a mão esquerda. Pelo da direita deveríeis entender o caminho para Nosso Senhor Jesus Cristo, que os cavaleiros de Deus são obrigados a seguir noite e dia, o dia por causa da alma, a noite por causa do corpo. O da mão esquerda devíeis entender o caminho do pecador, e lá se ressente um grande temor para aquele se alça para lá dentro. E porque não era assim seguro como o outro, por isso proibiram as letras que ninguém para lá se alçasse, que não fosse mais nobre que o outro. E isso é tanto quanto dizer como que ele seria tão repleto do amor de Deus que ele por nenhuma aventura poderia cair em medo. E pois que viste[6] as letras, foi-te grande maravilha o que podia ser, e de pronto o Inimigo te enganou e bem sabia de tua cortesia,[7] quando pensaste bem atravessar por tua valentia. E também te enganou a tua presunção, quando a inscrição significava a cavalaria espiritual, assim pensaste e entendeste como cavalaria mundana. E por isso vieste em cortesia e com isso caíste em pecado mortal. Quando te separaste de Galaat, o Inimigo, que te achou fraco, veio a ti e pensou que tinha feito pouco, ele te fez ainda incorrer em pecado mortal por outra vez, assim que ele te fez cair de pecado em pecado. E pois ele preparou à tua frente uma coroa de ouro e te fez cair em cobiça injusta. Tão logo quanto o viste, na hora caíste

---

6. Neste período do parágrafo em tela, o religioso altera o pronome de tratamento de *ir* para *du*.

7. O religioso Hans-Hugo Steinhoff traduz, de modo muito indiciário, o étimo medieval *hoffart*, que assimilamos a "cortesia", ou "modo cortês", por alta coragem ou bravura.

em pecado mortal. E porque ele viu que levavas embora a coroa, ele veio a ti na forma de um cavaleiro pecaminoso e pensava te derrotar como alguém que te tivesse matado, quando a cruz que fizeste à tua frente e pensou corretamente que não estavas a Seu serviço. Assim Ele te trouxe em medo de morte, para que na outra vez te abandonasses ao auxílio de Deus, mais que à tua força. E para que tivesses socorro de pronto, ele te enviou este santo cavaleiro Galaat, que te vingou em dois cavaleiros, que lá significavam os dois pecados, que em ti estavam abrigados, e não teriam conseguido ser contra ele, quando ele está sem pecado mortal. Então vos contei por qual sentido essa aventura aconteceu". E falaram que esse significado seria belo e maravilhoso.

"Pois nos ajude Deus, bom homem", falou Galaat, "quando preciso daqui me separar". E lá contemplou suas armas, se lhe faltava alguma coisa. E porque viu que nada lhe faltava, então se armou, pediu licença a Meliant e separou-se do convento. E por tanto tempo quanto a aventura o conduziu, ele veio ao caminho que ia para o castelo das moças,[8] e não tinha cavalgado mais e lhe vieram ao encontro sete moças que ricamente tinham cavalgado e falaram: "Senhor cavaleiro, ultrapassastes o vau[9] e deveis vir ao castelo". E ele cavalgou todo para ele, até que um servo o encontrou e lhe falou: "Senhor, os do castelo vos proíbem que adiante

---

8. O nome medieval para o castelo das moças é *megdeburg*, que pode estar na origem do nome da cidade de Magdeburg, já que *Magd* é o termo alemão contemporâneo correspondente a *megde*.

9. Trecho de um rio pelo qual se pode atravessar o mesmo a pé ou montado.

cavalgueis, e vós dizeis pois o que quereis". "Eu não quero outra coisa," falou ele, "que o costume deste castelo". "Seguramente", falou ele, "é alguma coisa vos desejastes para mal, e deveis tê-la de modo que nenhum cavaleiro possa atacar. Esperai-me pois aqui, deveis ter o que buscais". "Pois cavalgai logo", falou Galaat, "por causa de minha ocupação".

Então se separou o servo de Galaat e cavalgou para o castelo. E não demorou muito Galaat viu de lá saírem sete cavaleiros, que eram irmãos e chamaram por Galaat: "Senhor cavaleiro, precavei-vos de nós, pois que não vos asseguramos senão a morte!" "Como", falou Galaat, "quereis todos lutar comigo juntos?" "Sim", eles falaram, "quando assim é o costume do castelo". E pois que ele o ouviu, sacou sua lança e deixou-se correr sobre eles e encontrou o primeiro, que o conduziu por terra e tinha quase quebrado o seu pescoço. E todos eles juntos vieram de encontro ao seu escudo, pois que não o queriam derrubar da sela. E da força de sua lança, quase o tinham levado por terra e quebrado seu pescoço. No começo quebraram todos suas lanças. E Galaat tinha derrubado três com sua lança, e sacou a espada e deixou-se correr sobre eles, que viu conservarem-se diante de si, e foi sobre eles. E então se alçou entre eles uma grande e temerosa briga e durou por tanto tempo até que estivessem sentados aqueles que tinha derrubado, e então a confusão alçou-se ainda maior que antes.

Então aquele que era o melhor de todos os cavaleiros fortaleceu-se assim tanto que os impeliu para trás de si, e os preparou com espada cortante que nenhuma arma os pode ajudar, e fez o sangue sair-lhes do corpo. E o acharam de tal poder que não pensaram que fosse qualquer homem terrestre, porque nenhum homem no mundo seria aquele que poderia ter sofrido metade do que ele sofreu. E isso muito os assustou, que não quiseram movê-lo de seu sítio, e o acharam o dia todo em tal força como a que de primeiro se alçou. Se a verdade dele era aquela, como a história do Santo Graal demonstra, por nenhum trabalho nem por nenhuma cavalaria nenhum homem o veria fatigado. Em tal medida durou a contenda até o meio-dia, quando os sete irmãos eram de grande valentia. Então, porque veio o tempo, acharam-se tão cansados e prontos de mal, que não tinham poder para proteger seus corpos. E aquele que nunca ficava cansado, foi-lhes ao encontro, que caíram de seus cavalos. E porque viram que não podiam ajudar, então se viraram para a fuga. E porque ele viu isso, não os caçou e cavalgou para a ponte que ia para a frente do castelo. E lá encontrou ele um homem grisalho, vestido com roupas espirituais, e trazia a chave do castelo e falou: "Senhor, tomai a chave! Então podeis fazer a todos que estão lá dentro conforme a vossa vontade, quando tanto fizestes que o castelo é vosso". E ele tomou a chave e cavalgou ao castelo. E tão logo ele veio, então viu através das alamedas tantas moças, que não pôde contar, que todas falaram: "Senhor, sede por Deus bem-vindo, muito aspiramos pela vossa salvação, louvado seja Deus, que vos enviou, Senhor, quando de outra forma não seríamos salvas desta lamúria do castelo". E ele respondeu que Deus lhes pagasse. E então o tomaram pela rédea e ofereceram-lhe que desmontasse. E ele lhes respondeu, que ainda não seria tempo de tomar albergue. E uma donzela lhe falou: "Hei, Senhor, por que o dizeis? Seguramente, se daqui vos separardes, aqueles que por vossa valentia foram golpeados, viriam à noite de novo para cá e de novo alçariam o costume lamurioso que por tento tempo acalentaram neste castelo e teríeis trabalhado à toa.[10] "O que quereis que eu faça", falou Galaat, "quando estou pronto para fazer todas as vossas vontades tanto quanto eu veja que está bem feito?" "Nós queremos", falou a donzela, "todos os cavaleiros que aqui dentro estão e todos os que bem contivestes do castelo, que os façais jurar e também todos os que estão aqui, que nunca mais manterão esse costume". E ele falou que de bom grande o queria fazer.

E porque o conduziram até a casa principal, lá desmontou, retirou seu elmo e subiu ao palácio. E de pronto saiu da câmara uma donzela e trouxe um chifre de marfim, muito ricamente contido, e deu a Galaat e falou: "Senhor, se quereis que venham todos aqueles que de vós deverão adiante ter o castelo, então soprai o chifre, quando se pode bem ouvi-lo a dez milhas todo ao redor e ao redor". E ele respondeu que seria bom fazê-lo, e o deu a um cavaleiro que viu estar à sua frente. E ele tomou o chifre e o soprou tão alto que se podia

---

10. A expressão alemã medieval empregada pelo cronista é *umb süß*, que no alemão contemporâneo redundaria em *wegen der Süßigkeit*, ou "por causa da doçura", ou "por doçura".

ouvir a dez milhas de distância sobre toda a terra. Pois que o tinha feito, sentaram-se ao redor de Galaat, e ele pergunta ao que lhe tinha trazido a chave, se era padre. E ele respondeu "sim". "Então me dizei", falou ele, "o costume daqui e onde todas estas donzelas foram tomadas". "De muito grado", falou o bom homem. "É verdadeiro que faz sete anos, vieram os mesmos cavaleiros que derrotastes, a este castelo por aventura e tomaram albergue do duque Lyvor, que era senhor em toda esta terra, e era o mais santo que se soubesse. E à noite, quando se tinha ceado, alçou-se uma briga entre os sete irmãos e o duque por uma sua filha, que queriam ter com violência. E sucedeu que o duque foi morto e um seu filho. E então tomaram aqueles por cuja causa a briga tinha começado, e os irmãos que o fizeram, então tomaram todos o tesouro que aqui estava e enviaram a cavaleiros e a servos e alçaram novamente a guerra com os desta terra e tanto fizeram que os venceram e precisaram reter todo o seu feudo[11] deles. E porque a filha do duque o viu, ficou muito irada e assim falou de traição: 'Seguramente, vós Senhores, que tendes o domínio deste castelo, não vos temo! Pois, tal como o possuís por causa de uma mulher, assim deveis deixá-lo por causa de uma donzela, e deverá derrotá-los, aos sete, o lábio de um só cavaleiro'. E eles responderam, por causa daquilo que ela tinha dito, assim nunca uma donzela do castelo deveria passar, que deveria ser capturada até que viesse

---

11. O termo encontrado no documento original é *lehen*, que permanece no alemão contemporâneo, ao lado de *das Feudum*.

o cavaleiro que os vencesse; e até então o fizeram e desde então o castelo se chama Castelo das Moças." "E a donzela, por cuja causa se fez a briga, ela ainda está aqui?", falou Galaat. "Senhor," falou o bom homem, "não, ela está morta, e uma sua irmã, que é mais jovem que ela, essa ainda está aqui".

"Como estavam as donzelas aqui?", falou Galaat. "Senhor, elas padeceram grande desconforto". "Então estão para fora, por isso seja Deus louvado", falou Galaat.

Perto das nonas horas encheu-se o castelo, quando cada um que soube da notícia de que o castelo foi ganho, veio e fez grande honra a Galaat, a quem eles consideravam seu senhor. E ele deu de pronto à filha do duque o castelo e tudo o que lá pertencia e fez tanto que todos os homens da terra receberam seu feudo da donzela. E fez todos jurarem que nunca deveriam deixar o costume como ele lhes mandava e que deixassem partir as donzelas para suas terras.

O dia todo permaneceu Galaat lá, e lhe fizeram grande honra. E pela manhã vieram as notícias de que os sete irmãos teriam sido mortos. "Quem os matou?", falou Galaat. "Senhor," falou um, "ontem pois que eles se separaram de nós, encontrou-os meu senhor Gawin e Gaharies, seu irmão, e meu senhor Ywan, e deixaram correr um sobre o outro e o acidente caiu sobre os sete irmãos". E lhe causou grande maravilha a aventura, e desejou suas armas. E se lhe entregaram, e ele se armou, e separou-se do castelo. E os que lá estavam o escoltaram por um bom momento, até que se chamaram a voltar. E alçou-se por seu caminho e cavalgou sozinho. Então se cala a história sobre ele e diz do senhor Gawin.

Aqui diz a história que, porque meu senhor Gawin estava separado dos seus companheiros, que ele cavalgou por alguns dias, que ele não achou nenhuma aventura que fosse para contar, até que ele veio ao convento onde Galaat tinha tomado o escudo branco com a cruz vermelha. E pois que o ouviu, então pergunta por onde ele tinha retornado. E eles lhe informaram. E ele se alçou ao caminho para ele e cavalgou por tanto tempo até que a aventura o trouxesse para onde Meliant jazia e ele conheceu o senhor Gawin. Então lhe diz notícias de Galaat, que ele, pela manhã, se tinha dele separado. "Ah Deus," falou meu senhor Gawin, "como sou tão desafortunado, sou bem o mais azarado dos cavaleiros do mundo, que não posso cavalgar para perto de Galaat e o seguir! Seguramente, dê Deus que eu o ache, nunca quero me separar de sua companhia, se ele tinha minha companhia em boa conta, como tenho a dele". Esta fala ouviu um dos irmãos do convento e falou ao senhor Gawin: "Seguramente a companhia de vós dois não seria equânime, quando sois um mau e infiel servidor, e ele é um cavaleiro como deve ser". "Senhor," falou meu senhor Gawin, "do que me dizeis penso que bem me conheceis". "E vos conheço melhor", disse o bom homem, "do que considerais". "Prezado Senhor," falou meu senhor Gawin, "pois queirais dizer-me bem, se vos agradar, quanto sou assim como me reprovais". "Eu não vos devo dizer", falou ele, "quando bem deveis descobri-lo, quando for tempo, de se dever dizer-vos".

Enquanto falavam, veio dentro um cavaleiro, armado de toda arma. E os irmãos lhe mostraram a corte e o receberam e o desarmaram. E pois que estava desarmado, foi de pronto à câmara onde meu senhor Gawin dentro estava. E tão logo Gawin o viu, então viu que era Gaharies, seu irmão. E correu de braços abertos para ele e lhe fez grande alegria, e ele lhe pergunta se esteve saudável. E ele respondeu: "Sim, pela graça de Deus!"

À noite foi ele bem servido pelos irmãos do convento. E pela manhã, pois que amanhecia, então ouviram missa de todo armados, sem o elmo. E pois que bem estavam preparados e montados, separaram-se deles e cavalgaram até as primas horas, então viram o senhor Ywan cavalgar só, e bem o reconheceram por suas armas e o chamaram, no que ele parou quieto. E porque ouviu chamar-se, parou quieto e bem os reconheceu em seu falar, quando o saudaram e ficaram muito contentes e lhe perguntaram o que tinha feito desde então. E ele respondeu que não tinha achado nenhuma aventura que o encontrasse. "Pois cavalguemos em diante", falou Gaharies, "juntos até que Nosso Senhor Deus nos mande aventura". E o seguiram e cavalgaram juntos suas vias como por tanto tempo até que vieram próximos ao Castelo das Moças. Isso foi no mesmo dia em que o mesmo castelo foi ganho, e os sete irmãos tinham fugido.

Pois que os sete irmãos viram os três cavaleiros, então falou um para o outro que deveriam pagar a eles pelo que lhes tinha acontecido. Quando bem reconheceram que eram os companheiros da aventura, por cuja vontade apodreceriam, foram atacar por cima dos três companheiros, que se protegeram, quando teriam vindo à morte. E pois que ouviram esse discurso, dirigiram seu corcel contra eles, e aconteceu que, na primeira justa, morreram três dos sete irmãos. Quando o senhor Gawin viu um e Gaharies o outro, e Ywan o terceiro. Então sacaram a espada e correram por sobre os outros; eles se defenderam tanto quanto puderam, quando estavam bem cansados e se tinham trabalhado da grande luta contra Galaat no mesmo dia. E aqueles que lá estavam eram bons cavaleiros e valentes, e encontraram-nos tanto que em pouco tempo os mataram e os deixaram jazer na floresta. E cavalgaram para onde a sorte os levasse, e não volveram para o Castelo das Moças, eles volveram para o caminho da mão direita. E por isto perderam Galaat, e à hora das vésperas, separaram-se uns dos outros e cada homem por seu caminho. E meu senhor Gawin cavalgou por tanto tempo até que viesse à casa de um eremita e achou o eremita em sua capela e cantou vésperas de Nossa Senhora. E desmontou de seu corcel e as ouviu e desejou albergue pela vontade de Deus, e ele lhe deu de boa vontade.

À noite perguntou o bom homem ao senhor Gawin quem ele era e ele lhe diz a verdade e qual demanda ele tinha assumido. E pois que o bom homem entendeu meu senhor

Gawin, então bem o conheceu e falou: "Senhor, se vos agrada, gostaria à vez bem de saber de vosso ser". Então começou a dizer da confissão e lhe contou alguns belos exemplos do Evangelho para ensinar que tinha feito sua confissão; queria consolá-lo de tudo quanto pudesse. "Senhor," falou o senhor Gawin, "se me quereis ensinar uma fala que ontem ao dia foi dita, quero que digais todo meu ser, se penseis que sou um nobre, quando bem sei que sois um padre". E o bom homem o louvou que bem o queria consolar de tudo quanto pudesse. E meu senhor Gawin contemplou o bom homem e o viu grisalho e velho, e bem o pensou ser um homem santo, e o agradou muito voltar a fazer-lhe sua confissão. E então começou a lhe dizer que se sabia, mais que todos, culpado perante Nosso Senhor e nada esqueceu de lhe dizer da fala que ele tinha ouvido no convento onde Meliant jazia. Então o bom homem achou que fazia mais de quatro anos que ele lhe tinha feito sua confissão. E então falou: senhor cavaleiro, pois fostes mau servidor e infiel! E quando viestes para a ordem da cavalaria, era para que servísseis o maior, e que deveríeis amparar e alertar a Santa Igreja e que devolvêsseis a Nosso Senhor o tesouro que ele vos deu a conservar, que era vossa alma. E por essa vontade se vos faz cavaleiro, e mantivestes mal a vossa cavalaria. Quando muito servistes ao Inimigo, e deixastes vosso Salvador e levastes a vida mais impura que qualquer cavaleiro levou. E por isto podeis bem perceber que alguém bem vos conhece, que o chamou mau cavaleiro e infiel. Seguramente, se não fôsseis tão pecador quanto sois, os sete irmãos nunca seriam mortos por vós e vossa ajuda, e teriam recebido penitência do costume impuro que tinham sobre o Castelo das Moças, e se teriam reconciliado com Deus. E assim não fez Galaat, o bom cavaleiro, que cavalgais procurando, quando os venceu sem matar. E não foi sem grande significado, quando os sete irmãos tomaram o costume sobre o castelo, que mantinham todas as moças que vinham lá para a terra, fosse justo ou injusto".

"Como Senhor?" Disse cá Gawin. "Dizei-me o significado, para que eu possa contar, quando eu retornar à corte." "De bom grado", falou o bom homem, "quando pelo ao Castelo das Moças deve-se entender o inferno e pelas moças as boas almas, que injustamente estavam trancafiadas antes do martírio de Nosso Senhor. E pelos sete irmãos devem-se entender os sete pecados capitais, que então reinavam no mundo. Quando tão logo a alma do corpo se separa, fossem nobres ou más, seguiam na hora para o inferno e lá eram trancafiadas como as moças. Pois que o Pai do Céu viu que tinha criado mal, enviou Seu Filho aqui para baixo ao mundo, para desatar as boas moças, que eram as boas almas. E como ele enviou Seu Filho aqui para baixo ao mundo, assim enviou Seu servo eleito, para que ganhasse o castelo e resgatar as boas moças, que lá são tão castas e puras como a flor-de-lis, que o sol nunca enruga".

Pois que o senhor Gawin ouviu essa fala, ele não soube responder. O bom homem falou: "Gawin, Gawin, se tu queres deixar tua má vida, que longamente levaste, ainda queres bem te dirigires com Nosso Senhor, quando a Escritura diz que ninguém é tão pecador, que deseje com coração bom e puro a misericórdia de Nosso Senhor e não ache Graça. E por isso bem te quero aconselhar em segredo que tomeis penitência por tudo que fizestes de errado". E ele falou que não poderia padecer penitência. Pois viu o bom homem que seu trabalho estava perdido no ensinamento, então se calou e não lhe falou mais nada daquilo. Pela manhã, pois que tinha raiado o dia, o senhor Gawin despediu-se dele. E ele cavalgou por tanto tempo por aventura que Agravant e Gifflet Lefeld o encontraram e cavalgaram bem quatro dias juntos sem achar aventura, que fosse para contar, e no quinto dia separaram-se e cavalgou cada um seu caminho. Então aqui a história se cala sobre ele e diz de Galaat.

Doravante se segue, pois que Galaat estava separado do Castelo das Moças, que cavalgou por alguns dias, até que veio a um vau deserto. Um dia ocorreu que lhe vieram Lancelot e Parsifal, que cavalgavam juntos e não o conheceram como não estavam acostumados a ver aquelas armas. E Lancelot veio-lhe com o primeiro e quebrou sua lança em seu escudo. E Galaat o encontrou assim que ele o derrubou e ao corcel um por cima do outro. De outra forma não lhe causou de modo algum dor. E pois que tinha quebrado sua lança, sacou então sua espada e golpeou Parsifal tanto que lhe cortou o elmo e a viseira. E não lhe tivesse a espada amolecido na mão, ele o teria matado sem dúvida, e não teve tanto poder que pudesse permanecer na sela, ele caiu por terra desmaiado, e como doente ficou da luta, que tinha recebido, que não sabia se era dia ou noite. E esta justa foi feita à frente de uma clausura, onde estava dentro um enclausurado. E pois que viu Galaat, ele falou: "Então parti com Deus que vos escolte! Seguramente se eles vos reconhecessem como eu vos conheço, nunca teriam a ousadia, que se lançaram contra vós". Pois que Galaat ouviu essa fala, então teria grande medo de que se o reconhecesse, e golpeou o cavalo com a espora e o apressou prontamente ao caminho como o cavalo pudesse correr. E porque viram que não podiam alcançá-lo a cavalo, volveram de novo, entristecidos e também tristes que teriam de pronto morrido, de bom grado. Quando odiavam assim tanto sua vida que se alçaram para a floresta.

Assim permaneceu Lancelot na floresta, entristecido e irado por ter perdido o cavaleiro, e ele falou a Parsifal: "O que podemos?" E ele respondeu que não sabia nenhum conselho para estas coisas, quando o cavaleiro apressou-se assim tão logo que eles não conseguiram alcançá-lo a cavalo; "então bem vede que a noite nos intimidou em tal sítio, que nunca podemos sair, saímos então com aventura. E por isto me parece que seria melhor volver para a via correta, quando se nós aqui começarmos a nos perder, não creio que consigamos vir ao caminho correto em um bom momento. Então podemos fazer o que nos agrada, quando nosso melhor é mais retornar que continuar cavalgando". Lancelot responde que não seguiria de bom grado o retorno e queria cavalgar perto daquele que conduzia o escudo branco, quando ele jamais quisesse ter conforto até que soubesse quem ele era. "Mas por tanto tempo podeis bem esperar", falou Parsifal, "até que amanhã venha o dia, então quereremos cavalgar atrás do cavaleiro". E Lancelot responde-lhe que não o queria fazer. "Então que Deus vos escolte hoje", falou Parsifal, "quando vinde tão longe e quereis voltar para a clausura", quando ele falou, deveria reconhecê-lo bem.

Assim se separaram os companheiros, Parsifal para dentro da clausura, e Lancelot cavalgou cruzando a floresta atrás do cavaleiro, de tal maneira que não se detêve em nenhum caminho ou atalho, e cavalgou assim como a aventura o conduzia, e doeu-lhe duramente que não soubesse, longe ou perto, onde poderia tomar seu caminho, quando a noite estava, à vez, sombria. E ainda assim tinha cavalgado longe, tanto que tinha vindo a uma cruz de pedra, que estava em uma encruzilhada em um campo deserto. E ele contemplou a cruz, pois se aproximou, e viu que ao lado estava uma coluna de mármore, lá estava uma carta selada. E a noite estava tão sombria que ele não conseguiu reconhecer o que a carta falava. E viu que perto da cruz estava uma velha capela, e por isso se dirigiu para lá, pois considerava encontrar gente lá dentro. E pois que se aproximou, atou seu cavalo a um carvalho e tirou seu escudo do pescoço e o pendurou em uma árvore e foi para a capela e a achou deserta. E entrou e viu uma grade de ferro que lá estava fechada e feita tão apertada que não se conseguia facilmente entrar. E viu através da grade e viu que lá dentro estava um altar, muito ricamente vestido com panos de seda e outros panos e outras coisas belas. E lá à frente estava um candelabro de prata, que continha seis velas incandescentes, e davam muito grande luz. E pois que isso viu, desejou muito entrar e saber quem lá estava. Quando não considerava ver coisas assim belas, em tal sítio estranho, como lá estavam. E deu a volta e contemplou a grade. E pois que viu que não podia entrar, então se apartou da capela muito entristecido e veio a seu cavalo e o conduziu com seu arreio à cruz e lhe retirou a sela e o arreio e o deixou pastar. E desatou seu elmo e o pôs para si e retirou sua espada e se dirigiu sobre seu escudo à frente da cruz e ficou facilmente adormecido, após o que ele estava muito cansado, quando não conseguia esquecer o bom cavaleiro com o escudo branco. E pois que tinha jazido um bom bocado, entorpecido como estava, então viu que dois cavaleiros traziam uma padiola de cavalo, e lá jazia um cavaleiro ferido, que se lamentava muito. E quando veio próximo a Lancelot, então se conteve e não falou uma palavra, quando considerava que ele dormia. E Lancelot não falou, como não estava nem dormindo nem desperto e assim jazia entorpecido. E o cavaleiro da padiola de cavalo, que lá permanecia junto à cruz, começou a lamentar-se quase em lamúria e falou: "Hei, Senhor Deus, este lamento deve durar pelo caminho inteiro? Hei Deus, quando deve vir o Vaso Santo, por meio do qual o forte lamento deve acabar? Hei Deus, alguém padece de tantas dores como eu padeço por causa de um pequeno erro?"

Um bom bocado queixou-se o cavaleiro e voltou-se para Deus de suas dores e seu lamento. E Lancelot nunca se moveu e não falou uma palavra, assim como jazia entorpecido, e ainda assim ouviu e bem entendeu a fala. Porque o cavaleiro tinha rezado em tal medida, Lancelot viu ao redor de si e viu sair da capela o candelabro com as velas, que ele tinha visto na capela. E ele contemplou o candelabro, que lá vinha à frente da cruz, quando não conseguiu ver quem o portava. Isso lhe tinha grande maravilha. E viu depois vir o Santo Vaso, que ele tinha mais visto junto ao rei Pescador, o mesmo a que se chama o Santo Graal.[12] E assim quando o cavaleiro ferido o viu vir, então se deixou cair tão alto quanto estava para a terra e dirigiu as mãos juntas para lá e falou: "Caro Senhor Deus, O deste Santo Vaso, que aqui vejo vir, deu sinal grande nesta terra e em outras, querido Pai, vede na minha direção por meio do Teu compadecer em tal medida que este grande tormento com que me retorço, seja-me suavizado em curto tempo, que eu possa vir à demanda em que vieram os outros valentes!" E arrastou-se sobre as mãos e sobre os pés por tanto tempo até que veio à coluna em cuja frente estava a távola e, em cima, o Santo Vaso. E ele se tomou por suas ambas mãos e se moveu para cima e fez tanto que beijou a távola de prata e fixou seus olhos. Pois que o tinha feito, sentiu-se aliviado de suas pernas e soltou um grande grito: "Hei, Senhor Deus, estou convalescido!" E não durou muito

---

12. Apesar de termos empregado iniciais maiúsculas ao longo de toda a tradução, esta é a primeira ocorrência de maiúsculas do texto original, para referir-se ao Santo Graal, à página 116.

até que dormisse. E pois que o Vaso lá permaneceu só um tempinho, então foi o candelabro de novo à capela e o Santo Vaso junto, de modo que Lancelot não soube com quem vem ou com quem se aparta, quem o portou. Por isto lhe aconteceu por meio disto que estava pesado de pecados, com que estava carregado, que não se ponderou vir através do Santo Graal, e nunca fez compreensão de que alguma coisa era por causa daquilo. E por isto achou ele em alguns fins na demanda muita vergonha, que portanto se lhe mostrou, e foi-lhe mal em alguns fins.

Pois que o Santo Graal se tinha apartado da cruz, dirigiu-se o cavaleiro para a padiola são e forte e beijou a cruz e de pronto veio um escudeiro e lhe trouxe arma assim bela e assim rica. E quando vislumbrou o cavaleiro, então lhe perguntou como lhe tinha acontecido. "Por minha verdade," falou ele, "bem, por graça de Deus, quando estava bem de pronto convalescido, eis que o Santo Graal veio e me desatou de todos os meus vícios. E me fez maravilha por causa deste cavaleiro, que aqui dorme, que não despertou com sua vinda". "Por minha verdade," falou o escudeiro, "ele está carregado de diversos pecados, pois que não fez sua penitência, e facilmente se culpou contra Nosso Senhor Deus, que não quis que ele visse a bela aventura". "Seguramente," falou o cavaleiro, "seja ele quem quiser, ele é infeliz e, creio eu, um companheiro da Távola Redondo, que se atribuiu buscar o Santo Graal".

"Senhor," falou o escudeiro, "eu também trouxe vossas armas, que podeis tomar quando vos aprouver". E o cavaleiro respondeu que de outra coisa não precisava senão daquilo, e tomou sua viseira de ferro, e sua coifa e armou-se. E o escudeiro tomou o elmo de Lancelot e sua espada e lhe direcionou, então foi ao corcel de Lancelot e o selou e o arreou. E quando o tinha pronto, então falou a seu senhor: "Senhor, montai, quando não vos falta um bom corcel! Seguramente, eu não vos dei coisa alguma, pois estaria melhor sucedido convosco que com o mau cavaleiro que lá padece".

A lua brilhava bela e iluminada, quando era depois da meia-noite, e o cavaleiro pergunta ao servo[13] como ele reconhecia a espada. E ele respondeu que lhe parecia que a conhecia pela grande beleza que tem, e a retirou e a contemplou tão bela que teve dela grande desejo. E porque o cavaleiro estava pronto e montado sobre o corcel de Lancelot, manteve sua mão esticada na frente da capela e jurou, como Deus e os santos o ajudassem, que nunca superaria o cavalgar até que soubesse como o Santo Graal aparecia em alguns fins do reino de Logris e com quem ele foi trazido à Inglaterra e por meio de qual negócio, ou seja, se alguém estivesse informado da notícia verdadeira antes dele. "Ajudai-me Deus", falou o servo, "dissestes o suficiente, pois deixai Deus decidir desta demanda, e seguramente, sem medo mortal não podeis passá-la". "Se nela eu morrer, deve a minha honra ser maior

---

13. O texto altera o termo *edelknecht*, para *knecht*, o que acompanhamos nesta tradução, assim nos afastando da opção do adaptador Hans-Hugo Steinhoff, que traduz também *knecht* por "escudeiro", à p. 120.

que a minha vergonha, quando, por essa demanda, nenhum nobre pode negar-se a morrer ou a convalescer." E então se apartou, ele e seu escudeiro, e conduziu com ele a arma de Lancelot e seu corcel como a aventura o conduziu. E pois que tinham vindo bem uma meia milha pelo caminho ou mais, então aconteceu que Lancelot endireitou-se e sentou-se como aquele que primeiro estava acordado, e refletiu consigo se aquilo que ele viu, se era verdadeiro ou se lhe fora sonhado, quando não sabia se tinha visto o Santo Graal ou se lhe foi sonhado. E foi à capela e viu o candelabro à frente do altar, e não viu aquilo que desejava ver sobre todas as coisas, que era o Santo Graal, quando teria de bom grado visto se fora verdadeiro, se tivesse podido ser.

Pois que Lancelot tinha visto um bom bocado a grade por causa disso, se podia ver daquilo que sobre todas as coisas desejava ver, que era o Santo Graal, então ouviu uma voz que falou: "Muito mais duro que uma pedra e muito mais amargo que fel e muito mais despido que um álamo, como serias tão atrevido que em nenhum sítio, onde costume estar o Santo Graal, ousasses vir! Vai-te daqui, quando este sítio está por demais despurificado de tuas obras!" E pois que Lancelot ouviu esta fala, então não sabia o que deveria saber, e apartou-se em frente e suspirou de coração e se lhe lacrimejaram os olhos e maldisse o tempo em que nasceu. Então bem sabia que ali tinha vindo, que ele nunca ganharia honra para a vontade que lhe faltava de saber a verdade sobre o Santo Graal. Quando as três falas que lhe foram faladas, ele não esqueceu e nunca mais conseguiu esquecer. Por longo tempo fora ele sem saber por que causa fora assim chamado. E então ele veio para a cruz, e lá não achou nem seu elmo nem seu corcel; de pronto ele bem percebeu que tinha sido verdade. Quando lá se alçou em um lamento assim grande e maravilhoso e chamou a si mesmo um triste descortês e falou: "Então apareceram meu pecado e meu mal à vida, então bem vejo que minha desventura me amaldiçoou mais que outra coisa. Então porque deve melhorar, então o Inimigo me obstou, que me tomou a visão, que eu não consegui ver nenhuma coisa que de Deus viesse. Não é maravilha se eu não posso ver iluminado. Quando do tempo em que me tornei cavaleiro, então não foi nunca tempo, em que não estivesse coberto e carregado de pecado mortal, quando eu por todo o tempo não pratiquei a castidade do mundo mais que um outro".

Assim se repreendeu Lancelot e se rebaixou muito. E porque o dia brilhava belo e claro e os pássaros cantavam na floresta e o sol começou a brilhar sobre as árvores, e porque ele ouviu o rouxinol cantar, que ele fartamente se tinha alegrado, e porque ele se viu desaconselhado de todas as coisas e de suas armas e de seu corcel e bem sabia que Nosso Senhor Deus estava irado com ele, e pensou achar as coisas e nunca vir ao sítio onde poderia reencontrar sua alegria. Quando lá considerou achar caminho e toda honra terrestre, então lhe faltou e se criticou a si mesmo de sua grande descortesia. Então se separou da cruz e foi a pé

através da floresta, sem elmo, sem espada e sem escudo, e
não retornou à capela, onde ouviu as três maravilhosas falas,
e volveu para aquele atalho e foi por tanto tempo até que, às
primas horas, veio a uma cela. Lá achou dentro um ermitão,
que deveria começar missa e estava armado com as armas
da Santa Igreja. E foi à capela calado e pensativo e também
triste como alguém poderia estar. E ajoelhou-se na igreja e
golpeou-se à frente de seu peito e ofertou graças por causa de
Nosso Senhor Deus dos maus feitos que tinha feito no mundo,
e espreitou a missa, que o bom homem cantava e seus alunos.
E quando estava cantada e o bom homem se tinha desarmado
das armas de Nosso Senhor Deus, Lancelot o chamou de
pronto e o levou para um fim e lhe pediu que lhe falasse. E
o bom homem perguntou de onde ele era. E ele respondeu
que era da corte do rei Arthur e um companheiro da Távola
Redonda. E o bom homem perguntou quais conselhos ele
queria ter, se era de penitência. E Lancelot falou "sim". "Em
nome de Deus", falou o bom homem e o conduziu para junto
do altar, e sentaram-se um ao lado do outro, e o bom homem
lhe perguntou como se chamava. E ele lhe respondeu que
se chamava Lancelot do Lago, filho do rei Ban de Benuwig.
E pois que o bom homem ouviu que ele era Lancelot, um
do Lago,[14] um do mundo, do qual se falam mais boas coisas,
ficou bastante assustado que o viu atuar grande lamúria, e
falou: "Senhor, deveis a Deus grande louvor por ter-vos feito

---

14. O texto original alterna os termos *Lac* e *Lache* para referir-se a lago, ambos grafados com iniciais maiúsculas.

belo e sensível, quando no mundo não se sabe de beleza e nobreza que vos igualem, que Ele vos emprestou o senso e a razão que tendes. Assim sois obrigado a fazer um grande louvor, para conservar em vós Seu amor, que o Diabo não possua nada deste suave dom que Ele vos deu. Então servi a Deus de toda vossa força e cumpri Seu mandamento, e não vos servis do dom que Ele vos deu contra Seu inimigo mortal, o Diabo. Pois Ele foi mais suave perante vós que a qualquer outro, e se Ele, pois, vos perder, muito se deve vos admoestar. E quem é o mau servo, de quem se lê no Evangelho, que nos fez confessar que um bom homem deu três grandes porções de seus bens? Quando ele deu a um servo um bizantino de ouro[15] e ao outro dois e ao terceiro cinco. E aquele a quem deu cinco, ganhou com isso em tal medida, que veio perante seu senhor e devia fazer conta e direito de seus ganhos, então falou: 'Vede, Senhor, outorgastes-me cinco bizantinos, que aqui estão e cinco deles, que eu ganhei'. E pois que o senhor o entendeu, então falou: 'Vem cá, verdadeiro servo e bom, eu te contenho em minha companhia de minha casa' ".

Depois veio o outro, a que se tinham dado duas, e falou a seu senhor que ainda tinha ganho dois daquilo. E respondeu justo como tinha respondido ao outro servo. E aconteceu que o que tinha recebido um enterrou o seu sob a terra e temeu seu senhor e não ousou vir à frente. Era o mau servo e o falsário e o falso hipócrita de coração, pois o Espírito Santo

---

15. A fonte original refere-se a um *wisant goltes*, ou *wisant* de ouro, que Hans-Hugo Steinhoff traduz por *bizantino de ouro*. Mais adiante, o texto original apresenta o termo *bysant*.

não lhe veio. Não quis estar à volta, odiou o mundo do amor de Nosso Senhor, quando recebeu o que a Sagrada Palavra deixou saber. Quando a Sagrada Escritura diz: "Quem se queima, não se abençoa". Isso é tanto quanto dizer que o Espírito Santo não aquece aqueles que não atentam para a palavra do Santo Evangelho, nem aquele que a ouve, ainda que alce sua devoção a Deus. E esta fala vos contei por causa do suave dom que vos deu Nosso Senhor, de tal sorte que vos fez mais belo que um outro e melhor, ao que me parece, nas coisas que vos aparecem. E se do dom que Deus vos deu sois Seu inimigo, então sabei que Ele deve inverter-vos a nada em curto tempo, pedi-lhe então brevemente graça e verdadeira penitência em contrição de coração e melhora de vida. E Ele tanto ama a verdadeira confissão dos pecadores que vos faz assim poderoso e assim forte, que vos faz mais forte e mais poderoso do que fostes algum dia no mundo".

"Senhor," falou Lancelot, "esta parábola que me mostrastes dos três servos, que lá tiveram os bizantinos, desconsola-me mais ainda que qualquer outra coisa. Quando bem sei que Nosso Senhor aconselhou-me em minha infância de tudo da boa graça que alguém pode ter. E por causa disto, Ele teve vontade de emprestar, e quão mal Lhe retribuí de quanto me outorgou. Quando bem sei que devo ser julgado como o mau servo que escondeu o Bizâncio na terra. Quando servi, por todos os meus dias, aos Seus inimigos e contra Ele guerreei por meio do meu pecado. E o Diabo tem a doçura e o mel, quando não me mostrou o tormento mundano que vem a quem permanece em seu caminho".

E pois que o bom homem ouviu esta fala, principiou a chorar e falou: "Senhor, este caminho de que me dizeis, bem o sei que quem ali permanece está eternamente perdido. Mas como vedes, que se erra o homem de seu caminho quando ele adormece e, em contrapartida, vem ao seu reto caminho quando está desperto, assim acontece ao pecador quando adormece em pecado mortal e se aparta do reto caminho e retorna a Deus por causa da penitência e direciona-se para Deus, o mais alto senhor, que grita: 'Eu sou a fidelidade e verdade, o caminho e a vida!'"

Então o eremita contemplou, em uma cruz, que lá estava o sinal de Nosso Senhor Jesus Cristo pintado, e mostrou a Lancelot e falou: "Vedes a cruz?" "Sim eu", respondeu. "Então sabeis seguramente que esta figura abriu seus braços para receber os pecadores, vós e outros, que se voltam para Ele, e clama por toda parte 'vinde, vinde', e por causa disso, que seja tão misericordioso que Ele por toda parte está pronto para receber aqueles que se voltam para Ele. E sabei", falou o bom homem, "que aqueles que se vitimam em tal medida como vos digo, com verdadeira penitência fora da boca e confissão do coração e melhora da vida, que nunca mais peque, então Deus vai com ele partilhar misericórdia. E por causa disto, dizei de pronto vossa vida e vosso ser à devoção, perante mim e perante ele, e eu vos ajudarei a desculpar-vos por meu poder e aconselhar-vos-ei como puder". E Lancelot refletiu consigo um pouco como nunca tinha refletido sobre sua vida nem sobre a rainha, grande confissão a isto o trazia. E suspirou tão profundamente do coração e ficou calado que nem uma palavra pôde sair de sua boca, e ainda então bem gostaria de dizer e não se atreveu a começar, como aquele que mais estava negado que audaz.

E o bom homem lhe pediu por toda via que dissesse seu pecado e não o deixasse, pois de outro modo estaria perdido, que fizesse como ele lhe mostrava. E prometeu-lhe a eterna alegria, se o dissesse, e o inferno, se ele se calasse. E dizia a ele tanto com boa fala e com bom conselho, que Lancelot principiou a dizer:

"Senhor," falou Lancelot, "é assim que estou morto com pecado por meio de uma mulher a que tive amor por toda minha vida, que é a rainha, esposa do rei Arthur, este é aquele que me deu muito ouro e prata e ricas vestes que eu tenho; quero dá-las aos cavaleiros pobres. E eis aquela que me alçou em grande, alta coragem, e aquele por cuja vontade tive grande valentia, de que diz o mundo inteiro, e aquele que me fez vir da pobreza à riqueza e do desconforto à honra mundana. Quando bem sei que por meio deste pecado dela, Nosso Senhor está irado comigo tanto como Ele me indicou nesta noite". E então lhe contou como ele tinha visto o Santo Graal e ele nunca se teria ponderado honrar-se perante ele ou por causa dele, nem por causa do amor de Nosso Senhor. E pois que tinha contado ao bom homem todo seu ser e sua vida, então lhe pediu por Deus que o ajudasse e cavalgou.

"Seguramente Senhor, nenhum conselho vos pode ajudar, prometei então a Nosso Senhor que nunca mais caireis neste pecado. Pois se quereis de tudo se dispensar, assim pedi graça por causa de Nosso Senhor e deixai-vos arrepender de todo o coração, assim sei bem que Nosso Senhor vos deve chamar o bom cavaleiro e deve abrir-vos as portas celestes, onde a vida eterna está pronta para todos que lá entrarem. Nesta medida como agora estais, que não tendes nenhum conselho a fazer, quando seria tanto como aquele que construísse, sobre um mau fundamento, uma torre forte e alta. Então acontece que por muito tempo se construiu e fizeram-se cômodos, e caiu sobre um monte. Assim estaria totalmente perdido o tormento de Nosso Senhor, se [não] o receberdes, pois, de bom coração e o fizerdes a tempo, quando seria a semente que se joga pelo penhasco, que os pássaros comem, com que ninguém para nada conta." "Senhor," falou Lancelot, "não me dizeis nenhuma coisa do que devo fazer, se Deus me deixar viver". "Então crede-me", falou o bom homem, "que nunca mais enganareis vosso Salvador, assim como nunca caireis em pecado mortal com a rainha, nem com outras mulheres, nem fareis coisa alguma que o possa enfurecer convosco". E ele lhe acredita como um bom cavaleiro. "Então contai-me do Santo Graal", falou o bom homem, "como se vos aconteceu". E ele lhe contou das três falas, que a voz tinha dito na capela, onde ele foi chamado "pedra, fel e álamo". "Por Deus, dizei-me este significado das três falas, quando nunca ouvi fala que de tão bom grado desejasse saber como dessa.

E por esta causa vos peço que seguramente me queirais fazer, quando bem sei que bem o sabeis."

Então começou o bom homem a refletir um momento, e quando ele falou, então disse: "Seguramente, Lancelot, não me maravilha que vos sejam faladas essas três falas, quando fostes por todos os vossos dias o homem mais maravilhoso do mundo, por causa disso não é desmedido se se vos falam falas maravilhosas, e não a outros. E por esta causa, vos agrada saber a verdade, assim devo eu de bom grado vos dizer. Então escutai", falou o bom homem. "Contais-me que se vos chamou 'Lancelot, mais duro que uma pedra e mais amargo que um fel e muito mais nu e despido que um álamo, fugi daqui', e nisto que se vos chamou 'mais duro que uma pedra', pode-se aí entender uma maravilha, quando todas as pedras são duras de natureza, e uma mais que as outras. E pela pedra podeis entender o pecador que está enrijecido e embebido no pecado. E seu coração está assim empedernido que não pode ser amainado, nem por causa da água, nem por causa do fogo. Por causa do fogo não pode ser amolecido, nem o fogo do Espírito Santo pode nele entrar, quando não acha nenhum sítio, para purificar o recipiente que está impuro e horrendo de velhos pecados, que ele fez e desempenhou dia a dia. Por causa disto não pode ser amolecido por nenhuma água, que é a doce água do Espírito Santo; doce chuva não o pode amolecer. Quando Nosso Senhor Deus não Se alberga nunca em nenhum sítio onde estiver Seu Inimigo, quando quer que a casa, que toma por albergue, esteja pura de toda a iniquidade e de todas as coisas. E por meio desses sentidos é o pecador chamado pedra, por causa da grande dureza que nele existe. Quando é para se saber por que causa tu[16] estás muito mais duro que uma pedra, assim é tanto como dizer que estás muito mais pecador que outro pecador."

Pois que o bom homem o tinha dito, então começou a pensar, e de pronto respondeu: "Eu devo te dizer como tu és muito mais pecador que outras pessoas. Bem ouviste dos três servos, a quem o rico homem deu seu ouro para crescer e multiplicar. E os dois que mais tinham, foram servos leais e sábios. O terceiro, que pouco tinha, esse foi servo mau e desleal. Então vê, se tu poderias ser um servo a quem o Senhor Deus acometeria Seu bem para majorar! Parece-me que Ele muito mais te acometeu que a outros cavaleiros terrestres, parece-me que não se acha nenhum homem a que o Senhor Deus deu como tanta graça como te deu. Ele te deu beleza acima da medida, deu-te senso e discernimento para reconhecer o bem e o mal. Ele te deu valentia e ousadia, e depois te deu caridosamente boa sorte, que superaste tudo quanto tivesses em intenção. E todas essas coisas Deus te emprestou para que fosses Seu cavaleiro e Seu servo. E não te as deu para que todas essas coisas em ti fossem minoradas, mas para crescer e aumentar. E foste tão mau servo e desleal que O deixaste e serviste Seu Inimigo e por toda via guerreaste contra Ele. E foste o mau devedor,

---

16. Novamente aqui, no mesmo diálogo, altera-se o pronome de tratamento de "vós" para "tu".

que se aparta de seu senhor quanto tem seu soldo e vai ajudar seu inimigo contra ele. Assim fizeste contra Nosso Senhor. Quando tão logo Ele bem te pagou e ricamente, então O deixaste e foste servo daquele que Lhe faz guerra toda via. E isso não fez nenhum homem, conforme meu pensamento, que se tivesse pago tão bem quanto a ti. E por causa disso podes bem ouvir que és mais duro que uma pedra e muito mais pecador que outros pecadores. E ainda quem lá quiser pode bem entender outra medida, da pedra vê-se bem vir alguma doçura sobre o Mar Vermelho, onde o povo israelita permaneceu longo tempo, então se vê confessamente que o povo teve vontade de beber, e um se queixava ao outro, que Moisés veio em uma dura penha e falou, ainda que não pudesse ser: 'Não podemos fazer vir água para fora desta penha, para que todo o povo tenha de beber?' Aconteceu que um rio veio de dentro, e ele pediu a Nosso Senhor que todos ali tivessem de beber. E assim se calou seu murmúrio e foi aplacada sua sede. Assim se pode bem dizer que da pedra se conta com alguma doçura. Mas de ti nunca veio nenhuma, e por causa disso podes bem ver abertamente és mais duro que uma pedra."

"Senhor," falou Lancelot, "então me dizei, por que fui chamado 'mais amargo que um fel'?" "Eu te devo dizer", falou o bom homem, "pois me escuta: eu te mostrei por que em ti se albergou toda a dureza, daí nenhuma doçura pode vir. Não deves considerar que aí permanece outra coisa que não amargura, e a amargura está em ti de tal maneira como deveria ser a doçura. E por causa disto igualastes bem o fel impuro, onde não está nenhuma doçura e não mais que amargo e impuro. Então te informei por que tu és muito mais duro que uma pedra e mais amargo que um fel. Então está a terceira coisa por saber, como és mais nu e sem serventia que um álamo, de que se diz. Isto nos significa o Evangelho, que se lê no Dia de Ramos,[17] que veio Nosso Senhor contra Jerusalém cavalgando sobre um burro, que aqueles que conheciam abraâmico,[18] cantaram perante Ele a doce canção, quando da Santa Igreja todo homem faz confessar o dia que se chama Dia de Ramos. No mesmo dia pregou o Alto Professor e Senhor e o Alto Mestre e Profeta na cidade de Jerusalém, que albergava toda a dureza. E pois que se esforçou durante o dia todo, e estava separado da prédica, achou um álamo que estava no caminho, que estava muito belamente aconselhado com galhos e com folhas, mas nenhum fruto ele tinha. E então Nosso Senhor veio à árvore e a achou desaconselhada de frutos, então falou assim irado: 'Amaldiçoada seja a árvore que não porta nenhum fruto!'

    Assim aconteceu do álamo que estava fora de Jerusalém. Então contempla se podes estar tão despido e nu quanto ele estava. Então quando o Alto Mestre veio à árvore, achou suficientes folhas, que bem tomou, como quis. Quando então

---

17. Atualmente se diria *Domingo de Ramos*, expressão que consta da tradução de Hans-Hugo Steinhoff, à página 139.

18. O texto original apresenta o vocábulo *abrahamisch*. Hans-Hugo Steinhoff preferiu proceder à adaptação para o alemão contemporâneo, traduzindo o étimo por *Hebräisch*.

o Santo Graal veio até tu, Ele te achou assim desaconselhado, que em ti não achou nem bom pensamento nem boa vontade, mas impureza de pecador e falta de castidade. Ele te achou desaconselhado de folhas e flores, isso é tanto quanto dizer de todas as boas obras. Então se te diz a fala que tu me contaste: 'Lancelot, muito mais duro que uma pedra, muito mais amargo que um fel, muito mais despido e nu que um álamo, foge daqui!'"

"Seguramente Senhor," falou Lancelot, "como muito me dissestes e indicaste claramente que eu por acerto fui chamado 'pedra, fel e álamo'. Quando todas as coisas, que me dissestes, que estão em mim albergadas, então que me mostrastes que não fui longe demais, eu ainda posso volver, se me precaver de cair em pecado mortal, e por causa disso prometer a Nosso Senhor e depois a vós que nunca mais devo voltar à vida que por longo tempo levei, e devo manter-me casto e manter meu lábio assim puro quanto eu puder. Quanto a servir à cavalaria e manter as armas, não posso renunciar enquanto estiver são e pronto".

E pois que o bom homem ouviu esta fala, ficou muito feliz consigo e falou para Lancelot: "Seguramente, se quereis deixar o pecado da rainha, eu vos[19] digo por certo que Nosso Senhor Deus vos deve ter amor e vos deve enviar guarida, e volver Sua misericórdia para vós e vos deve dar poder para terminar alguma coisa que não lograstes levar ao fim, por

---

19. Nesta altura do texto, retoma-se o pronome formal de tratamento *ir*, que corresponde ao pronome *Ihr*, do alemão contemporâneo.

causa de seus pecados". "Senhor," falou ele, "eu o deixo em tal medida que nunca mais com ela pecarei nem com nenhuma outra esposa". E pois que o bom homem o ouviu, ficou consigo muito alegre e lhe deu tal penitência que lhe pareceu que ele podia manter e o abençoou e o absolveu e lhe pediu que passasse a noite ali. E ele lhe respondeu que precisaria bem fazê-lo, quando não tinha nenhum cavalo sobre o qual pudesse cavalgar, nem escudo, nem nenhuma espada. "Isto Deus vos deve aconselhar a partir de amanhã à noite," falou o bom homem, "quando aqui junto mora um dos meus irmãos, que é cavaleiro, que deve bem me enviar corcel e armas e tudo de que precisais, tão logo eu lhe pedir". E Lancelot responde que de bom grado queria permanecer junto a ele, e o bom homem ficou muito feliz consigo.

Assim permaneceu Lancelot junto ao bom homem, que dele muito bem cuidou e lhe mostrou muitas boas falas, que Lancelot muito se arrependeu da vida que tinha levado, quando bem viu que lá morreria, que perderia a alma e bem poderia também por meio disto perder o corpo, se dele saísse. E por causa disso se arrependeu que já tivesse ganho fala com a rainha e criticou muito a si próprio e prometeu em seu coração que por todos os dias de sua vida nunca mais queria cair nisso, e ofertou a Nosso Senhor, de bom grado, glória dos pecados que já cometeu desde o tempo em que nasceu, e pediu-Lhe que lhe presenteasse um bom fim. Aqui se calam as notícias dele e se volta para Parsifal.

A tentação de Parsifal

AQUI NOS DIZEM as notícias que, porque Parsifal estava separado de Lancelot e porque volveu para a cela, quando ele bem pensou saber notícias verdadeiras da cruz, de que era a fala. E pois que tinha voltado, então aconteceu que não conseguiu achar nenhum caminho que lhe indicasse o local, mesmo assim dirigiu-se o melhor que pôde para aquela direção. E então ele veio à capela, então bateu à janela da enclausurada. E ela de pronto abriu como aquela que nunca dorme, e tirou sua cabeça para fora quanto pôde, e perguntou-lhe quem ele seria. E ele lhe respondeu, que era da corte do rei Arthur e se chamava Parsifal de Gales. E pois que ela ouviu seu nome, ficou muito feliz, quando ela muito lhe teve amor, como era culpada em o fazer, quando era seu sobrinho, e chamou sua companhia. E mandou que abrissem a porta ao cavaleiro, que estava fora, e que lhe dessem de comer, se ele estivesse em precisão, e que lhe servissem em tudo que pudessem, porque não tive mais amor a nenhum homem no mundo que a ele. E os que estavam lá dentro fizeram o que ordenou e foram à porta e a abriram e receberam o cavaleiro e o desarmaram e lhe deram de comer. E perguntou se tanto podia falar com a enclausurada. E eles falaram: "Não, quando amanhã após a missa, assim bem cremos, vós lhe falais". E ele se deixou com isto contentar e deitou-se em uma cama, que lhe estava feita, e repousou toda a noite, como estava muito cansado.

Pela manhã, pois que era dia claro, levantou-se então Parsifal e ouviu uma missa cantada. E pois que tinha ouvido missa, então se armou e foi à enclausurada e falou: "Por Deus, Senhora, então me dizei notícias do cavaleiro que aqui à frente ontem cavalgava, para o qual dissestes e que deveríeis bem confessá-lo; quando me importa que eu saiba quem ele seja". Pois que a mulher ouviu estas notícias, então lhe perguntou por que o seguia. "Porque", falou ele, "eu nunca mais vou descansar até que saiba quem ele seja e o ache e com ele lute, quando tanto me fez que não posso deixar passar com honra". "Hei," falou ela, "o que é isto que dizeis, quereis com ele duelar, quereis morrer como vossos irmãos, que estão mortos e aniquilados por causa de sua temeridade! Quando seguramente, se assim morrerdes, seria grande lástima, e vossa linhagem seria bastante diminuída. Sabeis que nisto perdeis, se me duelares com o cavaleiro? Devo dizer-vos, e é verdade que a grande demanda do Santo Graal está iniciada, e sois nela um companheiro, como me parece, e deve em breve ser levada ao fim, se Deus quiser, e isto é que deveis ganhar mais honra nela que vós mesmos considerais, que se vos contiverdes de que luteis com o cavaleiro. Quando bem sabeis que nesta terra há muitos outros cavaleiros que consideram terminá-la, que três são escolhidos, que devem ter o louvor e honra sobre todos os demais. E os dois devem ser virgens e o terceiro, viver casto. Os dois que, portanto, devem ser virgens, são, um o cavaleiro que procurais, e vós, o outro, Bohort de Gália o terceiro. E com os três a demanda deve ser terminada. E da vontade que Deus vos preparou tal honra, assim seria uma grande lástima, que vós outros morrêsseis. Então sabei, se duelares com aquele que buscais, seguramente sem erro, ele deve vos ter morto de pronto, quando é muito melhor cavaleiro do que sois e que qualquer outro que viva".

"Senhora," falou Parsifal, "parece-me no que me dizeis de meus irmãos, que bem me reconheceis e bem sabeis quem eu sou". "Eu bem o sei, e é bem justo que eu o saiba", falou a enclausurada, "quando sou vossa tia, e vós sois meu sobrinho. E não tenhais maravilha se estou em tal sítio pobre, por Deus, sabei que sou aquela que se chama a rainha da Terra Deserta, e me vistes de outro modo do que agora me vedes. Quando eu era uma das mais ricas mulheres do mundo, e ainda então não me aprazia tanto a riqueza, a pobreza me agradava mais, em que então estou".

Pois que Parsifal ouviu esta fala, principiou a chorar da compaixão que teve, quando bem pensou consigo aquilo que ela lhe tinha dito; e bem a reconheceu. E então se sentou à frente dela e lhe perguntou mais de sua mãe e de seus parentes. "Como", falou ela, "caro sobrinho, não sabeis nenhuma notícia de vossa mãe?" "Seguramente", falou ele, "Senhora, não, eu nem sei se esteja morta ou ainda vivaz, quando fartamente me sucede no sono e me parece como ela fala comigo, que ela deve com justiça mais se queixar de mim que me honrar, quando bem a tratei". E pois que a mulher ouviu esta fala, então suspirou e lhe respondeu entristecida: "Seguramente, ver vossa mãe no sono, não falhastes; quando está morta desde que seguistes para a corte do rei Arthur". "Senhora," falou ele, "como é isto?" "Em verdade", falou ela, "vossa mãe estava tão triste de vossa separação, que morreu no mesmo dia tão logo se penitenciou". "Então que sua alma tenha glória! Quando me é à vez lamentável; porque isso aconteceu, então devo padecê-lo, quando todos nós à morte devemos ir; quando seguramente não ouvi nunca mais falar disto. Quando o cavaleiro que busco, sabei, por Deus, quem ele seja, se seja aquele que veio à corte com a arma vermelha?" "Sim," falou ela, "assim é, e devo dizer-vos de que significado se trata.

Sabeis que após o Advento de Nosso Senhor Jesus Cristo foram três távolas no mundo. A primeira foi a távola de Jesus Cristo, à qual os apóstolos comeram de quando fartamente; esta foi a távola que manteve corpo e alma com iguarias do Céu. À távola sentaram-se os irmãos que lá estavam, que eram uma só coisa, de que David fala em seu livro uma fala muito bela: "É pois uma boa coisa e maravilhosa de irmãos que se mantinham juntos por uma vontade e uma obra!" Pelos irmãos, que lá se sentavam à távola, pode-se entender uma concórdia e humildade e toda boa obra. E a mesma fez-se para o Cordeiro sem máculas, que foi crucificado por causa de nossa redenção.

Após da távola foi feita uma outra távola em sua igualdade. Essa foi a távola do Santo Graal, na qual os grandes sinais aconteceram fartamente nesta terra, ao tempo de José de Arimateia, no começo da fé cristã foi trazida para esta terra, pois que toda gente nobre e descrente deveria ter por toda via uma parábola. Aconteceu que José de Arimateia veio a esta terra e à vez muitos povos com ele, tantos que podem ser quatro mil homens. E pois que vieram a esta terra, então se desconsolaram muito, pois temiam que lhes faltasse o alimento, quando à vez tinham muitos povos entre eles. Um dia seguiram através de uma floresta. Lá não acharam nem de comer nem ninguém, e ficaram por isso muito assustados, quando a isso não estavam acostumados, e padeceram o dia. E no outro dia seguiram para cima e para baixo e acharam uma velha mulher, que lhes trouxe doze pães retirados de um forno, e eles os compraram. E porque eles tinham de partilhá-los, então começo entre eles uma ira e uma guerra, quando um não queria como o outro.

Esta aventura veio perante José, de que ele estava bem irado, pois o sabia, e mandou que se trouxesse o pão perante ele. E se os trouxe, e veio cada qual com o que tinha comprado. Pois que fora alertado sobre sua boca, de que um não queria como o outro, então mandou ao povo que se sentasse em roda. E ele trouxe os pães para lá e os colocou no mais alto da távola do Santo Graal e por causa disso os doze pães cresceram tanto que quatro mil foram com isto saciados e tiveram todos o suficiente. E pois que isso viram, então agradeceram a Nosso Senhor Deus da graça, que Ele rapidamente os tinha salvo.

Na távola havia um assento, onde Josephus, o filho de José, deveria sentar-se. E o assento era feito tal que seu mestre e padre se deveria ali sentar, e não era permitido a mais ninguém, e foi consagrado e abençoado pela mão de Nosso Senhor, tal como a história nos informa. E receberam a instrução de que deveria ser sobre toda a Cristandade e no sítio que Nosso Senhor lhe tinha assinalado. E por causa disto ninguém foi tão audaz que ousasse lá se sentar. E o assento era feito à igualdade daquele em que Nosso Senhor, na Quinta-feira Santa,[1] junto a seus apóstolos, sentou-se. E assim deveria dirigir aqueles que se sentassem à távola do Santo Graal, e deveria ser seu mestre e seu senhor. Então aconteceu assim, que ele veio à terra, e estiveram por um bom tempo desorientados pela terra estranha, que dois irmãos, que lá eram parentes de José, tiveram inveja de que Nosso Senhor o tivesse assim elevado e o tivesse eleito o melhor na companhia. E tiveram sua fala com os principais e falaram que não mais deveriam padecer que ele fosse seu mestre, quando eram de linhagens tão altas quanto ele. E por causa disso nunca queriam estar abaixo dele e nunca queriam chamá-lo mestre. E pela manhã, pois que tinham subido a uma montanha alta e as távolas estavam postas, e deveriam assentar José no mais alto assento, então contradisseram os dois irmãos. E um se

---

1. A expressão alemã medieval para a Quinta-feira santa é *grún donrstag*, que gerou a atual expressão *Gründonnerstag*.

sentou à frente de sua visão, e aconteceu-lhe um tal sinal, que a terra o tragou. E o sinal foi de pronto dito por sobre toda a terra, pelo que o assento foi chamado Assento Amaldiçoado.² E nunca mais foi alguém tão ousado que se atrevesse a lá se sentar, salvo aquele que Deus havia eleito.

 Depois dessa távola, foi a Távola Redonda feita com o conselho de Merlin, não sem grande significado, quando assim como a chamaram Távola Redonda, assim é para entender a novidade do mundo e o percurso dos planetas e dos elementos. Quando no círculo no céu se veem as estrelas e muitas outras coisas, por causa disto se pode bem dizer que a Távola Redonda significa esse mundo de direito. Quando bem podeis ver que de outras terras que costumam tecer cavaleiros, seja na Cristandade ou no mundo pagão, vêm os cavaleiros para a Távola Redonda. Quando Deus lhes fez a graça, tal que fossem cavaleiros e companheiros, então vos considereis felizardos como se tivésseis ganho todo o mundo, quando bem se vê que deixais vossos pais e mães e esposas e filhos, para ali ser companheiros. E por vós mesmos bem vistes que vos aconteceu, isso desde que vos apartastes de vossa mãe e se vos fez companheiro à Távola Redonda. Nunca desde então desejastes retornar, e fostes de pronto aprisionado pela doçura da companhia, que é obrigatório ser entre os companheiros. Quando Merlin fez a Távola Redonda, falou isto para aqueles que deveriam ser companheiros, que se deveria saber a verdade do Santo Graal, em que se pode-

---

2. O texto apresenta a expressão grafada com iniciais maiúsculas.

riam ver alguns sinais ao tempo de Merlin. E se pergunta como se poderiam reconhecer aqueles que eram os melhores, e ele falou que deveriam ser três que o levariam ao fim, e deveriam ser os dois virgens[3] e o terceiro, casto. E um dentre os três deve estar acima de seu pai como o leão à frente do leopardo, de valentia e de castidade e de audácia, que se deve considerar à frente dos mais elevados, à frente dos mestres e à frente de todos eles. E por toda via a Távola Redonda deve buscar o Santo Graal, até que Nosso Senhor Deus tão repentinamente envie entre eles, que deve ser maravilha. E pois que ouviram esta fala, então disseram: "Obrigado, Merlin, que por isso ele vem ser tão valente como dizes, deves fazer-lhe um único assento, em que ninguém se deve sentar além dele mesmo, que ele seria sobre os outros tão grande que todo homem bem o poderia reconhecer". "Assim eu digo," falou Merlin, "tão grande e tão maravilhoso!" E então fez seu assento. E pois que o tinha feito, beijou-o e falou que o tinha feito por causa da boa vontade do bom cavaleiro que sobre ele deve repousar. E de pronto lhe perguntaram o que lá deveria acontecer do assento. "Seguramente," falou ele, "lá deve ainda disto acontecer alguma grande maravilha, quando nenhum homem jamais se deve sentar nele, que não seja morto ou ferido, até que o verdadeiro cavaleiro nele se assente". "Em verdade", falaram eles, "assim se fazem em grande medo aqueles que nele se sentam". "Em grande

---

3. O vocábulo encontrado no texto original é *megde*, o mesmo étimo empregado para caracterizar o Castelo das Moças.

aflição eles vêm", falou Merlin, "e por causa das maravilhas que dele devem acontecer, então deve chamar-se o Assento Maravilhoso".[4] "Caro sobrinho", falou a mulher, "então vos contei por inteiro que coisas se fizeram pela Távola Redonda e por que foi feito o assento maravilhoso,[5] e quando ele foi feito, por cuja causa alguns cavaleiros estão mortos, que não eram valorosos para que devessem nele se sentar. Então devo vos dizer inteiramente por que o cavaleiro veio à corte em armas vermelhas. Vós bem sabeis que Jesus Cristo foi entre os apóstolos senhor e mestre por mandato e a partir disto foi imaginada a távola do Santo Graal por José e a Távola Redonda para a vontade dos cavaleiros. Nosso Senhor Deus prometeu aos apóstolos que após Sua ressurreição deveria vir e deveria visitá-los e vê-los. E eles esperaram de acordo com Sua promessa, entristecidos e assustados. Então lhes aconteceu no dia de Pentecostes que estivessem em uma casa, e estivessem fechados os portões, que viesse o Espírito Santo dentre eles em igualdade ao fogo e os consolou e os assegurou naquilo em que estavam em pavor, e os separou e os enviou à terra para pregar ao mundo e anunciar o Santo Evangelho.

Assim aconteceu no dia de Pentecostes aos santos apóstolos, pois Nosso Senhor veio consolá-los. Assim veio também o cavaleiro que deveis ter à frente dos mais altos e como mestre. E como Nosso Senhor veio em igualdade do fogo, assim veio o cavaleiro em armas vermelhas na cor do fogo. E assim

---

4. Também esta designação encontra-se em letras maiúsculas no texto medieval original.

5. Nesta oração, a expressão anterior apresenta-se em iniciais minúsculas.

como as portas estavam fechadas onde estavam os apóstolos e o Espírito Santo veio até eles, assim estavam as portas do palácio fechadas antes de o Santo Graal vir dentro. Ele veio tão de repente entre vós, e entre vós não era ninguém tão sábio que soubesse de onde ele teria vindo. E no mesmo dia foi começada a demanda do Santo Graal, que nunca se deve deixar até que se saiba a verdade, e da lança por cuja causa isto é, que tantas aventuras disso aconteceram nesta terra.

Então devo vos dizer a verdade do cavaleiro, por que causa não deveis duelar com ele, quando bem sabeis que sois obrigado a assim fazer, pois sois seu irmão e companheiro na Távola Redonda, quando não poderíeis vos proteger contra ele, quando ele é muito melhor cavaleiro do que sois". "Em verdade," falou Parsifal, "vós me dissestes tanto que nunca me agrada lutar com ele. Quando por Deus, indicai-me o que posso fazer e onde posso encontrá-lo. Quando, se o tivesse por companheiro, nunca mais dele me separaria tanto quanto pudesse servi-lo". "Para tanto devo aconselhar-vos da melhor maneira que posso," falou ela, "quando agora não posso vos dizer onde ele esteja; então os sinais, pelos quais podeis reconhecê-lo, devo bem vos dizer. E quando o encontrares, assim mantende sua companhia tanto quanto possais.

Deveis cavalgar até um castelo, que se chama Deus, para uma de suas primas. Ela é a irmãzinha daquele a quem pertence o castelo; pelo amor, eu creio, ele deve lá tomar albergue esta noite. E se ela vos puder indicar que fim ele levou, então o segui, tão logo possais. Se ela disso não vos disser, então cavalgai direto para o castelo de Korpanich,[6] onde o rei ferido mora. Pois bem sei que lá ouvireis retas notícias dele, se não achares lá dentro".

Assim longamente falaram Parsifal e a enclausurada do cavaleiro, até que bem eram as sextas horas. E então ela falou: "Caro sobrinho, deveis ainda hoje permanecer junto a mim, assim vos farei o melhor conforto, quando faz longo tempo que não mais vos via, e me deve doer vossa separação". "Senhora," falou ele, "tenho coisas demais a fazer que não posso permanecer, então vos peço por Deus que bem me deixais cavalgar". "Seguramente," falou ela, "com minha licença assim vos separais daqui; até a manhã, assim que tiverdes ouvido missa, então bem vos darei licença". E ele lhe respondeu, que assim de bom grado gostaria de permanecer, e se fez de pronto desarmar. E os que dentro estavam tinham coberto a mesa e comeram aquilo que a mulher lhes tinha preparado. Assim permanece lá Parsifal junto a sua tia e falaram entre eles dois de algumas coisas tanto que ela falou: "Caro sobrinho, assim é que vos protegestes até este tempo de uma tal maneira que vossa virgindade não foi diminuída nem quebrada, e ainda nunca soubestes o que seja a junção carnal. E disso bem precisais. Quando se tanto vos tivesse acontecido, que vossa carne se tivesse maculado de algum pecado e então de vossa posição como o mais alto companheiro

---

6. Nas versões bretã e portuguesa de *A Demanda do Santo Graal*, corresponderia ao castelo de Corbenic.

na demanda teríeis caído como Lancelot do Lago, que por sua impura falta de castidade perdeu de terminar aquilo pelo que os outros estão em trabalho. Por isto vos peço que mantenhais vosso lábio limpo na cavalaria, tal que possais chegar ao Santo Graal imaculado de castidade, que sois de uma tão bela nobreza que um cavaleiro fizesse. Quando entre todos aqueles que estão na Távola Redonda, nenhum há que não tenha quebrado sua virgindade, salvo vós e Galaat, o bom cavaleiro, de quem vos digo". E ele respondeu que deveria, pela vontade de Deus, tão bem proteger-se quanto fosse sua precisão.

O dia todo permaneceu Parsifal lá, e sua tia muito bem lhe indicou o que fazer. E, sobretudo, pediu-lhe que mantivesse casta sua carne. E ele lhe prometeu que o queria fazer. E pois que tinham por bom tempo conversado da corte do rei Arthur, então perguntou a ela Parsifal que aventuras a tinham trazido para sítio tão estranho e pelo que tinha deixado sua terra. "Valha-me Deus," falou ela, "isso fez o medo da morte, pelo que para cá fugi, quando sabeis bem, pois estáveis na corte, que meu senhor, o rei, guerreou contra o rei Libram. E então logo aconteceu, assim que meu senhor, o rei, estava morto, que eu lá era mulher e tive medo de que me matasse, se me pudesse ter. E então tomei a maior parte de meus bens e fugi para este ermo, para que não fosse achada. E fiz por bem fazer esta cela e esta casa, que bem vedes, e tomei junto a mim meu capelão e meus criados, e me encerrei nesta clausura, em tal medida que nunca saio dela, se Deus quiser, e devo aqui terminar minha vida e morrer no serviço de Nosso Senhor Deus". "Em minha verdade," falou Parsifal, "isto é maravilhosa aventura. Dizei-me o que veio a vosso filho Deabias, quando desejo muito saber como ele está". "Seguramente," falou a mulher, "ele cavalgou a serviço do rei Pellis, nosso parente por suas armas que tem. E desde então ouvi dizer que ele o fez um cavaleiro, pois são bem dois anos que não o vejo, pois ele procura torneios através da Grã-Bretanha, e bem creio que devereis achá-lo em Korpanig,[7] se para lá cavalgares". "Seguramente," falou ele, "se por outra coisa não cavalgo para lá, senão para vê-lo, assim quero ir para lá, quando à vez muito desejo vê-lo". "Valha-me Deus," falou ela, "eu queria que o tivésseis aqui achado, quando bem estaria confortável que ele estivesse conosco".

Assim permaneceu Parsifal todo o dia junto a sua tia. E pela manhã, tão logo quanto tinha ouvido missa e se tinha desarmado, então se separou de lá e cavalgou todo o dia através da floresta, que lá era grande e maravilhosa, em tal medida, que não o encontrou homem nem mulher. Após a hora da refeição, então aconteceu que ele ouviu à mão direita um berrante, e volveu para lá e ele pensou que seria uma casa espiritual ou uma ermida. E pois que tinha cavalgado um pouco, então viu que era um convento, que estava fechado com fossas profundas e muros altos. E ele cavalgou para lá e chamou por tanto tempo à porta, que se abriram. E pois que os que estavam dentro viram que ele estava armado, então

---

7. A própria fonte medieval apresenta esta grafia alternativa a Korpanich.

bem pensaram que ele era cavaleiro ou seria cavaleiro de aventura, e lhe fizeram desarmar e conduziram seu corcel a um estábulo e lhe fizeram suficiente. E um dos irmãos conduziu Parsifal a uma câmara para repousar. À noite ele estava albergado o melhor que os irmãos puderam. E pela manhã aconteceu-lhe que não despertou antes das primas horas, e foi ouvir missa no mesmo convento. E pois que ele veio à igreja, então viu, à mão direita, que lá estava uma grade de ferro, e lá estava um irmão, armado com as armas de Nosso Senhor, e queria principiar missa. E ele se virou para lá, como aquele que tivesse vontade de ouvir o serviço de Deus. E pois que ele veio à grade, então virou-se para ir até lá e conseguiu, como lhe pareceu. E quando o viu, deixou-se contentar e ajoelhou-se lá à frente e dentro viu uma cama pronta, muito rica de lençóis de seda e de outras coisas, o melhor que se podia pensar.

Parsifal contemplou a cama por tanto tempo até que lhe pareceu que lá jazia um homem ou uma mulher, e ele não sabia quem era, quando o rosto estava coberto com um pano de seda, de modo que claramente não conseguiu vê-lo. E ele ouviu a missa que o bom homem tinha principiado. E quando se chegou ao ponto em que o padre deve erguer Nosso Senhor Deus, então se dirigiu a ele um, que lá jazia, e sentou-se em sua cama e descobriu seu rosto. E era um homem velho e grisalho e tinha uma coroa de ouro sobre sua cabeça, e lhe estavam os ombros nus, e descoberto até o umbigo. E pois que Parsifal o viu, viu que estava muito ferido e tinha muitas feridas em seu corpo, nos ombros, nos braços e no rosto. E então aconteceu que o padre tornou visível o corpo de Jesus Cristo, então estendeu suas mãos à frente e principiou a chamar: "Querido e doce Pai, não esqueçais a minha dor!" E ao depois não jazeu de novo e estava tudo em sua oração e segurou as mãos à frente de seu Salvador, com a coroa de ouro sobre sua cabeça.

Longamente contemplou Parsifal o homem que jazia sob a coberta, quando lhe pareceu muito desconfortável demais estar com suas feridas que ele tinha. E o viu tão velho como lhe pareceu, ele tinha bem quatrocentos anos. E contemplou todo o tempo, quando lhe pareceu que a coisa fosse maravilhosa. E ele viu que lá se cantava missa, que o padre tomou o corpo de Nosso Senhor entre suas mãos e o levou para aquele que jazia na cama e lhe deu para usar. E de pronto quando o teve, tomou-lhe a coroa da cabeça e colocou sobre o altar, e aquele se riu de novo em sua cama como dantes e foi coberto, que não se o via. E de pronto fez-se o padre para fora como aquele que tinha cantado missa. Pois que Parsifal viu a coisa, então saiu da igreja e foi à câmara, onde à noite tinha se deitado, e chamou por um dos irmãos e falou: "Caro Senhor, por Deus, informai-me o que vos pergunto". "Senhor cavaleiro, dizei-me o que é, eu vou dizer-vos de bom grado, se o souber". "Em verdade," falou Parsifal, "eu vos devo dizer. Eu estava mesmo no mosteiro e ouvi o serviço de Nosso Senhor, e lá vi que em uma grade como em uma cama, um velho homem de grande idade jazia, e ele tinha uma coroa de ouro sobre sua cabeça. E quando se ergueu e sentou-se lá, então vi que ele estava de todo ferido. E depois, quando o padre tinha cantado missa, então vi que ele deu o corpo de Nosso Senhor para usar. E tão logo o tinha recebido, tomou a coroa e a colocou sobre o altar e parece-me que seja um grande significado, e devo de bom grado saber, se puder ser. Por causa disto vos peço que me queirais dizer". "Seguramente," falou o bom homem, "pois de bom grado".

"É verdade, e bem o ouviram falar muitas pessoas, que José, o nobre cavaleiro de Arimateia, foi enviado pelo mais alto Senhor para esta terra, que ele deveria aumentar a Cristandade com ajuda de seu Salvador. E pois que aqui veio, então padeceu de muito medo e maravilha, que lhe fizeram os inimigos descrentes. E nessa terra não havia, ao tempo, senão pagãos, e havia nessa terra um pagão, que se chamava Krúdel e era o mais impuro e mais maldoso do mundo, sem piedade e sem humildade. E ele ouviu dizer que os cristãos tinham vindo a sua terra e que tinham trazido consigo o Santo Vaso, que seria tão maravilhoso que eles viviam de sua graça, sem refeições. E considerou esta fala como mentira, e se lhe assegurou e se lhe mostrou que era seguro. E então ele falou que descobriria dentro em pouco, e pegou o filho de José, Josephus, e dois de seus sobrinhos, e bem elegeu cem que lá estavam para serem mestres sobre a Cristandade. E pois que os tinha pego, e colocado na prisão, e pois que eles tinham consigo o Santo Graal, não temeram que se não lhes trouxesse alimento corporal. E o rei os manteve na prisão em maneira por quarenta dias, que não lhes dava de comer, e tinha bem proibido que alguém fosse tão ousado para se entregar a isto até o tempo. Então soaram as notícias pela terra, de que Josephus com uma grande parte da Cristandade seria prisioneiro do rei Krudel,[8] tanto que o rei Morderas, que lá estava em Jerusalém na cidade de Saras, que José tinha convertido com suas falas e com suas prédicas, ouviu disso dizer. E ficou por causa disto muito entristecido, quando tinha ganho novamente sua terra com o conselho de José, que Ptholomeus[9] tomou e tinha tomado, fez o conselho de Josephus e seu cunhado Seraphin. E como o rei sabia que José[10] estava prisioneiro, falou ele que queria fazer sua força para resgatá-lo e reuniu seu povo todo que conseguiu ter ao tempo e pôs-se ao mar, guarnecido com arma e corcel, e tanto fez assim que veio à terra com navios. E pois que veio à terra com todo o seu povo, ofereceu ao rei Krúdel, se não se restituísse José, ele quereria apodrecer a ele e tomar-lhe toda a sua terra. E não lhe pediu muito, e foi perante ele pelo campo, e agrediram-se. Assim aconteceu pela vontade de Deus que os cristãos se sobrepuseram, e o rei Krúdel foi morto e seu povo; e o rei Morderas, que era chamado Evallet antes de se tornar cristão, fez tanto na luta que todo o seu povo aí teve grande maravilha. E pois que o tinham desarmado, então acharam

---

8. A palavra, neste momento do texto, surge grafada sem o acento agudo.

9. O nome do rei, anteriormente referido como Thulomeus, aparece grafado, neste momento, como Ptholomeus.

10. Em defluência do que antes se narra, deveria o texto referir-se a Josephus, mas o nome apresentado, como se manteve na tradução, é José.

que ele tinha tantas feridas em seu corpo, que outro homem disto teria morrido. Então lhe perguntaram como estava. E ele respondeu que não sentia nem dor nem machucados, que tinha, e libertou José da prisão. E pois que o viu, isto lhe fez grande alegria, quando lhe tinha amor de todo seu coração. E José pergunta-lhe quem o havia ali trazido. E ele respondeu que para lá tinha vindo para resgatá-lo. E pela manhã aconteceu que os cristãos foram perante o Santo Graal e falaram sua oração. Quando então José, que era mestre deles, tinha se vestido para ir ao Santo Graal, e o rei Morderans,[11] que por toda via tinha desejado vê-lo claramente, se pudesse ter sido, foi muito mais perto do que deveria. Então veio uma voz sobre ele e falou: 'Rei, não ide mais longe!' E ele foi tão longe que nenhuma língua de homem ousou dizer, nem coração terrestre imaginar, e estava ansioso por ver que foi mais longe. E de pronto veio uma nuvem e lhe tomou a visão dos olhos e a força do corpo em tal medida que não viu nem um brilho e pouco conseguia se ajustar. E pois que ele viu que Nosso Senhor tinha feito como grande vingança por ter quebrado Seu mandamento, falou tão alto que todo o povo ouviu: 'Amado Senhor Jesus Cristo, que nesta hora me indicastes que é tolice desrespeitar Teu mandamento, e me basta o que me enviastes, e eu vou de bom grado padecer. Assim deixa-me prometer do meu serviço que eu não morra até que o bom cavaleiro, que deve vir de minha linhagem,

---

11. Aqui o nome se altera novamente no texto medieval.

que deve levar ao fim a aventura do Santo Graal, venha me consolar, pois gostaria de abraçá-lo e beijá-lo'.

Porque o rei tinha desejado este dom ao Nosso Senhor Deus, então lhe respondeu a voz: 'Rei, não te deve assustar, Nosso Senhor ouviu tua prece e tua vontade deve ser realizada destas coisas, quando não deves ver um brilho, até que o cavaleiro que desejas venha te ver. E nas horas em que ele vier, e deve ver-te, então te deve ser restituída a luz aos olhos, tanto que o possas ver claramente, e então devem convalescer as tuas feridas, que antes do tempo nunca se curarão'.

Assim falou a voz para o rei e mostrou a ele que deveria ver a vinda do cavaleiro por quem tanto tinha desejado, e nos parece que eram verdadeiras todas estas coisas. Quando se padeceu mais de cem anos que esta aventura aconteceu, desde então ainda nunca viu um brilho nem conseguiu arranjar-se, e suas feridas ainda estão incuradas. Então o cavaleiro está nesta terra, como se nos diz, que deve levar esta aventura a um fim, e pelos sinais celebramos que ele ainda deve ser e que ele deve voltar a ter poder de seus membros, e depois não deve viver muito.

Assim aconteceu ao rei Morderas, como vos contei. E sabei por certo que é o mesmo que eu vi, e desde então viveu aqui dentro tão santa e tão espiritualmente, que desde então não mais comeu nenhuma refeição terrestre e nada a não ser o mesmo que o padre nos mostra no sacramento na missa. E isso podeis bem ver hoje: tão logo o padre cantou missa, ele trouxe então ao rei o sacramento e lhe deu a usar. Assim o rei desejou por longo tempo o advento do cavaleiro, que também desejava muito ver, e lhe aconteceu como a Simão, o Ancião, que longamente aguardou o advento de Nosso Senhor, até que foi trazido ao Templo. E lá o recebeu o velho homem e o tomou entre suas mãos, feliz e bem animado por sua promessa ter sido realizada. Quando o Espírito Santo lhe fez saber que não deveria morrer antes de ter visto Jesus Cristo, o Filho de Deus, o alto profeta e mestre altíssimo. Assim espera o rei o advento, quando virá Galaat, o bom cavaleiro. Então vos contei a verdade, como me perguntastes, assim como aconteceu. Então vos peço que me digais quem sois". E ele respondeu que era servo do rei Arthur e companheiro da Távola Redonda "e se chamava Parsifal de Gales". E pois que o bom homem entendeu seu nome, ele lhe fez grande alegria, quando dele fartamente ouviu falar, e lhe pediu assim permanecesse junto a ele, quando lhe queria fazer grande alegria e honra. E ele responde que muito tinha a fazer, que não podia permanecer de nenhuma maneira, e por causa disso precisava dali separar-se, e desejou suas armas. E pois que estava pronto, montou e tomou licença e separou-se dali e cavalgou através da floresta até depois das terças.

Bem em torno do meio-dia, seu caminho o trouxe a um fundo. Lá o encontraram vinte homens, bem preparados e bem armados, com uma padiola de corcel, onde jazia um homem e estava há pouco morto. E eles perguntaram a Parsifal de onde ele seria. E ele respondeu que era da corte do rei Arthur, e então gritaram todos: "Pra cima dele!" Pois que Parsifal o viu, preparou-se para se defender o melhor que podia e dirigiu-se contra aquele que lhe veio primeiro, e o encontrou tão duramente que o conduziu por terra, e o cavalo caiu sobre seu corpo. E pois que queria completar seu ataque, não o conseguiu, quando mais de sete o golpearam sobre o escudo, e os outros lhe apunhalaram o corcel, e ele caiu por terra, e quis levantar-se como aquele que era de grande poder. E os outros se deixaram correr por sobre ele tão rancorosamente que nenhum auxílio o pôde ajudar, e golpearam sobre o escudo e sobre o elmo e lhe deram tantos golpes que não pôde permanecer de pé e veio com o joelho por terra. E golpearam sobre ele tão maravilhosamente e tão longo o trouxeram, que lhe tinham quebrado o elmo da cabeça e o teriam ferido de morte, tivesse feito o cavaleiro com a arma vermelha, que a aventura lá trouxe. E pois que viu este cavaleiro a pé, sob tantos de seus inimigos, que queriam golpeá-lo, então se virou para lá tão rapidamente quanto pôde o corcel, e clamou para eles: "Deixai o cavaleiro!" E correu sob eles com a lança e encontrou o primeiro tão duramente que o conduziu por terra, e sacou sua espada, quando tinha quebrado sua lança. E então correu por cima e por baixo e golpeou um e outro tão maravilhosamente que não encontrou nenhum que não conduzisse por terra e fez tanto em pouco tempo com os golpes que lhes dava e com a valentia de que era repleto, que nenhum foi tão ousado que se atrevesse a resistir aos seus golpes e fugiram, um senhor após o outro, e espalharam-se através da floresta, que era grande e larga, que ele não pôde mais ver nenhum a não ser três. Um deles Parsifal cortou e feriu, e Galaat aos outros dois. E pois que então viu que Parsifal estava salvo, foi-se para a floresta, que viu toda muito densa, como aquele que não queria de forma alguma que se o seguisse. E pois que Parsifal viu que ele cavalgou por seu caminho tão rapidamente, então chamou por ele o mais que pôde e falou: "Senhor, esperai até que eu cavalgue um pouco até vós!"

O bom cavaleiro não fez o mesmo que ouviu de Parsifal, e cavalgou para si tão logo quanto o corcel podia, como aquele que não tinha vontade de retornar. E Parsifal o seguiu a pé tão logo quanto pôde, quando não tinha nenhum garanhão, quando aqueles lhe tinham apunhalado o seu. E então o encontrou um servo sobre um cavalo forte e conduzia para a mão direita um corcel, que era preto. E pois que Parsifal o viu, não soube o que deveria fazer, quando de bom grado teria tido o corcel, que teria seguido o cavaleiro. E fez ao servo grande promessa que ele com vontade gostaria de ter o corcel, quando com violência não queria seguir caminho, a não ser que lhe obrigasse grande necessidade. E para que não se o tomasse por não formoso, saudou o servo. E como o ouviu, responde-lhe: "Deus deve vos pagar!" "Caro amigo," falou Parsifal, "eu te peço, por causa de todo serviço, por causa de toda paga e por que sou teu cavaleiro na primeira cidade em que for por ti exortado, que me emprestas o corcel por tanto tempo quanto eu persiga um que de mim cavalgou". "Senhor," falou o servo, "não faço isso de maneira nenhuma, quando é de um tal homem, que me toma o corpo se eu não o devolver". "Amigo," falou Parsifal, "eu te peço por todo o serviço que o faças, quando seguramente nunca ganhei tanta tristeza como então, se eu perder o cavaleiro, por causa de não ter um corcel". "Em verdade," falou o servo, "eu não faço outra coisa, quando não o deveis ter por minha vontade tanto quanto esteja em minha guarda, tomais então com violência". E pois que isto ouviu, ficou tão irado, que considerou sair de seus sentidos de sofrimento. Quando por coisa nenhuma faria violência ao servo, e pensou em seu senso, se perdesse o cavaleiro, que dele cavalgava, seria uma coisa que nunca mais conseguiria ganhar alegria. Estas duas coisas lhe trouxeram tão grande tristeza em seu coração que ele não pôde permanecer sobre seus pés e caiu contra uma árvore, pálido e desmaiado, como se tivesse perdido poder de todo o seu corpo. E tem tanto lamento que de bom grado teria querido de pronto que tivesse morrido. E tirou seu elmo de sua cabeça e falou para o servo: "Caro amigo, porque não queres me ajudar a sair deste sofrer, de que eu não posso sair sem morrer, eu te peço que tomes minha espada e me mates de pronto. Assim meu lamento é encurtado. Quando o bom cavaleiro ouvir dizer que eu estou morto e que cavalguei à sua procura, nunca será falta de formosura, quando ouvir dizer, que ele peça a Nosso Senhor Deus que Ele tenha graça sobre minha alma".

"Em verdade," responde o servo, "se Deus quiser não o faço, quando não o mereceis por causa de mim", e apressou-se por sua via tanto quanto jamais pôde. E Parsifal permanece tão irado que considerou morrer. E pois que não mais o viu nem a ninguém, então principiou a desempenhar tão grande lamento, e soou-se pobre e funesto e diz: "Desfavorecido, então caíste em tudo o que procuras, pois que ele cavalgou de ti, quando nunca mais virias ao sítio como bem para achá-lo, como seria agora".

No ressoar, como Parsifal então desempenhou seu lamento em tal medida, assim cobiçou e ouviu vir um tropel de cavalos. E abriu os olhos e viu vir um cavaleiro armado, que cavalga bem logo pela floresta e conduzia o corcel na mão, que o servo lhe havia negado. E Parsifal bem reconheceu o corcel, e não pensou que ele lhe tivesse tomado com violência. E pois que não mais o viu, principiou de novo a lamentar sua lamúria. E não demorou muito, depois, para que visse o servo vir sobre seu cavalo e desempenhou grande lamento. E pois que viu Parsifal, então falou: "Senhor, vedes algum cavaleiro por aqui cavalgar, que aí conduzisse o corcel que me desejais?" "Sim," falou Parsifal, "por que causa perguntas?" "Por causa de que ele me tomou com violência e quase me matou e me fez mal, quando meu senhor me mataria em que sítio me achasse". "O que queres", falou Parsifal, "que eu faça por isso, quando não reconheço o que fazer, quando estou a pé. E se eu tivesse cavalo, eu me confiaria a bem trazê-lo de volta para cá". "Senhor, montai em meu cavalo", falou o servo, "e se de novo o ganhares, que assim seja vosso". "E teu cavalo", falou Parsifal, "como será novamente para ti, se eu ganhar o corcel?" "Senhor," falou ele, "eu vos devo seguir a pé, e se puderes ganhar o corcel, assim me dareis de novo o meu cavalo, e o corcel será vosso". E ele respondeu que não desejava outra coisa.

 Então atou seu elmo sobre a sua cabeça e montou no cavalo do servo e tomou seu escudo e cavalgou tão logo como podia ter a cavalo, atrás do cavaleiro, tanto até que o achou em um gramado, que havia alguns na floresta. E pois que viu o cavaleiro, apressou-se tanto como podia conduzir o cavalo, e chamou-o tão longe como o viu: "Senhor cavaleiro, voltai e dai ao servo seu corcel, que maldosamente lhe tomastes!" E pois que o ouviu chamar tão duramente, então volveu e posicionou a lança. E Parsifal sacou a espada, quando bem viu que ele tinha vindo para uma briga. E o cavaleiro, que dele queria logo se despachar, veio a ele tão rapidamente quanto o corcel podia seguir, e encontrou o cavalo no peito e lhe fincou a lança através dele, e o cavalo caiu morto, assim que Parsifal caiu sobre seu pescoço. E pois que o cavaleiro o viu que ele tinha caído, então se virou novamente e correu para fora do gramado através da floresta, onde era mais densa. E pois que Parsifal viu esta aventura, então ficou muito entristecido que não soube o que podia dizer e chamou por aquele que fugia: "Funesto desalentador de coração, voltai e lutai comigo, estou a pé e estais a cavalo!" E aquele não responde como o que tivesse pouco medo e correu à floresta. E pois que Parsifal não mais o pôde ver, então ficou tão entristecido que lançou seu escudo sobre a terra e sua espada e tirou seu elmo de sua cabeça, e principiou de novo a desempenhar seu lamento muito mais que antes e chora e gritou de alta voz e chamou a si de funesto descortês, e o mais azarado cavaleiro de todos os cavaleiros. E falou que ele bem visse que tinha caído de todos os seus desejos.

Nesse lamento e padecimento permaneceu Parsifal o dia inteiro, que ninguém lhe veio que o consolasse. Quando veio a noite, estava tão desmaiado e tão debilitado que lhe pareceu que lhe faltavam todos os seus membros. E então começou a dormir e adormeceu e não despertou até a meia-noite. E pois que acordou, então viu à sua frente uma mulher, que lhe perguntou muito de repente: "Parsifal, o que fazes aqui?" E ele responde que não fazia bem nem mal, e se tivesse como cavalgar, não permaneceria aí mais tempo. "Se me prometeres", falou ela, "que me farás a minha vontade, quando eu te exortar, eu vou de pronto te dar um bom corcel, que te leve aonde quiseres". E pois que o ouviu, ficou tão contente, que ninguém poderia estar mais contente, como aquele que não testava com que conversava e considerava que fosse uma mulher; era o Inimigo, que de bom grado o teria ali trazido para que perdesse sua alma. E pois que ele ouviu que ela lhe prometia o que ele acima de tudo desejava, respondeu a ela que lhe estaria seguramente pronto para fazer o pudesse, e se ela lhe desse o corcel, ele quereria fazer tudo que ela chamasse. "Assim jura como um leal cavaleiro", falou ela. "Sim, seguramente", falou ele. "Então me espera aqui," falou ela, "devo de pronto retornar". E então foi ela à floresta e voltou de pronto para lá, e trouxe um corcel tão grande, que era preto e que era maravilhoso de se ver.

E pois que Parsifal viu o corcel, então começou a muito aferrá-lo, e ainda então foi tão ousado que o montou como aquele que não percebeu o engodo do Inimigo, e tomou seu escudo e sua lança. E aquela que à sua frente estava falou: "Quereis[12] seguir caminho? Então vos deixai considerar que me deveis a paga". E ele lhe responde que deveria fazê-lo e apressou-se à floresta quanto sempre pôde. E a luz brilha muito clara. E o corcel o conduziu tão logo e em curto tempo o trouxe à frente da floresta e o tinha afastado mais que quatro grandes dias de lonjura, e ele cavalgou por tanto tempo até que viu, à sua frente, um precipício e uma grande água, que era forte e vigorosa, e o corcel virou-se para lá e queria lá se lançar. E pois que Parsifal o viu tão forte, então temeu muito porque era noite. E não viu nem ponte para seguir por cima, e suspendeu sua mão e fez um sinal com a santa cruz à frente de sua testa.

E pois que o Inimigo sentiu-se carregado com a santa cruz, que lhe era por demais pesada para levar, então se agitou e se apartou de Parsifal e seguiu para a água gritando e berrando, e de pronto aconteceu que a água ficou acesa como muitos fins com claras chamas, que considerou que estivesse queimando. Pois que Parsifal viu esta aventura, então percebeu de pronto que era o Inimigo que lá o tinha

---

12. O texto original mais uma vez converte o pronome de tratamento informal em pronome formal.

levado para o enganar e fazer perder corpo e alma. Então se abençoou e encomendou-se a Deus e pediu a Nosso Senhor que não o deixasse cair em nenhuma tentação, para que com isto não perdesse a companhia dos cavaleiros escolhidos. E ofertou as mãos contra o céu e agradeceu ao Nosso Senhor de bom coração que o tivesse assim ajudado nesta necessidade. Quando então o Inimigo queria levá-lo para a água e deixá-lo cair lá dentro, assim pôde ele bem se ter afogado e teria perdido seu corpo e sua alma. E ele se foi para fora da água, quando, porém, tinha medo do Inimigo. E ajoelhou-se perante o oriente e fez sua prece assim como conseguiu e muito desejou o dia, para saber em qual terra estava, quando bem lhe pareceu que o Inimigo o tinha carregado para longe do convento onde ele viu o rei ferido.

Assim estava Parsifal em sua prece e devoção e reza por tanto tempo até que o sol tivesse feito seu retorno ao céu e que brilhasse sobre todo o mundo e tivesse derretido o orvalho. E então ele viu à sua volta e viu que estava em uma montanha grande e maravilhosamente erma, e estava às voltas e por isso e tão fechado com as notícias que não viu nenhuma terra que não fosse fora daquela distância. Então ele percebeu que tinha sido conduzido a uma ilha, que não sabia onde e de bom grado o teria sabido, pois não conseguiu saber como poderia ficar sabendo, quando não via nem fortaleza nem castelo onde pudesse estar alguém como lhe pareceu, e ainda então, assim não estava ele sozinho, ele via ao seu redor animais selvagens, ursos, leopardos e dragões. E pois que se viu em tal sítio, então não estava bem confortável, quando temia os animais maravilhosos, que não o deixavam em comodidade, como lhe pareceu, e o matariam, se não conseguisse se defender. E ainda então Aquele que protegeu Jonas no ventre do peixe e protegeu Daniel na cova dos leões, vai ajudá-lo e vai ser seu escudo da paz, assim não tenha ele medo, e ele mais se abandonou ao Seu auxílio e à Sua consolação que à sua espada. Então ele bem viu que por causa de valentia ou nenhuma cavalaria terrestre ele conseguiria vir a um fim ou escapar, se então Nosso Senhor não o ajudasse. Então ele viu no meio da ilha um muito grande penedo, e lhe pareceu que se estivesse lá em cima, que não teria nenhum medo de quaisquer animais selvagens, e por isto se voltou para lá. Então ele viu um dragão, que mantinha com os dentes um leão junto ao pescoço e se sentava no mais alto da montanha. E atrás do dragão corria um leão gritando e desempenhava tão grande lamúria que Parsifal pensou que ele fazia o lamento pelo pequeno leão que o dragão levava embora. E pois que Parsifal o viu, então correu tão logo quanto pôde montanha acima. Então o leão, que era bem mais leve que ele, o tinha logo ultrapassado e tinha começado uma luta contra o dragão, antes que ele ali pudesse vir. E quando veio ao topo da montanha, então viu os dois animais lutarem, e pensou que queria ajudar o leão, quando seria um animal mais nobre que o dragão. E sacou sua espada e colocou seu escudo à frente de seu rosto, para que as chamas não o ferissem. E foi ao dragão e lhe deu um grande golpe entre suas duas orelhas. E soltou fogo e chamas, tanto que lhe queimou o escudo e sua coifa. E ainda então lhe teria feito muito mais, quando ele era leve e ágil, assim que as chamas não o encontraram de certo, e assim por esta causa muito menos. Pois que o viu, então temeu que o fogo fosse crescer com veneno, e ainda então assim correu contra o dragão e lhe deu um grande golpe, que pôde encontrá-lo, e o encontrou no mesmo sítio em que antes o tinha encontrado. E a espada estava tão leve e boa e o impeliu de pronto através da cabeça levemente, e tão logo ele lhe tinha golpeado através da pele, então não estavam os ossos duros e o matou logo no sítio.

E pois que o leão viu que ele estava desatado do dragão com a ajuda do cavaleiro, então não fez igual como se não tivesse nenhuma vontade de duelar com ele e veio à frente dele e beijou-lhe a cabeça e lhe fez a maior alegria que pôde, que Parsifal bem percebeu que não tinha nenhuma vontade de lhe fazer mal. E colocou sua espada de novo na bainha e baixou seu escudo, que lá estava bem chamuscado, e tirou seu elmo de sua cabeça e recebeu o ar, quando o dragão muito o tinha aquecido. E o leão foi de toda sorte saudando e lhe fez grande alegria. E pois que Parsifal o viu, então lhe acariciou a cabeça e o pescoço e ombros e falou que Nosso Senhor lhe tinha enviado o animal para lhe fazer companhia e considerou isso uma bela aventura. E o leão lhe fez tão grande companhia e alegria como nenhum outro animal poderia fazer a um homem, e o dia todo permaneceu ele junto até depois do horário das vésperas; e então desceu o penhasco e conduziu o pequeno leão a seu ninho. E Parsifal viu-se sozinho na montanha, sem companhia, não se deveria perguntar a ele se não tinha nenhum conforto, quando outra coisa não via ao redor de si senão o vaidoso mar. E teria ainda tido mais desconforto, tivesse feito o consolo de seu Altíssimo que ele tinha, quando era um homem que lá acreditava em seu mais alto Salvador. E ainda então estava contra o costume de sua terra, quando ao tempo eram todas as pessoas incrédulas no reino de Gales e eram bem maldosas. Quando, se o pai achasse seu filho deitado na cama, tomava-o pela cabeça ou pelos ombros ou pelos braços e o jogava para fora da cama e o golpeava de pronto. Quando lhe pareceria ser uma vergonha se seu pai o achasse morto. Quando aconteceu que o pai matasse o filho, e o filho, o pai, e que todos morressem nas armas, assim falavam todos na terra que eles eram nobres.

Todo o dia permaneceu Parsifal sobre o penhasco e olhou sobre o mar, para ver se nenhum navio ele podia ver vir, quando lhe aconteceu todo o dia que não conseguia ver muito em cima ou abaixo, que nada viu. E quando o viu, então recebeu de novo um coração e consolou-se sobre Nosso Senhor Deus e Lhe pediu que o protegesse, que não caísse em nenhuma em tentação de engodo do diabo ou com maus pensamentos. Pois como o pai é responsável por proteger o filho, assim Ele precisa protegê-lo e salvá-lo. E segurou suas mãos contra os céus e falou: "Querido Senhor Deus, desde que me fizestes em tão alto estado na ordem da cavalaria e me elegestes para tanto, e eu não teria sido digno, Senhor, através da Tua Graça não permitais que eu saia deste serviço. E sejas para mim como o bom lutador que lá bem protege seu senhor contra aquele que o cobiça. Querido Senhor, assim me ajuda, que eu proteja a minha alma, que é tua propriedade e tua herança, contra aquele que a deseja por injustiça. Querido, doce Pai, pois que falas no Evangelho de ti mesmo: 'Eu sou o bom pastor que lá protege a ovelha', e assim não faz o mercador que lá deixa a ovelha sem proteção até que o lobo conte e a coma e a dilacere. Senhor, seja minha escolta e meu protetor, assim como eu esteja junto a tuas ovelhas e que eu não seja uma das ovelhas loucas e impuras, que se apartam das outras e fogem para o ermo. Senhor, tem de mim graça e não me deixa apodrecer no ermo, e conduz-me na tua direção, que é para a Santa Igreja e para a Santa Fé, em que as boas ovelhas estão e os homens fiéis e também onde estão os bons cristãos, assim que o Inimigo, que não deseja senão a minha alma, não me ache sem proteção".

E pois que Parsifal o tinha falado, então viu o leão vir até ele, que tinha lutado com o dragão. E não fez igual ao que ele lhe queria fazer e foi contra ele perante ele e lhe fez grande alegria. E pois que Parsifal o viu, então o chamou. E veio até ele, como se fosse o mais manso dos animais do mundo, e se colocou perto dele, sobre seus ombros, por tanto tempo até que a noite ficasse sombria e preta. E Parsifal adormeceu de pronto junto a seu leão, e não lhe apeteceu qualquer comida, quando bem pensava em outras coisas.

Pois que Parsifal estava adormecido, então lhe aconteceu uma maravilhosa aventura. Quando lhe pareceu em seu sono que à frente dele viriam duas mulheres, uma era velha, a outra nem tão velha e muito bela; e não estavam a pé e estavam sentadas sobre dois animais maravilhosos. Uma estava sentada sobre um leão e outra sobre um dragão. E ele contemplou as donzelas com maravilha por causa de assim poderem dominar os dois animais. E a mais jovem veio à frente e falou: "Parsifal, meu senhor vos faz saudação e vos pede que deveis vos preparar o melhor que puderes, quando precisais amanhã lutar contra o lutador que é para mais se temer no mundo. E se fores vencido, não deveis vos deixar com um de vossos membros e vos sucederá de ser difamado por todos os dias em que viveres". E pois que ele ouviu esta fala, então falou: "Senhora, quem é vosso senhor?" "Seguramente," falou ela, "é o homem mais rico de todo o mundo. Então aguardai que sejais seguro e ousado para a luta, que tenhais sua honra". E então desapareceu como santa, que Parsifal não soube de onde ela tinha vindo.

A outra donzela veio para ele sobre o dragão e falou: "Parsifal, eu me queixo contra vós, quando muito errastes perante mim e os meus, e eu não o mereci". Pois que ouviu esta fala, então respondeu a ela e falou: "Seguramente, perante vós e perante nenhuma mulher do mundo não considero que tenha errado, e vos peço que me digais com o que agi errado perante vós; e se eu tiver poder para melhorar, devo vos melhorar segundo vossa vontade". "Quero bem vos dizer em que medida errastes contra mim", falou ela. "Por longo tempo criei em meu castelo um dragão, que me servia muito mais do que considerais. E o animal voou ontem infelizmente até a montanha e achou um leão, que conduziu consigo penhasco acima, e viestes para lá correndo com vossa espada e o matastes, e ele não vos tinha feito [mal]. Então me dizei por que causa o matastes, tivesse ele feito algo errado pelo que assim devêsseis levá-lo à morte. O leão era vosso ou estava sob vosso cuidado, que fôsseis responsável por lutar à frente dele? São-vos assim permitidos os animais, que deveis matá-los sem direito? Sois assim tão grande cavaleiro?" Pois que Parsifal entendeu esta fala que a donzela lhe tinha falado, respondeu a ela: "Senhora, ele não errou comigo, nem o leão era meu, nem os animais do céu não me são permitidos, quando por meio de ser o leão de mais nobre que o dragão. E pois que vi que o leão menos mal fazia que o dragão, então corri por cima dele e o matei, e por meio disso não errei perante vós como dizeis". Pois que a donzela ouviu esta fala, então falou: "Parsifal, não quereis me fazer mais nada?" Então ele falou: "Senhora, o que vos faça por causa disso?" "Eu quero", falou ela, "que para a melhora do dragão vos torneis meu homem". E ele respondeu que não o faria. Então ela falou: "Mas o fostes; antes de receberdes o feudo de vosso senhor, éreis meu. E por causa de que éreis antes meu que de um outro, assim não quero renunciar a vós e vos quero assegurar: em qualquer lugar em que o achar sem proteção, que vos tomarei como aquele que antes era meu".

Depois dessa fala apartou-se dele a mulher, e Parsifal adormeceu, quando estava muito cansado do sonho, e dormiu a noite inteira, que nunca acordou. E pela manhã, pois que o dia brilhava mais alto, e o sol estava alto e brilhava sobre sua cabeça, então abriu os olhos, e viu que era dia. Então se endireitou e permaneceu assim sentado, e ergueu sua mão e abençoou-se e pediu a Nosso Senhor Deus que lhe enviasse conselho que lhe fosse útil para a alma. Quando sobre o corpo não atentava tanto quanto antes tinha feito, por meio disto não pensou que nunca viria do penhasco em cujo cume estava. E viu à sua volta e não viu o leão que antes lhe tinha feito companhia, nem o dragão que ele tinha matado e muito lhe maravilhava aonde teriam ido.

Nisto que Parsifal assim pensou, então viu no longe mar um navio flutuando. Tinha estendido a vela e vinha direito para o sítio onde estava Parsifal, que lá esperava que Deus lhe enviasse aventura que lhe aprouvesse e o ajudasse. E o navio velejou bem rápido, quando tinha o vento da água, e veio certeiramente perante ele e aportou junto ao penhasco. E pois que Parsifal, que estava sobre o penhasco, o viu, então ficou consigo muito contente, quando considerou que lá estavam muitas pessoas. E por meio disto se levantou e tomou suas armas. E pois que estava armado, então escalou para fora do penhasco como aquele que queria saber quem eram as pessoas que estavam no navio. E pois que se aproximou, então viu que o navio estava por fora e por dentro guarnecido com samítico branco, que nenhuma outra coisa lá dentro não brilhava que não o branco. E pois que veio a bordo do navio, então viu um homem, vestido com um saiote à igualdade de um padre e tinha uma coroa sobre sua cabeça de samítico branco, bem ampla como dois dedos, e na coroa estavam escritos os Santos Nomes de Nosso Senhor. E pois que Parsifal o viu, então o maravilhou muito, e aproximou-se junto a ele e falou: "Senhor, sede bem-vindo!" "Deus vos melhore, caro amigo", falou o bom homem. "E quem sois vós, Senhor?" "Eu sou", falou ele, "da corte do rei Arthur". "Que aventura vos trouxe para cá?", falou ele. "Senhor," falou Parsifal, "eu desconheço em que medida ou como eu viesse para aqui". "O que desejais?", falou o bom homem. "Senhor," falou ele, "quer Nosso Senhor Deus, então bem quero que eu consiga sair e que eu possa ir com meus companheiros da Távola Redonda à demanda do Santo Graal, quando por outra coisa não me apartei de meus senhores da casa do rei". "Valha-me Deus," falou o bom homem, "se vos aprouver, assim podeis logo sair daí, e Ele deve logo ter-vos ajudado, quando o quer. Se Ele vos tivesse por Seu servo, e se Ele visse que estaríeis melhor em outro lugar que aqui, assim sabei que Ele de pronto vos ajudaria a sair. Pois Ele vos fez para cá para tentação, para saber e para reconhecer se sois Seu reto servo e Seu fiel cavaleiro, como a ordem da cavalaria contém. Pois no momento escalastes tal altura, assim vosso coração não se deve baixar por causa de nenhum medo nem de nenhuma necessidade terrena. Quando o coração do cavaleiro deve ser fechado e assim duro perante o inimigo de seu senhor, que nenhuma coisa o possa assustar. E se for trazido a temor, então não é um verdadeiro cavaleiro e um verdadeiro lutador que antes se deixa matar na luta antes de deixar algum para seu senhor".

 E perguntou-lhe Parsifal de onde ele era e de qual terra. Ele responde que era de terra estrangeira. "Que aventura aqui vos trouxe", falou ele, "em tal sítio estranho e tão ermo como me parece?" "Em verdade", falou o bom homem, "eu vim para ver-vos e para consolar e para que por isto me digais de vosso ser. Se não for nenhuma coisa de que devais aconselhar, eu conseguiria vos aconselhar tão bem quanto nenhum homem que aí vive". "Dizeis-me maravilha", falou Parsifal, "que aqui viestes par me aconselhar, quando não consigo pensar como pode ser isto. Quando neste penhasco em que eu estou, ninguém mais me sabe senão Deus e eu. E se me tivésseis seguido, assim não creio que soubésseis, quando nunca me vistes em meus dias de vida, e por causa disso me tem maravilha o que dizeis". "Hei," falou o bom homem, "Parsifal, eu vos conheço muito melhor do que considerais, quando há muito tempo não fizeste nada que eu não soubesse tão bem como vós". E pois que Parsifal ouviu que o bom homem o chamava, então ficou bem assustado, e arrependeu-se porque lhe tinha dito muito, e respondeu: "Hei, caro Senhor, perdoai-me que vos tenha falado, quando não considerei que me conhecêsseis. Assim bem vejo que me reconheceis melhor do que eu a vós, e por causa disso me tenho por tolo e a vós, por um homem sábio".

Então se recostou Parsifal sobre o bordo do navio junto ao bom homem, e falaram de algumas coisas um com o outro, e o achou tão sábio de todas as coisas que muito o maravilhou quanto poderia ser, e lhe aprouve assim muito a sua companhia. E se por toda a via estivesse junto a ele, não agradaria comida ou bebida, tão boa era sua fala e assim alegre. E como falaram um com o outro por um bom tempo, então falou Parsifal: "Caro Senhor, fazei-me sábio de uma coisa que hoje me veio em meu sono, pois me parece tão maravilhosa que eu não posso descansar sem saber a verdade dela". "Assim me dizei", falou o bom homem, "eu vou vos significar de pronto, que bem deveis saber o que deve ser". "Eu devo vos dizer", falou Parsifal. "Aconteceu-me esta noite em meu sono que duas mulheres vieram à minha frente e uma estava sentada sobre um leão e a outra sobre um dragão: e a que se sentava sobre o leão era uma donzela, e a que se sentava sobre o dragão era uma velha, e a mais jovem falou comigo em primeiro". E então contou para ele toda a fala que ela lhe tinha dito, tão bem que nenhuma palavra lhe foi esquecida. E pois que tinha contado seu sonho, então pediu a ele por Deus que lhe dissesse o significado. E ele lhe responde que o queria fazer de bom grado, e principiou a falar: "Hei, Parsifal, Parsifal, as duas mulheres que dizeis que tão estranhamente cavalgavam, que uma se sentava sobre um leão e a outra sobre um dragão, seu significado é muito maravilhoso, e eu devo vos significar ou resignar.

A que estava sentada sobre o leão significa a nova fé. Que ela se sentasse sobre um leão, era sobre Jesus Cristo, em que tomava pé e fundamento, quando por meio Dele foi elevada a fé e preenchida com Seu advento e em sua proteção toda a Cristandade e uma verdadeira luz para todos os que abrirem seu coração para a sua confissão. E a mulher sentava-se sobre o leão, era sobre Jesus Cristo. A mulher é a verdade e a fé e batismo e esperança, e a mulher lá é um castelo e um ferro sobre os quais Jesus Cristo falou que deveria erguer a Santa Igreja, de que Ele falou: 'Sobre esta pedra devo erguer o Meu templo e lhe dar plenos poderes'. E junto à mulher que estava sentada sobre o leão, deve-se junto a ela entender a nova fé, que Nosso Senhor conservou forte e em poder como o pai faz a seu filho. E por meio disto que ela lhe pareceu mais jovem que a outra, não é maravilha, quando da idade nem da igualdade não era a outra, quando essa mulher nasceu na Paixão de Nosso Senhor e na Ressurreição, e a outra tinha muito longamente existido e reinado. E aquela veio falar para ti[13] como a seu filho, quando todos os bons cristãos são seus filhos. E ela bem sabia que era tua mãe, quando ela te teve tão grande medo que veio te alertar daquilo que estava para te acontecer. Ela veio dizer-te por causa de teu senhor, que foi por causa de Jesus Cristo, que precisas lutar. E sobre a verdade, que eu te devo fazer, ela não teria tido amor por ti, não teria vindo a ti para falar, quando não tivesse

---

13. Mais uma vez, o texto comuta o pronome de tratamento formal para a modalidade informal.

boato vencido. Ela veio por causa disto, para te dizer que serias traído, quando devesses lutar e contra quem, contra o mais temível lutador do mundo. Ele é aquele por meio de quem Enoch e Elias, que assim eram nobres pessoas, foram tomados do mundo e foram conduzidos ao céu e não voltaram para cá antes do Dia do Juízo Final, pois vieram lutar contra aquele que é muito temível. É o lutador e o Inimigo, que por todas as vias assim se esforça muito e trabalha para que traga o homem em perdição mortal, que os[14] conduza à danação eterna, é o lutador contra quem precisas lutar. E se fores vencido, como te diz a mulher, então nunca deves sair por causa de perder, pois deves de toda forma te envergonhar. E bem podes ver em ti mesmo se é verdade; quando se isto acontecer que o Inimigo te atacar que te conduza em perda de corpo e alma, e por eles deve te escolher para a casa da tristeza, que é no inferno, onde tu então deves padecer em vergonha, lamento e martírio por tanto tempo como durar o poder de Nosso Senhor, que deve durar por todas as vias.

Então te disse o que a donzela seja, que tu vistes no sonho sobre o leão, e por meio do que eu te mostrei, assim podes bem saber o significado da outra". "Senhor," falou Parsifal, "de uma me dissestes, que bem sei o significado dela. Então me dizei da outra, que cavalgava o dragão, quando dela não consigo reconhecer significado, vós me dizeis então". "Devo te dizer?", falou o bom homem. "Então me ouve: a mulher

---

14. O texto original apresenta esta alteração de singular para plural, que mantivemos na tradução.

que viste cavalgar o dragão significa a Velha Aliança, e o dragão que ela trouxe é a Escritura que maldosamente é entendida e maldosamente é conservada, são os hipócritas, os hereges e os malfeitores e os pecadores mortais, e é o próprio Inimigo e é serpente e o dragão, que por meio de sua petulância foi lançado para fora do Paraíso. E esse é o dragão que lá falou para Adão e para sua mulher: 'Se comerdes este fruto, sereis iguais a Deus', e esta fala o trouxe a um desejo injusto, quando de pronto pensaram em ser muito mais altos do que eram. Pois acreditaram no conselho do Inimigo e desdenharam d'Aquele de que foram lançados para fora do Paraíso; e de erro foram lançados em erro, e o erro tinha parte em todos os seus descendentes e devem todos os dias penitenciar-se. E pois que a mulher veio perante ti, ela se queixou de seu dragão, que tinhas matado. E sabias de que dragão ela se queixava? Ela não se queixava do dragão que ontem matastes. Era aquele que ela cavalgava, o Inimigo. Sabes por que causa ela fez esta súplica? Quando viestes para fora deste penhasco, na hora em que fizestes a cruz sobre ti, não podia mais se padecer de qualquer maneira e teve assim grande medo que considerava estar morto e fugiu tão logo quanto aquele que não queria te fazer companhia. E assim o golpeastes e o expulsastes e tomastes seu poder e sua força, de sua luta e de seus membros, quando ele considerava bem te ter ganho. Disto assim conta a ira que ela tinha sobre ti. E pois que tinhas respondido a ela o melhor que conseguistes depois de te perguntar, então ela tencionou que te tornasses seu homem, então respondestes que não o querias fazer. E ela respondeu que tu por algum tempo o terias sido, antes que tivesses feudo de seu senhor. E após estas coisas, muito pensastes e serias obrigado a bem saber; quando sem erro, antes que tu recebestes o batismo e antes que te tornastes cristão, estavas no cuidado do Diabo. Quando tão logo recebestes o selo de Nosso Senhor Jesus, que é o batismo e o santo crisma, então tinhas renegado o Inimigo e estarias fora de seu cuidado, e tinhas então feito companhia ao teu Salvador. Então te contei o significado de uma mulher e também de outra. Então vou novamente por minha via, quando muito tenho a fazer, e tu deves permanecer aqui, e deves refletir a luta que tens a fazer. E se fores vencido, assim deve te acontecer como te é prometido".

"Caro Senhor," falou ele, "por que quereis seguir caminho tão logo? Seguramente, vossa fala e vossa companhia me aprazem tão bem que nunca desejaria apartar-me de vós, e por Deus, se puder ser, assim permanecei comigo ainda hoje; quando tanto quanto me dissestes, creio que tanto melhor deve ser meu dia que eu vivo". "Eu preciso seguir caminho," falou o bom homem, "quando muitas pessoas me esperam, e vós[15] deveis aqui permanecer e esperai que não estejais desaconselhado contra aquele que deveis combater, quando se ele vos achar sem alerta, logo vos pode ser desgosto".

E pois que o falou, então se apartou de lá. E o vento batia na vela e conduziu o navio tão rapidamente como se

---

15. Novamente se altera o pronome de tratamento para a modalidade formal.

pode ver e tinha em curto tempo tanto corrido, que Parsifal não pôde mais vê-lo. E pois que à vez o tinha perdido, então subiu novamente o penhasco assim armado como estava e achou o leão que o dia inteiro lhe tinha feito companhia. E principiou a acariciá-lo, por meio do que lhe fez grande alegria. E lá bem permaneceu até depois do meio-dia, então viu longe, no mar, vir um navio, tão logo quanto todos os ventos o varriam. E à frente veio uma gralha, e fez o mar se acalmar, e de todos os fins empilhavam-se saltos. E pois que o viu, então muito o maravilhou o que pudesse ser, quando a gralha lhe tomou a visão do navio, que lá estava bem coberto com pano preto, eu não sei se seria seda ou linho, e veio tão perto dele, que viu claramente que era um navio. E pois que veio bem próximo, então desceu para saber o que seria. Quando lhe pareceu bem que seria o bom homem, com o qual tinha conversado no dia. E lhe aconteceu porém que em toda a montanha nenhum animal foi tão ousado que se atrevesse a pular sobre ele, eu sei se seria pela graça de Nosso Senhor ou por outras coisas. E ele desce a montanha e vem para o navio o mais depressa que pôde. E pois que entrou, então viu uma donzela sentada lá dentro, que era sem medida bela e estava à vez muito ricamente, como podia ser um mulher. E tão logo ela o viu vir, então se levantou perante ele e falou sem saudar: "Parsifal, o que fazeis aqui, e o que vos trouxe a esta montanha, que lá é tão estranho que nunca sairás, se não for por aventura, nem ganharás o que comer, e deveis morrer de fome e de sede, pelo que não acharás ninguém que vos reclame". "Donzela," falou ele, "se aqui eu morresse de fome, então não seria um verdadeiro servo, quando ninguém serve tão grande senhor quanto eu faço, assim o sirvo lealmente e de bom coração, que não faço coisa nenhuma, que não me seja de valia. E ele mesmo fala que sua porta não está fechada para ninguém, que lá venha e deseje ser lá dentro recebido, e quem deseja algo, o tem. E se alguém deseja, ele não responde e se deixa simplesmente achar". E pois que ela ouviu que ele falava parábola do Evangelho, então não respondeu à fala e principiou outra e falou: "Parsifal, sabes[16] de onde eu venho?" "Como, donzela," falou ele, "quem vos deu a reconhecer meu nome?" "Eu bem o sei", falou ela, "e posso conhecer melhor do que considerais". "De onde vindes?", falou ele. "Em verdade," falou ela, "eu venho da floresta deserta, onde vi as maravilhosas aventuras do mundo do bom cavaleiro". "Hei, donzela, dizei-me sobre a verdade a que estais obrigada por aquele que mais amais sobre o reino da terra, o que seja". "Não vos digo de nenhuma forma o que disto sei, se não me prometeres pela ordem da cavalaria que quereis fazer minha vontade a qualquer tempo em que eu te exortar." E ele lhe respondeu que o queria fazer, se alguma vez pudesse. "Basta que me dissestes isto, então vou vos dizer", falou ela.

"É verdade, não faz muito que estive na floresta deserta bem no meio do mesmo fim onde corre a grande água que se

---

16. Neste momento do texto, altera-se o pronome de tratamento para o informal.

chama Marthoße. Lá vi que o bom cavaleiro vinha e caçava dois cavaleiros e queria matá-los; eles caíram na água por meio do medo da morte, e lhe aconteceu tão bem que vieram por cima. E neste tempo infeliz, e seu cavalo afogou-se, e ele mesmo estaria morto, se não tivesse de pronto saído. E por meio disto, que ele retornou, então convalesceu. Então te contei a verdade do cavaleiro depois que me perguntastes. Então quero que me digas como viveste desde que vieste a esta ilha, pois que deverias estar como perdido, se daí não saísses. Quando bem vês que aqui ninguém conta de quem tenhas auxílio, quando precisas sair, ou deves morrer aqui, assim faz minha vontade para que saias daqui, quando de outra forma não podes sair, senão por mim. Por esta causa deves fazer tanto pela minha vontade, que eu te ajude a sair, se és sábio. Quando não conheço maldade maior que a que faz aquele que bem pode ajudar e não o faz".

"Donzela," falou Parsifal, "se eu pensasse que fosse vontade de Nosso Senhor Deus que eu saísse, então de bom grado quereria sair, se pudesse. E de outro modo não quero estar fora daqui. Quando não há nenhuma coisa no mundo que eu bem queira fazer, se pensar que seria contra Sua vontade, quando então teria enterrado vilmente a cavalaria, se estivesse contra Ele". "Deixai tudo estar," falou ela, "e dizei-me se hoje comestes". "Seguramente," falou ele, "não mordi nenhuma comida terrena hoje, quando agora me veio um bom homem consolar, que me falou muito boa fala, que me saciou, assim que não me apraz comer nem beber tanto quanto pense nele". "Sabei", falou ela, "quem ele é? É um feiticeiro e um mentiroso e faz por toda via de uma fala cem, e nunca fala verdade, se pode. E se bem o credes, então estais enganado, quando nunca sairás deste penhasco, e deveis aqui morrer de fome, e os animais selvagens vos devem arruinar, e podeis ver uma parábola disto: estivestes aqui dois dias e duas noites, e tanto quanto o dia de hoje passou, que aquele, de quem falais, nunca vos trouxe de comer e vos deixou e deixa assim que dele não ganheis nenhum auxílio. É vossa grande pena e descortesia se aqui morrerdes, pois sois um jovem e um bom cavaleiro, que ainda podeis ajudar a mim e a outros, se daqui vos retirares".

E pois que Parsifal ouviu que ela se lhe encomendava, então falou: "Donzela, quem sois que me ajudais daqui, se quiserdes?" "Eu sou", falou ela, "uma donzela que lá está deserdada, que lá seria a mais rica mulher do mundo, se não estivesse expulsa de minha herança". "Donzela," falou ele, "quem vos deserdou, quando muito mais me inspirais piedade que antes?" "Eu devo vos dizer", falou ela. "É verdade que havia um homem rico, que me tomou em sua casa para o servir, e o homem era o rei mais rico que se sabia. E eu era tão bela e tão clara como ninguém era, ele queria ter maravilha de minha beleza, quando eu era bela sobre todas as coisas. E na beleza me alcei e falei uma fala que não lhe caiu bem. E tão logo ele ouviu, ficou à vez irado comigo, que não me quis padecer em sua companhia, e me lançou fora, pobre, e me deserdou. E desde então não quis ter nunca piedade de mim, nem de ninguém que estivesse a meu lado. Assim me expulsa o rico homem e aos meus e me lançou em estrago. E então principiei uma guerra contra ele, e bem me aconteceu desde então, quando bem a ganhei. E lhe tomei a maior parte de seus homens, que o deixaram e vieram a mim, por meio da grande companhia que lhes conservo. Quando de mim não desejam, eu lhes dou e muito mais.

Assim estou em guerra dia e noite contra aquele que me arruinou. Assim reuni cavaleiros e escudeiros e servos e toda sorte de gente, e vos digo que não sei nenhum cavaleiro no mundo, nem nenhum nobre, que eu não peça para os meus, para que fique ao meu lado. E por meio disto, de que te soube um valente cavaleiro, por causa disto vim para cá para que me ajudais;[17] e bem sois obrigado a o fazer, quando sois um companheiro da Távola Redonda, quando ninguém de lá é companheiro, que seja obrigado a sair-se de uma donzela arruinada, quando ela lhe pede por auxílio. E sabeis que isto é verdade. Quando lá estáveis sentado, e o rei lá vos fez, então jurastes o primeiro juramento, que fizestes, que nunca negaríeis a nenhuma donzela auxílio, que vos pedisse." E ele respondeu que tinha feito o juramento sem falha, por causa disso queria de bom grado ajudá-la, porque ela lhe pedia. E ela lhe agradece muito.

Assim longamente falaram um com o outro que eram as sextas horas e caiu-se perto das nonas horas. E o sol brilha

---

17. Neste segmento do texto original, na mesma fala se alternam os pronomes de tratamento, *tu* e *vós*.

quente e aquecido. Então falou a donzela a Parsifal: "Há a mais bela tenda neste navio, que jamais vistes. Se vos agrada, devo retirá-la de lá e fazê-la abrir para que o sol não vos cause dor". E ele diz "eu gostaria muito". E ela foi ao navio e fez dois servos abrirem a tenda. E pois que tinham aberto o melhor que podiam, então falou a donzela para Parsifal: "Vinde dentro descansar e sentai-vos por tanto tempo até que venha a noite, quando o sol muito vos aquece". E Parsifal foi à tenda e dormiu de pronto, e fez-se desarmar de seu elmo e de sua coifa e de sua espada. E pois que estava desarmado, então ela o deixou dormir. E pois que tinha dormido um bom bocado, então acordou e desejou comer, e ela chamou que se pusesse a mesa e se o fez. E ele viu que se o servia de tantos pratos que muito o admirou, e ele e a donzela comiam um com o outro. E pois que ele desejou beber, então se lhe deu de pronto. E pois que tinha bebido, então julgou que era o vinho mais forte que jamais bebeu e o melhor, como lhe pareceu, e o maravilhou de onde pudesse vir. Quando ao tempo não havia na Grã-Bretanha nenhum vinho, a não ser em sítios muito ricos, e bebiam comumente cerveja e outras bebidas, que eles faziam. E ele bebeu tanto que foi por isto aquecido mais do que deveria. E ele contemplou a donzela, que lá era bela fora de medida, como lhe pareceu, que nunca tinha visto igual a ela de beleza. E ela tanto o agradou e o deleitou tanto pela indulgência que nela via, e pela doce fala que ela lhe tinha dito, que estava mais aceso do que deveria.

Pois conversaram os dois de muitas coisas, e falou a ela por causa de seu amor, que ela era sua e ele, dela. E ela o recusou como pôde, pelo que ele cada vez mais se inflamava por ela e se agradava dela. E não fez mais que pedir. E pois que ela viu que ele estava aquecido, então responde e falou: "Parsifal, sabei que de nenhuma maneira faço o que vos apraz, a não ser que me prometais que devereis ser meu no futuro e no meu auxílio contra todos, e devereis então fazer o que eu te chamar". E ele responde a ela que de bom grado o queria fazer. "Então prometeis a mim como um verdadeiro cavaleiro?" "Sim", falou ele. "Bem me basta com isto, e devo fazer tudo que vos apraz. E sabei seguramente que nunca me desejastes tanto quanto eu vos desejei, quando sois um cavaleiro do mundo, por quem mais intimei". Então pediu a um de seus servos que fizesse uma cama, a mais rica e mais bela que ele pudesse, no meio da tenda. E ele respondeu que queria fazer seu pedido. E fizeram de pronto uma cama. E pois que estava feita, a donzela tirou os sapatos e se deitou e Parsifal junto dela. E pois que ele jazia, então devia cobrir-se. Então lhe aconteceu uma aventura, que ele viu sua espada jazer sobre a terra. E moveu sua mão para lá, para erguê-la, pelo que queria alinhá-la em sua cama. E viu no cabo uma cruz vermelha, que ali estava gravada. E tão logo quanto o viu, então pensou em si mesmo e fez o sinal da Santa Cruz em sua testa. E de pronto viu a tenda cair, e uma neblina, uma fumaça estava em todo o seu redor, tão grande que ele nada via, e ele cheirou tão grande mau cheiro em todos os fins que lhe pareceu que estava no inferno. Então chamou com voz alta e falou: "Querido, doce Pai, Senhor Jesus Cristo, não me deixa aqui perecer, vem por tua misericórdia em meu auxílio, quando de outro modo estou perdido!" E quando abriu seus olhos, então não viu a tenda, sob a qual estava antes deitado. E viu na água e viu o navio em tal medida como antes tinha visto. E a donzela falou: "Parsifal, vós me traístes", e de pronto, ela se alçou ao mar. E Parsifal viu um temporal tão grande, que a seguia, que lhe pareceu que toda a madeira no mundo estivesse pega. E o navio do fogo seguiu tão flamejante que nenhum sibilar do vento pôde tão logo navegar como lhe pareceu.

Pois que Parsifal viu a aventura, então ficou muito entristecido que lhe pareceu que deveria morrer. E ele viu o navio por tanto tempo quanto pôde ver. E pois que perdeu a vista daquilo, então falou: "Ah pobre, eis que estou morto!", e sacou a espada da bainha e golpeou tão duramente e se encontrou no pé esquerdo, que o sangue saiu em todos os fins. E pois que o fez, então falou: "Caro senhor, isto é melhora do que fiz contra ti". Então ele se contemplou, que estava nu, com suas roupas íntimas, e viu suas roupas de um lado e suas armas de outro. Então se repreendeu e falou: "Ah, eu pobre desgraçado, fui tão mau e impuro, que tão logo fui trazido ao sítio para perder aquilo que ninguém pode restituir, que é a virgindade, que ninguém pode novamente ganhar, quando uma vez a perdeu". Então pôs sua espada na bainha, e o lamentou muito mais pelo que considerou que Deus estivesse muito irado com ele, que qualquer outra coisa, nem que estava ferido. E vestiu-se e preparou-se o melhor que pôde. E dirigiu-se para cima do penedo e pediu a Nosso Senhor Deus que lhe enviasse conselho, que pudesse achar misericórdia e graça, quando se sabia culpado e pecador, que acreditou que nunca mais conseguisse se reconciliar, se não fosse acontecer por meio de misericórdia.

Assim esteve Parsifal a noite toda junto à água como aquele que não queria ir para cima ou para baixo, por meio das feridas que tinha, e pediu a Nosso Senhor, que lhe enviasse tal conselho, que lhe fosse útil para a alma, quando não desejava nenhuma outra coisa. E falou: "Caro Senhor Deus, nunca creio sair daqui, morto nem vivo, que não seja com Tua vontade". Assim permaneceu Parsifal o dia inteiro e verteu seu sangue muito das feridas. E pois que viu a noite brilhar, assim triste e assim escura no mundo, então deitou sua cabeça sobre a coifa e fez uma cruz em sua testa e pediu a Nosso Senhor Deus por meio de Sua graça que Ele o protegesse em tal medida que o Demônio não tivesse nenhum poder sobre ele. E pois que tinha levado sua oração ao fim, então se endireitou e ficou sobre seus pés e cortou um bom grado de sua camisa e parou suas feridas com aquilo, pelo que elas não sangraram muito. E alçou-se em sua oração, quando ele conseguiu tanto, e rezou em tal medida, até que o dia veio. E pois que Nosso Senhor Deus queria que o dia se levantasse, e o sol também estava alto, então olhou Parsifal ao redor de si e viu em um fim o mar e em outro, o rochedo.

E pois que pensou no Inimigo, que no outro tinha considerado como uma donzela, quando bem pensou que seria o Inimigo e principiou a desempenhar a mais maravilhosa e maior lamentação e falou que seguramente estaria morto, se o Espírito Santo não o tivesse consolado.

Nisto que Parsifal assim se queixava e assim falava, então viu mais longe no mar contra o oriente e veio vir o navio que ele tinha visto em outro tempo. Era o navio que estava coberto com samítico branco, onde o bom homem estava dentro, que lá estava vestido à maneira de um padre. Pois que o viu, então estava bem consolado por meio da boa fala que ele tinha dele ouvido e grande sabedoria que nele tinha achado. E pois que o navio tinha vindo à terra e o bom homem se tinha alinhado à bordo, então se endireitou tanto quanto pôde. E o bom homem saiu do navio e veio a ele e sentou-se sobre o penhasco e falou: "Parsifal, como fizestes desde que estive junto de ti?" "Senhor," falou Parsifal, "mal, quando uma donzela me caiu perto, tinha trazido um pecado mortal", e contou a ele como lhe tinha acontecido. E o bom homem lhe pergunta se ele a conhecia. "Não," falou ele, "quando bem sei que o Inimigo a mandou para mim para me arruinar e me enganar. E teria sido enganado, não tivesse feito o sinal da Santa Cruz, pois de mim aconteceu que voltei ao meu reto juízo e à minha reta maneira. Quando tão logo eu fiz uma cruz à minha frente, de pronto a donzela se apartou de mim, que nunca mais a vi. Então vos peço por Deus que digais o que devo fazer, quando nunca precisei de conselhos tão bem quanto agora". "Hei," falou o bom homem, "todo tempo serás incompreendido. Não conheces a donzela, que tão perto te trouxe o pecado mortal, quando te resgatou o sinal da Santa Cruz?" "Seguramente," falou ele, "eu não a conheço bem, eu vos peço por Deus que me digais quem ela seja e de que terra e quem seja o homem rico que a arruinou, contra quem ela me pediu que a ajudasse?" "Isto devo bem vos informar", falou o bom homem, "que tu deves bem em breve reconhecer quem ela seja".

"Então escuta: a donzela, com quem conversaste é o Inimigo e o mestre do Inferno, que tem poder sobre todos os inimigos. E é verdade que antes daqui ela estava no Céu e na companhia dos anjos e era tão bela e tão luzidia e tão clara. E pela beleza ele[18] se excedeu e quis se fazer igual ao Maior e falou: "Eu devo subir tão alto e devo ser igual ao mais alto Senhor". E tão logo ele o falou, então não quis Nosso Senhor que sua casa fosse enganada pela envenenada petulância e o precipitou do elevado assento, onde ele se tinha assentado, e o fez cair na casa da escuridão, que se chama o Inferno. E pois que ele se viu tão rebaixado do elevado assento e da grande altura, onde costumava estar, e foi empurrado na eterna escuridão, que pensou que deveria guerrear com todos que pudesse, e com aquele que para lá o tinha trazido; quando não conseguiu ver que isto facilmente aconteceria. E fez-se para a mulher de Adão e fez tanto que a enganou e a levou

---

18. Neste momento da fala, o bom homem passa a referir-se à donzela como "ele", vale dizer, o Inimigo.

a pecado mortal, pelo qual ele foi lançado e caiu da grande alegria do Céu. Foi com a cobiça que ela fez com sua vontade infiel, que ela trouxe o fruto da árvore mortal; quando lhes era proibido da boca do Altíssimo. E pois que o tinha comido, então o deu a comer também para Adão de tal maneira que todos os seus herdeiros tiveram de se penitenciar por isto. O Inimigo, que a aconselhou a isso, o dragão, que ontem vistes a donzela cavalgar. E era a donzela que ontem te veio ver, que te disse que guerreava noite e dia; então te disse verdade. E bem sabes tu mesmo e sabe que nenhuma hora se passa que ele não combata o cavaleiro Jesus Cristo e contra as boas pessoas e servos, em que Nosso senhor está dentro albergado.

E pois que ela tinha feito frente a ti um pacto com suas falsas falas e seu engodo, então fez abrir sua tenda e falou: 'Parsifal, vem cá em baixo e senta-te aqui por tanto tempo até que venha a noite e saia do sol, quando me parece que o sol vos causa dor!' Esta fala, que ela te falou, não é sem grande significado, quando ela muito mais coisas quer dizer do que entendes. A tenda, que lá estava aberta na medida e na igualdade do mundo, significa seguramente o mundo, quando bem nunca está sem pecado. E por causa de estar por toda via cheia de pecado, então ela não queria que estivesses abrigado fora da tenda, e te fez prepará-la. E pois que chamou por ti, ela falou: 'Parsifal, vem cá sentar e descansar por tanto tempo até que a noite venha!' Nisto que ela falou que tu abaixo te sentasses e descansasses, com isso ela quis dizer que ficasses indolente e preenchesses teu corpo cheio de iguarias terrenas. Ela não te aconselhou que trabalhasses neste mundo e semeasses a semente no mesmo dia, que as pessoas mais nobres devem colher no dia do Juízo Final. E te pediu que descansasses por tanto tempo até que a noite viesse; isto é tanto quanto dizer até que a morte te tome, que seguramente é chamada noite para todos os tempos, quando acha o homem em pecado mortal. E ela te bradou que não queria que o sol te aquecesse. Não é maravilha que tivesse preocupação, pois por sol entendemos Jesus Cristo; o verdadeiro brilho aquece o pecador do fogo de Jesus Cristo, e depois pouco podem prejudicá-lo os frios do Inimigo, e se tem o sol em seu coração, é Jesus Cristo.

Então te disse tanto da mulher, que estás obrigado a bem saber quem ela seja. Ela veio te ver, mais por teu mal que por teu bem." "Senhor," falou Parsifal, "falastes tanto da mulher, que bem sei que é o guerreiro contra quem eu devo duelar". Então falou o bom homem: "Seguramente, tens razão, então contempla como duelaste". "Senhor, mal," falou Parsifal, "quando me parece que seria vencido, não tivesse feito a graça do Espírito Santo, que não me deixou arruinar". "Como te aconteceu," falou o bom homem, "então futuramente te protejas mais; quando se lá caíres por outra vez, não te deves achar tão logo em altura como então fizeste". Longamente falou o bom homem contra Parsifal e lhe mostrou muito bem o que fazer e falou que seu Deus não deveria esquecê-lo e deveria em breve enviar-lhe auxílio. Então lhe pergunta como lhe tinha acontecido com suas feridas. "Em verdade," falou ele, "desde que viestes perante mim, então nunca recebi dor nem mal, igualmente a como se não tivesse nenhuma ferida, e desde que me falais não recebo. Também me veio de vossa fala e de vosso rosto uma como que grande doçura em meus membros, que não creio que sejais um homem terreno, senão espiritual. E sei bem por verdadeiro, se por toda via aqui comigo permaneceis, que não posso ter sede ou fome, e se eu ousasse dizê-lo, eu diria que seríeis o pão que vem do Céu, de que ninguém frui, que vive eternamente". E tão logo ele disse isto, então desapareceu o bom homem em tal medida que Parsifal não soube aonde teria ido. Então falou uma voz: "Parsifal, venceste e conservaste o campo, entra no navio e navega para lá aonde a aventura te mostrar, e não teme a qual sítio vens e nenhuma coisa que vês, quando Deus deve te guiar. E digo-te, tanto bem te aconteceu que em breve deves ver teus companheiros Bohort e Galaat, que são aqueles que mais queres ver". E pois que Parsifal ouviu esta fala, então ganhou tão grande alegria que ninguém poderia ver, e ergueu suas mãos ao Céu e agradece a Nosso Senhor Deus pelo que lhe aconteceu. E então Parsifal tomou suas armas e armou-se de pronto e entrou no navio e conduziu ao mar tão rapidamente que era maravilha ver. — E aqui se calam as notícias de falar dele voltam para Lancelot, que tinha permanecido na clausura junto ao bom homem, que bem lhe tinha dito das três falas que a voz lhe dita dito à frente da capela.

A penitência de Lancelot

AQUI FALAM as notícias que Lancelot permaneceu três dias junto ao bom homem. Nisto que o conservou em sua companhia, então lhe pregou tudo e bem o exortou a fazer e falou: "Seguramente, Lancelot, por nada viestes a esta demanda, quereis então vos proteger do pecado mortal, e tirai vosso coração das coisas terrenas e pensamentos e o gozo do mundo. Quando bem deveis saber que nessa demanda a cavalaria não vos pode ajudar, o Espírito Santo vos faz o caminho senão para todas as aventuras que trazeis ao fim. Quando bem sabeis que essa demanda foi assumida por alguma sabida aventura do Santo Graal, que Nosso Senhor Deus prometeu ao cavaleiro que de bem e de cavalaria deve superar todos os que foram antes dele e todos que vierem depois. O cavaleiro vistes no dia de Pentecostes sentar-se no Assento Perigoso da Távola Redonda, e sobre o mesmo assento ninguém estava sentado, que não devesse morrer. A aventura vistes acontecer um pouco fartamente. O cavaleiro é o leão que lá deve saber em sua vida todas as coisas terrenas da cavalaria, e quando tiver tanto feito tanto que não mais deve ser terreno, senão espiritual, e deve ele deixar o ser terreno e deve vir para a cavalaria do Céu.

Assim falou Merlin do cavaleiro que por vez vistes, como aquele que quase muito sabia das coisas para dizer, que estavam para acontecer, e ainda é que assim o cavaleiro tem mais nobreza e ousadia que outro tem. Sabei por verdadeiro, se ele caísse em pecado mortal, de que Deus o protege por Sua misericórdia, ele não seria nesta demanda nada além de um outro cavaleiro simplório. Do serviço pelo qual Lhe viestes, não pertence às coisas mundanas, quando nós mesmos vemos que quem quiser aí vir por completo, precisa primeiramente se lavar e se purificar de todas as impurezas terrenas, para que o Inimigo não tenha parte com ele em coisa nenhuma. Em tal medida, quando ele se tiver purificado do Inimigo e Renegado sobre tudo e se tiver separado de todos os pecados mortais, então ele pode seguramente vir a essa demanda e a este alto serviço. E se ele for de fé tão débil que considere fazer mais por meio de sua cavalaria que da graça de Nosso Senhor, sabei que nunca saíra dela senão com desonra."

Assim falou o nobre homem a Lancelot e o conservou em tal medida três dias junto dele. Então Lancelot se considerou ainda mais com sorte, que Deus o tinha para lá mostrado ao nobre homem, que tão bem o tinha instruído, quando bem lhe parecia que muito melhor deveriam ser os dias que ele viveu. E pois que veio o quarto dia, então pediu o bom homem a seu irmão que lhe enviasse arma e corcel para um cavaleiro que tinha estado junto a ele. E ele preencheu seguramente seu desejo sobre tudo. E no quinto dia, pois que Lancelot tinha ouvido missa, e pois que se tinha armado, então montou em seu corcel e apartou-se do bom homem chorando muito; e lhe pediu muito por Deus que perante Ele rezasse para ser que Nosso Senhor Deus assim não o esquecesse, que ele não caísse na primeira desgraça. Assim se apartou Lancelot do bom homem.

E pois que estava separado, então cavalga através da floresta até as primas horas. Então o encontra um servo que lhe pergunta: "Senhor cavaleiro, de onde sois?" Respondeu ele: "Eu sou da corte do rei Arthur". "Então me dizei", falou o servo, "como vos chamais?" Respondeu ele: "Eu me chamo Lancelot do Lago". Falou o servo: "Eu vos aconselho a não procurar, quando sois um dos mais desgraçados cavaleiros do mundo". "Caro amigo," falou Lancelot, "de onde o sabeis?" "Bem o sei," falou o servo, "não sois aquele que viu o Santo Graal vir perante si e fazer sinal brilhante e nunca ponderou nunca, não mais do que se fôsseis um homem incrédulo". "Em verdade," falou Lancelot, "eu nunca o vi e nunca me movi, isto me é mais lamentável que agradável". "Isto não é maravilha," falou o servo, "se vos é lamentável, quando seguramente provastes que não éreis um homem nobre nem um verdadeiro cavalheiro, senão falso, desleal e incrédulo. E se não quiserdes fazer-lhe honra por vós mesmos, não deveis vos maravilhar se disto lhe acontecer infâmia nessa demanda, pois viestes a ela com os nobres homens. Em verdade, perverso cavaleiro, podeis bem ter grande arrependimento, costumava-se vos ter por melhor cavaleiro do mundo, então se vos considera o mais perverso cavaleiro e mais desleal do mundo".

Pois que Lancelot ouviu esta fala, então não soube nada que dizer e ficou assustado do que o servo lhe moveu. No entanto ele falou: "Caro amigo, tu me falas tão mal quanto te apraz e quanto queres, e eu ouço, quando nenhum cavaleiro deve irar-se de tais coisas indiferentes que um servo lhe faz, quando ele não lhe fala tanto mal". "Para ouvir viestes, Senhor," falou o servo, "quando de vós nunca falo melhor. Costumáveis ser uma flor da cavalaria terrena! Desgraçado, soturno, bem sois capturado pela vontade que não vos tem amor e pouco atenta sobre vós. Ela vos preparou que perdestes a coroa celeste e a companhia dos anjos e toda a honra do mundo e viestes para saber de toda a vergonha". E Lancelot não se atreveu a responder como aquele que estava triste, e tinha querida que estivesse morto. E o servo foi sempre em frente ralhando e ralhando e blasfemando e falando a maior vergonha que podia; e ele ouviu tudo isto, o que estava assustado que não se atreveu a olhar. E pois que o servo ficou cansado de falar o que ele quis, e pois que viu ele não queria responder, então cavalgou sua via. E Lancelot não procurou por ele e cavalgou assim gritando e pedindo a Nosso Senhor que o guiasse pelo caminho que fosse útil para a alma. Quando bem que tinha errado tanto neste mundo e tinha se esquecido tanto de seu Deus. E seja então que a graça de Nosso Senhor é tão grande, assim nunca deve achar graça, e foi levado a que a primeira vida não o agradasse bem, esta vida simples o agradava ainda mais.

E pois que tinha cavalgado até o meio-dia, então viu diante de si, fora do caminho, uma casa. Ele cavalga para lá, quando bem sabia que era uma clausura. E pois que veio junto, então viu uma pequena capela e uma pequena casa. E à frente da porta sentava-se um homem velho, vestido com vestes brancas em igualdade a um homem espiritual, e tinha maravilhoso lamento e falou: "Querido Senhor Deus, por que o permitiste, porém ele vos serviu por tanto tempo e muito se martirizou em vosso serviço!" E pois que Lancelot viu o nobre homem chorando tanto, então o saudou e falou: "Senhor, Deus vos saúde!" "Assim Ele o faça a vós também, Senhor cavaleiro", falou o bom homem, "quando se ele não me proteger, temo que o Inimigo me possa facilmente enlouquecer. Deus vos desate dos pecados em que estais, quando seguramente sois um homem mais nobre que qualquer outro cavaleiro que eu sei". Pois que Lancelot entendeu o que o bom homem dizia, então desmontou e pensou que queria tanto dali se apartar, que deveria aconselhar-se com o bom homem que bem o reconheceu, como lhe pareceu, na fala que lhe tinha falado. Então amarrou seu cavalo a uma árvore e foi em frente ao altar onde jazia morto, como lhe pareceu, um homem grisalho, vestido com uma pequena camisa branca. E junto a ele jazia uma camisa de lã, dura, afiada e espinhosa.

E Pois que Lancelot o viu, então o maravilhou quase muito a morte do bom homem, e pensou que queria tanto dali se apartar, e sentou-se e perguntou como tinha morrido. O bom homem lhe respondeu: "Senhor cavaleiro, eu não o sei, quando bem vejo que ele não está morto com Deus nem com a morte correta, quando em tais roupas como vedes, ninguém morre, que tenha se doado na vida. Por causa disto bem sei que o Inimigo fez este dano, se ele estiver morto; é grande pena, como me parece, quando bem ele esteve mais de trinta anos em serviço de Deus". "Em minha verdade", falou Lancelot, "este dano me parece ser assim tão grande que ele perdeu seu serviço, se foi seduzido em tal idade pelo Inimigo". Com isto foi o bom homem à capela e tomou um livro e uma estola e saiu de novo e principiou a castigar o Inimigo [...] à sua frente em uma tão horrenda figura que o coração de nenhuma pessoa no mundo não se assustaria. "Tu me martirizas demais," falou o Inimigo, "então me tens, o que queres?" "Eu quero", falou ele, "que me digas como meu companheiro morreu e se ele se perdeu ou se conservou". E o Inimigo lhe respondeu que ele estaria conservado. "Como pode isto ser?", falou o bom homem. "Parece-me que me mentes, quando assim a nossa ordem não manda e proíbe abertamente que ninguém vista nenhum pano de linho, quando quem o faz quebra a ordem, e quem morre em sacrilégio não é bom, como me parece". "Eu te devo mostrar como isto aconteceu. Então entende.

Sabes bem que ele foi um nobre e de grande linhagem e tem ainda sobrinhos e sobrinhas nesta terra. Aconteceu então um dia que o Conde de Val começou guerra contra um seu sobrinho, que era chamado Agravant. Pois que a luta estava iniciada, Agravans,[1] que se viu ao chão, não soube o que deveria fazer, e veio aconselhar-se com seu tio, que ali jaz até agora, e lhe pediu tão amistosamente que ele saiu de sua clausura e foi com ele e auxiliou manejar guerra contra o conde. Sucedeu lá que ele o seguiu e o ajudou a portar as armas. E pois que vieram um com o outro junto a seus amigos, então fez tão bem de toda a cavalaria que o conde foi pego no terceiro dia do tempo em que vieram um junto ao outro. E depois fizeram uma paz o conde e Agravant, e o conde lhe deu boa segurança de que ele nunca mais quereria guerrear-lhes. E pois que a luta estava conciliada, então voltou o nobre à sua clausura e começou de novo a cair em seu serviço, que ele por alguns dias tinha exercitado. E pois que o conde ficou ciente de que ele tinha sido derrubado por causa da vontade do bom homem, então pediu a dois seus sobrinhos que o vingassem. Então falaram: 'Nós o fazemos de muito bom grado'. Então foram de pronto para lá, e pois que vieram à capela, então viram que o nobre estava em calma pois cantava missa. Então não se atreveram a incomodá-lo no ser, quando falaram que queriam esperar até que ele saísse, e armaram uma tenda lá em frente. E pois que tinha pronunciado sua oração e tinha saído da capela, então eles

---

1. O texto original apresenta, seguidas, as duas grafias.

lhe falaram que deveria estar morto, e sacaram sua espada sobre ele. E pois que consideraram golpear-lhe a cabeça, então provou Aquele, a quem por toda a via tinha servido, um tão grande sinal aparente, que não puderam sobre ele golpear golpe de que pudessem causar-lhe dor. E não vestia nada mais que uma saia, e golpearam por sobre ele como sobre uma bigorna de aço tanto até que se quebraram suas espadas, e ficaram eles próprios muito cansados e quebrados de grandes golpes que lhe tinham dado. Então nem lhe tinham causado dor, que ele nem deixou gota de sangue.

Pois que viram isso, então ficaram perdidos de sentido e sem a coragem que tinham. Então tomaram madeira e fizeram um fogo e falaram que queriam queimá-lo, quando não poderia fazer contra o fogo. Então o deixaram desnudo e lhe tomaram a camisa de lã que aqui vedes. E pois que ele se viu assim nu, então se envergonhou de si mesmo e pediu-lhes que lhes dessem alguma roupa, que não ficasse assim reprovável. E eles estavam maus e malvados e falaram que ele nunca vestiria linho ou lã, pois ele deveria morrer de pronto sem roupa. Pois que ouviu isso, suspirou e falou: 'Como, considerais que eu devo morrer por causa do fogo que aqui fizestes?' Eles falaram que não deveria dele ter senão a morte. 'Seguramente', falou ele, 'é vontade de Deus que eu morra, é mais da graça de Deus do que do fogo, quando o fogo nunca deve ter tanto poder sobre mim que possa chamuscar um cabelo de meu corpo. Nem seria qualquer camisa no mundo tão pequena, se eu a vestisse e fosse ao fogo à vez, que jamais fosse chamuscada ou irritada por causa de um cabelo'.

Pois que isto ouviram, então o tomaram por notícia o que ele disse. 'Qual a causa', falou um deles, 'que bem devo ver de pronto se ele tiver dito verdade?' E retirou sua camisa de sua saia e fez vestir ao bom homem, e de pronto o lançaram ao fogo que tinham feito tão grande que durou da manhã até a noite bem tarde. E pois que o fogo estava extinto, então acharam o bom homem morto; todavia tinha sua carne tão íntegra e tão pura como podeis ver, e também a camisa, que ele vestia, que não estava em nada irritada além do que podeis ver. E pois que o viram, então ficaram muito assustados e o tomaram lá e o levaram à capela, onde agora jaz, e puseram sua camisa de lã junto dele e fizeram sua via. E com este sinal, que Ele, a quem ele tinha servido tanto, através dele tinha feito, então deves bem seguramente saber que ele está conservado e não perdido. E com isso quero daqui me apartar, quando bem informei o que te deixava em preocupação". E tão logo tinha dito isso, então seguiu sua via e derrubou a árvore diante de si e faz o maior estrondo do mundo, e pareceu como se todos os inimigos do inferno retumbassem pela floresta. E pois que o bom homem ouviu esta aventura, então estava muito mais contente que antes, e tira a estola e coloca o livro aqui e vai ao cadáver. E começou a olhá-lo e falou para Lancelot: "Em minha verdade, Deus já mostrou sinais neste homem, que eu considerava que estivesse morto em pecado mortal, quando ele fez, por graça de Deus, como vós mesmos podeis ter ouvido". "Senhor," falou Lancelot, "quem é aquele que vos falou tanto, que eu não pude ver? Pois sua voz ouço bem, que era tão assustadora e obscena como ninguém é, ele pode bem assustar".

"Senhor," falou o bom homem, "bem é para assustar, quando não há nenhuma coisa que seja para temer tanto como essa, quando ele é aquele que dá ao homem tal conselho, que perde corpo e alma". Então soube bem com quem ele tinha falado, e então lhe pediu o ermitão que o ajudasse ainda hoje a sepultar o corpo e que lá permanecesse até que o tivesse cometesse. Então respondeu Lancelot que de bom grado o queria fazer, e estava muito feliz que Deus o tinha trazido ao sítio, que ele podia servir a um santo como ele era. E tira suas armas e as conduz à capela e vai ao seu cavalo e tirou-lhe sua sela e o arreio e volta para o santo homem e lhe faz companhia. E pois que estavam sentados juntos, então principiou a pregar-lhe: "Senhor cavaleiro, sois Lancelot do Lago?" E ele lhe respondeu "sim". "Então o que cavalgais armado a buscar, como estais", falou o bom homem. "Senhor," falou Lancelot, "eu cavalgo em busca do Santo Graal com meus companheiros". "Seguramente", falou o bom homem, "buscar bem podeis, mas falhastes a achar, pois se o Santo Graal viesse perante vós, não creio que o pudésseis ver, não mais do que um cego faz quando se lhe segura uma espada diante dos olhos. E ainda pois assim muitas pessoas estiveram na escuridão do pecado e da impureza, e que Deus trouxe de volta à verdadeira luz tão logo viu que seu coração estava convertido. Nosso Senhor Deus não deixa de receber o pecador, quando vê que a Ele retornou com o coração e o senso, então conta de pronto a consolá-lo e a ajudá-lo. E se prepara e purifica seu castelo, como um pecador está obrigado a fazer. Ele desce e nele repousa, e nunca mais o pecador precisa se preocupar em separar-se d'Ele, a não ser que O expulse de sua casa. Sabei, Ele não deixa alguém senão quando é contra Ele, assim se afasta dele que não pode mais ficar lá, pois ali está contido aquele que por toda a via luta contra Ele.

Lancelot, esta parábola te disse através da obra que por tanto tempo tens desempenhado, desde que caístes em pecado mortal, assim isto é tanto quanto dizer, desde que recebestes a ordem da cavalaria. Se antes te tornasses cavaleiro, então terias albergado em ti todas as boas virtudes tão naturalmente que eu não saberia de nenhum jovem que te pudesse igualar. Se de primeiro tivesses albergado em ti pureza tão completamente que não as teria quebrado com vontade nem com obras. Principalmente com vontade não amainastes. Quando fartamente aconteceu isto, que pensaste em coisas pecaminosas, do que foi perturbada a pureza, e te foi admoestado, e dizes que nunca quisestes cair nesta impureza, e que estarias numa sólida fé, que nada seria melhor para a cavalaria que a pureza e evitar a falta de castidade, e conservar seu corpo casto. E de acordo com essas virtudes que lá são elevadas, terias humildade e paciência e terias por toda via uma cabeça abnegada. Tu não farias como faz o hipócrita, que lá quando entrou no templo: 'Amado Senhor Deus, eu

Te louvo e Te agradeço porque não sou nem tão mau nem desleal como meu vizinho'. Assim não serias, se igualasses aquele que não se atreveu, por grande arrependimento, a ver o quadro, que Deus não se irasse com ele porque era assim pecador, e ficou afastado do altar e deu uma pancada à frente de seu coração e falou: 'Amado Senhor, tem graça de mim, pobre pecador'. Desta maneira deve-se conter aquele que quer preencher a obra da humildade. Assim fizeste quando eras um jovem nobre, quando tinhas amor ao teu Criador antes de todas as coisas e falavas que não se estaria obrigado a temer nenhuma coisa terrena. Pois se deveria temer aquele que tem poder para perder corpo e alma e precipitar ao inferno.

Conforme essas duas virtudes, que eu te signifiquei, terias albergado em ti paciência. A paciência iguala uma esmeralda, que lá está sempre verde, quando a paciência nunca terá tão grande tentação, que ela possa ser superada. Quando ela verdeja por toda a via e todo o tempo está em uma força, não se pode nunca vir contra ela, que ela não tire a vitória e a honra, quando ninguém pode superar seu inimigo tão bem quanto com paciência. Quando todo o pecado que pensaste de cor, então sabe que bem a terias em ti albergado, bem naturalmente.

Depois terias albergado em ti uma outra virtude tão naturalmente como se te viesse por natureza, que era a justiça. É uma virtude tão grande que através dela todas as coisas são conservadas em seu reto sítio, e não se transforma por nenhuma vez e dá a todo homem o que ele merece e lhe mostra seu direito. A justiça não dá a ninguém por causa da amizade e não toma ninguém por ódio e não poupa nem amigo nem parente dá por toda a via segundo o reto juízo, em tal medida que nunca se transforma de seu reto caminho por causa de qualquer aventura que lá possa acontecer.

Conforme essa virtude, estava albergada em ti uma tão grande suavidade que era maravilha. Quando terias tido toda a riqueza do mundo em tua mão, a terias dado à frente pela vontade de teu Criador. Então foi em ti aceso o fogo do Espírito Santo, e queimava em ti, e estavas com vontade de conservar, com corpo e alma, o que lhe tinha emprestado as virtudes, assim viestes para a ordem da cavalaria. Pois que lá o Inimigo fez perder-se, com o primeiro, a humanidade e a trouxe à perdição, e te viu assim aconselhado e recoberto em tudo, então ele teve preocupação que não te pudesse prender em nenhuma medida. Quando ele viu claramente que ele bem conservou seu trabalho, se ele queria te tirar de qualquer coisa que fosses interiormente. Ele viu que foste ordenado para o serviço de Nosso Senhor e estavas em tal serviço que nunca poderias ser rebaixado a servir ao Inimigo, e temeu muito te falar, por causa e temer que nisso perdesse seu trabalho. E então pensou ele em algumas maneiras como ele poderia te enganar, tanto tempo até que refletiu que ele poderia, com mulheres, trazer-te ao pecado mortal muito mais brevemente que com outras coisas. E falou que o primeiro pai enganado pela vontade da mulher, e Salomão, o mais sábio de todos os homens terrenos, e Sansão, que lá tinha mais força que nenhum homem, e Absalão, que lá era filho de Davi, o mais belo homem do mundo. E porque ele tanto fez que todos dentre eles fossem enganados, e envergonhados, 'assim não me pareceu que a criança pudesse ser algo contra com direito'. E então veio ele à rainha, que nunca tinha se confessado corretamente, e foi aconselhada e a trouxe, porque estavas em sua corte. E pois que te tornastes cavaleiro no dia, e entendestes que ela te contemplou, então nisso pensaste e assim te encontrou o Inimigo com um arco, e te encontrou tão duramente que te fez tropeçar. E te fez tropeçar tanto que te tirou do caminho correto e te lançou onde nunca tinhas pensado, que era o caminho da falta de castidade, que lá perde corpo e alma tão maravilhosamente que ninguém pode bem saber, a não ser que tente. E lá o Inimigo recebeu o rosto. E tão logo tinhas queimado teus olhos com o calor da falta de castidade, e de pronto saíste da humildade e contiveste a cortesia e foste com a cabeça erguida como um leão e pensaste em teu coração que não deverias louvar ninguém e deverias nunca te louvar, então tu tiveste o amor daquela que vias tão bela. E pois que o Inimigo ouviu toda a fala, tão logo ela falou a língua, e confessou que tu querias pecado mortal com pensamentos e com vontade, então se dirigiu para ti de pronto, e expulsou Aquele que por tanto tempo tinhas albergado. E assim Nosso Senhor te perdeu, que por tanto tempo tinha te movido e aconselhado com todas as boas virtudes e tinha a ti tão

elevado que tinha te recebido em Seu serviço. E pois que
considerou que eras Seu servo e querias servi-Lo por causa
do bem que te tinha feito, e emprestado, então de pronto
o deixaste e te tornastes servo do diabo. Ele lançou em ti
tanto de seu poder quanto Nosso Senhor tinha feito do Seu,
que contra a pureza, conservaste falta de castidade, quando
uma perdia a outra, e contra a humildade, recebeste cortesia,
como ninguém louva mais que a si mesmo.

    Depois expulsaste todas as virtudes que te chamei e conservaste todas aquelas que eram contra ti. E ainda então tinha Nosso Senhor Deus feito tanto bem em ti e perfeição que não podia ser, que tinha que permanecer em alguma medida. E daquilo que Deus te deixou, fizeste a maior nobreza em terras estrangeiras, de que o mundo todo diz. Então contempla o que poderias ter feito, se tivesses em ti conservado todas as virtudes: não terias falhado, terias completado a aventura do Santo Graal, em que todos os outros estão em trabalho, e terias trazido muito a fim como nenhum homem, a não ser o verdadeiro cavaleiro. Os olhos não se te teriam parado da face de Nosso Senhor, e O terias visto claramente. Todas essas coisas eu te disse por causa de que estou sofrendo e triste por estares tão enganado e envergonhado, que nunca ganhas honra em nenhum sítio a que vás, e devem todos ressoar, que saibam como te aconteceu nesta demanda. Ainda então não pecaste tanto, que ainda vens à graça, se fores de bom coração. Eu não te aconselhei que cavalgasses futuramente nesta demanda, quando bem deves saber que ninguém nela ingressou, que se apartasse sem vergonha, a não ser que tenha feito verdadeira confissão. Quando essa demanda é de coisas celestiais e não terrenas. E quem quer vir ao Céu impuro, tropeça tão duramente que sente todos os dias que viveu. E assim é daqueles que vieram a essa demanda impuros e enganados, cheios de pecados terrenos, assim que não conseguem encontrar nem caminho nem via, e cavalgam como tolos em terra estrangeira. E com isto lhe aconteceu uma parábola do Evangelho, que dentro se encontra escrito que havia um homem rico, que tinha feito preparar uma sociedade e para ela convidou seus amigos e seus vizinhos. E pois que as mesas estavam postas, então enviou seu servo e seu mensageiro para aqueles que ele tinha convidado e encarregou-lhes de que tudo estivesse pronto. Então eles se dissiparam e ficaram tanto tempo, que o bom homem desgostou-se. E pois que via que eles não vinham, então falou a seus servos: 'Ide de novo às vias e às alamedas chamar e dizei aos conhecidos e aos estranhos, aos ricos e aos pobres, que venham comer, quando todas as coisas estão prontas!' Então fizeram o pedido de seu senhor e trouxeram tantas pessoas consigo que a casa ficou toda cheia. E pois que todos estavam sentados, então viu o senhor, entre os outros, um homem que não estava vestido com roupas de bodas. Então veio a ele e falou: 'O que fazes aqui dentro?' 'Senhor,' falou ele, 'vim como os outros'. 'Em verdade', falou o senhor, 'tu não vieste, quando vieram cheios de alegria e vestidos como se deve vir às bodas, quando não trouxeste coisa nenhuma que fosse pertencente a uma boda, e de pronto se lhe fez empurrar de sua casa. Então falaram os que se assentavam à mesa que ele tinha convidado dez vezes como eles tinham vindo. Por causa disto se pode verdadeiramente falar que vós muito sois chamados, e poucos são escolhidos.

Esta parábola, da qual fala o Evangelho, podemos volver para esta demanda. Quando das bodas, que ele fez chamar, podemos entender a mesa do Santo Graal, à qual os homens mais nobres e os verdadeiros cavaleiros devem sentar-se, aqueles que Nosso Senhor encontra vestidos com roupas que se prestam às bodas. Quando aqueles que Ele encontra desnudos e descurados da verdadeira confissão e de boas obras, que Ele não deve receber e o faz lançar para fora da companhia dos outros, assim que ele receba tanta vergonha e fardos como os outros ganham". E com isto se calou e contemplou Lancelot, que lá chorava tão seriamente como se visse o mundo inteiro jazer morto diante de si, como lá estava tão triste, nem soube o que deveria tornar-se. E pois que o contemplou longamente, então lhe perguntou se tinha feito sua confissão alguma vez desde que veio a essa demanda. E ele respondeu bem baixo "sim" e contou-lhe todo o seu ser e as três falas, que aquele lhe tinha significado. E pois que o santo homem ouviu que ele lhe dizia, então falou: "Lancelot, eu te suplico pela cristandade que tens e pela ordem da cavalaria que recebeste há maior tempo, que me queiras dizer qual vida melhor te agradou, aquela que até aqui trazido e exercitado, ou esta a que recentemente viste". "Por verdadeiro," falou Lancelot, "Senhor, a nova vida me agrada melhor cem vezes do que a outra fez. E a quero viver, quero nunca dela me apartar por causa de nenhuma aventura que pode me acontecer". "Então sem dúvida", falou o bom homem, "quando de onde Nosso Senhor Deus vir que O amas de bom coração, Ele deve te enviar tanta graça que para Ele deves ser um templo e um abrigo". Nesta medida desempenharam o dia. E pois que era noite, então comeram pão e beberam cerveja, que acharam na clausura. E então se deixaram dormir um pouco, quando mais pensaram em coisas espirituais e não terrenas.

Na outra manhã, pois que o bom homem queria sepultar o cadáver à frente do altar, então foi à clausura e falou que nunca por tanto tempo quanto vivesse se queria apartar, pois queria servir a seu Criador celestial. E pois que viu que Lancelot queria armar-se, então falou: "Lancelot, eu vos[2] peço em reta penitência que vistais a camisa de lã do santo cadáver de agora em diante. E bem vos digo que disto vos acontecerá tal bem que nunca cairás em pecado mortal tanto tempo quanto a vestires. E vos peço mais que vós, por tanto tempo quanto estejais na demanda, nunca deveis comer nenhuma carne nem beber vinho, e que ides todo dia ouvir o serviço de Nosso Senhor, se estiveres em qualquer sítio onde o possais fazer". E ele recebeu o pedido por reta penitência e retirou-se da presença do bom homem e recebeu

---

2. Novamente se registra a contumaz alteração do pronome de tratamento para a modalidade formal.

a disciplina com boa vontade. E tomou a camisa de lã, que lá estava afiada e aguda, e a vestiu e pôs sua roupa por cima e se armou e tomou licença do bom homem. E lhe deu de bom grado e lhe pediu muito que bem fizesse e que não deixasse de forma nenhuma, que fizesse sua confissão, assim que o Inimigo não tivesse mal a lhe fazer. E ele respondeu que deveria fazê-lo. E com isso apartou-se dali e cavalgou o dia todo através da floresta até as vésperas, que não achou aventura que fosse de se contar.

    E depois das vésperas uma donzela o encontrou, que se sentava sobre um palafrém branco e cavalgou logo. E pois que viu Lancelot, então o saudou e falou: "Senhor, o que quereis?" "Seguramente", falou ele, "eu não sei aonde me conduz a aventura, quando bem não sei onde devo achar aquilo que cavalgo procurando". "Eu bem sei o que procurais," falou ela, "estais muito mais próximo dele do que considerais, desde que conserveis o que viestes até ele". "Donzela," falou ele, "as duas falas que dizeis me parecem desiguais". "Censurai-me", falou ela, "quando deveríeis brevemente ver mais do que vedes ou podeis calar. Então não vos disse coisa nenhuma, bem deveis ainda encontrar".

    Pois que o tinha dito, e queria partir, então ele lhe pergunta onde deveria abrigar-se à noite. "Não achais assim abrigo," falou ela, "senão amanhã deveis achar um tal, como dele precisais, e lá deveis encontrar auxílio, pelo que estais em preocupação". E ele a encomendou a Deus, e assim se apartaram um do outro. E Lancelot cavalgou as vias através da floresta, até que veio entre dois caminhos. E lá ficavam duas cruzes para separar as vias. E pois que ele viu a cruz, então ficou muito contente que a tivesse, e falou que queria bem lá tomar seu abrigo, e aproximou-se da cruz e desmontou e tirou o arreio do corcel e a sela e o deixou pastar. E tirou seu escudo de seu pescoço e tirou seu elmo e ajoelhou-se perante a cruz e falou sua oração, pediu Àquele que na cruz foi golpeado, em cuja honra em igualdade a cruz lá fora colocada, que o protegesse de tal maneira que não caísse em pecado mortal, quando nada temia tanto. Em tal medida fez sua oração e pediu a Nosso Senhor por um longo momento e deitou-se sobre uma pedra, que lá estava à frente da cruz. E lhe aprouve bem dormir, quando estava muito cansado de jejuar e vigiar, e lá de pronto adormeceu.

Pois que estava adormecido, então lhe pareceu que perante ele veio um homem, ocupado de estrelas em todo redor, e tinha em sua companhia sete reis e dois cavaleiros, e ele tinha uma coroa dourada sobre sua cabeça. E então vieram perante Lancelot e ficaram quietos e inclinaram-se para a cruz e lá à frente fizeram sua oração. E pois que tinham longamente rezado, então se sentaram todos e seguraram suas mãos contra o céu e clamaram com voz alta: "Senhor do Céu, vem nos ver e dá a cada homem o que ele merece e nos coloca em tua casa, pois muito desejamos entrar". E pois que o tinham dito, então se calaram todos calmos. E então viu Lancelot que as nuvens se abriam e de lá saiu um homem com grande companhia de anjos e desceu e deu para aqueles sua bênção, e os chamou servos bons e verdadeiros e falou: "Minha corte está pronta perante todos vós, vinde à alegria que nunca toma fim!" E pois que o tinha feito, então veio ele a um dos dois cavaleiros e falou: não foste meu amigo e por toda a via guerreaste contra mim. Foge daqui, quando perdi tudo aquilo que te encomendei, e eu devo te afundar, tu me ganhas então de novo meu tesouro". E pois que ouviu esta fala, então fugiu dos outros e pediu graça tão triste como podia. E o homem falou: "Se queres, eu te tenho amor, se quiseres, assim te odeio", e aquele se apartou dos outros e da companhia. E o homem que desceu do céu veio ao mais jovem dos cavaleiros dentre eles todos e lhe deu asas e falou: "Querido filho, podeis voar sobre toda a cavalaria". E então ele começou a voar. Então se tornaram suas asas tão grandes e tão maravilhosas que todo o mundo foi coberto por elas. E ele se elevou contra as nuvens, e de pronto se fechou o céu, para acolhê-lo e ele seguiu dentro sem obstáculo.

Assim veio depois a Lancelot em seu sono que ele viu este significado. E pois que viu que era dia, então suspendeu sua mão e faz uma cruz à frente de sua testa e encomendou-se a Nosso Senhor Deus e falou: "Amado Pai Jesus Cristo, és um verdadeiro forte e um verdadeiro redentor para todos aqueles que te clamam com todo o coração. Senhor, eu te clamo e te agradeço de me teres redimido de grandes vergonhas e de grande padecimento e precisei ter sofrido, não tivesse a graça de teus bens feito. Senhor, eu sou Tua criatura, mostraste tão grande amor, quando lá estava minha alma em grande inquietação a rumar para o inferno e para a eterna danação, por meio de Tua misericórdia a resgataste e conclamaste-a a Te confessar. Senhor, por meio de Tua grande misericórdia, não a deixa ir a outra parte que não o reto caminho, e protege-me, que eu não me perca, que o Inimigo não me ache senão fora de suas mãos". E pois que o tinha dito, levantou-se de seu assento e veio a seu cavalo e colocou-lhe a sela e o arreio. Então tomou seu elmo, sua lança e seu escudo, sentou-se em seu cavalo e pôs-se a caminho, como tinha feito ao dia, e pensou em tudo que lhe veio no sono. Quando não conseguiu estar ciente daquilo a que o sonho se voltava, quando de bom grado teria sabido. E como tinha cavalgado até ao meio-dia, então lhe estava muito quente, então o encontrou em um vale o cavaleiro que lhe tinha levado adiante suas armas antes de ontem.

E pois que o viu vir, então não o saudou, quando lhe disse: "Protege-te de mim, Lancelot, quando estás morto, será que não podes te proteger?!" Então veio a ele com a lança de longe e o picou através do escudo e da coifa, e ele não lhe sacudiu a carne. E então tenta Lancelot seu poder e sua força e o pinica tão duramente que derrubou a ele e a seu cavalo tão impiedosamente que foi maravilha que não lhe tivesse quebrado o pescoço. Então correu à frente e volveu para trás de si e viu que seu corcel estava de pé. E então tomou o corcel com o arreio e o atou a uma árvore, por causa da vontade de o cavaleiro achar quando se levantasse de novo. E pois que o tinha feito, então se pôs a caminho e cavalgou até a noite. Então estava cansado e desmaiado como aquele que não tinha de comer durante todo o dia e nem no dia anterior. E então cavalgou pelo tempo de dois grandes dias, que muito se cansou e trabalhou. E tanto como cavalgou, veio perante uma clausura, que lá ficava em um caminho. Então observou e viu sentar-se à frente da porta um velho homem. E então ficou contente e o saudou, e então o velho o saudou de volta amigável e lindamente.

"Senhor," falou Lancelot, "podeis albergar um cavaleiro errante?" "Caro Senhor," falou o bom homem, "sendo de vosso agrado, eu vos abrigo esta noite o melhor que posso e vos dou de comer daquilo que Deus nos deu". Então ele falou que não desejava melhor. E então o bom homem tomou o cavalo e o conduziu a um tapume, que lá ficava à frente de sua casa, e retirou ele mesmo a sela e o arreio e lhe deu do pão, e lá junto ele tinha partido. Depois tomou a lança e o escudo de Lancelot e os levou à sua casa. E pois que estava, à vez, desarmado, então lhe perguntou o bom homem se tinha ouvido as vésperas. Então ele lhe respondeu que ele não tinha visto nem homem nem mulher nem casa senão um homem que o encontrou ao meio-dia. Então foi o bom homem à sua capela e chamou seu aluno e principiou as vésperas do dia e depois as de Nossa Senhora. Pois que tinha dito o que pertencia ao dia, então saiu da capela e pergunta a Lancelot quem seria ele e de que terra. Então lhe diz toda a sua vida e não lhe oculta nenhuma coisa que lhe sucedeu do Santo Graal. E pois que o bom homem ouviu esta aventura, apiedou-se muito de Lancelot, quando viu que ele começou a chorar da hora em que começou a dizer e contar a aventura do Santo Graal. Então lhe pediu por Nossa Senhora e por toda a santa fé que lhe dissesse confissão e toda a sua vida. Então ele falou que o faria de muito bom grado, porque o queria. Então o conduz à sua capela e Lancelot lhe contou todo o seu ser como tinha feito das outras vezes. E depois lhe pediu por Deus que lhe desse conselho.

E pois que o bom homem tinha ouvido sua vida e sua confissão, então começou a consolá-lo muito e lhe diz tantas boas palavras e falas que ficou muito mais feliz do que antes tinha estado. Então falou: "Senhor, informai-me daquilo que vos pergunto, se souberes". "Dizei," falou o bom homem, "quando não é coisa nenhuma, eu vou informo conforme meu poder". "Senhor," falou Lancelot, "pareceu-me hoje à noite, em meu sono, que à minha frente veio um homem, tomado, à vez, de estrelas e tinha em sua companhia sete reis e dois cavaleiros", então lhe contou palavra por palavra como tinha visto. Pois que o bom homem ouviu a fala, então lhe diz: "Oh Lancelot, podes ter visto o alto nascimento da linhagem de onde procedes. Pois sabe seguramente que há mais significado suficiente do que as pessoas consideram. Então me ouve, se quiseres, e vou te dizer o começo da tua linhagem e de todos os teus pais, que lá foram muito nobres e muito boas pessoas. Quando isto tomo muito longe daqui, quando se deve assim fazer.

Então foi depois da morte de Nosso Senhor Jesus Cristo, nos tempos em que José de Arimateia, o autêntico cavaleiro, o nobre homem, rumou para fora de Jerusalém pelo mandamento de Nosso Senhor, para pregar e conseguiu fazer a verdade e a Nova Aliança e o mandamento dos Evangelhos, então veio à cidade de Saras. Lá encontrou homem pagão, um rei que lá se chamava Anales, que tem guerra contra seu vizinho, que era rico e violento. Pois que veio junto ao rei, então lhe aconselhou de maneira que vencesse seu inimigo, e aconteceu no campo por causa da ajuda que Deus lhe enviou. E de pronto, tão logo retornou à sua cidade, então recebeu o Batismo das mãos de Josephes,[3] o filho de José. Ele tinha um cunhado que lá se chamava Seraff tanto tempo quanto foi um pagão; quando desprezou sua aliança, foi chamado Nasiens.

Pois que o cavaleiro veio à Cristandade e tinha feito definhar sua aliança, então crê tão bem em Deus e tanto amor tem ao seu Criador, que ele era uma pedra e uma fortaleza na fé. E bem era uma coisa aparente que ele era um homem nobre e verdadeiro, que Nosso Senhor Deus o deixou ver grande honra do Santo Graal, de que nenhum cavaleiro ouviu falar nos tempos, a não ser José. Ainda depois foram poucos os que o viram, que não fosse em seus sonos ou sonhos. Nos tempos, pareceu ao rei Evalet de seu sobrinho, o filho de Nasiens, de sua linhagem, tivesse corrido um lago de tal maneira que do lago saíram nove rios, de que os legítimos

---

3. O filho de José de Arimateia fora denominado, em outros trechos da narrativa, *Josephus*, mas neste momento se escreve *Josephes*.

eram de uma grandeza e de uma profundidade; então o último era de largura e profundidade maiores que todos os outros. E era tão fluente e tão forte que era maravilha. E era turvo no começo e a densidade como um lamaçal, e no meio era mais alto e limpo, e no final era de outra forma. Quando era dele como se fosse tão claro quanto no começo, e era tão doce de beber que lá ninguém conseguia saciar-se e era o último das nove águas de que vos digo.

Depois observou o rei e viu um homem vir do céu, e ele trouxe um significado e uma parábola de Nosso Senhor. E pois que veio ao lago, então lavou lá dentro suas mãos e seu pé, e em tudo fez assim. E pois que veio ao último, então lavou o rosto e todo o seu corpo. Isto viu o rei Morderas em seu sono. Como devo te[4] mostrar o significado que era: o sobrinho do rei, que saiu do lago, era o filho de Nasiens, assim que Nosso Senhor o enviou do Reino do Céu por causa de expulsar e matar os incrédulos. Era seguramente um servo de Deus, que sabia também o curso das estrelas e o ser dos planetas e do firmamento tão bem, ou melhor, do que fez o filho de José. E por causa de que era um homem tão sábio, então ele veio perante ti estando com estrelas, e era o primeiro rei cristão que lá conservou o reino dos escoceses, onde havia seguramente um lago e no qual podemos perceber todos os sinais e todo pedaço de divindade. Do lago fluíam nove rios, que eram nove pessoas de homens que vieram dele; não assim que vieram com injustiça, quando vieram

---

4. Nova alteração do pronome de tratamento, para a modalidade informal.

de retas linhagens, um do outro. Deles então são sete reis e dois cavaleiros. O primeiro rei que lá veio da linhagem era chamado Narpus, e era um nobre homem e amava assim muito a Santa Igreja. O outro era chamado Nasiens, em igualdade a seu ancestral. Nele se albergava Nosso Senhor Deus tão naturalmente que não se achava em seus tempos homem mais nobre. O terceiro rei era chamado Eluen, o Grande, que preferiria ter estado morto a ter feito mal contra seu Criador. O quarto era chamado Elans, era um homem nobre e verdadeiro e temia Nosso Senhor acima de todas as coisas e nunca irou seu Deus. O quinto era chamado Gavens, que era bom, mais verdadeiro e piedoso que nenhum homem, e nunca em seu ser irou a Nosso Senhor. Ele saiu desta terra e rumou para a Gália [...] e veio morar na terra e tomou por esposa a filha do rei dessa terra. Era um homem nobre, como ouviste, pois achaste no nascedouro o corpo de teu ancestral. Dele veio o rei Ban, teu pai, que também era um nobre homem e de vida santa. Quando algumas pessoas consideram que o lamento de sua terra o chamou à morte; porém ele não tinha rezado por alguns dias, e todos os dias que viveu, pediu a Deus que o deixasse morrer quando lhe pedisse. Então Deus lhe mostrou que o tinha ouvido, quando assim como ele desejou a morte, então faleceu seu corpo, e sua alma achou a vida. Estas sete pessoas que te nomeei, que lá são o início da tua linhagem, são os setes reis que vieram a Morderas em seu sono; e eram os sete rios, que lá fluíam do lago, que o rei Morderas viu em seu sono. E em todos os sete Nosso Senhor lavou suas mãos e seu pé. Então preciso te dizer quem são os dois cavaleiros que lá estavam em sua companhia. O mais velho deles que o seguiu, é falado que desceu deles [...] quando tu vieste do rei Ban, que lá era o último dos sete reis. Antes de estarem uns junto aos outros à tua frente, então falaram: 'Pai do Reino do Céu, vem ver-nos e coloca-nos em tua casa'. Nisto que falaram, 'vem nos ver', então te faziam companhia em sua companhia e pediram a Nosso Senhor que quisesse tomar a eles e a ti, por causa de que eram o princípio e a raiz de ti. E porque falaram 'Dá a cada homem o que eles mereceram', então podes perceber que nunca ganharam entre si senão justiça. E por causa do amor que tinham por ti, não queriam pedir outra coisa a Nosso Senhor Deus senão desse a cada qual o que tinha merecido. Pois que isto estava prometido, então te pareceu que viesse do céu um homem com grande companhia. E pois que tinha falado do mais velho dos cavaleiros, e tinha lhe dito a fala, que bem te lembras, faz bem em tomar sobre ti como aqueles que lá estavam falavam para ti e à frente de ti, quando és um significado disto, de que esta coisa é dita. Então veio ao cavaleiro jovem, que nasceu de ti e da filha do rico rei Pescador. Assim ele veio de ti e ficou como igual a um leão; é para saber que ele se assentava sobre todos os sábios da cavalaria terrena, como que ninguém o pode igualar nem em força nem em poder. E lhe deu asas, por causa da vontade de que ninguém fosse tão rápido e tão pequeno, que ninguém pudesse vir tão alto nem com nobreza nem com outras coisas como ele fez, e falou: 'Amado filho, então podes voar sobre todo o mundo e sobre toda a cavalaria terrena'. E aquele de pronto principiou a voar, e se lhe tornaram as asas maravilhosamente grandes, que todo o mundo ficou coberto com elas. E tudo que ouvis[5] aconteceu agora a Galaat, o bom cavaleiro, que lá é vosso filho. Quando ele é de vida tão santa que é maravilha. E por causa de que veio tão alto que ninguém pode vir junto dele, podemos bem falar que Nosso Senhor lhe deu asas, e junto a ele podemos bem entender o nono lago, que o rei Morderans viu em seu sono, que lá era mais amplo e largo que todos os outros. Então te[6] disse quem são os sete reis, que viste em teu sono e quem o cavaleiro era, que lá foi empurrado de sua companhia, e quem lá era o último a quem Nosso Senhor Deus deu Sua graça, que o fez voar sobre todos os outros". "Senhor," falou Lancelot, "que me dizeis que o bom cavaleiro seja meu filho, muito me assusta". "Não deveis estar assustado," falou o bom homem, "nem deveis tomar isto por nenhuma maravilha, quando bem sabes[7] que dormiste junto à filha do rico rei Pescador. E a mesma deu à luz [um filho de] Lancelot, isso se te disse fartamente. E esse Galaat, que ganhaste junto à mesma donzela, é o cavaleiro que se sentou, em Pentecostes, no Assento Perigoso, e é o cavaleiro que procuras. Então te

---

5. Nova alteração pronominal no interior de uma mesma fala, passando para a modalidade formal.

6. O registro retorna, neste momento, ao pronome informal.

7. Nova alteração pronominal no interior de uma mesma fala, passando para a modalidade formal.

disse dele e te o dei a reconhecer, pelo que não quero que tu te animes a duelar com ele, quando bem podes fazê-lo cair em pecado mortal por perder teu corpo. Quando onde te animares a lutar com ele, lá poderíeis bem saber que seria uma coisa feita contigo, pois a tua nobreza pode igualar a dele".

"Senhor," falou Lancelot, "a coisa é para mim uma grande consolação, o que me dissestes. Quando me parece, porque Ele impôs que tal fruto veio de mim, aquele que lá é tão nobre não deve permitir que seu pai, como ele é, fosse à perdição, e deve simplesmente pedir a Nosso Senhor, noite e dia, que Ele o tire da vida má, onde por tanto tempo esteve". "Vou te dizer", falou o bom homem, "o que é. Dos pecados mortais carrega o pai seu fardo e o filho, os seus. E o filho nunca ganha parte nos pecados do pai, nem o pai nos do filho, pois a cada homem, como ele mereceu, conforme isto deve lhe ser pago. E por causa disto não deves ter nenhuma esperança por teu filho, senão altamente em Nosso Senhor Deus. Quando se procuras por auxílio, Ele te ajuda e te redime além de toda a necessidade". Então falou Lancelot: "É então que nenhum homem, sem Cristo, pode me apiedar nem ajudar, assim vos peço que Ele bem me ajude e que Ele não queira me deixar cair nas mãos do Inimigo e que eu Lhe possa dar de novo o tesouro que Ele me deseja, que é a alma minha no Dia do Juízo. Quando Ele fala para os maus: 'Ide daqui, vós malditos, para o fogo eterno', e fala para os bons:

'Vinde cá, vós benditos herdeiros de Meu Pai e vós benditos filhos, e ide à alegria que nunca toma fim'".

Falaram longamente um com o outro, o bom homem e Lancelot. E pois que era tempo em que se devia comer, então saíram da capela e sentaram-se na casa do bom homem e comeram pão e cerveja. E pois que tinham comido, e bom homem chamou Lancelot a deitar-se na grama, como não tinha preparado outra cama. E então adormeceu de pronto, quando estava cansado e esgotado. E não se voltou tanto para a volúpia do mundo quanto tinha feito antes; quando se teria voltado para ela, não teria nunca conseguido adormecer por causa da vontade da terra, que lá era tão dura e por causa da camisa do senhor, que lá era áspera e pinicante em sua carne. Quando foi trazido para que este desconforto e esta dureza bem o agradassem, que não soubesse de nenhuma coisa que o pudesse agradar mais, e por causa disto não o apenou nenhum desconforto que tinha. À noite então repousou na casa do bom homem. Pois que se fez dia, então se levantou e fez sua oração. E pois que o bom homem tinha cantado, Lancelot tomou suas armas e montou seu cavalo e o recomendou a Deus. E o bom homem lhe pediu muito que ele se conservasse no que tinha começado. Ele falou: "Eu o faço, se Deus me incorporar saúde". E cavalgou em frente através da floresta o dia todo, de maneira que não parou em vereda nem via, e refletiu muito pela sua lama, e foi-lhe grande padecimento o grande mal que tinha feito, e por causa do qual estava exilado da alta companhia, que tinha visto em seu sono.

E era uma coisa que ele muito temia, que caiu em dúvida. Quando por causa de que colocou toda a sua coisa em Jesus Cristo, então pensou ainda voltar para o sítio de onde tinha sido enxotado, e fazer companhia àqueles de quem ele vinha. E pois que tinha cavalgado até o meio-dia, então veio a um plano, que lá estava no ermo. E viu um grande castelo estar à sua frente, com muros e com túmulos, e à frente do castelo ficava um gramado, e havia tendas armadas de panos de seda e cores maravilhosas, bem cem. E à frente das tendas estavam bem cem cavaleiros e alguns grandes corcéis, e tinham começado um grande torneio e em muito maravilhoso. E alguns estavam cobertos com armas brancas e os outros com pretas, e nenhuma outra diferença tinham entre si. Aqueles que lá tinham as armas brancas mantinham-se junto ao ermo, e os outros, junto ao castelo. E tinham já começado o torneio à vez maravilhosamente, e lá havia muitos cavaleiros golpeados ao chão, que era maravilha. Então contemplou o torneio longamente, por tanto tempo que lhe pareceu que os de junto do castelo tiveram o maior dissabor e perderam o campo de batalha e tinham, porém, mais cavaleiros do que os outros tinham. Pois que o viu, voltou-se para eles, como se aí viesse para ajudar com seu poder. Ele afundou sua lança e deixou correr seu cavalo e pinicou o primeiro tão duramente, que caiu por terra com seu cavalo. E seguiu em obstáculo e pinicou outra vez e quebrou sua lança, pelo que caiu. Então conduziu sua mão à sua espada e começou grandemente dar golpes para baixo e para cima pelo torneio, como aquele que era de grande nobreza, e fez tanto em curtas horas que todos que o viam deram-lhe honra e o prêmio do torneio. E porém não conseguiu superar os que estavam contra ele, quando eram tão sofríveis e dolentes que era maravilha. Ele os golpeou, e eles a ele, muito e quase, como aquele que golpeava uma madeira podre. Porém não o fizeram tão duramente quanto queriam os golpes que lhe davam, quando tomaram terra sobre si por toda a via. Ele ficou tão cansado que não conseguia manter sua espada, quando estava maravilhosamente cansado e esgotado, que considerou que conseguiria portar nenhum trabalho nem arma. Então o pegaram com violência e o conduziram ao ermo e o assentaram lá, e todos os seus companheiros estavam sobre o chão. E aquele que lá conduziam Lancelot, disseram-lhe: "Lancelot, tanto fizemos que sois dos nossos e sois em nossa prisão. Deve ser, se quereis sair, que façais nossa vontade". E ele assegura e se foi deles e os deixou no ermo, e rumor a uma outra via que não aquela que tinha percorrido. E pois que veio longe deles, que o tinham pego, então pensou que hoje estaria envergonhado, e não estaria tão envergonhado e não teria vindo a torneio nenhum, se ele teria o prêmio e não teria sido pego em nenhum torneio.

Pois que o pensou, então começou a ter arrependimento fora de medida e falou que bem via que era mais pecador que nenhum outro, quando seus pecados e suas más aventuras lhe tomaram a visão dos olhos e o poder do corpo. É bem uma coisa de tentar, da visão do Santo Graal, que não conseguiu ver. Do poder do corpo, isso tinha bem tentado, quando nunca mais veio entre tanto povo como tinha sido no torneio, que pôde ficar cansado e assim esgotado, quando os fez todos saírem do lugar, fosse-lhe bem ou mal. Assim irado e assim sem coragem cavalgou por tanto tempo até que lhe sobreveio a noite em um vale, que era grande e profundo. E pois que viu que não conseguia vir para abrigo, então se sentou sob uma grande macieira, retirou a sela e o arreio de seu cavalo, e retirou seu elmo e retirou sua coifa e deitou-se sobre a grama. E de pronto adormeceu, quando estava muito cansado e esgotado, mais que esteve por muito tempo.

 Pois que estava adormecido, então lhe pareceu que do céu vinha um homem que lá bem podia igualar um bom homem, e veio retamente como um homem irado e lhe disse: "Hei, homem desleal e de fé débil, por que causa voltaste tua vontade tão levemente ao teu inimigo mortal? Não te protegeste, ele te fez cair no charco de onde ninguém regressa". Pois que o tinha falado, então desapareceu da maneira que Lancelot não soube de onde teria vindo. Então ele estava insatisfeito demais com esta fala. Entretanto, não despertou até o dia, quando o dia já brilhava. Então se levantou e faz uma cruz à frente de sua testa e se encomenda a Nosso Senhor e olha ao redor de si, e não vê seu cavalo. Então o procura por tanto tempo até que o achou, então colocou a sela e montou. E como estava pronto e porque queria prosseguir caminho, então viu do lado direito do caminho que junto a um tiro de besta próximo sentava-se uma enclausurada, que se reputava a melhor mulher de toda a terra. Pois que o viu, então falou que seguramente era um maldito e que seu pecado o obstava de todas as boas obras. Quando lá estava, que ele pela noite não veio no tempo certo, quando bem teria ido para lá de dia e teria vivido de conselho de sua vida. Então rumou para lá e sentou-se à porta e atou seu cavalo a uma árvore e tirou seu escudo e sua espada e colocou tudo à sua frente. E pois que adentrou, havia sobre o altar os paramentos para o padre vestir-se. E à frente do altar estava um capelão, e estava de joelhos e falava sua oração. E não durou muito até que tomasse as armas de Nosso Senhor e as vestisse, e começou a alçar missa da régia Mãe de Deus. E pois que tinha cantado e destrajado, então chamou a enclausurada que lá tinha uma pequena janelinha que ela via o altar,[8] Lancelot, por causa de que ela pensou que ele seria um cavaleiro de aventura e que fazia necessidade de conselho. E ele veio a ela, e ela lhe pergunta quem ele seria e de que terra e o que ele procurava. E ele lhe diz palavra por palavra o que ela lhe tinha perguntado e também lhe contou a aventura do torneio, onde tinha estado, e como os de arma branca o pegaram e a fala que lhe foi dita. Depois ele lhe contou o que veio no sono. E pois que tinha lhe contado todo o seu ser, então ele lhe pediu que lhe desse conselho o melhor que ela pudesse. E ela falou para ele: "Hei Lancelot, em primeiro vos venceu a cavalaria celestial, pois éreis o mais aventuroso cavaleiro do mundo. Não deve

---

8. *Sic* no próprio texto medieval. Em alemão contemporâneo, como em português, deveria haver uma preposição, *durch*.

vos ter maravilha se vos vêm muitas aventuras, quando não pode ir da mesma maneira por toda a via. Entretanto do torneio, de que falais, devo vos dizer o significado, quando algo de muito especial vos aconteceu, seja dormindo ou acordado, que dizeis que não é outra coisa senão significado de Nosso Senhor Jesus Cristo. Entretanto, sem erro e sem engano, esse torneio é da cavalaria terrena, quando tem mais significado do que considerais. Doravante vos digo por que causa o torneio foi feito: para se ver quem lá tinha mais cavalaria, se Elias, filho do rei Pellis, ou Enlugustis, filho do rei Helen, e por causa de que se confessaram uns entre os outros, então fez Elias que os seus se cobrissem com armas brancas e os outros com pretas. E pois que vieram uns com os outros, então os pretos foram vencidos, ainda assim vós os ajudastes e tinham também mais povo que os outros. Então vos devo dizer o significado destas coisas.

Então no dia de Pentecostes começaram os cavaleiros de ordem e os cavaleiros espirituais um torneio uns com os outros. Pois é dito que começaram uns com os outros a demanda. Os que lá estão em pecado mortal, são os cavaleiros de ordem; e os cavaleiros espirituais, esses são os verdadeiros cavaleiros e as nobres pessoas, que lá não estão maculadas com pecado mortal, que começaram a demanda do Santo Graal. Era o torneio, que os cavaleiros de ordem principiaram, que lá tinham a terra nos olhos e no coração, que começaram um torneio contra os cavaleiros espirituais. E sua cobertura era preta, como os que lá estavam cobertos com malditos pecados negros. Os espirituais estavam cobertos de branco, isto é falado de pureza e castidade, que nada maculava com negridão. Pois que o torneiro foi principiado, então vistes pecadores e pessoas nobres. Então te[9] pareceu que os pecadores eram superados, e por causa disto tomaste o partido dos pecadores, é falado que duraste em pecado mortal, e te voltaste para ele e te puseste contra as boas pessoas, pois tu querias espetar contra Galaat, teu filho, no que ele espetou abaixo teu cavalo, e também Parsifal.

Pois que tinhas estado um bom momento no torneio e estavas tão cansado que não conseguias ajudar-te, as boas pessoas te pegaram e te conduziram à floresta. Pois que tu então, um dia, vieste à demanda, e que o Santo Graal te apareceu, então te encontraste tão horrendo e tão impuro de pecados que consideraste que nunca poderias portar arma nenhuma. É falado que tu te vês tão horrendo e tão impuro que não consideraste que um dia poderias te tornar cavaleiro e servo de Nosso Senhor Deus. Porém assim te pegaram, os que te viram no caminho de Nosso Senhor, que lá está cheio de louvor e verdejante como o ermo estava, e te aconselharam o que era útil para a tua alma e para ti. Quando estavas perante eles, é falado que tu não te voltas para os pecados sempre, como antes tinhas feito. Entretanto, tão logo te pareceu a mais asquerosa alegria do mundo e a maior cortesia, que costumavas fazer, então te começou o arrependimento, que não tinhas superado a todos; disto Nosso Senhor pode ter ficado

---

9. Mais uma vez se dá a alteração pronominal em um mesmo discurso.

irado contigo. Então lhe veio à frente em teu sono e pois que estava a dizer-te que duraste na verdade má e na fé débil, e que o Inimigo te fez cair no charco profundo, que é o inferno, se não te proteges. Então te disse o significado do torneio e o significado do sonho, por causa da vontade de que não saias do caminho da verdade por meio de deleites passados e caias em pecado. Quando de que te perdeste muito contra o teu Criador, sabe, se fizeres contra Ele o que deves fazer, Ele te deixaria cair em tormento que não passa, isto é no inferno". Então ele falou: "Senhora, dissestes-me tanto e o bom homem, para o qual falei, que, estivesse eu algo em pecado mortal, dever-se-ia ralhar comigo mais que com qualquer outro pecador". "Deus dê, por meio de Sua misericórdia", falou ela, "que nunca mais caiais em pecado".[10] E então diz ela de outra parte: "Lancelot, este ermo é muito grande e muito errôneo, e alguém pode bem rumar por dois dias que nunca acha casa nem abrigo; por causa disto dizei-me, se vistes casa. Se não tendes, eu vos dou daquela que Deus nos aconselhou". E ele responde que não abocanhou ontem nem hoje comida. E ela fez trazer-lhe pão e água, e ele foi à casa do capelão e tomou aquilo que Deus lhe acrescia. Pois que tinha comido, então se apartou de lá e encomendou a mulher a Deus e cavalgou o dia todo até à noite. À noite deitou-se sobre uma penha alta e maravilhosa, sem companhia de todas as pessoas, a não ser de Deus, e esteve um longo momento da noite em sua oração e dormiu também um longo momento.

---

10. Mais uma vez se dá a alteração pronominal em um mesmo discurso.

De manhã, pois que viu o dia brilhar, e então faz uma cruz à frente de sua testa e caiu sobre seus joelhos contra o oriente e falou sua oração, como tinha feito no outro dia. E depois veio a seu cavalo e colou-lhe a sela e lhe pôs o arreio e cavalgou adiante, como tinha feito em outros tempos. E cavalgou por tanto tempo até que veio a um vale, que era profundo e à vez valioso para se ver, e o vale estava entre duas penhas maravilhosas. Pois que veio ao vale, então começou a pensar muito duramente. Então olhou à sua frente e viu uma água, que se chamava Marthose, que estava fechada por dois lados. Pois que o viu, então não soube o que fazer, quando viu no meio da água, quando era profunda e perigosa para atravessar. E porém colocou sua esperança em Deus, entregou todos os pensamentos e falou que deveria atravessar com o auxílio de Deus. Nisto que estava nestes pensamentos, então lhe veio avante uma maravilhosa aventura, quando viu sair da água um cavaleiro, armado com armas pretas, e sentava-se sobre um cavalo, que era grande e preto. Pois que ele viu o senhor Lancelot, então afundou sua lança para ele e não falou a ele e espetou o cavalo tão fortemente que o senhor Lancelot não conseguiu vê-lo em bom momento. Pois que viu seu cavalo morto abaixo de si, então se levantou de novo e não estava triste, pois era a vontade de Deus, que nunca olhasse para ele, quando veio à frente dele assim armado como estava. E pois que tinha voltado à água, então não conseguiu ver como pôde atravessar. Então permaneceu calmo e tirou seu elmo e seu escudo e sua espada e falou que queria esperar lá por tanto tempo até que Nosso Senhor enviasse auxílio.

Assim estava Lancelot obstado por três lados: por um lado pela água, pelo outro lado pela penha, pelo terceiro lado com o ermo. Então não conseguiu perceber que não podia sair por nenhum lado. Quando escalou o penhasco e então teve fome, assim não encontrou ninguém que lhe penitenciasse a fome, se não fosse que Nosso Senhor Deus viesse em seu auxílio. E foi ao ermo, e era tão errante e insabido que talvez pudesse se perder e lá precisar permanecer por tanto tempo até que alguém o ajudasse. E foi à água, assim não soube como poderia sair de lá sem grande perigo, quando é funda e larga assim que ele não conseguia fundar-se com os pés. Estas três coisas o fizeram ficar nas margens e ele fez sua oração a Nosso Senhor, que Ele com Sua misericórdia viesse ajudá-lo e consolá-lo e o aconselhasse que ele não viesse em tentação do Inimigo, por meio de engodo do diabo não fosse trazido à tentação e à dúvida. Então se cala a fala sobre ele e vem para o senhor Gawin.

Aqui nos fala a aventura que, pois que o senhor Gawin estava separado de seus companheiros, que ele cavalgou alguns dias, que ele nunca conseguiu achar aventura que fosse para se contar. E assim fizeram também os outros companheiros, quando nunca acharam a décima parte das aventuras que antes costumavam. Por causa disto, entretanto, não foram à demanda. O senhor Gawin cavalgou de Pentecostes até o dia de Santa Maria Madalena sem aventura, que seja de contar.

Então se maravilhou muito, quando na demanda do Santo Graal pensou que a aventura seria grande e maravilhosa e considerou achar mais breve que em outros sítios.

Um dia ocorreu que veio cavalgando a seu encontro Hector de Mares sozinho. Então se confessaram de pronto tão logo quanto se viram. Então estava à vez contentes e o senhor Gawin pergunta de seu ser. E ele falou que estaria saudável e fresco, Deus seja louvado, e que não encontrou nenhuma aventura em nenhum sítio a que viesse. "Em verdade", falou o senhor Gawin, "disto me quero queixar a vós, quando desde que parti de Camelot, nunca encontrei nenhuma aventura. Assim são sei como sucedeu, quando por andar através de terra estranha e distante e por cavalgar dia e noite, isto não permaneceu. Quando vos digo seguramente, como meu bom companheiro, que nunca encontrei aventura, quando matei dez, que eram nobres cavaleiros. Nem achei nunca aventura que me agradasse, senão duas". E Hector começou a ansiar pela maravilha que ouviu. "Então me dizei," falou o senhor Gawin, "nunca achastes desde então nenhum de nossos companheiros?" "Sim," falou Hector, "encontrei desde então em cinquenta dias mais que vinte e aquele sozinho, e não havia nenhum que não reclamasse que não encontrou nenhuma aventura". Então falou o senhor Gawin: "Eu ouço maravilha, e não ouvistes falar do senhor Lancelot?" "Seguramente não", falou ele, "não encontrei ninguém que me conseguisse dizer nada dele, tão certo como se tivesse afundado em um precipício. E por causa disso estou por demais insatisfeito por ele e temo que agora esteja preso, e Galaat, Parsifal e Bohort. Pois não ouvi desde então falar deles, eu considero que estejam perdidos, por causa de que não são sabidos". "Então Deus os escolte", falou Gawin, "em que sítio estiverem, quando seguramente se falharam na demanda do Santo Graal, então os outros nunca a encontrarão; e creio que bem devem vir a ela, quando são os mais nobres da demanda". Pois que tinham falado um com o outro por longo tempo, então falou Hector que tinham por longo tempo cavalgado e nada encontraram: "Então deixai-nos cavalgar um com o outro, contemplar se a sorte nos concede aventura, mais que a cada um sozinho". Então falou ele: "Bem adiante, e deixa-nos rumar um com o outro, que Deus lá nos escolte à cidade, que achemos alguma coisa que estamos procurando". "Senhor," falou Hector, "aqui, de onde eu vim para cá, não encontro nada, nem de onde viestes cá". Então falou ele, que poderia bem ser, "pois eu louvo que tomemos outro caminho do que percorremos". E ele falou que bem o louvava. E Hector tomou outra via, que lá ia cruzando próximo de onde estavam. E eles deixaram a grande via e cavalgaram afora por um caminho próximo e cavalgaram o dia inteiro, que nunca acharam aventura, que lhes foi muito lamentável. Um dia aconteceu que eles cavalgaram através de um grande ermo e maravilhoso, que nunca encontraram homem ou mulher. À noite aconteceu que eles encontraram, entre dois rochedos em uma montanha, uma capela e estava destruída, como lhes pareceu, quando lá não morava ninguém dentro.

Pois que lá vieram, então desmontaram e afastaram seus escudos e lanças e se deixaram sair do muro. Então tiraram dos cavalos a sela e os arreios e os deixaram pastar na montanha. Então desataram suas espadas e as puseram junto de si. Depois foram ao altar para falar sua oração, como bons cristão costumam fazer. E pois que o tinham feito, então se foram sentar em um assento, que lá estava ao lado, e falou um para o outro sobre algumas coisas. Mas de comida e de bebida nunca tiveram nenhuma conversa, por causa da vontade de que bem sabiam que lá nada havia. E já estava muito escuro, quando não havia nem vela nem lampião que lá queimasse. E pois que vigiaram um tempo, então adormeceram, um aqui, outro ali.

Pois que estavam adormecidos, então lhes sucedeu, a cada um, um sonho maravilhoso, que não se deve esquecer, quando se deve contá-los, quando têm significado suficientemente grande. O que sucedeu ao senhor Gawin era um grande gramado cheio de ervas e flores. No gramado havia uma manjedoura, onde comiam de outra parte cem touros. E os touros eram todos corteses, sem três, dos quais três um não era nem malhado nem sem manchas, quando ele tinha um sinal de uma mancha. E os outros dois eram a valer tão brancos não poderiam parecer mais belos. Os três touros estavam atados com os pescoços com uma forte corda. Então falaram todos os touros: "Vamo-nos daqui procurar melhor pastagem do que esta". E os touros foram de lá e foram sobre o caminho e não sobre o gramado, e permaneceram muito longamente lá. E pois que retornaram, então muitos lhes faltavam, e os que retornaram estavam tão magros e tão cansados que quase não conseguiam se manter. Dos três sem manchas, lá voltou um e os outros dois permaneceram. E pois que voltaram para a manjedoura, então principiou uma maravilhosa rasgação,[11] tal que toda a comida se foi, e uns e outros precisaram sair dali.

Assim sucedeu ao senhor Gawin. Mas a Hector sucedeu um outro, muito desigual, quando lhe pareceu que ele e Lancelot saíram de um assento e montaram sobre dois grandes corcéis e falaram: "Procuramos aquilo que nunca encontramos". E de pronto apartaram-se dali e cavalgaram alguns dias e por tanto tempo até que Gawin caiu de seu cavalo, e um homem o lançou para fora e o desmontou à vez. E pois que o tinha empurrado fora, então ele fez vestir-lhe uma saia cheia de espinhos e o assentou em um burro. Pois que ali o tinha assentado, então cavalga longo tempo até que veio a uma fonte, a mais bela que jamais viu. E pois que se tinha afundado para beber, então desapareceu a fonte, assim que não mais a viu. Pois que viu que não a conseguia ter, então volveu para o lugar de onde veio. E Hector, que com isso não se tinha preocupado, seguiu por tanto tempo para lá, que veio à casa de um homem rico, que lá tinha cepa e grandes bodas. Hector chamou à porta e falou: "Abri!" E

---

11. O termo que figura no texto original é *reyßung*, que se reporta ao verbo *reyßen*, cujo significado é *rasgar*. Portanto, preferimos traduzir o vocábulo medieval pelo neologismo informal "rasgação", por sua vinculação à cultura oral. Consigne-se, no entanto, que Hans-Hugo Steinhoff prefere o termo "briga".

o senhor veio à frente e falou para ele: "Senhor cavaleiro, outro albergue deveis procurar que não este, quando aqui não deve entrar ninguém que seja tão alto a cavalgar como sois". E seguiu de lá de pronto, e tão triste como nenhum homem e voltou ao seu assento que tinha deixado, e estava tão irado que acordou da ira. Então começou a se virar e a voltar tanto que não conseguiu dormir. E o senhor Gawin não adormeceu, quando estava desperto por causa de seu sonho. Pois que ouviu que Hector se virava, então falou para ele: "Senhor, dormis?" "Senhor," falou ele, "não, quando agora me acordou um sonho maravilhoso que me veio à frente no meu sono". "Seguramente", falou o senhor Gawin, "assim também posso dizer, quando me veio um sonho a toda vez maravilhoso, do qual estou desperto, do qual nunca fico feliz, antes que eu saiba a verdade". "Com direito vos digo", falou Hector, "quando nunca fico feliz, antes de saber a verdade do meu senhor, senhor Lancelot, meu irmão".

No que falavam, então viram vir através da porta da capela uma mão, que trazia uma cabeça que lá estava coberta com um escarlate. Na mão pendia um arreio não muito rico e havia na mão uma grande vela que lá queimava muito, que foi perante eles e se colocou em um candelabro, e desapareceu assim que não souberam de onde vinha. Na hora ouviram uma voz que lhes dizia: "Cavaleiros de má verdade e fé débil, estas três coisas, que vistes, faltam-vos, e por causa disto não podeis vir à aventura do Santo Graal". E pois que ouviram esta fala, então ficaram temerosos. E pois que longamente se tinham calado, então falou o senhor Gawin em primeiro lugar e falou: "Senhor Hector, entendestes essa fala?" "Seguramente, senhor," falou ele, "eu não, mas bem a peguei". Então falou o senhor Gawin: "Nesta noite vimos tanto que me parece que o melhor que fazemos é procurar um bom homem, um eremita, que nos diga o significado do que ouvimos e vimos. E depois que ele nos der conselho, nós fazemos; quando assim desempenhamos nosso tempo com perda como até aqui fizemos". E Hector falou que lhe parecia bem. Assim ainda depois, quando estavam despertos, nunca adormeceram, quando cada um deles muito pensou no que tinha visto em seu sono.

Pois que veio o dia, então foram contemplar onde os seus cavalos estariam, e os procuraram por tanto tempo até que os encontraram, e os prepararam e tomaram suas armas e montaram e se apartaram da montanha. E pois que vieram ao vale, então os encontrou um servo, que cavalga um cavalo e estava sem companhia. Então eles o saudaram e ele ou saudou de volta. "Caro amigo," falou o senhor Gawin, "conseguis nos indicar algum enclausurado ou enclausurada perto daqui?" "Sim, senhor," falou o servo. Então lhes mostrou uma via à mão direita e falou: "este caminho vos conduz a uma clausura, que está em uma pequena montanha; mas nenhum cavalo consegue lá subir, quando ele vai; lá encontrais um enclausurado que é o melhor homem e de vida mais santa como ele é nesta terra". "Então te[12] encomendamos a

---

12. O texto original novamente altera os pronomes de tratamento, aqui indicando, provavelmente, a hierarquia social dos falantes, vale afirmar, dos

Deus", falou o senhor Gawin, "quando muito bem nos serviste para nossa vontade, da fala que nos disseste". O servo cavalgou para um lado, e eles seguiram para o outro. E pois que se tinham longamente deslocado, então um cavaleiro os encontrou na floresta, bem armado, que os chamou ao fecho tão longe quanto os viu. "Em nome de Deus," falou o senhor Gawin, "desde que rumei de vós de Camelot, nunca encontrei nenhum que me chamasse a espetar, e porque este o chama, assim deve tê-lo". "Senhor," falou Hector, "deixai-me ir para lá, se for vossa vontade". "Eu não o faço: é que ele me espeta, então não me é mal que rumeis para longe de mim". Na hora ele afunda a lança e toma seu escudo à sua frente, e deixou-se correr para o cavaleiro. E ele lhe veio com tão grande poder quanto ele pôde com seu cavalo. E espetaram um ao outro tão duramente que o escudo foi levado e a coifa se quebrou, e se feriram muito duramente, um mais que o outro. O senhor Gawin estava ferido do lado esquerdo, quando não era muito. E o cavaleiro estava muito ferido, quando se via a lança sair pelo outro lado, e ambos despencaram. E com a queda quebrou-se a lança, tal que o cavaleiro lá permaneceu caído e não conseguiu se erguer da terra.

Pois que o senhor Gawin viu-se caído sobre a terra, então se levantou bem logo e rápido e tomou sua espada e seu escudo à sua frente e fez certo, porque queria lhe mostrar a maior nobreza que jamais poderia, como nele havia

---

cavaleiros em relação ao servo. Nos outros casos, os pronomes se alternam entre falantes de um mesmo estrato social.

suficiente. Pois que viu que o cavaleiro não se levantava, então bem pensou que ele estaria ferido de morte. Então falou: "Ah, Senhor, eu estou morto, sabei-o seguramente, e por causa disso fazei o que vos peço". Ele falou que o faria de bom grado, se conseguisse fazê-lo de alguma maneira. "Senhor," falou ele, "eu vos peço que me conduzis a um convento que eu sei, que não faz longe daqui e que é perto daqui, e me façais como se deve fazer a um cavaleiro". "Senhor," falou o senhor Gawin, "eu não sei aqui perto nenhuma casa de Deus". "Ah, Senhor, erguei-me ao vosso cavalo e eu vos dirijo a um convento que eu sei, que não é longe daqui". Então o senhor Gawin o coloca à sua frente sobre seu cavalo e deu a Hector seu escudo para conduzir e o agarrou por causa de que o corpo não caísse. E o cavaleiro dirige o cavalo a uma abadia, que lá estava próxima em um vale.

Pois que vieram à porta, então bateram tanto que os que estavam dentro os ouviram e vieram, e se os deixou entrar e se os recebeu bem. Então assentaram o cavaleiro ferido e lhe fizeram o melhor que conseguiram. E tão logo eles o dirigiram para a cama, então pediu que se lhe trouxesse seu Criador. E então começou a gritar muito seriamente e dirigiu suas mãos juntas e fez sua confissão e deixou-os todos ouvir, que lá estavam, os pecados de que se sabia culpado contra seu Criador e pediu graças gritando interiormente. Pois que o falou o que sabia por pensamento, então o padre lhe deu seu Criador, e ele o tomou humildemente. Pois que usou o corpo de Nosso Senhor, então pediu ao senhor Gawin que lhe tirasse a lança do peito. E ele lhe pergunta quem ele seria e de qual terra. "Senhor," falou ele, "eu sou da corte do rei Arthur e companheiro da Távola Redonda e sou chamado Ywan e filho do rei Urgins, e vim com meus outros companheiros à demanda do Santo Graal. Quando veio por força de meu pecado e imposição de Nosso Senhor que me matastes, eu vos perdoo altamente, como Deus vos deve fazer".

Pois que o senhor Gawin ouviu isto, então falou muito triste e iradamente: "Ah, Deus, quão grandes são minhas aventuras, ah, Ywan, como me lamento por vós!" "Senhor," falou ele, "quem sois vós?" "Eu sou", ele falou, "Gawin, sobrinho do rei Arthur". "Assim não lamento que fui morto por uma tão nobre cavaleiro como sois! Por Deus, como fordes à corte, assim saudais por mim todos os nossos companheiros, que encontrares vivos, quando sei bem que suficientes de vós morrerão nesta demanda. E dizei-lhes por causa da irmandade que há entre mim e eles, que sempre me recordem em suas orações e que peçam a Nosso Senhor Deus que se apiede da minha alma". Então começaram a gritar, o senhor Gawin e Hector. E então tomou o ferro da lança, que Ywan tinha espetado através de seu coração, tirou-lhe, que Ywan se repuxava da grande dor que tinha, e assim de pronto apartou-se a alma do corpo sob a mão de Hector. Então lhe fizeram sepultar para valer e ricamente em um lençol de seda, que os irmãos lá deram do convento, pois souberam que ele era filho de um rei. Então lhe fizeram um tal serviço como se costuma fazer aos mortos e sepultados à frente do alto altar e lhe fizeram pôr por cima um caixão e fizeram nele escrever seu nome e o daquele que o tinha matado. Então seguiram daqui, o senhor Gawin e Hector, tristes e irados da aventura que lhes sucedeu, quando bem viram que era justamente um acidente. E cavalgaram por tanto tempo até que vieram à montanha abaixo, à clausura. E pois que para lá vieram, então ataram ambos seus cavalos a duas árvores. Então foram por um atalho estreito, que lá ia para uma outra clausura, e acharam a montanha tão árdua para se subir que era maravilha e ficaram muito esgotados antes que viessem lá. E pois que tinham subido, então viram a clausura onde o bom homem morava dentro, que lá era chamado Nasiens. E era uma pequena casa e uma pequena capela. Pois vieram lá e viram em um jardim, que estava junto à capela, um velho nobre quebrar urtigas para que comesse, como aquele que não teve outra refeição por muitos tempos. Tão logo quanto ele os viu, tão bem armados, então pensou que eles seriam os cavaleiros errantes que lá vieram à demanda do Santo Graal, de que há muito tinha sabido. Então veio até eles e os saudou. E volveram para ele e o saudaram, e ele os saudou de volta e falou: "Caros Senhores, que aventura vos portou para cá?" "Senhor," falou o senhor Gawin, "o grande desejo que tivemos de cavalgar até vós e nos significar do que estamos em dúvida". Pois que ele ouviu o senhor Gawin assim falar, então pensou que ele seria muito sábio de coisas terrenas. Então falou para ele: "Senhor, não vos falho de nenhuma coisa que sei", e os tomou e os dirigiu ambos à capela e lhes pergunta quem eles seriam. E se nomearam e se fizeram confessar, assim que bem soubesse quem seria cada um. Então lhes pergunta para que lhe digam de que eles estariam em dúvida, e ele queria aconselhá-los conforme seu poder. E o senhor Gawin lhe diz de pronto.

"Senhor, aconteceu-me ontem e a meus companheiros, que cavalgávamos através de um ermo sem aventura o dia inteiro, nem ninguém nos encontrou, nem homem nem mulher, por tanto tempo que encontramos sobre uma montanha uma capela. Então rumamos para lá, quando ficaríamos melhor lá que, pois, no ermo. E pois que para lá viemos, então nos desarmamos e adormecemos, então veio-me à frente uma maravilhosa aventura", e lhe contou. Pois que a tinha contado, também Hector lhe contou a sua. Então lhe contou da mão que tinham visto acordados e da fala que lhes foi dita, E pois que lhe tinham contado tudo isso, então pediram a ele que lhes dissesse o significado, quando sem grande significado não lhes teria vindo à frente em seu sono. Pois que o bom homem ouviu tudo por que eles vieram até ele, então respondeu: "Senhor Gawin, caro senhor, no gramado, onde vistes que a manjedoura estava, por isto devemos entender a Távola Redonda. Quando como na manjedoura estão as árvores para estábulo, que lá separam os lugares, assim é na Távola Redonda distinto, que se separam as cadeiras umas das outras. Pelo gramado devemos entender humildade e paciência, que por toda a via são fortes em vós. E por causa de que a humildade não pode ser vencida nem a paciência, então a Távola Redonda ficou confirmada, pois a cavalaria é desde então instruída por causa da doçura e por causa da irmandade que lá havia entre eles, não pode ser vencida. E por causa disto se diz que foi confirmada na humildade e na paciência. Na manjedoura comiam, de outra parte, cem touros. Eles comiam, porém não estavam no gramado: quando se tivesse lá estado, seus corações teriam ficado na humildade e na paciência. Os touros eram corteses e vaidosos à vez, sem três. Pelos touros deves[13] entender os companheiros da Távola Redonda, que lá por causa da falta de castidade e através da cortesia caíram em pecado mortal tão duramente que seus pecados não podem permanecer em alguém. Quando parecem externa e internamente assim que são maculados, horrendos e maus como os touros eram, exceto os dois que lá eram brancos e belos e o terceiro, que lá tinha tido um sinal de uma mancha. Os dois que lá eram brancos e belos significam Galaat e Parsifal, que lá são muito mais belos e mais brancos que qualquer outro, quando são repletos de poder em todas as virtudes e cheios de pureza; depois não se pode encontrar nenhum que não tenha uma mancha. O terceiro que lá tem um sinal de uma mancha era Bohort, que em algum momento errou em sua castidade. Quando desde então tão bem fez em sua pureza que todo o mau ato está em tudo perdoado. Os três touros, que lá estavam atados com os pescoços, são os três cavaleiros nos quais a pureza é

---

13. Novamente a alteração pronominal em um mesmo discurso.

tão fortemente enraizada, que não têm poder para erguer suas cabeças, isto é tanto dito que eles não podem pecar nem nenhum pecado pode adentrá-los. Os touros falaram: 'Vamos procurar melhor pastagem do que seja esta'. Isto é que os cavaleiros falaram do dia de Pentecostes: 'Nós queremos ir à demanda do Santo Graal, assim seremos satisfeitos da honra do mundo e das iguarias que o Santo Graal nos envia àqueles que sentam à Távola Redonda do Santo Graal, que é a boa pastagem. Queremos deixar esta e rumar para lá'. Então se apartaram da corte, então seguiram sem confissão como deveriam e não se colocaram no serviço de Nosso Senhor nem em paciência, que lá são provados com o gramado, quando seguiram sobre o campo, que é sobre o caminho onde não cresce flor ou fruto, é para saber, no caminho do inferno. É no caminho onde todas as coisas estão perdidas que lá não são reconfortantes. Pois que voltaram para cá, então muitos lhes faltavam, que é falado que eles não retornaram, quando de vós morreu uma boa parte. E os que lá voltaram estavam tão magros e tão cansados que bem não conseguiam ficar de pé. É para entender: aqueles, que para lá voltaram, devem assim estar preocupados com pecados mortais, e um deve ter matado o outro, que não devem ter nenhum membro que consigam mover. É para entender: não devem ter em si nenhuma virtude que possa conservar o homem, isto é à frente da queda no inferno, e devem ser mantidos com toda a mácula e todo o pecado mortal. Os outros três sem manchas, um deve voltar e os outros dois devem permanecer. É para entender que desses três cavaleiros um deve voltar à corte, e não por causa da refeição, mas para dar mostra da boa pastagem, que aqueles perderam, que lá estão com pecados mortais. E os outros dois permaneceram, quando encontram tanta doçura na refeição do Santo Graal, que não nos conhecem. A última fala", falou ele, "de Nosso Senhor, eu não vos digo, quando seria uma coisa de que nenhum bem vos aconteceria, quando se pudesse vos inverter". Então falou o senhor Gawin: assim quero bem carecer disso, pois que é vossa vontade, e deve assim se fazer simplesmente. Quando bem me informastes do que eu estava em dúvida, quando vedes claramente a verdade de meu sono".

Então falou o bom homem para Hector e lhe disse: "Hector, parece-vos que vós e Lancelot vos levantastes de uma poltrona, que lá significava maestria ou suserania. A poltrona, sobre a qual vos sentáveis, caracteriza o grande amor e a grande honra que se vos fez na Távola Redonda, que deixastes pois que vos apartastes da corte do rei Arthur. Sentáveis-vos sobre dois grandes corcéis, isto é, em grande coragem e cortesia, que são dois cavalos do Inimigo. E depois bem falais: 'nós procuramos o que nunca encontramos', isto é o Santo Graal, a coisa secreta de Nosso Senhor, que nunca vos é provada, quando não sois dignos de contemplá-la. Pois que estavam separados um do outro, Lancelot cavalgou por tanto tempo que caiu de seu cavalo, é para entender que ele se afastou da cortesia e caiu em humildade, para a qual o trouxe Nosso Senhor Jesus Cristo. Também o moveu de pecado, assim que ele se viu nu de boas virtudes, que um cristão deve ter, e ele pediu graça. Então Nosso Senhor Deus o vestiu de novo. Com o que? Com paciência e humildade. Essa foi a saia que Ele lhe deu, que estava cheia de espinhos. Depois o assentou sobre um burro, que é a humildade. Foi claramente uma coisa que Nosso Senhor o dirigiu, pois que veio à cidade de Jerusalém, que lá era um rei e o rei tinha toda a riqueza em sua mão. Porém não queria vir sobre nenhum corcel nem sobre nenhum palafrém, quando veio sobre o animal mais simplório e sobre o mais grosseiro, que é sobre o burro, pela vontade de que o pobre e o rico tomem um exemplo disto. Assim vistes Lancelot cavalgar em vosso sonho sobre um burro. Pois que ele tinha cavalgado por um bom tempo, então veio a uma fonte, a mais bela que jamais viu, e se sentou e quis beber. E pois que se tinha curvado, então desapareceu a fonte, que não a viu e a conseguiu ter. Então voltou a sentar-se em sua poltrona, da qual tinha vindo. A fonte está no gramado que não se pode esgotá-la, quantas pessoas vierem a ela, quando é o Santo Graal, que é a graça do Espírito Santo. A fonte é a doce chuva, a doce fala do Evangelho, onde o coração do verdadeiro penitente encontra a grande doçura, quando quem deseja seu sabor, deseja sempre mais no futuro: é a graça do Santo Graal. Quando tanto quanto é mais largo e fundo, assim mais permanece lá. E por causa disso por direito deve ser chamado como fonte.

Pois que ele veio à fonte, então se assentou. É para entender: quando ele veio do Santo Graal, então deve se sentar e não deve se considerar um homem, por causa de ter caído em pecado. Como se curvou, é falado: como ele se sentou sobre seu joelho para beber e que ele foi recebido e preenchido com grande graça, então se perdeu a fonte, que é o Santo Graal. Quando ele perdeu a visão dos olhos perante o Santo Graal por causa de ser permitido ver a primeira impureza, e perdeu o poder do corpo. É para entender que ele assim serviu ao Inimigo, e a vingança dura quatorze dias, que ele não deve comer nem beber nem falar nem mover pé nem mão nem nenhum membro que ele tem. Quando bem deve parecer-lhe que por toda via estivesse em tão boa coisa quanto a que estava quando perdeu a visão dos olhos. Depois deve bem dizer uma parte daquilo que viu. Então se separa das terras e ruma para Camelot, e vós, e deve por toda a via cavalgar os grandes corcéis, que é tão falado que deveis por toda a via viver em pecado mortal e em cortesia e inveja. E deveis de muitas maneiras rumar errantes, aqui e ali, por tanto tempo até que vindes à casa do rico rei Pescador, que os verdadeiros cavaleiros devem ter suas bodas do alto achado que devem ter encontrado. E quando para lá fordes e lá considerardes entrar, o rei vos deve dizer que não quer se acercar mais de nenhum homem que seja tomado tão alto como vós sois, isto é assim para entender: aquele que lá estiver em pecado mortal e em cortesia. E quando o ouvires, então volveis para Kamelot,[14] e pouco deveis tr criado de útil nesta demanda.

Então vos disse e contei uma parte daquilo que deve vos suceder. Então precisais saber da mão que vistes perante vós aqui caminhar e lá carregar uma vela e um arreio. Então vos diz a mão que essas três coisas vos faltam. Pela da mão que vistes devemos entender pureza e pelo vermelho a graça do Espírito Santo, de que toda a pureza é abraçada. E aquele que lá tem pureza em si é quente e fonte da graça de Nosso Senhor. Pelo arreio deveis entender abstinência, quando como o homem guia e dirige um cavalo para onde quer com o arreio, por certo é da abstinência que não pode cair em pecado mortal nem ir contra sua vontade, que não seja em boa obra. E por causa da vela que trouxe em sua mão deveis entender a verdade do Evangelho, que é Jesus Cristo, que lá dá visão a todos os que se lançam para fora do pecado e vêm para o caminho de Nosso Senhor Jesus Cristo. Pois que foi visto que a verdade e a abstinência vieram perante vós na capela, é falado que Nosso Senhor Deus veio à Sua casa em Sua capela, que Ele não tinha construído por causa da vontade de que a verdade fosse pregada. E pois que Ele vos viu, então Se levantou por causa do lugar que Ele tinha separado com vosso repouso. E pois que foi adiante, então falou: 'Vós, cavaleiros cheios de impuras verdades e má fé, estas três coisas vos faltam: pureza, verdade, abstinência; e

---

14. O texto original apresenta a variante *Kamelot* nesta passagem, ao invés de *Camelot*.

por causa disto não podeis vir à aventura do Santo Graal'. Então entendestes o significado da mão". Então falou o senhor Gawin: "Em verdade, bem nos contastes, quando bem vejo claramente.

Então vos peço que nos digais por que causa não encontramos tanta aventura como costumávamos". "Eu vos digo", falou o bom homem, "como é. As aventuras que então sucedem são o significado e a demonstração do Santo Graal, e os sinais do Santo Graal não aparecem para nenhum pecador, nem para nenhum homem abraçado por pecados, por isso não vos aparecem, quando sois por demais infiéis e grandes pecadores. Por causa disso deveis considerar que esta é aventura do Santo Graal, não para matar pessoas e assassinar cavaleiros, quando são de coisas espirituais que lá são maiores e melhores o suficiente". "Senhor," falou o senhor Gawin, "por causa desta fala que me dizeis, parece-me, tanto quanto estamos em pecados mortais, que em vão viajamos nesta demanda, quando nós não a conseguiremos". Então falou o bom homem: "Em verdade, dizeis o correto, quando sois suficientes os que nunca ganharão senão vergonha". "Senhor," falou Hector, "é que vos seguimos, voltamos para Camelot". "Isto aconselho," falou o bom homem, "ainda pois vos digo bem, tanto quanto estais em pecados mortais, assim nunca fareis nenhuma coisa de que ganheis". Pois que falou esta fala, então se apartaram de lá. E quando estavam longe dele adiante, então chamou o bom homem: "Senhor Gawin," falou ele, "há muito que te[15] tornaste cavaleiro e nunca desde então serviste ao teu Criador, que não fosse muito pouco. Tu és a velha árvore, que em si nunca tem folhagem nem fruto. Ainda reflete que para Nosso Senhor ficam a ovelha e a alma, desde que o Inimigo tem as flores e os frutos". "Senhor," falou o senhor Gawin, "tivesse eu a hora para falar convosco, eu falaria mais longamente convosco, quando meus companheiros me esperam lá abaixo no rochedo, por causa disso também preciso ir, quando quero voltar para vós tão logo eu possa, quando tenho grande desejo de falar convosco em muito segredo". Então se separaram um do outro. Então desceram a montanha e vieram até seus cavalos e montaram e cavalgaram até à noite e vieram até a casa de um homem da floresta que os alberga e lhes faz muito bem. No outro dia seguiram de lá e cavalgaram seu caminho e cavalgaram por longo tempo sem encontrar aventura que fosse de se contar. Então se cala sobre eles e se volta para Bohort de Ganũe.

---

15. Mais uma vez a alteração de pronomes de tratamento, aqui do modo formal para o informal.

Uma luta de irmãos

AQUI NOS DIZ a aventura que, pois que Bohort estava separado de Lancelot, assim como nos diz a fala, que ele cavalga até as nonas horas. Então seguiu ele um bom homem de boa idade, vestido com roupas espirituais, e ele cavalga um burro. Ele não tem consigo nem escudeiro nem servo, nem nenhuma companhia. Então Bohort o saúda e fala: "Senhor, Deus vos escolte!" E ele o contempla e confessa que ele dos cavaleiros errantes era um. E lhe respondeu que Deus o pagasse. E então lhe pergunta Bohort de onde ele vinha assim sozinho. "Eu venho", falou ele, "e vi um doente, um de meus servos, que me costumava ir em minha empreitada". E ele falou: "Senhor, quem sois vós e aonde rumais?" "Eu sou", ele falou, "um cavaleiro errante e vim a uma demanda que eu queria de bom grado que Nosso Senhor me soubesse, quando é a mais alta demanda que jamais foi assumida. É a demanda do Santo Graal, onde deve ter tanta honra aquele que possa conduzi-la ao fim, que o coração de nenhuma pessoa mortal não a consiga contar nem imaginar. "Seguramente", falou o bom homem, "dizeis certo, quando grande honra ele deve ter, isto não é maravilha, quando deve ser o mais nobre e verdadeiro servo de toda a demanda. Não vem à demanda aquele que lá é impuro e enganado como os infiéis são, eles vêm então em melhora de suas vidas, quando é o serviço de Nosso Senhor. Então vede como sois tolo, quando bem sabeis e ouviste fartamente dizer que ninguém veio a seu Criador, que não tenha vindo pela porta da pureza, que é com confissão; que ninguém pode se tornar puro quando com alta confissão, quando com a confissão se expulsa o Inimigo. Quando o cavaleiro ou o homem, quem ele seja, que lá faz pecado mortal, recebe o Inimigo e está nele. Quando não consegue expulsá-lo, tenha estado com ele dez ou vinte anos, confesse então primeiro seus pecados. Quando com a confissão joga de si o Inimigo e o empurra fora de seu corpo e abriga um outro, de que ele tem grande honra, que é Jesus Cristo, o verdadeiro Salvador. Então está preparado para a nobre cavalaria, que é do corpo. Então Ele te obrigou e renovou muito claramente do que Ele fosse. Quando para Ele está pronta a refeição do Santo Graal, que lá é um repouso da alma e uma emancipação do corpo, de que Ele fruiu e com a qual por tanto tempo conteve o povo de Israel no deserto. E Ele é suave perante eles, quando lhes prometeu apenas ouro, onde costumavam tomar chumbo. Quando assim a refeição terrena se converteu em celestial, assim deve ser certo que aqueles que foram terrenos até esta hora, é para entender: os que até esta hora foram pecadores serão convertidos de coisas terrenas em obra celeste e deixam seus pecados e sua impureza e vêm à confissão e ao reconhecimento e são cavaleiros de Nosso Senhor e portam Seu escudo, que é paciência e humildade. Quando tal escudo Ele portou contra

Seu Inimigo onde Ele venceu na Cruz, pois que dirigiu a morte por causa de redimir Seus cavaleiros da morte dos infernos e da escuridão em que estavam. Através da porta que se chama confissão, de outra maneira ninguém consegue vir a Nosso Senhor Jesus Cristo e precisa estar nesta demanda e converte o ser de cada um e transforma de novo a refeição que lhe é transformada. E quem quiser entrar através de outra porta, é para entender que precisa se trabalhar muito e precisa também primeiro se confessar, de outra maneira não descobre nunca nenhuma coisa que busca. Também não vem nem para saborear nem para provar desta refeição, que lhe foi prometida, nem acontece nenhuma outra coisa. Quando por causa de que devem sentar-se nos lugares dos cavaleiros celestiais, e eles não são deles, é que devem se conter dos companheiros da demanda, e eles não são dela. Quando são impuros e maus, e devem cair um em falta de castidade, outros em adultério. Com isto servem ao diabo, que lhes dá a paga que ele costuma dar, que é vergonha e desonra, de que são preenchidos antes de saírem da demanda.

 Senhor cavaleiro, isto tudo vos disse por causa de que viestes à demanda do Santo Graal, quando vos não vos aconselho de maneira nenhuma que trabalheis mais nessa demanda, não sois como é reto e deveríeis ser por causa do direito". "Nessa demanda", falou Bohort, "parece-me em direito que me dizeis o que devem ser todos os companheiros, nenhum vos é de agrado. Quando fora de dúvida, parece-me que estais em tão alto serviço como é este, que é o serviço de Nosso

Senhor Jesus Cristo. Quando ninguém deve entrar, que não tenha se confessado, quando quem de outro modo entrasse, não creio que se lhe pudesse ir bem, que seria uma maravilha de tão grande maravilha como é esta". "Dizeis certo", falou o bom homem. Então Bohort lhe pergunta se ele era padre. "Sou sim", falou o bom homem. "Então vos exorto em nome do santo amor que me deis conselho, como o bom homem a seu filho; isto é, o pecador que vem à confissão. Quando o padre está em lugar de Nosso Senhor Jesus Cristo, que lá é pai de todos aqueles que n'Ele creem. Por causa disto vos peço, caro Senhor, assim me deis conselho assim para o proveito de minha alma e para a honra da cavalaria". "Em verdade", falou o bom homem, "vós me chamais uma grande coisa; e se eu nisto vos faltasse e depois caísseis em pecado mortal ou em dúvida, poderíeis, no Dia do Juízo Final, atribuir-me perante o rosto de Deus, por causa disso devo vos aconselhar o melhor que posso". Então lhe perguntou como se chamava. E ele respondeu que se chamava Bohort de Ganŭe e era filho do rei Bohort e sobrinho de meu senhor, o senhor Lancelot do Lago. O bom homem ouviu esta fala, então falou: "Seguramente Bohort, é que a fala do Evangelho é a vós conservada, deveis ser um bom cavaleiro e verdadeiro. Quando como Nosso Senhor falou 'a boa árvore carrega bons frutos', e vós sois o fruto de muito boa árvore, quando vosso pai, o rei Bohort, foi o melhor cavaleiro que já vi e era muito misericordioso e humilde. E a mãe, a rainha, era uma das melhores mulheres que já vi em longo tempo. Os dois eram uma única árvore e única carne com justa honra, e porque sois o fruto, deveis simplesmente ser bom, porque a árvore, da qual saístes, era boa".

"Senhor," falou Bohort, "quando o homem vem de árvores más, é para dizer de mau pai e má mãe, e ele se converte de amargura em doçura tão logo ele receba a santa cristandade e a santa fé, por causa disso me parece que não vai conforme o pai e conforme a mãe que ele seja bom ou mau, quando é conforme o coração do homem. Quando o coração do homem é como uma vela em um navio, que o vento conduz para onde quer, para ter ou para perder". Não é a vela, senão o mestre que a mantém e a domina e a faz virar para qual fim queira. Quando o que de bom ele faz com ela, vem da graça do Espírito Santo, e o que com ela faz de mau, vem do engodo do Inimigo".

Falaram o suficiente sobre estas coisas entre eles dois, por tanto tempo que viram a casa de um eremita. O bom homem seguiu para lá e falou a Bohort que o seguisse, quando queria lá se albergar, "e pois amanhã cedo quero vos dizer em segredo daquilo de que me pedistes conselho". Bohort o seguiu por isto de muito bom grado. E pois que estavam lá, então desmontaram e encontraram lá dentro um aluno que lá tirou a sela e o arreio do cavalo de Bohort e o ajudou a desarmar-se. E pois que estava desarmado, então falou o bom homem se queria ir ouvir as vésperas, e ele respondeu "sim" e foi com ele à capela. E então aquele principiou as vésperas e pois que tinha cantado, então chamou a pôr a mesa e lhes deu água e pão e falou: "Com tal refeição devem os cavaleiros celestes alimentar seu corpo, quando refeições muito saborosas trazem o homem à falta de castidade e aos pecados mortais. Assim Deus me ajude, se vos parece que quereis fazer algo por causa de mim, eu queria vos pedir". E Bohort perguntou o que seria. "É uma coisa que deve vos ajudar para a alma e deve bem conservar-vos o corpo suficientemente". E ele lhe promete que queria fazê-lo. "Grande graça," falou o bom homem, "sabeis o que me prometestes? Que não devereis provar nenhuma outra refeição além de água e pão, até que venhais à Távola do Santo Graal". "E o que sabeis," falou Bohort, "se venho lá?" "Eu bem sei que deveis lá ir três companheiros da Távola Redonda." "Assim vos devo prometer como um bom cavaleiro que o vou manter, até que me sente à mesa da qual falais." E o bom homem lhe agradece desta abstinência, que quisesse fazê-lo pelo amor do verdadeiro Deus.

À noite Bohort deitou-se sobre a grama verde, que o aluno tinha cortado junto à capela. E de manhã, tão logo se fez dia, então se levantou, e então veio o bom homem até ele e falou: "Senhor, tomais aqui uma saia branca, que deveis vestir no lugar de uma camisa, que deve ser um sinal da penitência e uma mortificação da carne". E ele tirou suas vestes e sua camisa e a colocou em tal confissão como ele o chamava. E depois vestiu por cima uma saia escarlate. E depois ele faz uma cruz à frente de sua testa e foi à capela até o bom homem e fez-lhe sua confissão de todos os pecados de que se sabia culpado contra seu Criador. Então o achou de tão boa vida que o maravilhou, e achou que ele nunca fez nenhum erro em nenhuma falta de castidade, sem ser ao tempo em que ele ganhou Heliam, o Branco. E desde então está obrigado a agradecer muito a Nosso Senhor Deus. Pois que a ele o bom homem tinha absolvido e lhe deu tal penitência como lhe pareceu que ele precisasse, então lhe pediu Bohort que ele lhe desse seu Criador, que assim estivesse certo do fim a que iria, quando não sabia se deveria morrer nesta demanda ou não. E o bom homem lhe pediu que ficasse até que cantasse missa. E ele falou que o queria fazer. Então começou o bom homem a rezar. E quando tinha cantado, então se vestiu e principiou missa. E pois que tinha dado bênção, então tomou o Corpo de Nosso Senhor e acenou para Bohort que viesse à frente, e ele o fez e ajoelhou-se à frente do altar. E pois que o fez, então falou o bom homem para Bohort: "Vês[1] o que aqui seguro?" "Sim," falou ele, "eu vejo que segurais meu Criador e meu Redentor em igualdade ao pão; no modo não o vejo, quando meus olhos são tão escuros que não podem ver a coisa espiritual, e não me deixam ver de outra forma e me tomam a verdadeira igualdade; quando de outro modo não devo duvidar que seja verdadeira carne e verdadeiro sangue e verdadeiro homem". Então principiou a chorar tão duramente. Então falou o bom homem: "Então é simplesmente que O sirvas todo o teu tempo em que viveres". "Senhor," falou Bohort, "tanto

---

1. Mais uma costumeira alteração pronominal.

tempo quanto eu viver, não devo estar de outra maneira senão Seu servo e não quero nunca sair de Seu mandamento". Então o bom homem lhe deu Nosso Senhor, e ele O recebeu com grande devoção e estava tão contente e tão bem animado que era maravilha. E pois que o tinha usado, e ajoelhado por tanto tempo quanto lhe aprouve, então foi até o bom homem e lhe diz que queria de lá se apartar, quando lá tinha estado por longo tempo. E o bom homem falou que ele podia se separar de lá quando quisesse. Quando estava armado como os cavaleiros celestes devem estar e tão bem alertado contra o Inimigo, que ninguém poderia estar melhor. E então foi para suas armas e as tomou. E pois que estava armado, então se apartou de lá e encomendou o bom homem a Nosso Senhor. E lhe pediu que por ele rezasse quando viesse perante o Santo Graal. E Bohort lhe pediu por Deus que por ele rezasse, que não caísse em pecado mortal por tentação do Inimigo. E o bom homem respondeu a ele que sempre queria pensar nele de todas as maneiras que pudesse. De pronto Bohort se apartou de lá e cavalgou o dia inteiro até as nonas horas. Quando era depois das nonas, então viu de novo montanha no ar e viu um grande pássaro voar sobre uma árvore, que era velha, sem folhagem e sem frutos. E pois que tinha voado bem alto, então se sentou sobre a árvore, e lá em cima ele tinha muitos pequenos passarinhos, e estavam todos mortos. E pois que ele se sentou sobre eles e os encontrou sem vida, então se golpeou com seu bico bem no meio, atravessando seu peito, que o sangue jorrou para fora. E tão logo sentiram o sangue quente, então voltaram à vida, e ele morreu entre eles. E assim receberam o início de sua vida com o sangue do grande pássaro. Pois que Bohort viu a aventura, então muito se maravilhou como podia ser, quando não sabia que coisas lhe podiam acontecer deste significado. Quando bem lhe pareceu que seria um significado maravilhoso. Então contemplou por longo momento se o grande pássaro não se levantava de novo, e isto não podia ser, quando estava morto. E pois que o viu, pôs-se de novo em seu caminho e cavalgou até depois das vésperas. À noite aconteceu que, como a aventura o conduzia, que ele veio a uma torre alta e robusta, onde desejou abrigar-se, e se lhe deu de bom grado. E quando estava desarmado, então se o conduziu a um grande salão, que lá dentro encontraram as mulheres do castelo, que era bela e jovem e estava honradamente vestida.[2] E pois que ela viu Bohort entrar, então o chamou que fosse bem-vindo, e ela o saúda como uma mulher. Ele o agradece com grande alegria. Depois ela o fez sentar-se junto de si e lhe fez maravilhosamente grande honra e alegria.

Pois que era tempo de comer, então fez Bohort sentar-se junto dela e os que lá dentro estavam trouxeram grandes quantidades de carne e as assentaram sobre a mesa. E quando ele o viu, então pensou que não deveria comê-lo. Então ele chamou um servo e disse para ele que lhe trouxesse água, e

---

2. O texto, abruptamente, adjetiva "as mulheres" no singular, de tal modo que, na tradução de Hans-Hugo Steinhoff, a expressão *die frauwen von der burg* é traduzida pelo vocábulo "castelã" no singular. Em nossa tradução, optamos por conservar a inconsistência do texto original.

ele o fez e lhe trouxe em um copo de prata, e o assentou à frente dele. E quando a mulher o viu, então falou: "Senhor, não vos satisfaz esta comida que se trouxe à vossa frente?" "Senhora," falou ele, "bem, porém não como esta noite senão aquilo que vedes". E então ela deixou a conversa como aquele que não se atrevia a fazer o que lhe fosse mau. Pois que os do castelo tinham comido e as mesas estavam tiradas, então se levantaram e foram para a janela do palácio, então Bohort viu, próximo, as mulheres. Então entrou um servo, que então falou para a senhora: "Senhora, vai-vos muito mal, vossa irmã ganhou vosso castelo, e todos os que lá estavam por vossa graça são prisioneiros. E vos comunica que não vos quer deixar senão um pedaço ruim de todas as vossas terras, se até amanhã não tiverdes achado um cavaleiro que lute por vós contra Priaden, o Negro, que é seu senhor". Pois que a mulher ouviu esta fala, então começou a colocar grande lamento e falou: "Ah Senhor Deus, por que causa não me autorizas a conservar para mim nenhuma terra, pois que devo me tornar deserdada e sem direito". Pois que Bohort o ouviu, então perguntou às mulheres o que seria. Então ela falou: "É a maior maravilha do mundo". "Dizei-me", falou ele, "o que seja!" "Em verdade, Senhor," falou ela, "de bom grado:

Quando o rei Amans tinha a terra em sua mão e em seu poder, e ainda mais quando seja, então tinha amor a uma donzela, que lá é muito mais bela que eu, e deu-lhe todo o poder de sua terra e de seus homens à vez. Tanto tempo quanto ficou junto dele, ela trouxe mau costume, que não estava dentro de nenhuma justiça, e fez tantas grandes injustiças em muitos cantos. Quando o rei o viu, então a empurrou para fora de sua terra e me deu em meu poder tudo que ela tinha. Mas tão logo estava morto, então ela começou a me guerrear, de que ele tomou desde então uma grande parte da minha terra e obrigou a ela muitos de meus homens. E ainda daquilo que fez, assim não me deixa com paz, quando fala que quer, à vez, deserdar-me. E ela começou tão bem que não me deixou senão esta torre, que não me fica se eu não achar um campeão, que amanhã lute por mim contra Priaden, o Negro, que lá por sua vontade encampou a luta". "Pois me dizei quem seja Priaden." "É", falou ela, "o mais cruel campeão desta terra e é de grande nobreza". "Vossa luta", falou ele, "deve ser amanhã cedo?" "Sim", falou ela. "Então podeis comunicá-lo", falou ele, "que encontrastes um cavaleiro que deve lutar contra ele e que deveis ter a terra pois o rei Amans vos deu, e que ela não deve ter sua fruição, pois seu senhor a precipitou para fora". Quando a mulher ouviu esta fala, não ficou pouco contente, quando falou por causa da alegria que tinha: "Senhor, bem vistes hoje cá dentro, quando me fizestes tão grande alegria por causa desta promessa. Pois Deus vos dê força e poder, que possais vencer esta luta, quando verdadeiramente tudo é meu por direito, quando outra coisa não desejo que seja". E ele a consola muito e lhe diz que não tema perder seu direito por tanto tempo quanto ele esteja saudável e nobre. E comunicou à sua irmão, que seu cavaleiro amanhã estaria pronto a fazer tudo o que os cavaleiros da terra quisessem que ele devesse fazer. Assim ela traiu que a luta ficaria encomendada até a outra manhã cedo.

À noite Bohort faz grande alegria e grande economia. E a mulher fez preparar-lhe uma cama bela e rica. E quando era tempo de ir dormir, então ela o leva a uma câmara, que era grande e bela. E pois que lá veio e olhou a cama que se lhe tinha feito, então os fez todos sair, e eles o fizeram, e apagaram as velas por fim. Depois ele se deita sobre a terra e coloca um pano sobre sua cabeça e faz sua oração, que Deus por Sua misericórdia quisesse lhe vir em auxílio contra o cavaleiro que ele deveria combater tão verdadeiramente quanto o faz, por causa da justiça e por causa da lealdade, a trazer e empurrar abaixo a injustiça. Pois que tinha feito sua oração, então adormeceu. E tão logo estava adormecido, então lhe pareceu que vinham à sua frente dois pássaros, e um era branco como um cisne e na grandeza de um cisne, e o outro era maravilhosamente preto e não era de grande idade. E ele o contemplou, quando lhe pareceu ser um corvo, e ele era muito belo da negrura que tinha. O pássaro branco veio a ele e falou: "Queres me servir, eu te dou toda a altura do mundo e te faço tão belo e tão branco quanto eu". E ele lhe pergunta quem ele era. "Não vês quem eu sou, assim branco e assim belo e ainda suficientemente mais do que consideras?" E com isto, foi-se embora. E de pronto veio o pássaro preto e lhe diz: "Deve ser que me sirvas amanhã cedo e não me deves odiar por causa disto, que sou preto. Sabe que melhor é minha negrura que outra branquidão". E foram-se pelo caminho, assim que ele não viu nem um nem o outro. Depois deste sonho, veio-lhe outro à frente, muito maravilhoso, quando lhe pareceu que ele encontrou uma casa, que era bela e grande e se igualava bem a uma capela. E quando para lá foi, lá encontrou um homem velho sentado sobre uma poltrona, e tinha à mão esquerda, estando longe, uma madeira, que estava podre e cheia de vermes, tão doente que mal podia manter-se reta. E do lado direito tinha duas flores de lis; uma flor se fazia próxima da outra e queria tomar-lhe sua branquidão. E o bom homem as separou, tal que uma não movesse a outra. E não ficou muito tempo que de cada uma saíssem flores, trazendo à vez muitos frutos.

Pois que isto aconteceu, o bom homem falou para Bohort: "Bohort, não seria um tolo aquele que deixasse essas flores perecerem e viesse em auxílio da madeira podre, para que não caísse por terra?" "Senhor," falou ele, "seguramente sim, quando me parece que a madeira para nada é útil. E essas flores são muito mais belas do que eu considerava". "Então te protege, é que vês a aventura vir, que não deixes essas flores perecerem e venhas em socorro dessa madeira, quando é que ela significa um fogo grande por demais, elas podem na hora se perder". E ele falou que deveria pensar nisso, se isso lhe sucedesse. Assim lhe vieram à noite os dois sonhos à frente, que lhe fizeram muita maravilha, quando ele não conseguia pensar no que eles poderiam significar. Quando se levanta, então faz uma cruz à frente de sua testa e muito se encomenda a Nosso Senhor. E rezou tanto tempo até que se fez luz e belo dia. Então veio até ele a donzela da casa e o saudou, e ele a pagou e que Deus lhe desse alegria. E depois ela lá o escolta à capela e ele ouve missa e o serviço de Nosso Senhor do dia. E vem um pouco antes das primas horas, então ele saiu da capela para o salão com grande companhia de cavaleiros e escudeiros que a mulher tem, a quem a mulher tinha comunicado para ver a luta. E quando ele veio ao palácio, então falou a mulher que ele comesse um pouco, antes que se armasse. E ele falou que não queria comer até que tivesse trazido a luta ao fim. "Assim não é senão para vos trazer vossas armas e vos preparar, quando consideramos que Priaden esteja agora armado na luta". Então ele se preparou, assim que não lhe faltasse. Então se sentou sobre seu cavalo e falou para a mulher que ela e sua companhia o escoltassem ao campo, onde a luta deveria ser. E ela e sua companhia sentaram-se de pronto e seguiram de lá e o escoltaram a um gramado, que ficava em um fundo. E eles viram no vale muitas pessoas, que lá esperavam Bohort e a mulher, pela vontade de que ele deveria lutar. Então cavalgaram descendo a montanha. E quando vieram ao plano e as duas mulheres se viram, então veio uma contra a outra. Então falou a mulher, por cuja causa Bohort deve lutar: "Senhora, eu me queixo a vós com direito, quando o rei Amans me deu sua terra, que não deveis ter, como aquela que foi deserdada com a boca do rei". "E eu sou aquela que nunca foi deserdada e o quer provar a vosso cavaleiro, se ele ousar abalar o que é meu". E pois que ela viu que não podia de outra forma escapar, então falou para Bohort: "O que vos parece da mulher?" "Parece-me", falou ele, "que ela vos guerreia por injustiça e com falsidade, e falsos são todos aqueles que a ajudam, e ouvi disto muito de vós e de outros, que bem sei que ela não tem direito. E se um cavaleiro quiser falar que ela tem direito, estou pronto que o faça hoje, neste dia, mentiroso". Então saltou Priaden à frente e falou que não premiava sua verdade com nenhum vintém, quando estivesse pronto para que reclamasse a donzela. "E eu estou pronto", falou Bohort, "para que, perante esta donzela, que para cá me conduziu, eu lute contra vós, que ela deve ter esta terra, desde que o rei a ela deu, e a outra donzela a deve deixar com direito". Então se separaram, um aqui, outro lá, os que estavam lá sobre o plano, e os dois cavaleiros cavalgaram um do outro. Depois se deixaram correr um para o outro e se encontraram tão duramente que os escudos fenderam e as coifas quebraram e as lanças se estilhaçaram. Então se empurraram com os peitos tão duramente que caíram por terra sob o pé do cavalo, e levantaram-se rápido o suficiente, como aqueles que lá eram de grande nobreza. E então sacaram a espada e cobriram-se com seus escudos, e um deu ao outro grandes golpes, que lhe doeram, e quebraram os escudos e golpearam em cima e em baixo, e fizeram voar grande pedaço fora da terra e quebraram a coifa sobre os ombros e jorraram muito sangue. E Bohort encontrou muito mais nobreza do que considerava;

quando bem sabe que estava em boa pretensão e verdadeira, era uma coisa que muito o consolava e o fez sofrer que o cavaleiro golpeasse sobre ele. E ele se cobriu e o deixou trabalhar consigo próprio. Pois que lá viu que o cavaleiro vinha em grande poder, então avançou sobre ele como se no dia nunca tivesse golpeado nenhum golpe e lhe deu grande empurrão. Então o trouxe lá em tão curta hora que ele não teve poder de se demover, tantos golpes tinha recebido. Quando Bohort o viu tão cansado, então o golpeou ainda mais, e aquele foi cambaleante para cá e para lá, que despencou por terra. E Bohort o agarra com o pescoço e o puxou para si e lhe trouxe o elmo da cabeça e o golpeou com o cabo na espada sobre a cabeça, que o sangue de lá saltou para fora, e os anéis da coifa lhe foram dentro. E ele falou que o mataria se não se desse por caído na luta, e fez justiça quando quis lhe arrancar o pescoço. E aquele o viu erguer o braço sobre sua cabeça, então teve preocupação de morrer e pediu graça. E falou: "Ah, cavaleiro livre, por Deus apiedai-vos de mim e não me matai, eu vos prometo que nunca quero guerrear contra a donzela tanto tempo quanto eu viva". E Bohort o deixou de pronto. Quando a velha mulher viu que seu campeão estava vencido, então fugiu do plano, como aquela que considerou que estivesse perdida. E Bohort veio de pronto a todos os que lá estavam sobre o plano, que lá tinham terra dela, e falou que os queria expulsar, se não lhe quisessem prestar homenagem. Lá estavam muitos homens que prestaram homenagem à donzela. Aqueles que não o quiserem fazer serão mortos e deserdados; isto aconteceu por causa da nobreza de Bohort, que a senhora voltasse ao domínio. E pois que a paz foi falada, que o inimigo da donzela não se atreveu a erguer sua cabeça, então Bohort seguiu de lá seu caminho e cavalga através da floresta, pensando no que tinha visto em seu sono. Pois que deseja muito vir à cidade, pois gostaria de ouvir o significado disso. À noite Bohort deitou na casa de uma viúva, que muito bem o albergou e estava muito feliz de sua vinda, pois que o confessou. No outro dia, tão logo foi dia, então seguiu de lá e se pôs acima na alta via do ermo. Pois que tinha caminhado até o meio-dia, então lhe aconteceu uma aventura à vez maravilhosa, quando vieram a seu encontro, entre dois caminhos, dois cavaleiros, que lá traziam conduzido seu irmão nu em sua roupa de baixo, sobre um corcel grande e forte, e lhe tinham atado as mãos à frente do peito. E cada qual tinha sua mão repleta de espinhos afiados, com que eles lhe batiam tão duramente que o sangue jorrava mais que em cem pontas das costas abaixo. E ele não falou nunca palavra, como aquele que lá era de grande coração, quando padece tudo o que lhe fazem, justamente como se não sentisse nada.

Nisto que ele queria vir em seu auxílio, então Bohort olhou o outro lado e viu um cavaleiro armado, que lá conduzia uma donzela com violência, e queria conduzi-la ao mais denso da floresta. E ela clamou com voz alta: "Senhora Santa Maria, protege-me!" E quando viu Bohort cavalgar sozinho, então se virou para lá, quando pensou que seria um dos cavaleiros da demanda. E clamou para ele tanto quanto pôde: "Ah, cavaleiro, eu vos reclamo por Aquele por quem és protegido, em cujo serviço te puseste, que me ajudes que eu não seja conduzida pelo caminho pelo cavaleiro que me tem por violência". Quando Bohort entendeu aquela que assim altamente lhe reclamava, então ficou triste que não soube o que ele deveria fazer. Se deixasse seu irmão seguir adiante, aqueles que o levavam talvez o matassem, que ele nunca mais o veria com saúde nem nobreza. "E se não ajudar a donzela, assim sua inocência lhe será tomada, e assim ganha a vergonha por causa disso". Então ergueu seus olhos contra os Céus e falou todo gritando: "Querido e doce Pai Jesus Cristo, o verdadeiro homem de que sou, protege-me o meu irmão de maneira que eles não o matem. E venho por causa da Tua misericórdia em auxílio da donzela, que ela não seja trazida à vergonha, quando me parece que o cavaleiro queira tomar sua inocência." Então se volta para lá aonde o cavaleiro seguia e clamou por ele: "Senhor cavaleiro, deixai seguir a donzela, senão estais morto!" Quando ouviu esta fala, então assentou a donzela, e ele estava armado com todas as armas, sem lança. Então pôs seu escudo à sua frente e sacou sua espada e voltou-se para Bohort. E Bohort o espetou tão duramente, que o espetou através do escudo e da coifa, e aquele desabou por terra. Depois veio Bohort à donzela e falou: "Parece-me que estivestes preocupada por causa do cavaleiro; é do vosso agrado que eu vos faça mais?" "Amigo," falou ela, "desde que me reclamastes e me protegestes minha honra, que não fui envergonhada, então vos peço que me conduzis para lá, onde o cavaleiro me tomou". E ele falou que o faria de bom grado, e então tomou o cavalo do cavaleiro e a montou e a conduziu como ela lhe mostrava. E quando veio um pouco longe, então ela falou: "Senhor cavaleiro, tende grande agradecimento porque me ajudastes; quando se ele tivesse tomado minha inocência, cem homens precisariam ser mortos por causa disso, que então permanecem vivos". E ele pergunta quem seria o cavaleiro. "Seguramente", falou ela, é um parente, e não sei por qual cilada do Inimigo ele estava tão ardente, que me tomou secretamente na casa de meu pai e me conduziu a esta floresta para me tomar minha inocência. E se o tivesse feito, seria morto de pecado e vergonha do meu corpo e eu enganaria toda a minha vida".

Nisto que assim falara, então viram aproximarem-se doze cavaleiros, todos armados, que lá procuravam a donzela no ermo. E quando eles a viram, tiveram tão grande alegria que foi maravilha, quando ela clamou que agradecessem ao cavaleiro e o tomassem com eles, quando estaria enganada, não fossem Deus e seu homem! Então o tomaram pelo arreio e falaram para ele: "Senhor, deveis vir conosco, quando assim deve ser, pois tanto nos servistes, que não conseguiríamos vos agradecer plenamente". "Caros Senhores," falou ele, "eu não venho convosco de maneira alguma, quando tanto tenho a fazer em outro lugar, que não posso permanecer. E não o tomai por mal, sabei que de bom grade seguiria convosco, quando a companhia me é lá tão grande e a perda tão grande e tão impadecível, que ninguém senão Deus sozinho me poderia fazer retornar". Pois que eles ouviram isto, então não queriam mais importuná-lo e o encomendaram a Deus. E a donzela lhe pediu tão bem que ele a viesse ver, tão logo tivesse hora, e mostrou onde poderia encontrá-la. E ele falou que o queria fazer, se a aventura lá o trouxesse. Então se separou deles, e os cavaleiros conduziram a donzela com eles. E Bohort segue para onde tinha visto Leonel, seu irmão, e olhou tão longe quanto podia ver e cobiçou se conseguia escutar. E pois que não ouviu coisa nenhuma, de que pudesse ter esperança de seu irmão, então se pôs em seu caminho, onde o tinha visto para cá ser conduzido. E quando tinha cavalgado um bom tempo, então seguiu um homem, vestido com roupas de uma pessoa comum, e cavalga um cavalo, mais preto que um mouro.

 Quando escutou que Bohort seguia de todo atrás dele, então clamou por ele e falou: "Senhor cavaleiro, o que procurais?" "Senhor," falou ele, "eu procuro eu irmão, que agora vi que dois cavaleiros lhe batiam". Então falou o homem: "Para que não vos porteis erradamente e para que não caiais em dúvida, quero vos dizer o que sei sobre isso". Pois que Bohort entendeu esta fala, então pensou, todo de pronto, que os dois cavaleiros o tivessem matado. Então começou a colocar grande lamento, e quando conseguiu falar, então falou: "Ah, Senhor, ele está morto, então me mostrai o corpo, assim o faço sepultar e lhe faço tal honra, como se costuma fazer ao filho de um rei. Quando seguramente ele era filho de um homem nobre e de uma mulher nobre". "Então olha ao teu[3] redor e vê-o." Então viu jazer sobre a terra um corpo, que parecia estar recentemente morto. Ele o contemplou e o confessou, como lhe pareceu que seria seu irmão. Então teve tão grande remorso que não conseguiu ficar em pé, quando caiu por terra e veio de dentro de si mesmo e jazeu lá desmaiado por longo tempo. E quando se levantou, então falou: "Ah, amado irmão, quem vos fez isto? Seguramente, nunca ficarei contente, se Aquele que vem em socorro do pecador não me consolar nesta tristeza. E porque assim é, amado irmão, que a sociedade entre nós dois está separada, Aquele que tomei por companheiro deve ser meu guia e meu protetor em todas as minhas necessidades, quando doravante não tenho mais no que pensar senão no valor de minha alma, porque estais separado da vida". Pois que o tinha falado, então tomou o corpo e o ergueu à sela justamente como não precisasse se fatigar, como lhe pareceu. Depois falou para aquele que estava junto dele: "Senhor, por Deus, dizei-me, há em qualquer lugar por aqui uma capela, onde eu possa sepultar este cavaleiro?" "Sim," falou ele, "aqui há uma capela à frente de uma torre, onde ele pode ser sepultado". "Senhor, por Deus," falou Bohort, "guiai-me lá!" "Eu muito vos peço," falou o bom homem, "vinde atrás de mim". E Bohort montou seu corcel e seguiu à sua frente, como lhe pareceu, o cadáver de seu irmão. Então não seguiram longe, que viram à sua frente uma torre alta e robusta, à frente estava uma velha

---

3. Novamente a contumaz alteração pronominal.

casa em igualdade a uma capela. Então se distanciaram da porta por onde se entrava. Então foram até ela e colocaram o cadáver sobre uma padiola, que lá estava no meio da casa. Então olhou para cima e para baixo, quando não viu nem vinho, nem água, nem cruz nem nenhum sinal verdadeiro de Nosso Senhor Jesus Cristo. "Então o deixai estar bem aqui e deixai-nos ir à torre até amanhã, que eu volto para cá para fazer o serviço de Nosso Senhor ao vosso irmão." "Como é, pois?", falou Bohort, "Sois padre?" Então ele falou: "Sim". "Então vos peço", falou Bohort, "que me digais a verdade de meu sonho e de outras coisas que eu duvido". "Então dizei a mim", falou ele. E lhe contou do pássaro, que ele tinha visto na floresta, e depois lhe diz dos pássaros, que um era branco, o outro preto, e da madeira podre e das flores brancas. "Eu devo dizer-vos uma parte e amanhã a outra parte: o pássaro que lá vos veio da maneira de um pássaro que se igualava a um cisne, significa uma donzela que te[4] deve ter amor e por muito tempo te considerou e deve brevemente vir a ti e deve te pedir que tu queiras ser seu amado e que queiras dormir junto dela. E tu não a queres seguir, isto significa que deves recusá-la, então ela segue seu caminho e morre de remorso, é que isto não se consterna. O pássaro preto significa um grande compadecimento que deves ter para recusá-la, quando por causa do amor que tens por Deus e ainda nem pelo que tens por ti, não a recusaste, quando o fizeste por causa de que se te considera puro e casto, para me-

---

4. Novamente a contumaz alteração pronominal.

recer o elogio e a nobre alegria do mundo. E desta castidade te vem ainda tão grande mal, que Lancelot, teu sobrinho, deve morrer por causa disto. Quando o amigo da donzela o deve matar, e eles morrem de remorso, que lhe recusaste o teu amor. E por causa disto se pode bem te dizer que tu sejas um assassino de uma destas duas coisas, assim que foste do teu irmão, a quem bem poderias vir em auxílio, que ele permanecesse junto à vida, se tivesses querido, que o deixaste seguir caminho, e seguiste o caminho para ajudar a donzela, que não te dizia respeito. Então contempla qual seria a maior pena, se ela tivesse perdido sua inocência ou que teu irmão foi assassinado, que lá era um dos melhores cavaleiros do mundo. Seguramente, para mim seria preferível que todas as donzelas no mundo perdessem sua inocência a que ele fosse assassinado".

Quando Bohort ouviu que aquele junto a quem ele considerava encontrar grande, bom conselho, o culpava por causa de que ele tinha ajudado a donzela, não soube responder. E ele lhe pergunta: "Ouviste o significado do teu sonho?" "Sim, senhor", falou ele. "Bohort, fique junto a ti de Lancelot, teu sobrinho; quando quiseres, então podes bem redimilo da morte, e se quiseres, podes matá-lo. Então está contigo, qual deles tu queres que aconteça". "Em verdade", falou Bohort, "não sei nenhuma coisa que fizesse mais logo, antes que matasse meu senhor Lancelot". "Isto bem se deve ver de pronto", falou o outro, e depois o acompanha à torre. E quando lá entrou, então encontrou cavaleiros e mulheres e donzelas, que lhe falaram todos: "Bohort, sede bem-vindo". E o conduziram ao salão e o desarmaram. E quando estava de corpo desnudo, então lhe trouxeram um rico manto, forrado com arminho, e o lançaram para ele e o assentaram sobre uma bela cama e o consolaram todos bastante, e começaram a fazer-lhe alegria, tanto que o fizeram em parte esquecer seu remorso. No que o consolavam e lhe faziam alegria, assim veio cá uma donzela, tão bela e maravilhosa, que parecia ter consigo toda a beleza do mundo, e tinha também as mais belas roupas do mundo. "Senhor," falou um cavaleiro, "toda aqui está a donzela a quem pertencemos, a mais bela e rica do mundo, que sempre vos considerou, e vos esperou por longo tempo e nunca mais quis ter outro amado senão vós". E pois que entendeu esta coisa, então ficou todo temeroso. E quando a viu vir, então a saudou, e ela o saudou de volta, e sentaram-se um ao lado do outro e abriram de muitas coisas e tanto que ela lhe pediu que quisesse ser seu amado, quando ela o amava sobre todos os homens do reino da terra. E se ele quisesse lhe dar seu amor, então assim ela quereria fazê-lo mais rico que nenhum outro em sua linhagem. Quando Bohort ouviu esta coisa, então ficou muito triste como aquele que não quer perder de maneira nenhuma sua pureza, e ele não sabia o que deveria responder. E ela falou: "O que é contigo, Bohort, não queres fazer?" "Senhora," falou ele, "não há nenhum homem tão rico no mundo, por causa de quem eu o fizesse, e não se me deve cansar na medida em que agora estou; quando meu irmão ali dentro jaz morto, que hoje foi assassinado, e não sei como". "Ah, Bohort, não pensai[5] sobre isto, precisais fazer tudo aquilo que eu vos peço. E sabei, não te tivesse eu amor mais que nenhuma outra mulher ganhou nenhum homem, eu não os peço, quando não é costumeiro que as mulheres peçam os homens em primeiro, por mais que lhe tenham amor. Quando minha grande esperança, que por toda a via tive por vós, trouxe-me para cá o coração, que eu preciso dizer o que por longo tempo ocultei. Por causa disto eu vos peço, caro amigo amigável, que queirais fazer o que vos peço: que esta noite queirais dormir junto a mim." E ele falou que não o faria de nenhuma maneira. E pois que ela viu isto, então a assolou tão grande remorso, como ele considerou, que lhe pareceu que ela chorava e a assolou tão grande lamento; quando tudo o que ela fez não lhe foi útil. E quando viu que não conseguia vencê-lo de nenhum modo, então falou: "Bohort, trouxeste-me aqui, e por causa da recusa morro toda de pronto por vós". Então o tomou com a mão e o conduziu até a porta do palácio e lhe diz: "Ponde-vos aqui e vede como morro!" "Em verdade", falou ele, "eu o vejo assim". E ela pediu aos que lá dentro estavam que o mantivessem todo lá. E eles falaram que o fariam, e de pronto escalaram as ameias da torre, e conduziu consigo bem duzentas donzelas. E pois que haviam escalado, então falou uma, não a senhora: "Ah Senhor, apiedai-vos de nós todas e fazei pela minha senhora! Seguramente, não lhe façais isto, que nos deixamos todas cair da torre antes que nossa senhora,

---

5. Novamente a contumaz alteração pronominal.

quando sua morte não podemos ver de maneira nenhuma. Quando seguramente, não nos deixais morrer por causa de tal coisa pequena, assim nenhum cavaleiro fez tão grande deslealdade". E ele as contemplou e considerou seguramente que a mulher era uma dama nobre, e isto o apiedou muito à vez. E porém, não estava de outro modo aconselhado, que lhe fosse preferível que todas elas perdessem sua alma que ele, a dele. E ele falou que não terminaria isto, nem por causa de sua morte, nem por causa de sua vida. E então elas se deixaram cair da torre sobre a terra. E quando ele viu isto, ficou aterrado. Então ergueu sua mão e persignou-se. Então ele ouviu de pronto ao redor de si um grande estampido e gritaria que lhe pareceu que todos os inimigos do inferno estariam ao seu redor. Sem dúvida, estavam alguns bem ao seu redor. Então olhou à volta de si e não viu nem torre nem a mulher que lhe pediu pelo amor, nem nenhuma coisa que antes tinha visto, senão sua arma sozinha, que tinha para lá trazido. E pois que não viu a casa, então considerou ter deixado seu irmão morto.

 Pois que viu, então pensou que era obra do demônio, que lhe tinha feito o engodo, que o queria conduzir à perdição do corpo para perder a alma, quando pela graça de Nosso Senhor, assim lhe tinha fugido. Então ergueu suas mãos ao céu e falou: "Amado Pai Jesus Cristo, bendito sois que me destes força e poder para lutar contra Teu Inimigo e me deixaste vencer a Tua batalha". Então foi para lá onde considerava encontrar seu irmão morto. Então não o encontrou, então ficou muito mais feliz que antes, quando então ele pensou bem que não estaria morto e que seria um engodo o que ele tinha visto. Então veio às suas armas e armou-se e separou-se do plano, quando pensou que seria uma morada do Inimigo. E quando tinha cavalgado um longo tempo, então ouviu soar um sino à mão esquerda. Então ficou muito feliz desta aventura e seguiu caminho. E não esperou muito tempo, que encontrou um convento trancado com bons muros, e era de monges, que eram brancos. E ele veio à porta e bateu muito tempo à porta: deixou-se-o entrar. E quando o viram armado, então bem pensaram que seria um companheiro da Távola Redonda. Então o desarmaram de pronto e o guiaram a uma câmara e lhe fizeram tudo o que podiam para bem. E ele falou para um bom homem, que ele bem pensou que seria um padre: "Senhor, por Deus, conduzi-me a um irmão aqui dentro, que lá é homem de Deus e o mais santo. Quando hoje me veio à frente uma maravilhosa aventura, da qual eu quero de bom grado tomar conselho dele e de Deus". "Senhor cavaleiro," falou ele, "deveis ir, conforme nosso conselho, para o abade, quando ele é o mais nobre homem do mundo". "Senhor, por Deus, conduzi-me lá!" E ele falou que o faria de bom grado.

Então o guiou o irmão a uma capela, onde o abade estava dentro; pois que lhe tinha mostrado, então se voltou. E Bohort seguiu em frente e o saudou, e tende para ele e lhe pergunta de onde ele seria. E Bohort respondeu que fosse um cavaleiro de aventura. Depois lhe conta o que lhe sucedeu no dia. E quando lhe tinha contado tudo, então o bom homem lhe diz: "Senhor cavaleiro, não sei quem sois, quando deveis saber que não considerava que nenhum cavaleiro de vosso ser fosse tão forte em graça de Nosso Senhor como sois. Não dissestes de vossas coisas, de que esta noite não consegui vos informar, quando é por demais tarde, quando assim deveis ir repousar, quando estais cansado; e amanhã de manhã, então devo vos aconselhar o melhor que eu consigo". Então se separou dele e encomendou o abade a Deus; e ele permanece e pensou bem naquilo que ele lhe tinha dito. E ele encomendou aos irmãos que lhe fizessem bem, quando fosse um nobre, mais do que se considerava. À noite Bohort foi servido muito mais ricamente do que lhe era agradável. Preparou-se-lhe carne e peixe, e deles nunca morde. Quando ele tomou pão e água e comeu tanto quanto lhe era necessário e não comeu mais nada, como aquele que lá de maneira nenhuma queria ter quebrado sua penitência. Pela manhã, tão logo ouviu primas e missa, o abade, que não o tinha esquecido, veio a ele e falou que Deus lhe desse boa manhã. E Bohort lhe diz assim de volta. Depois o conduz para um fim distante dos outros, à frente de um altar e falou que lhe contaria o que lhe tinha vindo à frente na demanda do Santo Graal. Então lhe conta palavra por palavra o que veio à frente dele em seu sono e também desperto e lhe pediu que ele lhe dissesse este significado daquilo. E então pensou um pouco e falou que queria de bom grado dizer-lhe.

"Bohort, pois que recebestes o Alto Mestre, é para entender: pois que tomastes o corpo de Nosso Senhor, então lhe disse Ele no caminho para saberes que deveríeis encontrar o grande achado, que é uma aventura dos verdadeiros cavaleiros de Jesus Cristo, que lá estão na demanda. Então não tínheis cavalgado muito, que Ele vos veio à frente à maneira de um pássaro e vos provou o martírio e o tormento que ele segue por vossa causa, e quer vos dizer como o vedes. Quando o pássaro veio sobre a árvore sem folhas e sem frutos, então Ele começou a ver seus pássaros e viu que nenhum estava vivo. Então se colocou junto deles e começou a golpear-se no meio de seu peito com seu bico tanto tempo que o sangue fluiu de lá, e ele morreu bem lá. E do sangue viveram todos os jovens, que vistes. Então quero vos dizer o significado: o pássaro significa nosso criador, que à Sua igualdade faz o homem. E pois que ele foi empurrado para fora do Paraíso por causa de seu pecado, então veio ao reino da terra, onde encontrou a morte, quando lá não estava a vida. A árvore sem folhas e sem frutos significa claramente o mundo, no qual, a este tempo, nada havia senão pecado e miséria e sofrimento. Os jovens significam o nascimento humano, que lá estava tão perdido que todos seguiram para o inferno, os bons tão bem quanto os maus, e estavam à toda vez em amargor. Quando o Filho de Deus viu isto, então se tornou homem e subiu à árvore, que era à Sua cruz. Então foi golpeado com o bico, foi que lá ficou espetado com a ponta da lança do lado direito tanto que o sangue se precipitou para fora. E do sangue foram vivificados Seus jovens, que fizeram a Sua vontade, quando os resgatou do inferno, que todos estavam lá dentro, onde ainda nenhuma vida há.

Esta bondade, que Deus fez ao mundo, também Ele provou a outros pecadores. A vós ele veio prová-lo à maneira de um pássaro, por causa de que não mais temais morrer por Ele do que Ele fez por vós. Depois vos guiou para a mulher, a quem o rei Amans deu sua terra para conservar. Pelo rei Amans deves[6] entender Nosso Senhor Jesus Cristo, que lá é mais amado, e mais se pode encontrar junto a Ele doçura e misericórdia do que se poderia em qualquer homem terreno. Então os outros a guerrearam tanto que foi empurrada de junto da terra; então Ele faz uma luta e os vence. Então devo vos[7] dizer o que o significado de Nosso Senhor demonstrou, que Ele perturbou Seu sangue por vossa causa. E vós de pronto também assumistes uma luta. Por Sua vontade foi que o fizestes à donzela. Quando por ela devemos entender a Santa Igreja, que lá conserva a Santa Cristandade em suas retas verdades, que lá é o reino da terra e o doce abrigo de Nosso Senhor Jesus Cristo. Por causa da outra mulher, que lá foi deserdada, e a guerreava com outros, esta é a Antiga Aliança, o inimigo, que lá por todos os caminhos guerreia contra a Santa Igreja e contra a Santa Fé.

Pois que a donzela vos tinha contado o direito pelo qual a velha mulher a guerreava, então também assumistes a

---

6. Novamente a contumaz alteração pronominal.
7. O texto retorna ao emprego do pronome formal.

luta, assim como devíeis. Quando fostes um cavaleiro de Jesus Cristo, por causa disto viestes ao justo, para defender a Santa Igreja, vista à maneira de uma mulher entristecida, e desaconselhada e irada por causa de se a ter deserdado por injustiça. Ela não veio a vós vista com roupas alegres, senão vos veio vista em roupas iradas, que era em roupas pretas. Ela vos apareceu triste e negra por causa da ira que seus filhos lhe fizeram, que são cavaleiros pecadores que devem ser os filhos, e são seus filhos adotivos; e devem protegê-la como sua mãe; mas eles não o fizeram, quando a entristeceram dia e noite. E por causa disto ela vos veio vista em igualdade a uma mulher irada, que muito te[8] apiedaste. Pelo pássaro negro deves entender Jesus Cristo, que então falou: 'Eu sou negro, quando sou belo, e sabe que muito mais bela é minha negritude que outro branco'. Junto ao pássaro branco, que lá estava como um cisne, deves entender o Inimigo, e eu devo vos dizer junto dele: o cisne é branco por fora e preto por dentro, que se iguala ao hipócrita, que lá é belo por fora e branco, e pensado pelas pessoas que seja servo de Nosso Senhor, e é por dentro tão odiável e tão impuro de impureza e de pecados que engana perversamente o mundo. O pássaro te veio à frente em teu sono, assim te fez também desperto. Sabes onde que o Inimigo veio a ti à maneira de um homem espiritual, que te disse que assassinaste teu irmão? Então te mentiu, quando teu irmão não está morto, quando ele vive! E ele te diz isso por causa de que te traia e te conduzia mal

---

8. Novamente a contumaz alteração pronominal.

para a desesperança e para a falta de castidade, e assim teria te trazido a pecado mortal, por causa do qual terias falhado na aventura do Santo Graal.

Então te contei o que o pássaro branco e o pássaro preto e quem a mulher eram, por causa de quem lutaste e contra quem era. Então preciso te dizer o que seria a madeira podre e as flores. A madeira podre sem força significa o teu irmão Leonel, que lá não tem em si nenhum bem para Nosso Senhor, que o queria manter reto. A podridão significa os grande pecados, que ele tem em si; por causa disso se deve chamá-lo uma madeira podre e devorada por vermes. E as duas flores, que lá estavam à mão direita, significam duas donzelas; é o cavaleiro uma que lhe fez ferida, e a outra, à qual viestes[9] em auxílio. Uma flor se faz próxima junto à outra, que era o cavaleiro que queria ter com violência e queria tomar-lhe a inocência, e vós a reclamastes. É falado que Nosso Senhor não queria que ela perdesse sua castidade, quando Ele vos guiou para lá, que vós as separásseis uma da outra e conservásseis a cada qual sua pureza. E Ele vos disse, Bohort, que ele bem seria um que deixaria essas flores se perderem e viria em socorro dessa madeira podre. Então vos mandou, e o fizestes, de que à vez Ele vos disse grande agradecimento. Quando vistes vosso irmão, que os dois cavaleiros guiavam, e vistes a donzela, que o cavaleiro guiava. Ela vos pediu tão docemente, então fostes enganado por causa da verdade fraterna e oração, e deixastes para trás amor natural por

---

9. Novamente a contumaz alteração pronominal.

causa do amor de Jesus Cristo, e seguiste a ajudar a donzela. E deixastes vosso irmão em inquietação, quando Aquele, em cujo serviço vos colocastes, estava em vosso caminho. E disto então veio um grande sinal por causa do amor, que demonstrastes pelo Rei do Reino dos Céus, que de pronto caíram os cavaleiros mortos. Então ele se soltou e tomou as armas de um e se armou e montou seu cavalo e seguiu à busca dos outros. E desta aventura deveis saber brevemente a verdade.

Então vede que das flores vieram folhas e frutos. Isto significa que do cavaleiro torna-se e vem grande linhagem, de que ainda devem vir pessoas nobres e verdadeiros cavaleiros, que se podem ter por frutos. E assim se faz, pois, da donzela. E se tivesse vindo que tivesse perdido em tão horrível pecado sua inocência, assim a ira de Nosso Senhor teria ido sobre ambos, assim que estariam danados com morte súbita. E assim estariam perdidos com corpo e com alma. E isto vós conservastes; e por causa disto se deve ter-vos por um servo de Deus, leal e bom. E, assim Deus me ajude, não seria vosso serviço tão alta aventura, nunca vos sucederia que resgatásseis das pessoas de Nosso Senhor, o corpo do sofrimento terreno e a alma do padecimento.

Então vos contei o significado das aventuras, que vos vieram à frente nesta demanda do Santo Graal". "Senhor," falou Bohort, "dizeis verdade, bem me significastes, e melhorarei todos os dias que eu viver". "Então vos peço", falou o bom homem, "que rogueis por mim, quando, assim Deus me ajude, eu penso que Ele vos ouve mais breve que a mim". E

Bohort então se cala e se envergonhou por causa de o abade o ter por um bom homem. Pois que tinham conversado por um longo tempo um com o outro, então Bohort se apartou de lá, e encomendou o abade a Deus. E quando estava armado, pôs-se em seu caminho e cavalga até que veio a um castelo, que se chamava Thunburg, que lá estava em um descampado. Pois que veio ter ao castelo, um servo o encontra, que logo foi ter à floresta, e veio perante ele e lhe perguntou se sabia de notícia nova. "Sim," disse ele, "amanhã deve, bem lá do castelo, ser um torneio maravilhoso". "De que pessoas?", falou Bohort. "Dos condes da terra e da senhora do castelo", falou ele. Quando Bohort ouviu esta notícia, então pensou que queria permanecer, quando não poderia ser que encontrasse alguns companheiros da demanda. Quando poderia ver algum que lhe dissesse novas de seu irmão, ou seu irmão simplesmente estivesse lá ou em algum lugar próximo, e ele soubesse notícias dele, se estava com saúde. Então se voltou para a clausura, que viu estar em um dos fins do arbusto. Quando lá veio, então encontrou Leonel, seu irmão, que lá se sentava desarmado na entrada da capela e lá estava albergado, por causa de que queria estar no torneio no outro dia, que lá deveria ser golpeado no gramado. E pois que viu seu irmão, teve tão grande alegria que ninguém a conseguia contar. Então pulou de seu cavalo e falou: "Amado irmão, de onde vindes?"

Quando Leonel ouviu esta fala, então o reconheceu e não se calou e falou: "Bohort, não se vos trouxe que eu depois de pouco não fui assassinado, quando os dois cavaleiros me conduziam para golpear, e deixastes-me conduzir, que nunca me ajudastes. Quando seguistes a ajudar a donzela, que o cavaleiro conduzia, e deixastes-me em necessidade de morte, que nunca um cavaleiro fez a seu irmão tão grande deslealdade. E por causa da falta, assim não vos asseguro nada além da morte, quando bem a merecestes. Então vos protegei de mim, pois não deveis esperar outra coisa senão a morte, em qual sítio eu venha, tão logo esteja armado".

Pois que Bohort ouviu esta fala, então ficou muito abalado que seu irmão estivesse irado com ele. Então caiu sobre seus joelhos perante ele e lhe pediu por graça, com as mãos dirigidas, e lhe pediu que o quisesse perdoar. E ele falou que não podia ser, quando o queria matar, Deus o ajudasse que o vencesse. E por causa de que não mais queria ouvi-lo, então foi à casa do eremita aonde tinha conduzido suas armas, e as tomou e armou-se logo. E quando estava armado, então veio ao seu cavalo e o montou e falou para Bohort: "Protegei-vos de mim! Assim Deus me ajude, eu o derroto, não vos faço outra coisa senão o que se deve fazer a um cavaleiro desleal. Quando seguramente sois o cavaleiro mais desleal que procedeu de homens tão nobres como era o rei Bohort, que ganhou a mim e a vós. Então montai vosso cavalo, então estais bem mais seguro. Se não o fazes, eu o mato assim a pé como estais. Assim a vergonha é minha e o dano é vosso; quando a vergonha não me causa dano, quando prefiro muito ser admoestado que não vos envergonhar, como simplesmente deveis ser. E vós o merecestes!"

Pois que Bohort viu que precisava lutar contra seu irmão, então não soube o que deveria fazer, quando não estava aconselhado de nenhuma maneira que devesse lutar. E porém, por causa de que estivesse seguro, então montou seu cavalo, então ainda queria tentar para que conseguisse encontrar graça. Então caiu sobre seus joelhos, sobre a terra, à frente dos pés do cavalo de seu irmão e grita de todo o coração e fala: "Amado irmão, apiedai-vos de mim e perdoai-me esta falta, e não me mateis, e lembrai-vos do grande amor que deve ser entre mim e vós". Isto tudo não ajudou ao que Bohort podia dizer, então Leonel não se deteve, quando o diabo o tinha inflamado tanto que queria assassinar seu irmão. E Bohort estava todo sobre seus joelhos e lhe pediu por graça com as mãos erguidas. Pois que Leonel viu que ele não fazia outra coisa e que ele não se levantava, então seguiu à frente e o encontrou tão duramente com o peito de seu cavalo, que o empurrou atrás de si sobre a terra. E com a queda que ele fez, então ficou muito ferido, e seguiu por cima de seu corpo com o cavalo tanto que ele o prensou. E Bohort desmaiou da dor que recebeu. E pois que Leonel o trouxe a que ele não se conseguisse ajudar, então desmontou seu cavalo e queria cortar-lhe a cabeça fora. Pois que ele estava distante a desaninhar-lhe o elmo da cabeça, então veio cavalgando o bom homem, que lá era muito velho e bem tinha ouvido as falas que lá tinham acontecido. E pois que viu que Leonel queria cortar a Bohort sua cabeça, então se deixou cair sobre ele e falou: "Ah, nobre cavaleiro, tem de ti mesmo graça e de teu irmão, quando se o matasses, então morrerias de pecado, e seria uma grande vergonha dele fora de medida, quando é o mais nobre cavaleiro do mundo". "Assim Deus me ajude", falou Leonel, "se não fugirdes dele, eu vos mato e por causa disto de nada adianta a ele". "Em verdade," falou o bom homem, "é-me preferível que me mates, quando não seria tão grande vergonha de minha morte como da dele, e por causa disto prefiro morrer a ele". E colocou-se por cima dele, tanto tempo quanto era, e o enlaçou pelos ombros. E quando Leonel o viu, então sacou sua espada e golpeou o bom homem tão duramente que lhe cortou para trás o pescoço, e ele se esticou, quando o tormento da morte o obrigou. Pois que o tinha feito, então ainda não tinha esquecido sua vontade perversa, quando tomou seu irmão pelo elmo e o desaninhou, para cortar-lhe fora sua cabeça, e o teria matado em curta hora. Então veio da graça de Deus que lá veio Galogrevant, um cavaleiro da corte do rei Arthur e era também companheiro da Távola Redonda. Quando viu o bom homem morto, isto o maravilhou muito, o que era. Depois olhou à sua frente e viu que Leonel queria matar seu irmão e agora tinha soltado o elmo. E ele reconheceu Bohorten,[10] a quem tinha tanto amor. Então saltou sobre a terra e agarrou Leonel com os ombros e o jogou para a terra e falou para ele: "O que é isto, quereis

---

10. Nesta passagem, o nome do cavaleiro é grafado como Bohorten, mesmo que não se trate de uma flexão do acusativo.

assassinar vosso irmão? Estais sem juízo? Ele é, porém, o melhor cavaleiro que se pode encontrar. Assim me ajude Deus, nenhum homem que é nobre permite isso". "Como é pois," falou Leonel, "quereis ajudá-lo? Seguramente, tomai-vos sua defesa, e o deixo ficar e agarro-me convosco". E ele o contemplou e afastou-se todo dele. "O que dizeis, Leonel, é sério que quereis matá-lo?" "Matá-lo eu quero", falou ele, "quando por causa de vossa vontade nem de nenhum outro, fica isto sem se cumprir, eu o mato, quando fez tantas faltas a mim que bem se culpou para a morte". Então foi por cima dele e cortou-lhe sua cabeça. Então se pôs Galogravant[11] entre os dois e falou que, se fosse tão mais ousado que lhe pusesse a mão, ele se poria solidamente entre os dois.

Pois que Leonel ouviu isto, então lhe perguntou quem ele seria. E ele se tomou. E quando o reconheceu, então tomou seu escudo e o contradisse e seguiu por cima dele e deu-lhe um golpe tão duro quanto jamais pôde. E pois que o viu vir com o golpe, então correu ao seu escudo e à sua espada, e ele era um cavaleiro forte e de grande poder e defendeu-se, à vez, nobremente. E o golpe durou tanto que Bohort estava levantado tão doente que não considerou que, em um mês, não conseguiria ganhar qualquer poder, que Deus o ajudasse, pois. Quando viu que Galogravant lutava com seu irmão, então não soube o que deveria fazer, quando se Galogravant matasse seu irmão à sua frente, nunca ficaria feliz. E se seu irmão matasse Galogravant, então a vergonha seria sua,

---

11. Nesta passagem, o nome é grafado desta forma.

quando bem sabia que ele nunca teria começado a lutar senão por sua causa. E à volta estava por demais insatisfeito e se teria de bom grado apartado, se tivesse podido; quando tanto lhe doía que ele mesmo não pudesse se defender, nem ajudar ao outro. E quando tinha por longo tempo assistido, então viu que Galogravant caiu na luta, quando Leonel era de maior cavalaria e muito viril e lhe teria quebrado seu escudo e seu elmo e o teria ali trazido, que não estivesse mais seguro que da morte. Quando tinha perdido tanto de seu sangue, que era maravilha que pudesse ficar de pé. E quando assim cair, então temeu morrer, então olhou ao redor de si e viu que Bohort se tinha alinhado. Então falou para Bohort: "Ah, Bohort, por que causa não vindes em meu socorro e me lançais fora da necessidade da morte, para onde vim por causa de vos ajudar? Quando estáveis muito mais próximo da morte. E então vedes seguramente que eu morro, todo o mundo devia ralhar convosco". "Seguramente, não sois de nenhum uso, nem ninguém pode vos ajudar, e vos mato aos dois com esta espada." Quando Bohort ouviu isso, então não estava seguro, e teve à vez grande tristeza e pediu a Nosso Senhor que Se apiedasse da alma; quando por causa de coisa tão pequena, nunca morreu nenhum nobre homem. E Galogrevant o chamou: "Ah, Bohort, deixais-me morrer assim? É de vosso agrado que eu morra, então a morte é-me do agrado, quando não se pode morrer por homem mais nobre". Então Leonel o golpeou com a espada, que lhe fez saltar o elmo da cabeça. Pois que achou sua cabeça nua e descoberta e viu que ele não queria vir de lá, então falou: "Amado Pai Jesus Cristo, se impuseres que eu me coloque em teu serviço não tão dignamente como devo, apieda-te de minha alma de maneira que esta dor, que meu corpo padece por causa do bem e da esmola que eu quis fazer, deve ser a minha penitência e conservação da minha alma".

Nisto que falou esta fala, então Leonel o golpeou tão duramente que o matou, e ele caiu sobre a terra, e o corpo esticou-se da dor que ele padecia. Pois que Leonel o matou, então não se deixou satisfazer, quando correu para seu irmão e lhe deu um tão grande golpe, que ele se abalou. E porque a humildade nele estava tão naturalmente arraigada, pediu-lhe por Deus que o perdoasse, "quando viesse, amado irmão, que eu vos matasse ou vós a mim, deveríamos morrer de pecado". "Jamais Deus me ajuda", falou Leonel, "se eu vos perdoar, eu vos mato, é que vos derroto; quando não vos adianta que eu não fui morto". Então Bohort sacou sua espada e falou gritando: "Amado Pai Jesus Cristo, isto não me deve ser observado por pecado, é que protejo meu corpo contra meu irmão". Então alçou sua espada contra a montanha e nisto que quis matar, então ouviu uma voz que lá falou: "Bohort, foge, não o golpeia, senão o matas!" Então desceu no meio deles um brilho de fogo em igualdade a um relâmpago, que lá vinha do céu, e dele saiu uma chama tão maravilhosa e tão brilhante, que ambos seus escudos foram chamuscados, e eles estavam tão assustados que ambos caíram por terra e jazeram longo tempo desmaiados. Então se contemplaram assim duramente e viram que a terra entre ambos estava bem vermelha do fogo que lá esteve. Quando, então, Bohort viu isso e que seu irmão não tinha nenhuma dor, então alçou suas mãos contra o céu e louvou a Deus com bom coração.

Então ouviu uma voz que falou: "Levanta, Bohort, e vai daí e não mantém mais companhia a teu irmão, quando deves cavalgar na direção do mar, e não permanecer em nenhum sítio antes que lá venhas, quando Parsifal te aguarda bem lá". Pois que Bohort ouviu esta fala, então caiu sobre seus joelhos e colocou suas mãos juntas contra o céu e falou: "Bendito sois Tu, que me chamais para Teu serviço". Então veio para Leonel, que ainda lá jazia tanto tempo quanto era, e falou para ele: "Amado irmão, aqui fizestes mal do cavaleiro vosso companheiro que matastes e deste eremita. Por Deus, não segui daqui antes de os corpos estarem sepultados, e seja-lhes feita tão grande honra como se deve simplesmente lhes fazer". E Leonel falou: "O que quereis fazer, não quereis ficar tanto tempo até que sejam sepultados?" "Não," falou Bohort, "eu quero seguir para o mar onde Parsifal me espera, como me deixou entender a voz celestial". Pois que tinha falado esta fala, então saltou acima e fez uma cruz em sua testa e pediu a Nosso Senhor que o quisesse conduzir. Então foi ao seu cavalo e colocou a sela e o arreou. E pois que estava pronto, então montou e seguiu de lá e veio à noite a um convento, onde ficou albergado. E quando estava adormecido, então ouviu uma voz que lhe dizia: "Levanta, Bohort, e prepara-te", e ele se preparou, por causa de que não se ficasse alerta de que ele queria cavalgar àquela hora. E então foi olhar todo ao redor se poderia sair, tanto tempo até que encontrou atrás do muro um pedaço quebrado onde ele tinha bom caminho. Então veio ao seu cavalo e montou e cavalgou para o buraco e seguiu através dele. Assim se apartou de lá, que ninguém de apercebesse dele, e cavalgou tanto até que veio ao mar, e lá encontrou à margem um navio, coberto com samítico branco. Então se afastou e encomendou-se a Nosso Senhor Jesus Cristo. E tão logo lá tinha entrado, então viu que o navio seguia da margem, e o vento batia na vela, que estava no navio, que lhe pareceu que voava no ar. Quando viu que lhe tinha sido esquecido colocar lá o seu cavalo, então deixou ser e olhou ao redor no navio, quando não viu senão a noite, e a noite estava escura e sombria, e por causa disto não conseguia ver bem. Então veio a bordo do navio e lá se ajoelhou e pediu a Nosso Senhor que para lá o conduzisse, onde podia conservar sua alma. E pois que fez sua oração, então adormeceu até o dia.

Quando estava desperto, então olhou no navio e viu um cavaleiro, armado com todas as suas armas, sem o elmo, que estava defronte dele. E pois que o tinha visto, então reconheceu que era Parsifal. Todo de pronto ele o agarrou e teve, por sua causa, grande alegria. E Parsifal de todo se afastou dele, que o viu diante de si, quando não soube como tinha vindo ali. Então lhe pergunta quem ele seria. "Como é isto," falou Bohort, "não me conheceis?" "Seguramente eu não", falou Parsifal, "e maravilha-me muito como para cá viestes, pois Deus vos transportou aqui". E Bohort começou a rir desta fala e tirou seu elmo, então ele o contemplou e o reconheceu. Então não seria fácil dizer a alegria que tiveram entre eles. E Bohort começou a contar-lhe como teria vindo ao navio e por causa de qual coisa. E Parsifal contou-lhe de novo as aventuras que se lhe tinham sucedido, no penhasco em que tinha estado, que o diabo lhe tinha vindo à maneira de uma mulher, que o trouxe até o pecado mortal. Assim estavam os dois um com o outro. E então deixa a fala de falar deles e volta para o bom cavaleiro Galaat.

A irmã de Parsifal

ENTÃO NOS DIZ a aventura que, pois que o bom cavaleiro estava separado de Parsifal, pois que o tinha resgatado dos vinte cavaleiros que o tinham capturado, que se pôs na alta via do ermo e seguiu errante por alguns dias, um à sua frente, outro atrás de si, assim como a aventura o conduzia. E encontrou lá no meio algumas aventuras, que trouxe ao fim, que aqui não se conta, quando lá seria muito de se conseguir, que cada um quisesse contar especialmente. Pois que o bom cavaleiro tinha cavalgado por um bom tempo através do reino de Logres em todos os sítios que ouviu chamar que a aventura lá estivesse, então seguiu de lá e cavalgou para o mar. Então veio que ele cavalgou à frente de um castelo, onde havia um maravilhoso torneio. Quando os de dentro tinham, de verdade, feito tanto que fugiram em direção ao castelo, quando os de fora eram muito melhores cavaleiros que os outros.

Quando Galaat viu que os de dentro estavam derrubados, tanto que se os matasse na frente do castelo, então volveu para eles e pensou que queria ajudá-los. Então afundou sua lança e tomou o cavalo com as esporas e picou o primeiro que cavalgou contra ele tão duramente que o fez abalar-se, depois conduziu sua mão à sua espada como aquele que bem conseguia com isto ajudar. E pôs-se lá, onde era de todo denso e começou a abater cavaleiro e corcel, que ninguém o viu que o tomasse por um nobre. E o senhor Gawin, que ali veio para o torneio, e Hector, que ajudaram os de fora. E tão logo viram o escudo branco com a cruz vermelha, então falou um para o outro: "Vede lá o bom cavaleiro, ele seria um portão que perdurasse, quando ninguém pode resistir à sua espada". Nisto que o falaram, então veio Galaat irrompendo contra o senhor Gawin, como para lá o trouxe a aventura. Então o golpeou tão duramente que lhe fendeu o elmo e a viseira. E o senhor Gawin, que lá considerou estar morto do golpe, caiu do cavalo, e Galaat não pôde conter seu golpe e encontrou o corcel e o rompeu através dos ombros, tanto que o matou embaixo do senhor Gawin.

Quando Hector viu que o senhor Gawin estava a pé, então se pôs abaixo dele por causa de que o queria proteger e amar como seu sobrinho. E ele seguiu para cima e para baixo e fez tanto em curta hora que os de dentro ficaram recobrados, os que antes estavam derrubados. E não se deteve de golpear e de espetar, até que os de fora estivessem derrubados com reta força. E eles fugiram para lá, onde julgavam em verdade conservar-se, e ele os caçou por um bom tempo. Pois que viu que nenhum deles queria voltar, então seguiu caminho tão calmamente que lá ninguém conseguiu dizer para onde tinha rumado. Então conduziu de ambos os lados o louvor e o prêmio do torneio. E o senhor Gawin estava tão dolorido do golpe, que ele lhe tinha dado, que nunca pensou em vir de lá vivo. E falou para Hector, que estava à sua frente: "Em minha verdade, tornou-se então verdade a fala que por último me foi dita no dia de Pentecostes do pilar e da espada, à qual eu tinha lançado mão, que eu ainda deveria receber um golpe da espada antes que o ano saísse, que eu não queria ser assim golpeado ao redor de um castelo. Em minha verdade, é a mesma espada com que o cavaleiro me golpeou. Então posso bem falar que a coisa me veio como me foi prometido". "Senhor," falou Hector, "o cavaleiro vos feriu como dizeis?" "Seguramente", falou o senhor Gawin, "sim, ele, assim que não posso vir sem grande preocupação, Deus queira então me ajudar". "E o que fazemos?", falou Hector. "Pois me parece que nossa demanda foi derrubada, pois que estais assim ferido". "Senhor," falou ele, "a vossa não está derrubada nem conduzida como a minha; tanto quanto Deus quiser, sigo-vos de perto".

Nisto que assim falaram, então se reuniram todos lá, os cavaleiros do castelo, e eles reconheceram o senhor Gawin. E quando ficaram alertas de que estava assim ferido, então ficaram muito irados pela maior parte, quando sem dúvida ele era mais amado entre os estranhos que nenhum outro homem seria no mundo. Então o tomaram e o portaram ao castelo e o desarmaram e o colocaram em uma câmara secreta e longe das pessoas. E depois mandaram chamar um médico e o fizeram contemplar suas feridas e lhe perguntaram se o poderia curar. E ele lhes prometeu que queria ajudá-lo e curá-lo em uma lua, de maneira que pudesse cavalgar e conduzir arma. E o senhor Gawin lhe prometeu que conseguiria fazê-lo, ele queria dar-lhe assim tanto que seria rico seu dia de vida. E ele falou que estivesse seguro, quando queria fazê-lo como lhe tinha prometido. E assim permanece o senhor Gawin lá e Hector junto dele, quando não queria afastar-se dele até que estivesse convalescido.

Assim cavalga o bom cavaleiro, pois que vinha do torneio, assim como a aventura o conduzia, que veio à noite bem duas milhas junto de Korbeyn. Então veio que pernoitou à frente de uma clausura, e desmontou e chamou à frente da porta ao enclausurado tanto que o deixou entrar. Quando, pois, ele viu que era um dos cavaleiros aventurosos, então falou o bom homem que ele era bem-vindo. E ele pediu que o abrigasse e o fez desarmar. E quando estava desarmado, então lhe fez dar de comer daquilo que Deus tinha aconselhado, e ele o tomou de bom grado, quando ele durante todo o dia não tinha comido. Pois que tinha comido, então foi dormir sobre uma trouxa de feno que lá estava, muito perfumada.

Quando estavam dormindo, então veio uma donzela, que lá bateu à porta e chamou Galaat. E o nobre foi até a porta o perguntou o que seria então e o que queria lá dentro àquela hora. "Senhor," falou ela, "eu quero falar com o cavaleiro que está aí dentro, quando preciso reunir-me com ele". E o nobre o acordou e falou: "Senhor cavaleiro, uma donzela vos quer ter e falar convosco, quando muito bem ela pode, como me parece". E Galaat levantou-se e veio a ela e lhe perguntou o que ela queria. "Galaat," falou ela, "quero que vos armeis e monteis vosso cavalo e me sigais, e eu vos digo que devo vos mostrar a mais alta aventura que nenhum cavaleiro já viu". Quando Galaat ouviu esta notícia, então foi às suas armas e armou-se. Pois que tinha conduzido a sela sobre seu cavalo, então montou e encomendou o eremita a Deus e falou para a donzela: "Então podeis seguir aonde vos pareça bem, e eu vos sigo, a que sítio fordes". E ela rumou tão logo pôde com seu palafrém, e ele a seguiu de perto; e tinham cavalgado tanto tempo que começou o dia. E pois que o dia estava belo e claro, então vieram a um ermo que lá ia até o mar, e era chamado Celikle. Então cavalgaram a alta via o dia inteiro, em medida que nunca comeram bocado nem beberam.

À noite, depois da hora da ceia, vieram a um castelo, que lá estava em um vale e era muito bem guarnecido com todas as coisas, e estava fechado com águas correntes e com muros altos e fortes e com covas fundas, altas e grandes. E quando os de dentro os viram, então começaram a falar todos: "Sede bem-vinda, Senhora!" E receberam com grande alegria como a que era sua senhora. E falou que eles fizessem alegria ao cavaleiro que com ela tinha vindo, "quando é o mais nobre cavaleiro que já portou arma". E correram para ele e o desarmaram tão logo ele estava desmontado. E ele falou para a donzela: "Senhora, devemos permanecer aqui dentro esta noite?" "Não," falou ela, "tão logo tenhamos comido e dormido um pouco, assim devemos cavalgar". Então foram comer e depois foram dormir. Tão logo tinham dormido o primeiro sono, então ela chamou Galaat: "Senhor, levantai!", falou ela. E ele o fez. E os do castelo trouxeram velas, para que ele se visse armar. E ele montou seu cavalo. E a senhora tomou uma caixa, muito bela e rica, e a colocou à sua frente. E pois que estava montada, então se apartaram do castelo e rumaram tanto até que vieram ao mar. E pois que lá tinham vindo, então acharam o navio onde Bohort e Parsifal estavam dentro e a esperavam no canto do navio. E não se calaram quietos, quando chamaram de longe: "Ah, Galaat, como vos esperamos por tanto tempo! Então vos temos, louvado seja Deus, e vinde cá à frente, quando aqui não há outra coisa além de que queremos rumar para a alta aventura, que Deus nos preparou". E pois que os ouviu, então lhes perguntou quem eles eram, que por tanto tempo o esperaram; então pergunta à donzela se deveria desmontar. "Senhor," falou ela, "sim, e deixai bem aqui vosso cavalo, quando também devo deixar aqui o meu"; então se afastaram. E ele tirou a sela e o arreio de seu cavalo e também do cavalo da donzela. Então ele faz uma cruz à frente de sua testa e encomendou-se a Deus e foi ao navio e a donzela com ele. E os dois companheiros os receberam como com grande alegria como conseguiram. Então o navio começou a rumar muito rápido através do mar, quando o vento soprou bastante a vela. E rumaram tão longe em curta hora, que não viram nenhuma terra nem longe nem perto. E por fim reconheceram-se e choraram os três da alegria que tinham de que se tinham encontrado.

Então Bohort retirou seu elmo e Galaat, o seu, e também sua espada; mas sua coifa não quis tirar. E pois que viu o navio tão deslumbrante na parte de dentro como na parte de fora, então perguntou a seus dois companheiros, de onde viria o navio deslumbrante. E Bohort falou que não sabia. E Parsifal lhes contou que sabia daquilo e disse-lhe[1] como lhe aconteceu no penhasco, e como o bom homem, que lhe parecia ser um padre, tinha-o feito ali entrar. "E disse-me que eu não deveria permanecer muito tempo, que deveria ter-vos em minha companhia; quando desta donzela não me diz nada". "Seguramente, aqui dentro eu nunca teria vindo, não o tivesse feito esta donzela", falou Galaat, "que para cá me dirigiu. Por causa disso bem quero falar que vim mais por causa dela que por minha causa; quando por esta via não vinha nunca mais, e de vós, dois companheiros, e esperava nunca mais ouvir falar em sítio tão estranho como este". E então se calaram todos calmos. E então contaram um ao outro de suas aventuras tanto que Bohort falou para Galaat: "Senhor, seria então meu senhor, senhor Lancelot, aqui vosso pai, assim me parece que não nos aproveita". E Galaat diz: "Não pode ser, pois não é a vontade de Deus".

Nas falas ficaram tanto tempo que eram as nonas horas. Então bem puderam a um bom traço do reino de Logres, quando o navio tinha seguido o dia inteiro e à noite a toda a corrida. E então aterraram entre dois rochedos, em uma ilhota, que era muito selvagem e tão escondida, que era

---

1. Nesta passagem, o pronome no dativo torna-se singular.

maravilha; e sem dúvida, era um braço do mar. E pois que lá tinham aterrado, viram um outro navio sobre uma penha, aonde não conseguiriam vir senão a pé. "Caros Senhores, no navio está a aventura", falou a donzela, "por cuja causa que Nosso Senhor nos trouxe juntos, e lá dentro deveis ir". E eles falaram que o fariam de bom grado. Então saíram do navio e também portaram a donzela para fora. E pois que vieram junto ao navio, então o acharam muito mais rico que aquele de que tinham saído. Quando muito se maravilharam que não viram ninguém dentro. Então foram para mais perto, se viam alguma coisa. E olharam a bordo do navio e viram letras escritas na parte de dentro, que lá falavam à vez uma fala estranha e assustadora a todos que quisessem entrar. E estava falado desta maneira:

"Escuta, homem que quer entrar aqui, sejas quem for, protege-te que sejas completamente verdadeiro, pois eu não sou senão fiel. Por causa disto, assim te protege que sejas por alguma coisa maculado, quando sou puro e completamente fiel, e por causa disto te protege antes que entres, que não sejas maculado. Pois tão logo te lances fora da fé verdadeira, então te lanço para fora de tal maneira que não tenhas de mim nenhum socorro, quando te ordeno com isto, em qual sítio és agarrado em descrença, ainda que sejas pouco agarrado".

Pois que viram as letras e as reconheceram, então um contemplou o outro. Então falou a donzela para Parsifal: "Sabeis quem eu sou?" "Seguramente", falou ele, "não, eu não vos vejo nunca mais do que me parece". "Sabei", falou ela, "que sou vossa irmã e uma filha do rei Pelehen.² E sabeis por que me fiz por vós reconhecer? Por causa de que me façais mais crença do que devo vos dizer. Eu vos digo", falou ela, "em primeiro como uma coisa que mais amo, que não sois totalmente crente em Deus, que no navio não entreis de maneira nenhuma, pois sabei por verdadeiro que de pronto parecereis. Quando o navio é uma coisa tão alta que, quem lá é maculado com coisas más, esse não deve permanecer senão em inquietação". Pois que Parsifal o ouviu, então a contemplou e refletiu tanto que reconheceu que ela era sua irmã. Então ele lhe faz grande alegria e falou: "Pois amada irmã, eu devo lá entrar, e sabeis por quê? Por causa disto: é que sou incrédulo, que pereço como um infiel, e é que sou cheio de verdade e assim como um cavaleiro deve ser, que eu seja então conservado". "Então entrai livremente", falou ela, "que Deus vos deve ser um auxiliador e um protetor!" Nisto que ela assim falou, Galaat, que lá era o mais digno, alçou sua mão e persignou-se e entrou, e pois que estava dentro, então começou a olhar de um fim a outro. E a donzela entrou depois, e faz uma cruz à sua frente. E quando Bohort viu isso, então não se obstou, quando também virou para dentro. E quando bem tinham visto abaixo e acima, então falaram que não consideravam que no mar ou fora do mar houve um navio tão belo, nem tão rico quanto lhes parecia ser. Pois que

---

2. Provável grafia alternativa para o rei Peles, constando do documento original.

tinham procurado por toda a parte, então viram na parte do meio do navio um pano muito rico, espraiado em igualdade a uma cortina, e abaixo uma cama muito deslumbrante e rica com grande maravilha.

Galaat foi ao pano e o ergueu e viu a mais bela cama que já tinha visto. Quando a cama era bela e rica, e estava à cabeceira uma coroa de ouro e, nos pés, jazia uma espada, que era bela e clara, e no meio da cama, afastada bem meio pé da bainha. A espada era feita por tal mão, e o cabo era de uma pedra, que tinha nela todas as cores que se podem encontrar no reino da terra. E ainda tinha outras piedades que eram melhores, quando cada cor tem nela uma virtude. E a aventura nos diz que a pedra era de um rochedo em serpente, que mais duram na Calcedônia que em outras terras, e a serpente é chamada Papalides. O cabo era feito de dois animais, o primeiro animal era o *linckus*. Quando a pessoa que lá tem dele uma costela ou uma perna e a traz junto a ele, não pode se preocupar que ganhe grande calor.

Das naturezas era um lado, e o outro era de uma perna de peixe. Não era grande demais, e está na água que lá se chama Eufrates e em nenhuma mais, e o peixe é chamado *Archenons*. E suas costelas são da natureza assim: se tem alguém um, tanto tempo quanto o tenha tido, não pensa em nenhuma coisa, nem alegrias nem tristezas que teve, senão na coisa por cuja causa ele o tomou. Das virtudes eram as duas coisas que lá estavam no cabo da espada. Estavam cobertas com um pano vermelho, que era muito rico, cheio de letras que lá falavam: "Eu estou maravilhado para ver e para reconhecer, quando nenhum homem conseguiu de envolver, fossem suas mãos de qualquer grandeza, nem nunca o fará, senão apenas um. E ele deve superar com sua obra manual aqueles que antes dele estavam e todos os que devem vir depois dele".

E assim falavam as letras do cabo. E tão logo eles as tinham lido, que lá suficientemente conseguiram a escrita, então um contemplou o outro, e falaram: "Aqui se pode ver maravilha". "Em nome de Deus", falou Parsifal, "eu devo contemplar se poderia envolver a espada". Então lançou sua mão sobre ela, e não conseguiu envolver o cabo. "Em verdade," falou ele, "então bem creio que estas letras dizem verdade". Então Bohort lançou sua mão, e não conseguiu à vez envolver. Pois que viram isso, então falaram para Galaat: "Senhor, tentai também vós nessa espada, quando bem sabemos que deveis executar esta aventura em que nós faltamos". E ele falou que não queria tentar, quando veria suficientemente maior maravilha do que já viu. Depois ele contemplou a lâmina da espada, que lá estava retirada tanto ouvistes e viu letras, que eram vermelhas. Elas falavam: "Nenhum seja tão ousado que me retire da bainha, que deve fazer então mais simplesmente que nenhum outro e muito mais ousadamente. E aquele que me retirar de outro modo, deve bem saber que não pode sair da morte ou de ferimento. E esta coisa foi agora provada muitas vezes". Quando Galaat viu esta coisa, então falou: "Em verdade, quero ter retirado esta espada, e desde que a proibição é tão grande, assim lanço a ela minha mão". Assim falaram também Parsifal e Bohort. "Caros Senhores," falou a donzela, "sabei que o retirar é a todos proibido que não ele, e eu devo vos dizer como veio, não é longo.

É verdade", falou a donzela, "que o navio aterrou no reino de Lûgûße,[3] e ao tempo lá havia grande guerra entre o rei Lambral, que lá era pai do rei que se chamava Mahamen, e o rei Ülant, que lá foi por todos os seus dias pagão. Quando então se tinha tornado cristão, tanto que se o tinha por um dos homens mais nobres que se achavam no mundo. Um dia aconteceu que o rei Lambrans[4] e o rei Ulans[5] vieram juntos ao mar onde o navio tinha rumado para a terra. Então sucedeu que o rei Ulans era vindo para o mais irritado e sua gente lhe foi morta. Então se temeu muito que lá devesse morrer. Então veio ao navio e saltou dentro. E pois que tinha encontrado a espada, então a retirou e saltou fora do navio e encontrou o rei Lambral; era o mais leal homem do mundo e onde[6] Nosso Senhor Deus mais tinha parte. E quando o rei Ulans viu Lambrel[7], então ergueu a espada e o

---

3. Hans-Hugo Steinhoff traduz este nome por *Logres*, porém a prudência de permitir ao leitor uma conclusão própria aconselha a conservá-lo como consta do documento original.
4. Grafia alternativa a *Lambral*, constante do próprio documento original.
5. Grafia alternativa ao nome *Ülant*, também encontrada no texto medieval.
6. O documento medieval apresente o pronome *da*, que significa "onde". Por rigor de tradução, manteve-se o pronome, ao invés da locação pronominal correta no português contemporâneo "em que" ou "no qual".
7. Outra variante para o nome *Ülant*, apresentada no documento medieval.

golpeou em cima, sobre o elmo, tão duramente que o partiu e seu cavalo até por sobre a terra. E tal foi o primeiro golpe da espada, e aconteceu no reino de Logres. Então veio tão grande morte e tão grande perecimento nos dois reinos, que nunca depois a terra conseguiu pagar aos trabalhadores seu trabalho. Quando desde então nunca cresceu na mesma nenhum grão, nem as árvores portaram nenhum fruto, nem nas águas foram encontrados peixes como outrora. E por causa disso se chamou a terra dos dois reinos a Terra Esgotada, por causa de que por causa cruel golpe, estava assim queimada e destruída.[8]

Quando o rei Ulans viu assim muito cortante, pensou que queria voltar a portá-la em sua bainha. E quando ele veio ao navio e entrou e enfiou a espada em sua bainha e tão logo o tinha feito, então caiu à frente da cama e estava morto. Assim foi provado que essa espada, que ninguém retiraria, que não morresse por causa disto ou fosse ferido. Então permaneceu o corpo do mesmo rei à frente dessa cama tanto tempo até que uma donzela o lançou fora. Quando lá nenhum homem foi tão ousado que ousasse lá entrar por causa da proibição que as letras junto ao bordo faziam". "Em minha verdade", falou Galaat, "foi uma bela aventura, e eu bem creio que assim aconteça, e não o duvido, que essa espada seja suficientemente maravilhosa e mais que nenhuma outra". E então caminhou à frente, para que a retirasse. Então falou a donzela: "Deixai estar um breve momento, até

---

8. O texto original já apresenta tal construção frasal pleonástica.

que tenhamos visto esta maravilha". E então começaram a contemplar a bainha, quando não conseguiam saber do que poderia ser feita, que não fosse feita de pele de serpente. E não por causa disto, eles viram que ela era, porém, vermelha como de pétalas de rosas vermelhas, e sobre ela estavam escritas letras, umas de ouro, outras de prata. Quando então adveio que deveriam contemplar a articulação da espada, não havia nenhum deles que não se maravilhasse mais do que antes tinham feito. Quando viram que a articulação não se equiparava a nenhuma igual, quando eram de tão débeis naturezas e de tão horrendas coisas, retamente como se de obra de cânhamo, e eram também tão pretos que lhes pareceu, como parece, que não conseguiam segurar a espada lá junto. E as letras da bainha diziam: "Aquele que deve me portar, deve ser muito mais astuto que nenhum outro, que me porte pura como simplesmente me deve portar. Quando não devo estar em nenhum sítio onde esteja a impureza ou o pecado devam estar; quem para lá me portar ou colocar, deve bem saber que deve ser o primeiro a quem isso vale. Quando me proteger e me mantiver pura, então pode seguramente ir sem preocupação, quando o corpo, em cujo lado eu pendo, não pode ser maculado tanto tempo quanto esteja afivelado com a fivela da espada, onde eu pendo. Nem ninguém seja tão ousado que desfaça essa articulação por causa de nenhuma coisa, quando não é imaginado com nenhuma pessoa que então viva nem deva vir disto; quando não devem ser desfeitas senão pelas mãos de uma donzela que lá seja filha de um rei e de uma rainha. Ela pode fazer uma troca e pode pôr outra em seu lugar, a mais adorável que saiba no mundo, e isso ela deve fazer neste sítio. E então a donzela precisa todos os dias, por que viva, ser uma pura moça em vontade e em obras. E se adviesse que ela perdesse sua inocência e sua pureza, assim ela pode estar certa de que morre como em perversa morte como nenhuma mulher pode morrer. E a donzela deve tomar a espada com seu nome e a mim, com o meu; ainda nunca, antes que isso aconteça, ninguém deve ser chamado ousado".

Pois que tinham lido as letras, então começaram a rir e falaram que seria maravilha de ver, de ouvir e de saber. "Senhor," falou Parsifal, "volve em torno da espada!" E ele volveu ao redor dela pelo outro lado. E pois que estava virada ao contrário, então viram que era mais vermelha que sangue. E sobre ela havia letras, que falavam: "Aquele que, acima de tudo, louvar-me, deve encontrar-me acima de tudo para ralhar, e para ele devo ser a melhor de todas, para ele devo ser de todo a mais irritada. E isso não deve acontecer senão em uma hora, quando assim deve ser com poder". Quando a donzela viu isso, então falou para Parsifal: "Amado irmão, estas duas coisas aconteceram muitas vezes. Eu devo vos dizer quando isso aconteceu e com quais pessoas, por causa de que ninguém deve temer-se de tomar essa espada, que seja digno dela.

Aconteceu bem quatorze anos depois do martírio de Nosso Senhor Jesus Cristo que Nasiens, cunhado do rei Morderans, foi guiado em uma nuvem mais que trinta dias de distância através de um mandamento de Nosso Senhor, em uma ilha na terra em direção do ocidente, que lá era chamada Tornoant. Pois que lá veio, lá encontrou esse navio junto a um penhasco. E quando entrou nele, e tinha encontrado essa espada e essa cama, então as contemplou por longo tempo e lhe aprouve assim muito de ver que era maravilha, e porém não teve ele a astúcia, que ousasse tirá-la. Então caiu em grande desejo e a teria tido de bom grado e permaneceu bem lá oito dias no navio sem comer e sem beber, que não fosse muito pouco.

No nono dia, então adveio que um grande e maravilhoso vento o tomou e o fez rumar da ilha de Tornoant e o guiou a uma outra em direção contrária ao oriente, bem longe daquela. E então aterrou justamente à frente de um penhasco, e quando veio à terra, então encontrou na ilha um gigante, o maior de todos e o mais maravilhoso do mundo, que lhe gritou: 'Tu deves estar morto!' E este temeu morrer, e olhou a seu redor, quando não viu nada de nada, com o que se pudesse proteger. Então correu para a espada e a tirou da bainha. E pois que ele viu isto, então louvou assim muito que não queria louvar mais nenhuma coisa. Então começou a clamar contra a montanha; quando com o primeiro estremecimento veio que se quebrou ao meio em duas. Então ele falou que a coisa que ele teria muito louvado em primeiro lugar, que deveria então muito ralhar, e com direito, quando o tinha precipitado em grandes necessidades. Depois assim a coloca de novo sobre a cama e foi lutar com o gigante e o matou. Depois veio de novo ao navio. E como o vento se tinha batido na vela, então seguiu ele tanto tempo com aventura no mar que o encontrou um outro navio, que lá era do rei Morderans, que lá tinha voltado muito e estava incomodado no rochedo do bordo perigoso.

Quando um viu o outro, então se alegraram os dois muito à vez, justamente como aqueles que se tinham amor, com grande amor. Então perguntaram eles um ao outro de suas aventuras e tanto que Nasiens falou: 'Senhor, eu esqueço o que me falais das aventuras do mundo. Quando desde que não mais me vistes, assim vos digo que me sucedeu uma das mais maravilhosas aventuras do mundo, que nenhuma pessoa ainda pôde antepor'. Então lhe contou o que aconteceu com a espada e como ela lhe foi quebrada em grandes necessidades, em que ele considerava matar o gigante. 'Em minha verdade', falou ele, 'dizeis-me maravilha! O que fizestes com a espada depois?' 'Senhor,' falou Nasiens, 'eu a coloco de novo lá dentro de onde a tomei, e podeis ir ver, se for de vosso agrado, quando está lá dentro'. Então caminhou o rei Morderans ao navio e foi para a cama. E quando viu os pedaços, então os louvou mais que nenhuma coisa que já viu e falou que isto não teria acontecido por causa da maldade da espada, senão por causa de muito significado ou por causa do pecado de Nasiens. E tomou os dois pedaços e os colocou juntos. E tão logo os dois pedaços vieram um junto ao outro, então saltou a espada junta de novo tão levemente como estava quebrada em dois. E quando ele viu isso, então começou a rir e falou: 'Seguramente, é um milagre da graça de Nosso Senhor Jesus Cristo, quando a quebrou e a expiou muito mais leve do que alguém poderia considerar'. Então ele enfiou a espada de novo na bainha e a colocou dentro onde agora vedes. E de pronto ouviram uma voz que para eles falou: "Saí deste navio e ide ao outro, quando por causa do temor de que não caiais em pecado; e se fôsseis encontrados em pecado enquanto estais aqui dentro, não poderão sair da inquietação do pecado'. Bem lá saíram do navio e caminharam para o outro. E quando Nasiens saiu de um para o outro, então foi golpeado com uma espada entre seus ombros tão duramente que caiu para trás de si. E com a queda que ele fez, falou: 'Ah, Deus, como estou ferido!' Então ouviu uma voz que falou para ele: 'Isto é pela falta que tu fizeste com a espada, quando não eras digno de retirá-la. Então te protege melhor uma outra hora que não vás de novo contra teu Criador'. Na maneira assim veio essa fala que aqui está escrita: 'Aquele que mais me louve, deve mais que tudo encontrar-se a ralhar em grandes necessidades'". "Em nome de Deus," falou Galaat, "isto nos mostrastes bem. Então nos dizei a outra coisa que aconteceu". "De bom grado", falou a donzela.

"É verdade", falou ela, "que o rei Barlans, que se chamava rei Mahagine, tanto quanto quis cavalgar, assim amava muito a santa cristandade e honrava as pessoas pobres mais do que nenhuma pessoa fazia, e ele era de tão boa vida que não se achava seu igual em todo o mundo. Um dia foi ele caçar em um de seus arbustos, que lá se estendia até o mar.

E assim perdeu seu cão e sua presa que tinha prendido e seus cavaleiros até que ficou um só. E quando viu que tinha perdido sua companhia, então não soube o que deveria fazer e cavalgou tão profundamente no ermo que não conseguia dele sair, quando não tinha conhecimento do caminho. Então se puseram a caminho, ele e seu cavaleiro, e cavalgaram tanto tempo até que vieram a uma margem do mar que se estendia até a Irlanda. E pois que para lá tinha vindo, então ele encontrou o navio onde agora estamos dentro. Então ele veio a bordo e encontrou estas letras que agora vimos. E quando as viu, então nunca se assustou, como aquele que se soubesse não culpado contra Nosso Senhor Jesus Cristo, e ele era repleto de todas as virtudes que jamais nenhum cavaleiro sobre a terra pôde ter. Então foi sozinho ao navio, quando o cavaleiro, que estava com ele, não se atreveu que entrasse lá com ele. Quando viu a espada, então a tirou da bainha, tanto quanto pôde ver; quando antes do tempo não viu com tudo da lâmina. Quando tinha à vez a retirado sem resistência, quando veio para lá rumando um brilho, com que ele foi espetado em ambos seus joelhos, tão duramente que é bem visível, e desde então nunca esteve saudável e nunca ficou saudável, até que viésseis a ele. Então ficou ferido por causa da ousadia que ele fez, e ele é vosso ancestral. E por causa da vingança, então se fala que seja mal àquele a quem deveria ser bem, quando ele era uma dos melhores cavaleiros e mais nobres homens que jamais se pôde encontrar".

"Em nome de Deus", eles falaram, "donzela, dissestenos tanto que não se deve deixar de tomar essa espada por causa das letras que sobre ela estavam escritas". Então contemplaram a cama e viram que estava cheia de madeira. E no meio da cama, à frente, estava um fuso, que estava acoplado através da madeira, que lá estava na parte mais anterior da cama, no meio, e estava novamente bem escondida. Então havia um outro fuso, enfiado do outro lado da cama, e um fuso estava tão longe do outro quanto era larga a cama. E sobre os fusos assim um estava colocado, que estava acompanhando os outros dois, e o fuso inferior era tão branco como uma neve, e o posterior era mais vermelho que nenhum sangue, e aquele que lá estava mais acima era ainda mais verde que uma grama. E dessas três cores estavam esses três fusos sobre a cama. E sabei que essas três cores naturais eram especialmente fundidas, quando lá não tinham sido colocadas por meio de nenhum homem mortal. Por causa de que muita gente podia ouvir, que puderam tê-las por mentira, fez-se que não se pudessem saber como poderia ser, e por causa disso a fala se volta um pouco de seu reto caminho e de suas matérias, para falar os três fusos que lá eram das três cores.

Então nos diz a aventura do Santo Graal bem aqui que aconteceu que a primeira pecadora, que lá foi a primeira mulher, tinha tomado conselho ao Inimigo mortal, que era o Diabo, que lá, à hora, começou a invejar a linhagem humana e a matar. E ele tinha feito engolir do pecado mortal, que era de vaidade e cortesia, por cuja causa que foi lançado fora do Paraíso e empurrado da grande alegria do Céu. E ele os trouxe, com sua vontade desleal, a que fizessem quebrar o fruto mortal, e da mesma árvore tinham tomado um galhinho, como denso de camadas, que o galho ficou junto ao fruto que se quebrou. E tão logo ela lhe fez provar o que tinha conseguido e insuflado, e o empurrou à terra com suas mãos, da maneira como o trouxe do galho como ouvistes, então aconteceu que o galho permanece. Tão logo tinham comido do fruto mortal, que simplesmente deve ser chamado mortal, quando por meio dele veio a morte sobre esses dois e depois para os outros, e então se transformou todo o seu ser, e viram que eram de carne e estavam nus, os que antes não eram senão uma coisa espiritual, ainda que tivessem corpo. Porém assim não estima a aventura que fossem, à vez, espirituais. Quando uma coisa lá é formada de coisas tão débeis como de terra, não pode se tornar pura. Quando lá foram forjados como uma coisa espiritual para viver por toda a via, teria sido que se tivessem mantido sem pecado. E pois que depois olharam, então se viram nus, então cobriram suas vergonhas e envergonharam-se, um perante o outro. Temeram agora tanto por seu erro e cobriram cada qual suas vergonhas com suas duas mãos.

Eva mantinha em sua mão o galhinho e nunca quis deixá-lo, nem antes, nem depois. Quando Aquele que sabe todos os pensamentos foi alertado de que eles tinham pecado, então veio até eles e falou primeiro a Adão, quando era certo que ele era mais para se culpar que sua mulher. Quando ela era de compleição muito mais débil que ele, justamente como aquela que foi formada de uma costela do homem, e era certo que fosse a ele obediente e não ele a ela, e por causa disso chamou primeiro a Adão. E pois que tinha falado esta fala: "Deves comer teu pão em trabalho e em suor", então não queria largar sua mulher, que seria participante do martírio, assim como tinha mostrado a via para o erro, e falou para ela: "Em tristeza e dor deves ganhar tua criança". Depois jogou a ambos para fora do Paraíso, que a Escritura chama de Paraíso das alegrias. E pois que estavam fora, então ainda tinha Eva o galhinho em sua mão, que ainda àquele tempo nunca contemplou. Quando então se contemplou e ao galhinho, então ficou pensativa por causa de que ainda o via verde, como não tinha sido arrancado há muito tempo, então ela bem sabia que o galho, que ela tinha arrancado, era uma coisa de sua perdição. Então ela falou que em igualdade a tão grande padecimento, que lhes veio por meio da árvore, então deveria manter o galho tanto quanto jamais pudesse e também da maneira que o pudesse ver farto, para um reconhecimento de seu azar.

Então pensou Eva que ela não tinha nem caixa nem escrínio, onde pudesse conservá-lo, quando ao mesmo tempo não tinha uma tal coisa. Então o enfiou à terra e falou que o queria ver assim farto e suficiente. O galho, que lá estava enfiado na terra, cresceu e permaneceu pela vontade de Nosso Senhor. O galho, que a primeira pecadora trouxe do Paraíso, era de grande significado, quando nisto que ela o portou em sua mão, que significa uma grande felicidade, justamente como deveriam dizer aos que viessem depois deles, quando era ainda uma virgem. E o galho significa justamente como ela lhes falou: "Então não vos volteis para que fomos expulsos de nossa herança, quando não a perdemos de todo o modo; vede bem aqui o símbolo de que em algum momento ainda devemos ganhá-la". E ele que lá quis perguntar no Livro, por qual causa o homem não trouxe o galho para fora do Paraíso, quando o homem é uma coisa muito mais elevada que uma mulher, ao que ele respondeu e falou que o portar do galho pertence não ao homem, senão à mulher. E isso é: a mulher o portou simplesmente, quando por meio dela a vida foi perdida, e por meio da mulher a vida deve novamente ser encontrada. E era um significado que por meio da Virgem Maria a herança deve ser ganha de novo, que lá estava perdida até então.

Depois nos diz a aventura do galho que lá estava empurrado à terra, e fala que ele se tornou muito grande em curta hora. E pois que se tornou grande, então era branco no tronco e nos galhos e nas folhas, e isto é um significado da castidade e uma virtude, e o corpo era conservado puro e a alma branca e era pura em todas as virtudes. Isto significa: a que o trouxe era uma virgem casta. Ao tempo em que Adão foi expulso do Paraíso, então eram ambos castos e puros. Porém sabei que a castidade e a virgindade não são iguais em virtudes, quando há uma grande diferença entre elas. Quando a virgindade não se pode igualar à castidade, e vos digo por qual causa. A virgindade é uma virtude, que todos não têm, que tenham dormido com outro, com sociedade carnal. E castidade é coisa muito mais elevada e virtuosa, quando ninguém a pode ter, seja mulher ou homem, conforme tenha pensamento e vontade para a falta de castidade. E a castidade ela ainda tinha quando foi empurrada do Paraíso e fora da grande delicadeza que havia lá dentro. E ao tempo em que plantaram o galho, então não tinham quebrado a castidade. Quando depois mandou Deus que ele teria que se forjar com sua mulher, isto é, que ele deveria dormir junto a ela, assim como a natureza deseja, isto é, que o homem deve estar junto de sua mulher.

Então ela tinha perdido a castidade; depois, à frente, pois que ele teve sociedade carnal com ela, tanto que aconteceu, conforme isso, que ele a reconheceu que ela tinha descanso em baixo da árvore. E Adão começou a vê-la e começou a se queixar de seu arrependimento. Então começaram os dois a gritar, um por causa do outro. Então falou Eva que não seria maravilha que lá tivessem conhecimento de seu padecimento, quando a árvore o tinha em si, quando ninguém podia ser feliz lá embaixo, e por mais feliz o que lá abaixo viesse, ele deveria ficar triste. "E com bom direito, assim ele está triste, quando é a lembrança." E tão logo ele o tinha falado, então falou uma voz para ele: "Ah, vós desgraçados, por que vos condenastes à morte, um de vós não deve distribuir o outro, quando é mais vida que morte". Assim falou a voz, que muito os consolou. E por causa disso a chamaram, doravante, de Árvore da Vida, e por causa da grande alegria que dela tiveram, então plantaram dela muitas das árvores. Quando tão logo arrancavam um galho, então o colocavam na terra, e de pronto crescia, e todos os dias recebiam da doçura da árvore. E ela cresceu todo o dia e ficou mais bela que nenhuma outra. Então veio que se sentaram embaixo dela, como antes tinham feito. E aconteceu que um dia se sentavam lá embaixo, e a aventura nos diz que era uma sexta-feira.

Pois que se tinham por longo tempo sentado um ao lado do outro, então ouviram uma voz, que lhes falou e mandou-lhes que deveriam ter criação um com o outro. Então estavam tão grandemente envergonhados, que não queriam ir a uma obra tão vergonhosa. Quando o homem se envergonhou tanto quanto a mulher, e eles não sabiam como transpassar o conselho de Nosso Senhor. E o primeiro mandamento os segurou, e eles começaram a olhar-se muito envergonhados. Então Nosso Senhor viu sua vergonha, e isso o apiedou, quando por causa disto, de que seu pecado não podia ser ignorado, e Sua vontade era assim que dos dois queria alimentar a linhagem humana, para preencher o décimo coro dos anjos, que do Céu foi empurrado por causa de sua cortesia, e por causa disso assim lhes enviou grande consolo para sua vergonha. E então se maravilharam muito como a escuridão logo podia vir em direção deles.

Então um chamou ao outro e tocaram-se sem ver. E por causa disso, que todas as coisas foram feitas conforme a vontade de Nosso Senhor, por causa disso deve ser que se tivessem forjado um com o outro, assim como o verdadeiro Pai lhes tinha ordenado. E pois que o tinham feito, então tinham feito nova semente, de que seu grande pecado foi um pouco mitigado. E Adão o tinha concebido e Eva, sua mulher, a Abel, o Justo, que serviu primeiro a seu Criador com boa devoção, que Lhe deu lealmente seu dízimo.

Assim foi Abel, o Justo, recebido sob a árvore na sexta-feira, como ouvistes. Então a escuridão seguiu seu caminho e eles se viram como antes. Então perceberam que Nosso Senhor tinha feito aquilo por causa de cobrir sua vergonha, pelo que estavam muito contentes. E bem de pronto aconteceu uma coisa maravilhosa, que a árvore que lá era antes branca, ficou tão verde como uma grama, e todas as que dela foram plantadas, todas se tornaram verdes na madeira e nas folhas.

Assim ficou a árvore transformada de branco em verde, e as de lá vieram dela, nunca se transformaram de sua primeira cor, nem nunca se viu a cor verde em duas, quando apenas em uma; e ela ficou coberta com cores verdes em cima e embaixo. E do tempo em diante, começou a florescer e a portar frutos. E a que se transformou da cor branca em verde, isto significa que a castidade tinha ido embora daqueles que a tinham plantado. E as flores e os frutos significam que neles estava o fruto e a semente, e que por toda a via deveria estar em serviço de Nosso Senhor, que é em bom pensamento e em bom amor quanto ao seu Criador. E que a criatura, que ficou concebida embaixo da árvore, deve permanecer casta e pura no amor. E os frutos significam que ele deve demonstrar santidade e todo o bem nas coisas terrenas. Assim esteve a árvore por longo tempo em cores verdes e todas que dela vieram, até ao tempo em que Abel cresceu. E ele era tão bom em relação ao seu Criador e o amava tanto que lhe dava seu dízimo e sua promessa de todas as mais belas coisas e as melhores que tinha. E Caim seu irmão não fez assim, quando tomou tudo o mais leve e o pior que tinha e sacrificou ao seu Criador. E disso veio que Nosso Senhor deu também uma boa coisa àquele que lhe oferta o bom e o melhor. Quando tinha subido ao sítio, em que costumavam queimar seus sacrifícios, assim como Nosso Senhor lhes tinha mandado, sua fumaça foi diretamente para o Céu, e a de Caim, seu irmão, não foi desta maneira, quando se espalhou sobre o campo e era preta e horrenda e malcheirosa, e a fumaça que era do sacrifício de Abel era branca e bem cheirosa.

Quando Caim viu que Abel era, no seu serviço, muito melhor que ele e que Nosso Senhor tomava muito melhor em agradecimento o sacrifício de seu irmão, que ao seu, então isso o cansou muito, e caiu em um grande ódio de seu irmão e tanto que ele ficou odiado fora de medida. E então ele começou a pensar como poderia se vingar, assim como ele falou para si mesmo que queria matá-lo e em outra coisa não conseguia pensar, que pudesse se vingar. Então portou Caim por muito tempo ódio de seu irmão em seu coração, mas não fez o mesmo para que se pudesse provar que pensava algum mal. E o ódio ficou tão escondido que

Abel foi um dia ao campo um pouco longe da árvore. E o dia estava muito quente, e o sol brilha muito claro, tanto que Abel não conseguia suportar este calor. Então foi sentar-se sob a árvore e começou a dormir, e seu irmão o tinha espiado e demorou tanto até que o viu deitar sob a árvore. Então veio e considerou matá-lo tão secretamente que isso não pudesse ser alertado. E Abel bem o ouviu vir, e por causa disso se olhou, e pois que se olhou, então se ergueu e o saudou, quando lhe tinha muito amor e falou: "Sede bem-vindo, caro irmão!" E ele o saudou de volta e o fez sentar-se junto de si. Então tomou uma faca curva e o espetou dentre seus peitos. Então tomou Abel a morte das mãos de seu desleal irmão, e no mesmo sítio onde fora recebido na sexta-feira, à mesma hora foi morto. Quando Abel padeceu a morte, então não havia mais que três homens sobre o reino da terra, e isto significava a morte da verdadeira cruz, e Caim significa Judas, por causa do qual ele padeceu a morte, e Abel, Nosso Senhor. Justamente como Caim saúda Abel, seu irmão, assim Judas saúda seu Senhor e agora tinha propiciado Sua morte.

 Assim bem se igualaram as duas mortes, porém não em elevação, senão em significado. E justamente como Caim assassinou seu irmão na sexta-feira, assim fez Judas ao seu Criador na sexta-feira, e não com suas mãos, senão com sua língua. Assim Caim significa Judas, quando não podia encontrar coisa por causa da qual devesse odiar seu irmão, e ele tinha causa sem direito, quando por causa de que não tinha visto nenhuma maldade nele. Quando é costume de todas as pessoas más lutar contra as pessoas boas, por causa de que as odeiam. Judas, que era um mau sujeito, tivesse ele sabido tanta maldade em Nosso Senhor quanto nele mesmo, não o teria odiado assim tanto; teria sido uma coisa que lhe teria tido mais amor. Da traição que Caim fez a seu irmão Abel, fala Nosso Senhor no Saltério por meio de Davi, o rei, que lá falou uma coisa maravilhosa; por causa de que não sabia como a tinha falado, e fala justamente como se a falasse para Caim: "Pensaste e falaste maldade contra teu irmão, e contra o filho de tua mãe colocaste tua traição e a tua maldade. E isso fizeste, e Eu me calei quieto, e por causa disso então achaste que eu te seria igual, por causa de que não te falei: 'Porém devo te castigar e devo te fazer isso cruelmente'".

Esta vingança foi dita, antes que Davi tivesse profetizado, então Nosso Senhor veio a Caim e falou: "Caim, onde está teu irmão?", e ele lhe respondeu como aquele que se sabia culpado da traição, e tinha agora coberto seu irmão com as folhas da árvore, por causa de que não fosse encontrado: "Senhor, não sei dele, sou então protetor de meu irmão?" E Nosso Senhor falou para ele: "O que é isto que fizeste, a voz do sangue de Abel se me queixa de ti! E por causa disso, de que fizeste isso, assim deves ser maldito sobre a terra. E a terra deve ser maldita nas obras que fizeres, por causa de que receberam o sangue de teu irmão, que tu perturbaste".

Assim Nosso Senhor amaldiçoou a terra, quando não amaldiçoou a árvore, sob a qual Abel foi morto, nem as que dela vieram, nem as que depois cresceram sobre o reino da terra. E da árvore aconteceu um milagre, quando tão logo Abel tinha padecido a morte sob a árvore, então ela perdeu a cor verde e ficou vermelha. Foi um testemunho do sangue que lá foi perturbado. Depois não se pôde plantar nenhuma dela, quando todas as que daí se plantavam feneciam de imediato. Ela cresceu e ficou mais bela, assim que se tornou a mais bela árvore que desde então se viu. Por longo tempo permaneceu na cor e na beleza, como ouvistes. Nem nunca, desde então, ficou podre ou seca, sem que portasse nenhum fruto desde o tempo em que o sangue de Abel foi perturbado lá embaixo. Quando as outras, que dela tinham vindo, floresciam e portavam frutos. E assim ficou desta maneira até que o mundo estava tão crescido e que tinha se tornado muito, e eles o tinham por um grande monumento, os que vieram de Adão e de Eva, e eles o honraram assim muito. E uns contavam aos outros de linhagem em linhagem, como a primeira mulher as tinha plantado. E daí vieram em curto tempo os velhos e os jovens, e vieram de longe para dela se consolarem, quando estavam em padecimento próprio, quando era chamada Árvore da Vida, e lhes fez depois alegres pensamentos. E a árvore cresceu e aumentou, assim fizeram todas as outras que dela vieram, que então eram brancas. E no mundo não havia ninguém tão ousado que tivesse arrancado um galho de lá.

Da árvore aconteceu ainda uma outra maravilha. Quando então Nosso Senhor Deus enviou a água sobre todo o reino da terra e que o mundo, que era tão mau, ficou todo arruinado, e os frutos das árvores e as moradias precisaram tão duramente se justificar, que desde então nunca ganhariam tão bom sabor, quando depois todas as coisas se tinham transformado em um amargor. Quando os frutos da Árvore da Vida não tinham se modificado, nem a cor que tinham antes. Tanto tempo permaneceram as árvores na maneira, que Salomão, filho do rei Davi, reinava, e ele era tão sábio de toda a boa arte, que nenhum coração humano conseguia pensar. E ele conhecia todas as forças das pedras e as virtudes de todas as ervas, e ele sabia o percurso das estrelas tão bem que ninguém, sem ser Deus, sabia melhor. E, porém, toda a sua grande sabedoria não foi contra a esperteza de sua mulher, quando ela o enganou o suficiente e fartamente quando tinha colocado isso e seu sentido. E não se deve ter isso por maravilha, quando sem dúvida, quando uma mulher quer nisto colocar seu sentido e seu coração, ninguém sobre todo o reino da terra conseguiria se defender dela, e isto não principiou em nós, senão em nossa primeira mãe, Eva.

Quando Salomão viu que não conseguia se defender de sua mulher, então se maravilhou de onde aquilo podia ter-lhe vindo, e estava consigo muito irado, quando nunca se atreveu a fazer algo sobre isso. Então falou ao seu livro, que se chama *Parábolas*: "Eu rumei ao redor do mundo e fui lá através do meio de tal maneira, como se não pudesse solicitar o coração de nenhum homem, e nele todo não consigo encontrar uma boa mulher". Esta fala falou Salomão por causa da ira que tinha de sua mulher, contra a qual ele nada conseguiu fazer. E, porém, o tenta ele em alguma coisa, quando não podia ser. Quando o viu, então começou a perguntar a si mesmo por que causa uma mulher ira um homem de tão bom grado. A esta pergunta respondeu uma voz para ele e para tudo aquilo que ele pensou e falou para ele: "Salomão, o sentido das mulheres vem para o homem em engano. Não te volvas, quando lá deve ainda tornar uma mulher, de que muita alegria deve vir ao homem, cem vezes mais do que seja esse engano. E a mulher deve vir da tua linhagem, sabe-o!"

Quando Salomão ouviu essa fala, então se tomou por um tolo, que tivesse ralhado com sua mulher. E então começou a pensar em coisas, que lá acontecem acordadas ou dormentes, contemplar se conseguia saber a verdade e o fim de sua linhagem; e procura tanto por isto que o Espírito Santo lhe mostrou o futuro da real Virgem Maria e uma parte do que deveria vir depois. E pois que percebeu esta notícia, então perguntou se seria o fim de sua linhagem. "Não," falou uma voz, "um homem casto deve ser o fim de tua linhagem, e ele deve ser tão melhor que José, teu cunhado, como a virgem deve ser melhor que tua mulher. Então te fiz seguro daquilo em que demoravas em grande dúvida".

Pois que Salomão ouviu esta fala, então falou: "Então estou muito contente que minha linhagem deva tomar fim em tão elevada cavalaria". E pois que Salomão, que por longo tempo tinha estado em dúvida, soube da verdade de seu futuro, depois pensou muito e procura, quando não conseguia ver como que ele poderia avisar a alguém o que depois de um longo tempo deveria acontecer e que ele não conseguia saber nenhuma notícia daquilo. E sua esposa pensou que ele estivesse escondendo alguma coisa,[9] que ele não conseguiria vir até o fim. E ela lhe teve amor, porém, não como amor como algumas mulheres têm por seus senhores. E ela era, porém muito sábia e não queria lhe perguntar de pronto e demorou tanto tempo até que, uma noite, ele estava feliz, o que ela na mesma hora viu nele. Então ela lhe pediu que lhe quisesse dizer daquilo que ela lhe perguntava. E ela falou que o faria de bom grado, como aquele que daquilo não se protege. Então falou: "Senhor, pensastes muito nesta semana e também na outra, que vossos pensamentos nunca ficaram em longo tempo. Por causa disso assim sei bem que pensastes em coisas de que não conseguistes vir a um fim. E por causa disso assim bem queria de bom grado saber, quando não há no mundo coisa nenhuma tão grande, que eu quisesse que fosse ao seu fim, da grande sabedoria que está em mim".

Quando Salomão ouviu isto, então pensou bem que o coração de nenhuma pessoa sobre o reino da terra deveria dar ali conselho para essas coisas, como ela deveria fazer. Pois que a tinha encontrado em tão grande sabedoria, que ele não considerou que houvesse no mundo pessoa mais sábia. Por causa disso lhe veio em seu ser que queria dizer a ela todo o seu pensamento. E então disse a ela toda a verdade. E pois

---

9. A expressão que consta do texto medieval é *under henden*, sob as mãos, que corresponde a uma expressão idiomática ainda presente ao alemão contemporâneo, *unter den Händen*, que significa ocultar algo.

que lhe tinha dito, então ela refletiu consigo por um tempo e lhe respondeu assim: "Como é isto," falou ela, "fostes então enganado como podeis fazer alerta ao cavaleiro, que soubestes a verdade dele?" "Sim," falou ele, "quando não consigo ver como isso poderia suceder, quando lá ainda há muito tempo, que isso me admira". "Em verdade," falou ela, "porque não o sabeis, assim vos devo eu ensinar; quando me dizei primeiro, quanto tempo vos parece que ainda seja até lá". Então ele falou: "Eu penso que ainda duzentos anos ou mais estejam aí". "Então vos digo", falou ela, "o que deveis fazer: fazei fazer um navio da melhor madeira e da mais verdadeira que se consiga encontrar e que seja de tal modo que nunca consiga apodrecer, nem por causa da água, nem por causa do fogo ou outra coisa". E ele falou que o faria de bom grado.

No outro dia mandou o rei Salomão a todos os camareiros de sua terra que lhe fizessem o navio mais maravilhoso que jamais foi visto e de tal madeira que lá não pudesse apodrecer. E eles falaram que o deveriam fazer como ele o tinha ordenado. E eles tinham procurado a madeira e a árvore do mastro. Então falou a mulher de Salomão: "Senhor, porque deve assim ser que o cavaleiro deve vencer todos os cavaleiros de cavalaria que foram antes dele e os que devem vir depois, assim seria grande honra que vós lhe prepareis algo de armas que bem superem todas as outras armas, assim como ele deve superar toda a outra cavalaria". Então ele falou que não sabia nenhum lugar de onde a tomar assim como ele faria de bom grado. "E eu devo vos indicá-la", falou ela, "no templo que fizestes para a honra de Nosso Senhor. Lá está a espada que era do rei Davi, vosso pai, que a mais afiada e a mais bela que jamais foi dada de nenhum cavaleiro. Tomai-a e retirai a maçã e o cabo assim que tenhais a lâmina nua. Quando bem reconheceis o poder das ervas e a virtude das pedras e a matéria de todas as coisas sobre o reino da terra, deveis fazer na espada uma maçã de uma rica pedra, assim tão habilmente feita junta, que ninguém sobre o reino da terra depois de vós possa confessar[10] um do outro, e cada qual que a tem deve pensar que seja tudo uma coisa só. Depois fazei nela um cabo, que não haja nenhum melhor sobre o reino da terra. Depois fazei a bainha tão maravilhosa como a espada é em sua dignidade. Quando o tenhais feito, então devo nela fazer a asa como me parece bem". E ele faz tudo o que ela lhe disse, especialmente a maçã, na qual não fez mais que uma pedra, que era de todas as cores que se poderiam descobrir sobre o reino da terra. E faz nela um cabo, assim como ela lhe tinha mostrado, no outro fim.

E pois que o navio estava feito e foi colocado no mar, a mulher fez lá dentro fazer uma cama, que era grande e maravilhosa, e fez sobre ela jazerem ricas cobertas bordadas. A cama, ela era grande e bela, e à cabeceira assim colocou o rei sua coroa e a cobriu com um pano branco de seda. Então tinha dado a espada à sua mulher, que deveria nela fazer

---

10. Hans-Hugo Steinhoff traduz *bekennen* por *unterscheiden*, mas, em nossa tradução, optou-se pela fidelidade ao texto original, devendo a presente nota elidir eventuais dificuldades de leitura e compreensão.

a asa, e ele falou: "Trazei cá a espada, assim a coloco aos pés da cama". Então o viu e viu que a asa estava feita de obra. Então deve ter ficado bastante irado. Então ela falou: "Senhor, eu não tinha nenhuma outra coisa que lá fosse digna para lá". "O que devemos, então, fazer-lhe?", falou ele. "Deveis assim a deixar, quando não nos pertence para que nela o façamos, e eu não sei quando isso deve ser". Então deixaram a espada como estava. Depois fizeram cobrir o navio com lençóis de seda, que não se poderia ter preocupação de que apodrecesse. E pois que o tinham feito, a mulher contemplou a cama e falou: "Ainda falta aqui algo", e saiu do navio e tomou consigo dois camareiros e veio à árvore, sob a qual Abel fora assassinado, e falou para eles: abatei-me a madeira tanto que eu possa dela fazer um fuso". "Ah, Senhora, não o fazemos; não sabeis que é a árvore que nossa primeira mãe plantou?" "Deve ser que o façais, de outro modo vos faço perecer". Eles falaram que o fariam, porque eram obrigados a isso, e prefeririam fazer mal a deixarem-se perecer. Então começaram a bater na árvore. E não tinham batido por muito tempo, até que os dois desmaiaram e viram claramente lágrimas de sangue saírem, tão vermelhas como rosas vermelhas. E então quiseram parar com seu abate; e ela os fez de novo principiar, fosse de seu agrado ou tormento. E cortaram dela tanto que dela tiveram suficiente para um fuso. E depois ela fez também tanto tomar da uma das árvores verdes, que dela tinham vindo, e também de uma das árvores brancas, que era externa e internamente branca.

Pois que ela tinha de três madeiras e de três cores, então ela veio ao navio, e entrou e falou: "Deveis fazer-me destes três, primeiro, três fusos, e que um seja colocado de lado na cama e o outro, ao contrário, do outro lado e o terceiro deite em cima, assim que esteja acoplado aos dois". E eles os fizeram como ela mandou e os colocaram bem ali. E desde então nunca nenhum se transformou em cor, tanto tempo quanto durou o navio. E quando o tinham feito, então Salomão contemplou o navio e falou para a sua mulher: "Fizeste maravilha! E estivesse o mundo inteiro aqui, não poderia perceber este significado deste navio, a não ser que Deus mesmo lhes dissesse, nem tu mesma, como o fizeste. Então o cavaleiro não deve saber que eu não percebi nenhuma notícia dele, Nosso Senhor então ajude a dar conselho a isso". "Então deixai se tornar", falou ela, "quando deveis puramente ouvir outras notícias disso, mais do que considerais".

À noite deitou-se o rei Salomão à frente do navio com pequena companhia. E quando ficou adormecido, então lhe pareceu que do Céu veio um homem com grande companhia, e entrou no navio. E pois que lá tinha entrado, então lhe pareceu que um anjo trazia em uma caldeira de vinho de cor de prata e caiou o navio. Depois veio à espada e escreve letras nela. Pois que o tinha feito, então escreve letras na maça e no cabo. E depois veio ao bordo do navio e escreve letras nele. E quando ele o tinha feito, então se foi deitar sobre a cama. E depois Salomão não soube aonde ele veio, e ele desapareceu, ele e sua companhia. No outro dia, tão logo Salomão estava desperto, então veio ao navio e encontrou letras escritas no bordo, que lá falavam: "Ouve, homem, que quer em mim entrar: protege-te que não entres, se não fores totalmente verdadeiro, quando não sou senão verdadeiro! E tão logo te lançaste fora da reta fé, eu te lanço fora de maneira que não tenhas contenção nem socorro; quando te deixo perecer qual tempo sejas agarrado em descrença".

Quando Salomão viu essas letras, então estava muito temeroso, que não ousou lá entrar, quando se moveu para trás. E o navio se tinha agora empurrado ao mar, e tão logo rumou de lá, que em curta hora ele tinha perdido a vista do navio. Então se sentou sobre a margem abaixo e começou a pensar nestas coisas. E então baixou uma voz, que falou: "Salomão, o último cavaleiro de tua linhagem deve repousar na cama que fizeste fazer, e deve bem perceber mais de ti". Desta fala Salomão ficou muito contente, e ele acorda sua mulher e todos que estavam junto dele e contou-lhes a aventura. E fez para que soubessem aos pátrios e aos forasteiros, como sua mulher tinha trazido ao fim o que ele não conseguia dar nenhum conselho. E por causa deste direito que este livro vos contou, assim nos diz a aventura por que causa o navio foi feito e como os fusos eram, de cor natural, brancos, verdes e vermelhos, sem fusão. E bem aqui a aventura o deixa e fala de outras coisas.

Bem aqui nos diz a aventura que por um longo tempo contemplaram os três companheiros a cama e os fusos, e tanto que confessaram que os fusos eram de cores naturais, sem fusão. Então se maravilharam muito, quando não sabiam como podia ser. E quando tinham contemplado por muito tempo, então ergueram o lençol e contemplaram a coroa de ouro e lá, junto a um alforje, que era à vez rico, como pensaram, e o abriram e lá dentro encontraram uma carta. E quando os outros viram isso, então falaram: "Se Deus quiser, esta carta nos deve dizer deste navio e de onde ele seja vindo e quem o fez de primeiro". E então começaram a ler a carta, tanto que ela lhes diz as maneiras dos fusos e do navio, como a aventura nos contou antes. Não houve lá nenhum que não chorou, quando ela os fez pensar em altas linhagens. Quando Parsifal os tinha informado sobre as maneiras dos fusos e do navio, então falou Galaat: "Caros Senhores, então precisamos ir procurar a donzela que tire esta asa e lá faça outra, quando de outra forma ninguém pode retirar a espada". Então falaram que não conseguiriam saber onde podiam achá-la, "porém vamos de bom grado, porque tem de ser".

Quando a irmã de Parsifal ouviu isso, então falou para eles: "Senhores, disto não dizei, quando se Deus quiser, antes que venhamos daqui, assim devem as asas estar tão ricas e tão belas como lá pertencem". Então a donzela abriu um escrínio que ela tinha e tomou de dentro uma asa, feita de seda e de ouro e cabelo, tão rica, e nela os cabelos eram tão claros e tão iluminados, que se podiam reconhecer os fios de ouro. E depois lá estavam duas fivelas de ouro, que dificilmente se poderiam encontrar iguais a elas em nenhum fim.

"Caros Senhores," falou ela, "vede aqui a asa que lá deve estar. Sabei", falou ela, "que as faço das coisas que estão acima de mim, que teria preferido, que era de meu cabelo. Que eu tivesse amor não era maravilha, quando no dia santo de Pentecostes, em que fostes feito cavaleiro", falou ela para Galaat, "então eu tinha a cabeça mais bela de todas, como nenhuma mulher no mundo tinha. Quando tão logo eu soube que a aventura me estava preparada e que a preciso fazer, então me fiz aparar habilidosamente e faço as asas daí, assim como vedes". "Em Deus", falou Bohort, "por causa disso assim deveis ser bem-vinda para nós e para Deus, quando nos ajudastes a sair da inquietação em que teríamos entrado, não fosse esta nova notícia". E então ela foi até a espada e tirou a asa de obra e a outra de lá, tão deslumbrante e habilmente, como se o tivesse feito todos os dias de sua vida.

Pois que o tinha feito, então falou para os companheiros: "Sabeis como a espada se chama?" Eles falaram: "Não, deveis nomeá-la a nós, as letras o dizem". "Sabei", falou ela, "que essa espada é chamada a espada da Asa Estranha, e a bainha é chamada a Devoção de Sangue. Quando ninguém que tem seu sentido junto a ela, que veja um lado da bainha, que lá foi feita da árvore da vida, deixa de pensar na morte de Abel e em seu sangue". Pois que ela o tinha dito, então falou para Galaat: "Então vos pedimos em nome de Nosso Senhor Jesus Cristo e por causa de que toda a cavalaria seja preenchida, que afiveleis a espada com a asa estranha, que muito se cobiçou no reino de Logres, que os apóstolos de

Nosso Senhor nunca desejaram tanto. Quando por causa dessa espada, bem consideram que as maravilhas do Santo Graal ficam atrás e as aventuras, que lá são perigosas e que lhes vêm todos os dias". "Então me deixai", falou ele, "fazer à espada, primeiro, o que lhe é devido, quando ninguém a deve ter, que possa agarrá-la em torno da maça, que bem podeis ver que é minha". Então falaram que seria verdade. E então ele a tomou com a mão. Então lhe foi tão bem com o agarrar ao redor, que um dedo ia o suficiente sobre o outro.

Quando os companheiros viram isso, então falaram para Galaat: "Senhor, bem sabemos que é vossa, por causa disso não pode mais ser falado nisso, precisais afivelá-la em vossa cintura". Então ele a tirou da bainha, e então a viu tão bela e tão clara que se poderia ter visto nela. Então Galaat a enfiou de volta à bainha, e agora lhe tomou a donzela do lado que ele tinha afivelado e afivelou-lhe o outro com a asa ao redor. Pois que lhe tinha feito pender, então ela falou: "Seguramente, então não me prejudica quando eu morra. Quando agora me tenho por uma das mais castas e melhores donzelas que estejam no mundo e que lá fez cavaleiro o homem mais nobre do mundo; quando bem sabeis que não fostes por direito cavaleiro, quando não tínheis a espada que por vossa causa foi trazida a esta terra". "Donzela, tanto fizestes", falou ele, "que doravante por toda a via devo ser vosso cavaleiro, e grande agradecimento deveis ter daquele com quem falastes". "Então podemos ir", falou ela, "daqui para nosso cometimento". Então saíram do navio bem de pronto e vieram ao rochedo. Então Parsifal falou para Galaat: "Seguramente, Senhor, nunca haverá o dia em que eu não louve a Nosso Senhor que estive junto a uma tão grande aventura como foi essa. E ela é maravilhosa o suficiente, mais do que jamais vi alguma".

E pois que tinham vindo ao seu navio, então entraram, e o vento batia na vela, tanto que logo estavam longe dali. E pois que aconteceu que a noite lhes sobreveio, então começou um a perguntar ao outro se estariam um pouco perto da terra. E cada qual deles falou que não sabia. À noite se deitaram no mar, sem nunca bocado de comida ou bebida. Então veio que no outro dia aportaram à frente de um castelo, que era chamado Kartaloch e ficava na marca da Escócia. E pois que lá tinham aportado, então louvaram Nosso Senhor daquilo que Ele os tinha dirigido em paz para a aventura da espada e de novo à terra. E então foram ao castelo e vieram até a porta. Então falou a donzela: "Senhores, veio-nos mal que tenhamos aportado bem aqui. Quando se for alertado que somos da corte do rei Arthur, cair-se-á sobre nós, quando, à vez, aqui se odeia muito o rei Arthur". "Pois não vos temais, donzela," falou Bohort, "quando Aquele que nos ajudou do penedo deve nos resgatar, quando Ele quer que cá venhamos".

Nisto que assim falaram, então veio um servo que lá falou: "Senhores, cavaleiros, quem sois?" E eles falaram que seriam da corte do rei Arthur. Então falou o servo: "Valha-me um corceleiro, viestes cá mal". Então se volta o servo na direção do forte. Então ouviram de pronto soar uma corneta, que bem se podia ouvir sobre todo o castelo. E então veio uma donzela até eles e lhes pergunta quem seriam, e eles lhe disseram. "Ah," falou ela, "por Deus, se pudésseis fazê-lo, retornai, quando assim Deus me ajude, viestes para vossa morte, por causa disso vos aconselho que retorneis, antes que venham os do castelo". Então falaram que não queriam retornar. "Então quereis", falou ela, "morrer?" "Pois nos deixai tornar", falaram eles, "Aquele, em cujo serviço estamos, deve bem nos dirigir". Nesta fala assim viram vir cá através da alameda bem cem cavaleiros armados, que falaram todos para eles: "Dai-vos prisioneiros, ou nós vos matamos!" Eles falaram que não o fariam. "Pois deixai para cá correr", falaram. Então deixaram correr os do castelo seus cavalos e aqueles que pouco se temiam, ainda que eles fossem mais. Uns estavam a pé, outros a cavalo. E Parsifal golpeou a um tão duramente, que ele se abalou por terra. Então tomou o cavalo e o montou. Assim também Galaat tinha feito. E tão logo estavam a cavalo, então começaram a golpear e também deram a Bohort um cavalo. E quando os outros viram que lá tão mal estavam, então volveram para trás de si e fugiram, e esses o caçaram até a parte superior do castelo.

Pois que vieram ao salão, lá encontraram cavaleiros e servos por causa da gritaria. E pois que os três companheiros, que estavam golpeados depois dos outros com cavalos, viram que eles se armavam, então rumaram por cima deles com espadas erguidas e os golpearam e os dobraram abaixo.

Quando por fim precisaram virar as costas, quando Galaat faz maravilha e mata deles tantos que não consideraram que ele fosse humano. Quando consideraram que seriam os inimigos do inferno, que lá tinham vindo para os expulsar. E por fim, pois que viram que não podiam atacá-los, então fugiram para fora dos portões e das janelas, e uma parte quebrou os pescoços, os outros as pernas, e os terceiros, as mãos.

Quando os três companheiros viram o palácio solteiro, então viram os que lá estavam, que tinham matado. Então se tiveram por pecadores destas obras e falaram que tinham feito mal, que tivessem assassinado tanta gente. "Seguramente", falou Bohort, "eu não creio que Deus lhes tivesse amor, quando, se Deus lhes tivesse amor, então nunca teriam ficado abaixo como estão. Quando foram más pessoas e incrédulas e fizeram talvez tanto erro contra Nosso Senhor, que Ele não mais quis que vivessem. Por causa disso Ele nos enviou para cá, que deveríamos expulsá-los". "Não dizeis suficiente," falou Galaat, "fizeram contra Nosso Senhor, a vingança não era nossa para tomar, senão daquele que lá permanece tanto tempo que o pecador se converte e se redime. E por causa disso assim vos digo que nunca fico feliz, antes que eu saiba a verdade destas obras que fizemos".

Nisto que assim falavam, então saiu um bom homem de uma câmara, e era padre, e estava vestido com trajes brancos e trazia um corpo de Nosso Senhor em um cálice. E quando viu os mortos jazerem no salão, então ficou bastante assustado e se moveu para trás, como aquele que lá não soubesse o que devia fazer, pois que viu tanta gente morta. E Galaat, que lá bem tinha visto o que ele trazia, tirou seu elmo à frente dele e soube bem que o padre tinha temido. Então fez seus companheiros esperarem e veio ao bom homem e falou: "Senhor, por que causa vos movestes para trás, não podeis nos temer!" "Quem sois vós?", falou o bom homem. E ele falou que eles seriam da corte do rei Arthur.

Quando o bom homem tinha entendido esta notícia, então ficou muito contente e sentou-se e falou para Galaat que lhe dissesse como os cavaleiros tinham sido todos assassinados. E ele lhe contou como os três companheiros da demanda tinham sido lançados pelos ares por eles "e o azar caiu sobre esses, como bem se pode ver". E pois que o viu, então o padre falou: "Vós, Senhores, sabeis que fizeram a melhor obra que jamais fizeram os cavaleiros! E deveis viver tanto quanto dure o mundo, assim não creio que vós pudésseis fazer maior esmola que essa. Por causa disso sei bem que Deus para cá vos enviou para fazer essas obras. Quando lá não havia nenhuma gente em todo o mundo que odiasse tanto Nosso Senhor como estes três irmãos fizeram, que tiveram dentro este castelo. E por causa de sua grande infidelidade, então tinham invertido tanto esses desse castelo, que eram mais maus que pagãos e não fizeram nada senão o que era contra Nosso Senhor e contra a Santa Igreja". "Senhor," falou Galaat, "arrepende-me muito que eu tenha estado junto quando foram assassinados, quando eram cristãos". "Nunca deixai que vos arrependa, seguramente, que assassinastes, disto vos diz Deus grande agradecimento. Quando não eram cristãos, senão que eram as pessoas mais desleais que jamais vi, e devo vos dizer como eu o sei. Neste castelo em que estamos, cá era senhor o conde Ernons, disso já faz um ano, e ele tinha três filhos, suficientemente bons cavaleiros às armas, e uma filha, a mais bela desta terra. E os três irmãos amavam a irmã com louco amor, assim que ficaram acesos, que tomaram sua inocência. E por causa de que ela se reclamou disto contra o pai, pois a mataram. E quando o pai viu esta maldade, então quis expulsá-los de perto dele. E disto não padeceram e agarraram seu pai e o deixaram prisioneiro, e o feriram muito. E o teriam matado, se não tivesse um seu irmão feito, que o protegeu. E depois começaram eles a fazer toda a maldade do mundo, quando assassinaram pastores e alunos, monges e abades e fizeram lançar abaixo duas capelas que estavam no castelo. E fizeram tanta maldade que é maravilha que durante muito tempo não se tenham afundado. Quando hoje cedo aconteceu que seu pai, que lá dentro está, está moribundo, assim eu considero, pediu-me que eu viesse a ele assim armado como me vedes, e vim de muito bom grado como para aquele que sempre me teve amor. Quando assim que para cá vim, eles me fizeram tanta vergonha que os pagãos não me tinham feito tanto. E eu o padeço de bom grado por causa do Senhor a quem fizeram isso por vergonha. E quando eu vim à prisão, onde dentro estava o conde, e que eu lhe tinha contado a desonra que eles me fizeram, então ele me respondeu e falou: 'Não volvais para lá, quando minha vergonha e a vossa deve ser vingada com três servos de Nosso Senhor Jesus Cristo. Quando assim me ofertou o Alto Senhor'. E por causa desta fala bem podeis ver e saber que Nosso Senhor não se irou por causa disto que fizestes. Quando sabei seguramente que Nosso Senhor vos enviou para assassiná-los, e deveis ainda hoje visivelmente ver sinais além dos que já vimos". Então o bom senhor começou a chorar tão lamentosamente e Galaat com ele. "Senhor," falou ele, "por longo tempo vos esperamos e desejamos, porém o temos, Deus seja louvado!" "Por causa de Deus", falou o conde, "tomai-me entre vosso exército, para que meu corpo descanse um pouco e para que minha alma fique mais leve, que dela o corpo seja mantido por um tão nobre homem e cavaleiro como sois". E ele fez o que lhe pediu de bom grado. E quando tinha deitado o conde sobre seu peito, então se deixou afundar justamente como aquele que se prepara para a morte e falou: "Amado Pai do Reino dos Céus, em Tuas mãos encomendo meu espírito e minha alma". Então cai amolecido todo à vez e permanece desta maneira tanto tempo que eles consideraram que ele estivesse morto; então ele foi falado. Pois que tinha assim ficado, então falou: "Senhor Galaat, isto te[11] pede o grande senhor, que hoje o vingastes em seus inimigos, que todas as hostes celestes disso se alegram. Então deves rumar para o rei Maghame o mais breve que puderes, para que ele fique saudável, tão logo lá venhas, e deveis vos alçar àquela direção o mais breve que consigais ou possais".

---

11. Mais uma vez a alteração no pronome de tratamento.

Com isso se calou e não falou mais. Então de pronto lhe seguiu a alma do corpo, e quando os do castelo viram isso, que o conde estava morto, então ficaram muito tristes, quando eles lhe tinham muito amor. Então fizeram enviar a todos os homem que lá próximo moravam, e sepultaram o corpo por terra na clausura de um eremita tão ricamente como simplesmente se deve fazer a um tal homem. No outro dia então se apartaram de lá os três companheiros e vieram ao ermo deserto, e a irmã de Parsifal seguia com eles. Então vieram ao ermo, então viram o veado branco, que os quatro leões conduziam, que Parsifal mais viu. "Galaat," falou Parsifal, "então podeis ter visto maravilha, quando nunca vi maravilhosa aventura, e eu creio seguramente que os leões protegem o veado. É uma coisa pela qual nunca fico feliz, antes que saiba a verdade". "Em nome de Deus", falou Galaat, "assim também desejo saber. Então nos deixai seguir atrás, até que possamos saber a verdade e sua morada, quando bem imagino que seja uma aventura de Deus". E os outros o seguiram de bom grado. Então seguiram atrás do veado até que vieram a um vale. Lá viram à sua frente uma clausura, lá dentro morava um bom velho, e o veado lá entrou e os leões também com ele. E os que os seguiam voltaram-se para a direção da capela e viram o bom homem vestido com as armas de Nosso Senhor, que ele deveria começar a missa do Espírito Santo. E quando os companheiros viram isso, então falaram que bem para lá tinham vindo. Então ouviram a missa que o bom homem cantava. E quando chegou a calmaria da missa, então se maravilharam os três companheiros mais do que tinham feito. Quando viram, como lhes pareceu, que o veado se transformou em uma pessoa e sentou-se acima, sobre o altar, em uma poltrona, que à vez era bela e rica. E viram que os leões se transformavam, um ficou como uma pessoa, outro como uma águia, o terceiro permaneceu leão, e o quarto, como um boi. Assim se transformaram os quatro leões e bem puderam ter voado, se fosse da vontade de Deus. Então tomaram a poltrona, em que o veado se sentava, dois aos pés e os outros dois às cabeças. E eles seguiram para uma janela de vidro afora em uma medida que o vidro nunca ficou destruído ou quebrado. E quando seguiram caminho, então ouviram uma voz que falou: "Desta maneira assim veio o Filho de Deus veio à pura Virgem Maria, que sua castidade e pureza nunca foram destruídas".

Pois que ouviram esta fala, então caíram por terra tanto tempo quanto estavam, quando a voz lhes tinha dado tão grande clareza e tão grande alarido, que a capela ficou com grande adornamento. E pois que eles voltaram à sua força e ao seu poder, então viram que o padre se tinha agora despido como aquele que tinha executado a missa. Então vieram até ele e lhe pediram que lhes quisesse dizer o significado daquilo que tinham visto. "O que vistes então?", falou ele. "Vimos um veado se transformando em forma humana, e assim se transformaram os leões também em outra forma".

Quando o bom homem ouviu isso, então falou para eles: "Ah, Caros Senhores, precisais ser-me bem-vindos! Então sei bem por aquilo que me dizeis, que sois as pessoas mais nobres e os verdadeiros cavaleiros que lá devem levar a fim a demanda do Santo Graal e que lá padecem o trabalho e o tormento. Quando sois aqueles a quem o Senhor Deus mostrou as coisas celestiais e escondidas, e Ele vos deixou então ver apenas uma parte. Quando nisto que o veado foi formado na forma de uma pessoa, não foi na tua forma de uma pessoa mortal, isso ele mostra que superou na Cruz, que estava coberto com cobertura humana, com que ele superou, com o morrer, a eterna morte e nos trouxe de volta à vida. E isso pode bem assinalar o veado. Quando justamente assim como o veado rejuvenesce nisto que ele deixa seus cornos e uma parte de seu cabelo, justamente assim veio Nosso Senhor da morte à vida, quando deixou o corpo terreno, que é a carne mortal, que Ele tinha tomado no corpo da pura Virgem Maria. E por causa de que a pura donzela nunca fez pecado, por causa disso vos apareceu em forma de um veado branco sem máculas. E pelos quatro leões deveis entender os quatro evangelistas, que lá descreveram uma parte das obras de Nosso Senhor Jesus Cristo, que era atuante no meio de nós tanto tempo quanto foi terreno. Então sabei que nunca nenhum cavaleiro conseguiu mais saber o que isso significa, nem a verdade. E isso o Bom Mestre, o mais alto, nestas terras e em algumas terras deixa verem as boas e santas pessoas e os bons cavaleiros à maneira de um veado e em tal companhia de quatro leões, para que os que viram isso tomem daí um exemplo. Quando sabei por certo que doravante ninguém deve ver isso em igualdade, por mais nenhum tempo".

Pois que ouviram esta fala, então choraram de alegrias, que daquilo tinham, e agradeceram a Nosso Senhor daquilo que Ele lhes tinha mostrado visivelmente. Então ficaram o dia inteiro junto ao bom homem. E quando, no outro dia, tinham ouvido missa, e pois que deviam sair de lá, então Parsifal tomou a espada, que foi de Galaat, e falou que doravante mais a queria portar, e deixou sua espada na casa do bom homem. Quando estavam de lá apartados, e tinham cavalgado até o meio-dia, então se aproximaram de um castelo, que se chamava Gyech, que era bom e forte. E não se voltaram para aquela direção, quando seu caminho não os trouxe para lá. E pois que vieram do portão maior, então viram um cavaleiro, que veio até eles cavalgando, que falou: "Senhores, a donzela que convosco segue é uma virgem pura? "Em verdade," falou Bohort, "uma donzela e uma pura virgem ela é, isso deveis saber". Então deitou o braço e a agarrou com o arreio e falou: "Valha-me um pequeno corcel, não me podeis ir embora, deixastes então aqui o costume deste castelo!"

Quando Parsifal viu o cavaleiro que mantinha sua irmã, então isso o incomodou muito à vez e ele falou: "Senhor cavaleiro, não sois sábio com a fala! Quando donzelas virgens, aonde venham, estão fora de todo costume, e principalmente uma donzela nobre como é esta, filha de um rei". No instante em que falaram, assim saíram do castelo dez cavaleiros armados, e com eles veio uma donzela, que tinha uma tigela de prata em sua mão. E eles falaram: "Precisa ser com violência que a donzela, que conduzis, dê-nos o costume deste castelo". E Galaat perguntou qual costume seria aquele. "Senhor," falou um cavaleiro, "cada donzela que passe por esse castelo precisa dar esta tigela cheia de sangue de sua mão direita, de que não pode ser liberada". "Deus lhe dê desgraça", falou Galaat, "àquele que fez este descostume além de cavaleiro, quando é mau e interminável. E, como Deus me ajudar, quanto a esta donzela falhastes, quando, tanto tempo quanto eu esteja saudável, e ela me siga, não será vosso o que desejais". "Assim Deus me ajude", falou Parsifal, "ser-me-ia preferível que eu fosse assassinado". "E eu também", falou Bohort. "Em verdade, assim deveis morrer", falou o cavaleiro, "e fostes os melhores cavaleiros do mundo".

Então deixaram correr uns para os outros. Então adveio que os três companheiros derrubaram os dez cavaleiros, antes que suas lanças quebrassem. Depois assim tomaram sua espada e os dobraram abaixo como se fossem touros. E eles os teriam assassinado muito facilmente, quando os que estavam no castelo quiseram sair com sessenta cavaleiros, que estavam todos armados, para ajudá-los. E diante deles veio um velho que lá falou para os três companheiros: "Ah, caros senhores, apiedai-vos de vós mesmos e não vos façais matar! Seria grande pena, pois vós sois por demais nobres pessoas e verdadeiros cavaleiros. Por causa disso assim vos queremos pedir que nos deis o que vos desejamos". "Seguramente", falou Galaat, "falais à toa, quando nunca recebereis tanto tempo quanto ela me crer". "Como é isto," falou aquele, "quereis então morrer?" "Ainda não é vir tão longe," falou Galaat, "preferimos morrer a querermos padecer a maldade que buscais junto de nós".

Então começou a alçar-se briga grande e maravilhosa, e eles tinham cercado os três companheiros de todos os lados. Quando Galaat, que tinha a espada com a asa estranha, golpeou pelos lados direito e esquerdo e assassinou tudo o que ele agarrou e faz tal maravilha, que quem a visse, não consideraria que fosse uma pessoa mortal. E conduziu tudo à sua frente, que nunca se volveu para trás, e seguiu por sobre seus inimigos, e também o ajudou muito que seus companheiros o ajudassem pelos dois lados, que ninguém conseguia vir à frente deles.

Ao tempo, perdurou a luta até as nonas horas, que os três companheiros não se torceram nem evacuaram o lugar. E durou tanto tempo até que se fez noite, assim que com força precisaram deixar o lugar, assim que os do castelo falaram que precisariam negociar a briga. Então veio o bom homem até os três cavaleiros que antes lhes tinha falado e falou: "Senhores, nós vos pedimos amigavelmente que queirais esta noite vos abrigar conosco, e nós vos prometemos que pela manhã cedo vos deixamos voltar na medida em que agora estais. E sabeis por que causa eu vo-lo digo? Quando bem sei que, tão logo saibais a verdade destas coisas, que vos deve ser do agrado e que devereis nos dar o que vos desejamos". Então falou a donzela: "Senhores, fazei-o porque eles vos pedem!" Então eles seguiram isso e deram para aqueles sua verdade. Então entraram com um no castelo. Nunca houve tão grande alegria quanto a que os do castelo faziam aos três companheiros, e os fizeram sentar e desarmar. E pois que se tinham sentado, então perguntaram o costume do castelo e como ele se teria principiado e por que causa. E um do castelo falou para eles: "Isto bem vos queremos dizer.

É verdadeiro", falou ele, "que aqui dentro está uma donzela a quem todos nós obedecemos, e esta terra e este castelo são dela e muitos. Então aconteceu, faz bem dois anos, que ela caiu em um vício por vontade de Deus. E pois que ela tinha deitado por longo tempo, então contemplamos que vício ela tinha. Então vimos que ela tinha lepra. Então mandamos chamar todos os médicos longe e perto. Então nos diz um sábio: poderíamos ter uma tigela cheia do sangue de uma donzela, que ainda fosse casta em vontade e em obras, e que fosse filha de um rei e fosse irmã de Parsifal, que também é puro, assim se poderia curar a donzela.

Quando ouvimos isso, então fizemos um costume de que nunca de nenhuma donzela que viesse por aqui ainda pura virgem, deixaríamos de ter uma tigela de seu sangue. Então ficamos hoje nas portas do castelo, que pudemos manter todos que viessem à frente delas. Então ouvistes como o costume do castelo foi principiado, e o encontrastes assim, pelo que podeis fazer o que quiserdes". Então clamou a donzela para os três companheiros e falou: "Senhores, então bem vedes que a donzela está viciada, que bem a quero curar, se eu quero. E eu quero, então ela não pode convalescer, por isso quero ajudá-la". "Em nome de Deus," falou Galaat, "fazei isso no que sois jovem, assim não podeis vos sair, que devereis morrer". "Em minha verdade", falou ela, "é que preciso morrer para que eu a cure, para mim é uma honra, e devo também fazer uma parte por vossa causa, e uma parte por causa dela. Se voltares de manhã uns para os outros como hoje estivestes, assim não pode ser, será maior perda que da minha morte. E por causa disso assim vos digo que quero fazer isso porque eles desejam; assim esta guerra está julgada. E eu vos peço por Deus que nisto me sigais". Disso ficaram muito tristes.

Então clamou a donzela aos do castelo e falou: "Estai felizes que vossa luta de manhã está suspensa, e eu vos prometo que devo me deixar da maneira que as donzelas se deixam". Quando aqueles ouviram isso, então muito lhe agradeceram. Então começou a alçar-se alegria lá dentro muito mais do que tinham feito antes. Então os serviram o melhor que conseguiam. À noite foi bem servido aos companheiros, e ainda se lhes teria ofertado melhor, se tivessem querido. No outro dia, pois que tinham ouvido missa, então veio a donzela ao palácio e falou que se lhe trouxesse a donzela que lá estava viciosa, que deve convalescer de seu sangue. E eles falaram que o fariam de bom grado, e se a trouxe. E quando os companheiros a viram, então se maravilharam muito como ele poderia viver no padecimento que ela tinha. Quando a viram vir, então se levantaram perante ela e a fizeram sentar-se junto deles. E ela falou para a donzela que ela lhe daria o que tinha prometido. E ela falou que o faria de bom grado. Então a donzela chamou que se lhe trouxesse a tigela, e se lhe trouxe. E ela moveu seu braço direito para frente e fez golpear uma veia, e agora o sangue saltou para frente. E então ela faz uma cruz à sua frente e se encomenda a Deus e fala para a donzela: "Senhora, eu me dei à morte por causa de vos curar, por Deus, rogai por mim!"

Nisto que ela assim falou, então se lhe ficou o coração puro do sangue que ela perdia, e a tigela estava cheia. Então os companheiros correram para lá e a seguraram. E pois que tinha ficado muito tempo em desmaio, que podia falar, então falou para Parsifal: "Por causa de curar esta donzela, eu morro. Por causa disso assim vos peço, tão logo eu esteja morta, assim me deitai em um navio na primeira margem que está lá ao lado, e deixai-me seguir como a aventura me guiar. E eu vos digo, tão logo vindes à cidade de Saras, para lá deveis rumar atrás do Santo Graal, que me encontrais então na margem, abaixo da torre. Então fazei tanto por causa de mim e por causa de meu amor, que fazei sepultar meu corpo no palácio espiritual. E sabei por qual razão eu vos peço por isso? Por causa de que Galaat e vós deveis ficar, isso eu sei!"

Pois que Parsifal ouviu isso, então ele lhe promete isso e grita e falou que o faria de bom grado. E ela falou: "Separai-vos pela manhã uns dos outros e cada qual de vós siga um caminho até o tempo em que a aventura vos traga novamente um ao outro na casa do rei Mahames,[12] quando assim o quer o Alto Senhor e vos pede comigo". E eles falaram que o queriam fazer de bom grado. Então ela pediu que se lhe fizesse vir o corpo de Nosso Senhor. Então se mandou chamar um enclausurado, que não morava longe de lá, em uma floresta. E ele não permaneceu muito tempo e veio perante a donzela. E quando ela o viu vir, então ergueu sua mão na direção de seu Criador e o recebeu com grande devoção. E depois de pronto, lá se separou deste reino da terra, do que esses companheiros ficaram muito tristes, assim que não conseguiam se consolar facilmente.

No mesmo dia a senhora ficou saudável. Quando tão logo ela foi lavada com o sangue da santa donzela, então ela ficou purificada da lepra, e sua carne voltou à grande beleza, que antes foi impura e horrenda de ver. Disso ficaram muito contentes os três companheiros e também os do castelo. Depois fizeram à donzela o que ela tinha desejado, e fizeram-lhe do corpo o que dele se deve fazer, e depois assim se a embalsamou tão ricamente como se ela tivesse sido uma imperatriz. Depois eles tomaram um navio e o recobriram com um pano muito rico e fizeram lá dentro fazer uma cama muito bela. Pois que tinham preparado o navio tão ricamente como conseguiram, então colocaram a donzela lá dentro e empurraram o navio ao mar. E Bohort falou para Parsifal que lhe seria muito lamentável que não tivessem colocado uma carta junto dela, que lá pudesse significar toda a sua vida

---

12. O texto apresenta esta grafia alternativa ao nome do rei.

e como tinha morrido e também todas as aventuras que ela tinha ajudado a trazer ao fim. Por causa de que se abordasse em terras estranhas, que se soubesse quem ela era. "Eu vos digo", falou Parsifal, "que eu coloquei uma à sua cabeça, que lá mostra todos os seus pais e como ela morreu e toda a aventura que foi junto dela, no caso de ser encontrada em terras estranhas, que se saiba bem quem ela é". E Galaath[13] falou que o teria feito de muito bom grado, quando quem pudesse encontrar seu corpo, que lhe fizesse maior honra do que ele próprio faria, porque ele sabe quem ela era e como sua vida tinha sido.

Tanto quanto os no castelo puderam ver o navio, assim ficaram à margem, e choraram muito, a maior parte deles, quando ela tinha mostrado grande nobreza que se tivesse entregado à morte por causa de curar uma donzela estranha. E falaram que nunca nenhuma donzela teria feito mais. E quando não mais conseguiam ver o navio, então foram ao castelo. E então falaram os companheiros que não queriam lá entrar, por causa da donzela que eles lá tinham perdido. E ficaram do lado de fora e falaram para os do castelo que lhes trouxessem suas armas; e o fizeram de pronto.

Pois que os três companheiros estavam montados e queriam se pôr a caminho, então viram que tudo estava escuro no campo e as nuvens se tinham transformado. Então seguiram na direção de uma capela, que ficava junto à via, e entraram e deixaram seus cavalos lá em frente, em uma

---

13. Neste momento, o nome do cavaleiro surge escrito com a letra H ao final.

casinha. E então viram que o tempo tinha se fortalecido e começou a trovejar e relampejar, e as pedras de granizo caíam ao redor do castelo, justamente como se fosse chuva. O dia inteiro durou o mau tempo tão grande e tão maravilhoso ao redor do castelo, que os muros do castelo bem pela metade caíram abaixo. Disto ficaram muito assustados, quando não tinham pensado que em uma noite o castelo podia ser tão arruinado com um mau tempo, como agora viam lá fora.

Pois que chegavam perto as nonas horas e o tempo se tinha colocado abaixo, então os companheiros viram à sua frente um cavaleiro cavalgar, que estava muito ferido no corpo e fugia pela via e falava por algumas vezes: "Ah, amado Senhor Deus, vem em meu auxílio, que então faz necessidade". E depois dele vinha um outro cavaleiro rumando, que grita para ele de longe: "Estais morto, não podeis vos proteger!" E ele ergueu suas mãos na direção do Céu e falou: "Amado Senhor Deus, vem em meu auxílio e não me deixa morrer em tão grandes necessidades e padecimentos como esse é". Pois que os companheiros ouviram que ele clamava ao Nosso Senhor Deus, então isso muito os apiedou, e Galaat falou que queria vir em seu auxílio. "Senhor," falou Bohort, "quero fazê-lo, quando não é necessidade que rumeis para lá por causa de um cavaleiro". E isso foi do agrado de Galaat porque ele o queria fazer. E Bohort veio ao seu cavalo e montou e falou para seus companheiros: "Caros Senhores, se é que eu não volte, assim não deixai vossa demanda, quando pela manhã cedo vos ponhais cada qual em sua via tanto tempo até que Nosso Senhor Deus nos ajude que venhamos de novo uns aos outros na casa do rei Mahames". E falaram que ele seguisse em escolta de Deus, quando queriam ambos de manhã separar-se. E Bohort seguiu de lá e seguiu atrás do cavaleiro que assim clamava perante o Nosso Senhor por socorro. Bem aqui a aventura se deixa e diz dos dois companheiros.

Então nos diz a aventura que a noite inteira estiveram os dois companheiros na capela, Galaat e Parsifal, e pediram a Nosso Senhor que quisesse proteger Bohort, em que cidade ele viesse. Pela manhã, quando já era dia e o tempo estava posto e o ar estava belo e claro, então montaram em seus cavalos e seguiram na direção do castelo, contemplar como tinha ido lá dentro. E pois que vieram à porta, então o encontraram todo queimado, e os muros estavam destruídos. Então entraram. E quando estavam dentro, então se maravilharam muito mais do que antes tinham feito, quando não viram nem encontraram lá dentro nenhuma pessoa, e eles visitaram em cima e em baixo, e falaram que seria grande pena. E quando vieram ao mais alto palácio, lá encontraram os muros invertidos e as paredes destruídas, e encontraram os cavaleiros mortos, um aqui, outro lá, como se Deus os tivesse arruinado com o temporal. Pois que os companheiros viram isso, então falaram que seria uma vingança espiritual, e nunca teria acontecido, se não fosse por causa de que a ira de Nosso Senhor para lá tivesse rumado.

Nisto que assim falavam, então ouviram uma voz que lá falava para eles: "Esta vingança é do sangue da santa donzela, que aqui foi perturbado, por causa de que uma má pecadora convalescesse". E pois que ouviram isso, então falaram que a vingança fora realmente maravilhosa, e falaram que faz justamente tolice aquele que faz contra a vontade de Deus, nem por causa da vida, nem por causa da morte.

Pois que por longo tempo tinham ido em torno do castelo, então encontraram, junto a uma capela, um cemitério cheio de cabeças quebradas e cheio de ervas verdes. E ele estava todo cheio de belos caixões, que bem podiam ser quarenta. E bem lá ele tão rico e tão deslumbrante, que lhes pareceu que nunca nenhum tempo teria vindo ali, como também era. Quando lá dentro jaziam os corpos que por causa da vontade da senhora estavam mortos.

Então vieram ao cemitério, assim a cavalo como estavam, e cavalgaram para as sepulturas e encontraram sobre algumas o nome daqueles que lá jaziam. Então leram por longo tempo até que lá encontraram doze donzelas, que eram todas filhas de reis e de alta linhagem. E quando viram isso, então falaram: "Este era um mau costume que estes do castelo tinham, quando rebaixaram algumas linhagens por causa das mulheres que lá estão mortas". Pois que os dois ficaram lá até as primas horas, então seguiram de lá até o ermo. E quando lá entraram, então falou Galaat para Parsifal: "Hoje é o dia em que devemos nos separar, por causa disso vos encomendo a Deus". Parsifal falou: "Que precisa nos ajudar, que precisamos vos encontrar em curto tempo! Quando não encontrei nunca uma pessoa cuja companhia me fosse tanto do agrado como a vossa, e por causa disso tanto me entristece a separação muito mais do que considerais; quando assim precisa ser, porque é a vontade de Deus". Então tiraram seus elmos e se beijaram na separação. Assim se separaram os companheiros no ermo, que os da terra chamavam Ube, e cada qual seguiu seu caminho. Bem aqui se deixa a aventura de dizer deles e volta para o meu senhor, Senhor Lancelot do Lago, quando por muito tempo não disse dele.

Lancelot em Corbenit

BEM AQUI nos diz a aventura que, pois que Lancelot veio à água de Markoßen e que se viu fechado por três mãos de coisas, que não o faziam muito feliz. Quando por um lado o ermo era grande e intratável, pelo outro lado havia dois penhascos, que eram muito grandes e altos, e pelo terceiro lado havia a água profunda e escura. Essas três coisas o trouxeram a que ele falasse que não queria estar lá dentro e queria bem lá esperar pela graça de Nosso Senhor, e permaneceu desta maneira até que foi noite. Pois que era no tempo em que o dia e a noite deviam se separar, então Lancelot tirou suas armas e se deitou e se encomendou a Nosso Senhor, que não se esquecesse dele e viesse em seu auxílio. E pois que tinha falado isto, então adormeceu de maneira que mais pensou em Nosso Senhor que em coisas terrenas. E quando estava adormecido, então veio uma voz até ele e falou: "Lancelot, levanta e vai ao primeiro navio que encontrares!" E quando ele ouviu isso, então despertou e abriu os olhos e viu tão grande claridade ao seu redor que considerou que fosse dia. Mas ela não permaneceu muito tempo, quando desapareceu, assim que ele não soubesse de onde ela tinha vindo. Então ele ergueu sua mão e se persignou e se encomendou a Nosso Senhor, e tomou suas armas e se prepara e viu à margem um navio sem vela e sem remos lá parado, e ele entrou. Então lhe pareceu que ele cheirava a todos os bons aromas que havia no mundo. Então ficou cem vezes mais contente do que antes estava. Então lhe pareceu que ele tinha tudo o que sempre desejou. Por isso louvou Nosso Senhor e caiu sobre seus joelhos e falou: "Amado Pai, Senhor Jesus Cristo, eu não sei de onde isto pode vir, se não viesse de Vós! Quando vejo meu coração então em tão grande alegria que não sei se no reino da terra ou no paraíso terrestre". Então se colocou a bordo do navio e adormeceu de grandes alegrias. A noite inteira adormeceu ele tão bem e tão em paz que não lhe pareceu que ele fosse como costumava ser. Pela manhã, quando ele despertou, então olhou todo ao seu redor e viu no meio do navio uma cama muito bela, e lá dentro jazia uma donzela, que estava morta, e dela não se via mais que a face. E pois que ele a viu, então se levantou e persignou-se e agradece a Nosso Senhor da companhia que Ele lhe tinha adicionado. Então foi junto dela como aquele que tivesse sabido de onde ela era. Então ele contemplou acima e abaixo e tanto que viu debaixo de sua cabeça uma carta. Então tomou a carta e a abriu e lá dentro achou escrito: "Esta donzela foi irmã de Parsifal de Gales, e foi por toda a via e todo o tempo uma virgem pura em vontade e em obras. Foi aquela que trocou a asa da espada estranha que Galaat, filho de Lancelot, agora porta".

Depois ele encontrou lá dentro toda a sua vida e como ela tinha morrido. Pois que Lancelot ouviu que Galaat, Bohort e Parsifal a colocaram lá dentro como ela estava no navio, por causa do mandamento da voz celestial, então ficou mais feliz que antes, de que sabia a verdade; quando estava bem feliz de que Galaat, Parsifal e Bohort estavam juntos. Então ele coloca a carta de volta e vai a bordo do navio e pede a Nosso Senhor que Ele, antes que esta demanda tome um fim, devesse lhe presentear a graça que devesse ver Galaat e que então o conhecesse. Nisto que Lancelot estava em sua oração, então viu o navio aportar perto de um rochedo, que era grande e perto de uma pequena capela. E à frente da porta viu um velho, que era grisalho. E quando veio junto dele, então o saudou. E o bom homem o saudou de volta e levantou-se de lá onde estava sentado e veio ao navio e sentou-se sobre um monte de terras e pergunta a Lancelot que aventura o tinha ali trazido. E Lancelot lhe conta a verdade de seu ser e como a sorte o tinha trazido para ali, aonde nunca veio, como lhe pareceu.

Então lhe pergunta o bom homem quem ele era, e ele lhe diz. E quando ele ouviu que era Lancelott[1] do Lago, então teve nele grande maravilha como ele viera ao navio e quem estivera lá dentro com ele. "Senhor," falou Lancelot, "vinde cá e contemplai, se vos for do agrado!" E ele foi ao navio e encontrou a donzela e a carta. E pois que a tinha lido de um fim ao outro, e pois que ouviu que ela também falava da espada com a asa estranha, então falou: "Ah, Lancelot, não

---

1. Nesta altura do texto original, o nome do cavaleiro aparece grafado com dois tês.

considero viver tanto que saiba o nome desta espada. Então podes bem falar que infelizmente estás porque não estiveste nesta alta aventura onde estes três bons cavaleiros estiveram, que eu algumas vezes considerei que eles não seriam tão bons quanto tu. Quando então é uma coisa evidente que eles são pessoas mais nobres e cavaleiros mais verdadeiros do que foste perante Nosso Senhor Deus. Quando, porém, como tiveres sido no tempo que está à frente, eu bem creio que, se quiseres doravante te proteger de pecados mortais, e que não faças nenhuma coisa que seria contra o teu Criador, ainda podes encontrar graça e piedade sem vacilo, Aquele que agora clamou por ti no caminho da verdade. Quando então me diz como vieste a esse navio". E ele lhe contou. E o bom homem lhe respondeu gritando: "Lancelot, sabe que Deus te mostrou grande bem, que Ele te colocou na companhia de uma tão alta donzela. Então te protege que sejas casto doravante em vontade e em obras, assim que tua castidade se iguale à pureza dela; assim pode a vossa segunda companhia durar.[2] E pede ao Nosso Senhor com bom coração e Lhe promete também que não fazes nenhuma coisa com que penses em pecar contra teu Criador. Então segue tua via, quando não tens que ficar e, se Deus quiser, deves puramente vir à casa aonde por longo tempo desejaste vir". "Caro Senhor," falou Lancelot, "permaneceis cá?" "Sim," falou ele, "assim deve ser seguramente".

---

2. Mais uma alteração de pronome de tratamento no mesmo discurso, passando para a modalidade formal.

Nisto que falavam um para o outro, então se bateu o vento no navio e o fez rumar do penhasco. Pois que viram que um devia separar-se do outro, então um encomendou o outro a Deus, e o bom homem quis ir para sua morada. Quando antes lá veio, então falou para Lancelot: "Servo de Nosso Senhor, nunca te esqueças de mim, quando pede a Galaat, o verdadeiro cavaleiro, que deves puramente ter junto de ti, que ele rogue a Nosso Senhor que Ele, por causa de Sua misericórdia, queira Se apiedar de mim". Assim clamou o bom homem para Lancelot, que lá ficou muito contente das notícias que tinha ouvido, que Galaat brevemente deveria estar em sua companhia. Então veio ele a bordo do navio e fez sua oração sobre seus joelhos, que Nosso Senhor devesse escoltá-lo à cidade, onde pudesse fazer o que Lhe era agradável.

Então esteve Lancelot no navio um mês ou mais, que nunca saiu de lá. E quem perguntava de que ele vivia, quando não tinha nenhuma refeição no navio, a esse respondia a aventura que o Alto Senhor, que saciou o povo de Israel com o pão celestial no deserto e que lá fez sair água da penha e jorrar, que bebessem, conservava esse de tal maneira, que todas as manhãs, quando ele tinha feito sua oração e executado e que tinha pedido a Nosso Senhor que não o esquecesse e que lhe enviasse seu pão, como um pai por direito deve fazer ao seu filho ou sua criança.

Todo o tempo em que Lancelot tinha feito sua oração, então se encontrou tão satisfeito que lhe pareceu que tinha comido de todas as iguarias do mundo. Pois que viajou por longo tempo no mar, que nunca saiu de lá, então aconteceu em um tempo, que ele aportou à frente de uma floresta, à noite. Então ele ouviu um cavaleiro vir a cavalo, que fazia barulho muito grande através do ermo. Pois que veio à frente da floresta, então viu o navio e desmontou de seu cavalo e lhe tirou a sela e o arreio e o deixou ir aonde quisesse. Depois veio ao navio e entrou assim armado como estava.

 Quando Lancelot viu o cavaleiro, então não correu para suas armas, quando bem pensou que fosse a promessa que o bom homem lhe tinha feito, de Galaat, que ele, antes de muito tempo, devia estar junto a ele. Então se levantou e falou: "Senhor cavaleiro, sede bem-vindo por Deus!" E quando o ouviu falar, então lhe responde como aquele que não considerava que alguém estivesse no navio: "Deus vos dê boa sorte e por causa de Deus, que possa ser, assim me dizei quem sois, quando desejo sabê-lo muito por direito!" E ele falou que era chamado Lancelot do Lago. "É verdade?", falou ele. "Então sede bem-vindo por Deus e por mim! Assim para mim um pequeno corcel, eu estava mais desejoso de vós que de todos do mundo, e eu o faço simplesmente, quando fostes um princípio da minha vida". Então o cavaleiro retirou seu elmo e colocou no navio. E Lancelot lhe pergunta: "Ah Galaat, sois vós?" "Senhor," falou ele, "sim!" E pois que ele entendeu isto, então correu para lá com os braços abertos, e um começou a beijar o outro e a fazer grande alegria, e deles um pergunta ao outro de seu ser. E então conta deles um para o outro suas aventuras, assim como elas lhe sucederam desde o tempo em que se separaram da corte do rei Arthur. E ficaram tanto tempo no falar que o dia brilha belo e claro. E pois que o sol tinha nascido, que podiam ver-se e reconhecer-se, então a alegria começou a se lhes tornar grande e maravilhosa.

Quando Galaat viu a donzela que jazia no navio, então bem a confessou como aquele que a tinha visto em outros tempos. E ele perguntou a Lancelot se ele sabia quem a donzela era. "Sim," falou ele, "quando a carta, que estava junto dela, diz claramente; e dizei-me, por Deus, terminastes a aventura da espada com a asa estranha?" "Sim, Senhor," falou ele, "vede, cá está". E pois que Lancelot a viu, então bem pensou que o era. Então ele a tomou e começou a beijar a maça e o cabo e a bainha. Então ele pediu a Galaat que lhe quisesse dizer como a tinha encontrado e em qual sítio. E então lhe contou a matéria do navio, que a mulher de Salomão tinha feito fazer, e dos três fusos, como Eva, a primeira mãe, tinha plantado a árvore, de que os fusos eram de cores naturais, branco, verde e vermelho. E pois que lhe tinha dito a matéria do navio, então falou Lancelot que nunca a nenhum cavaleiro tinha sucedido tão alta aventura como lhe tinha sucedido, louvado por isto seja Deus sempre.

No navio permaneceram um junto ao outro bem meio ano ou mais, na medida em que nenhum deles se omitiu de servir ao seu Criador com bom coração. E muito fartamente aportaram em ilhas estranhas e longe de pessoas, que não acharam outra coisa senão animais selvagens; pois encontraram alguma aventura maravilhosa a cujo fim vieram assim com sua nobreza, assim com a graça do Espírito Santo, que os ajudou todo o tempo, de que a aventura do Santo Graal não diz. Quando seria muito para dizer, aquele que devesse tudo contar, que aconteceu no tempo.

    Depois da Páscoa, assim todas as coisas começaram a verdejar e que os pássaros nas florestas alçaram seus doces cânticos, por causa do doce tempo que principiava, e que todas as mais coisas começavam a alegrar-se mais que em outros tempos, por causa do tempo aconteceu que em um meio-dia eles aportaram perto de uma floresta à frente de uma cruz de pedra. Então viram sair do ermo um cavaleiro, que cavalgava muito ricamente, armado com armas brancas, e conduzia pela mão direita um cavalo branco. E quando ele viu o navio junto à terra, então cavalga para lá e saúda os dois cavaleiros dos caminhos do Alto Mestre e falou para Galaat: "Cavaleiro, ficastes tempo suficiente junto a vosso pai, saí do navio e montai neste cavalo e rumai para onde a aventura vos conduza e procurai a aventura do reino de Logres e a conduzi ao fim!" Pois que ouviu isso, então veio para seu pai e o beijou muito amigavelmente e chora e falou para ele: "Querido pai, Deus vos abençoe, não sei se vos vejo algum dia mais". E então começaram os dois a chorar de coração.

    Nisto que Galaat saiu do navio, e montou em seu cavalo, então veio uma voz entre eles dois: "Cada um de vós bem pensai, quando um de vós não vir o outro até o dia do Juízo Final, então Nosso Senhor deve dar a cada um o que mereceu". Então começaram os dois a gritar. Pois que Lancelot entendeu isso, então falou para Galaat chorando: "Amado filho, quando assim é que eu nunca mais te possa ver, e precise me separar de ti e não devo te ver mais, assim pede ao Nosso Senhor por mim, que Ele não me deixe apartar de Seu serviço, e que Ele me proteja, que eu seja Seu servo mundano e espiritual". E Galaat respondeu para ele: "Nenhum oração vos é tão boa como a vossa, e por causa disso assim pensai por vós mesmo". Assim se separou um do outro, e Galaat seguiu para o ermo, e o vento batia no navio, tanto que Lancelot muito depressa veio da margem. Assim Lancelot estava só no navio, sem que a donzela lá estivesse. Então seguiu ele bem dois meses totalmente no mar, de maneira que não dormiu muito. Quando ele despertou e pediu a Nosso Senhor chorando que pudesse vir ao sítio onde pudesse ficar sabendo algo do Santo Graal.

À noite, depois da meia-noite, ele aportou à frente de um castelo, que era muito rico, belo e forte. Quando atrás no castelo ficava uma porta, que saía por sobre a água, e estava por toda a via, de noite e de dia, aberta, quando do lado não tinham nenhuma inquietação. Quando lá ficavam por toda a via dois leões que lá protegiam, um atrás, outro na frente, assim que ninguém podia entrar, ele deveria passar pelos dois leões, se quisesse ir até a porta.

No tempo em que Lancelot lá aportou, então brilha a luz justamente clara e bela, assim que se podia ver longe o suficiente. E então ele ouviu uma voz que falou para ele: "Sai do navio e vai ao castelo, lá deves encontrar uma parte do que procuras". Pois que ouviu isto, então correu de pronto para suas armas e as tomou e não deixou nenhuma coisa lá dentro que tivesse lá trazido consigo. Quando veio aqui fora à frente da porta, então encontrou os dois leões, então bem pensou que não poderia entrar lá sem lutar. Tão logo Lancelot tinha sacado sua espada, então olhou contra a montanha e viu vir uma mão de fogo, que o golpeou tão duramente que a espada lhe caiu fora da mão. E ouviu uma voz que lhe falou: "Ah, homem de fé débil, por causa de que crês mais nas tuas mãos que no teu Criador? És muito desgraçado que considerais que Aquele em cujo serviço te destes não possa melhor te ajudar que tuas armas".

Lancelot ficou assim muito assustado desta fala e da mão que o tinha golpeado, que caiu por terra tão esticado e ficou tão invertido que não soube se seria dia ou noite. Quando depois de um longo instante se ergueu e falou: "Amado Pai Jesus Cristo, eu vos agradeço de que me quisestes castigar de meu erro. Então vejo bem que me tendes por vosso servo, porque me mostrastes sinais de minha desgraça". Então ele tomou sua espada e a enfiou na bainha e falou que por sua causa não mais a queria tirar. Então ele se deu à misericórdia de Deus e falou: "É Sua vontade que eu morra, assim é, porém, uma conservação de minha alma". Então ele faz uma cruz à frente de sua testa e veio aos leões. E eles se sentaram quando o viram vir e não fizeram nenhuma igualdade de que quisessem lhe fazer padecimento. Então foi entre eles, que eles nunca o tocaram, e ele se pôs na alameda principal e foi contra o monte na direção do castelo, por tanto tempo até que veio ao mais alto castelo. E os do castelo estavam agora todos dormindo. Então não encontrou ninguém lá dentro que assim lhe dissesse onde ele estava. E ele veio às escadas e subiu contra o monte, até que veio ao salão principal, assim armado como ele estava. E pois que lá veio, então olhou para frente e para trás, e não viu nem homem nem mulher; disto ele muito se maravilhou, quando não pensou encontrar um tão belo palácio sem pessoas. Então ele seguiu em frente e pensou que em algum momento deveria encontrar gente que lhe dissesse onde ele tinha aportado. Quando ele não sabia de si, o que o inquietava. Por tanto tempo foi Lancelot até que ele veio a uma câmara, e a porta estava fechada. Então tomou ele sua espada e contemplou se ela podia abrir, e não o conseguiu fazer. Então ele ouviu uma voz, que falava de coisas espirituais, como lhe pareceu que falasse: "Paz, louvor e honra estejam convosco, Pai do Reino dos Céus!"

Quando Lancelot ouviu esta fala, então se lhe estremeceu seu coração, e caiu sobre seu joelho à frente da porta, quando bem pensou que o Santo Graal estivesse lá dentro. Então falou chorando: "Amado Pai, Senhor Jesus Cristo, se fiz alguma coisa que Te fora do agrado, amado Senhor, por causa do bem que está em Ti, não me injuria e me deixa ver uma parte daquilo que eu procuro". Quando tão logo ele o tinha falado, então olhou à sua frente e viu que a porta da câmara estava aberta. E nisto que ela se abriu, então saiu uma claridade tão grande, bem como o sol. E quando ele viu isto, então ficou tão justamente feliz e tinha tão grande desejo que poderia saber de onde viria a claridade que era tão grande que disto tudo se lhe esqueceu. Então ele veio para os portões à frente da câmara e quis entrar. Então falou uma voz: "Foge, Lancelot, e não entra aí, quando não o deves fazer, e se aí entrares, vais te arrepender".

Quando Lancelot o ouviu, então foi para trás muito triste como aquele que teria entrado de muito bom grado, quando porém assim conteve a si próprio. Então viu ele sobre uma távola o Santo Graal, recoberto com um samítico vermelho. E viu também ao redor e ao redor anjos por toda a parte, que serviam ao Santo Graal, de maneira que lá seguravam turíbulos de prata e velas. Os outros seguravam cruzes e a aparelhagem do altar, e deles não havia nenhum que não o servisse com algo. E à frente do Santo Graal sentava-se um velho, vestido como um padre. E pois que ele estava na tranquilidade da missa e devia erguer o corpo de Nosso Senhor, então pareceu a Lancelot que sob as mãos do bom homem estariam três pessoas, e as duas colocavam o mais jovem entre as mãos do bom homem. Então ele o ergueu alto e fez justamente como se quisesse cair. E Lancelot muito se maravilhou, e lhe pareceu que ele estivesse por demais carregado pelas três pessoas que ele segurava. Então lhe pareceu que ele deveria cair para trás. E quando ele viu isto, então quis vir-lhe em auxílio, quando a ele pareceu bem que ninguém lhe queria vir em auxílio, que junto dele estavam.

Então lhe teria de muito bom grado vindo em socorro, que não lhe pareceu que lhe era proibido.

Então ele veio aos portões e falou: "Amado Pai Jesus Cristo, não me transformeis em que eu vá em auxílio do bom homem quando lhe é necessário". Então andou para lá e foi para a távola prateada. E pois que veio lá junto dela, então sentiu um vento tão quente que lhe pareceu que seria agarrado com fogo, e o golpeou para a direção dos portões, assim que lhe pareceu que o tinha queimado. Então não tinha mais poder, que viesse adiante, como aquele que estava justamente invertido, e tinha perdido todo o poder do corpo, assim em ouvir como em ver. Então sentiu muitas mãos que o carregavam e o agarravam para cima e para baixo e o empurraram à frente da capela e o deixaram jazer bem lá.

No outro dia, pois que era dia e que os do castelo estavam levantados, então encontraram Lancelot deitado à frente dos portões da câmara. Então muito se maravilharam com quem ele pudesse ser. Então clamaram muito para ele, que ele se levantasse, quando ele não fez como se os ouvisse. E pois que viram isto, então falaram que ele estaria morto, e então o desarmaram e o contemplaram abaixo e acima, se ele estaria vivo. E então acharam que ele não estava morto, quando ele não tinha nenhum poder para se levantar, nem conseguia falar, quando ele estava exatamente como um torrão da terra. E então o tomaram por todos os lados e o portaram a uma câmara e o deitaram em uma cama muito rica longe das pessoas. E o tomaram verdadeiramente, e ficaram por toda a vida à sua frente e foram fartamente até ele, contemplando se ele podia falar alguma coisa, quando ele fez igual a que se nunca tivesse falado palavra. Então lhe apalparam o pulso e as veias e falaram que seria uma maravilha deste cavaleiro que estivesse vivo e não pudesse falar. Os outros falaram que não sabiam de onde aquilo poderia vir, que não fosse em algum momento uma vingança ou um sinal de Nosso Senhor. O dia inteiro ficaram os do castelo à frente de Lancelot, e no outro, e no terceiro e no quarto dia. E esses falaram que ele estaria morto, os outros falaram que ele estaria vivo. "Em nome de Deus," falou um velho, que lá conseguia o suficiente na medicina, "eu vos digo seguramente que ele não está morto, quando ele está tão cheio de vida como um de vós. E por causa disso assim louvo que se o proteja até que Nosso Senhor lhe devolva sua saúde, que em algum momento teve, e então seremos bem cientes de quem ele é. Seguramente, eu bem acredito que ele foi um dos bons cavaleiros do mundo e ainda deve ser, se Deus quiser! Quando ele não deve ter preocupação da morte, como me parece, quando eu não falo que ele possa ainda por muito tempo estar vicioso da maneira como agora está".

Assim falou o bom homem de Lancelot, que era muito sábio, quando ele falou pouco alguma coisa que não fosse verdadeira, assim como ele a tinha sabido. Assim o protegeram bem catorze dias e catorze noites, que não mordeu nunca de comer ou de beber, nem nunca palavra saiu de sua boca, nem se moveu mão nem pé, nem parecia que ele estivesse vivo. E se queixavam muito por ele todos e falavam: "Ah, Deus, é da maior pena a deste cavaleiro, que lá tão nobre parece e era tão belo; então desta maneira Deus o colocou nesta prisão".

E assim falavam os do castelo fartamente e algumas vezes de Lancelot e não conseguiam contemplá-lo muito que o conseguissem reconhecer. E porém lá havia alguns cavaleiros que o tinham visto fartamente, que bem deveriam tê-lo reconhecido. Desta maneira jazeu Lancelot bem lá bem catorze dias, que não esperavam outra coisa senão sua morte. E quando se veio ao décimo-quinto dia, então aconteceu bem ao meio-dia que ele abriu os olhos. E quando viu as pessoas, então formou tão grande lamento e falou: "Ah, Deus, por que causa me despertastes tão logo, quando eu estava mais contente do que fico assim. Ah, Senhor Jesus Cristo, que boas obras poderia aquele que lá soubesse as grandes maravilhas dos vossos segredos, pois que minha visão foi paralisada com tão grande impureza deste mundo!"

Pois que aqueles que estavam junto de Lancelot ouviram essa fala, então ficaram muito contentes e lhe perguntaram o que ele tinha visto. "Eu vi", falou ele, "tão grande maravilha que minha boca não a conseguiria contar, nem meu coração conseguiria pensar quão grande alegria é. Quando não foi coisa mundana, quando foi espiritual, e não tivesse sido meu grande pecado, eu teria ainda visto mais, quando perdi a visão de meus olhos e o poder do meu corpo, por causa da grande deslealdade que Deus em mim encontrou".

Então Lancelot falou para os que lá estavam: "Amados Senhores, eu me maravilho muito que seja aqui encontrado, quando não me parece como tenha sido colocado cá". Então eles lhe disseram tudo o que dele tinham visto e como tinham estado junto dele bem catorze dias, que não sabiam se ele estaria vivo ou morto. E pois que ouviu isto, então começou a pensar por causa do significado que tinha assim colocado na medida e por tanto tempo que refletiu que bem tinha servida ao Inimigo por catorze anos. Por cauda disso Nosso Senhor o tinha lançado em penitência, que ele tinha perdido o poder de seu corpo bem por catorze dias. E eles lhe perguntaram como lhe tinha acontecido. E ele respondeu: "Nobre e saudável, da graça de Deus, quando por Deus, dizei-me onde estou". Eles falaram que ele estaria no castelo de Corbenit.

Então veio uma donzela, que lhe trouxe roupas de linho novas e frescas, mas ele não quis vesti-las, quando tomou a cota de ferro. E quando aqueles que estavam junto dele viram isto, "Senhor cavaleiro," falaram, "bem podeis deixar a cota de ferro, quando trouxestes vossa demanda ao fim. E não trabalheis doravante mais para procurar o Santo Graal, quando não o encontrareis mais do que vistes. Então deve Deus nos enviar os puros senhores que mais devem ver". Por causa disso Lancelot não quis deixar a cota de ferro e a vestiu e colocou por cima as roupas de linho. Depois lhe vieram as vistas daqueles do castelo e tomaram por grande maravilha o que Deus tinha feito a ele. Então não o contemplaram por muito tempo, reconheceram-no e falaram: "Ah, Senhor, Senhor Lancelot, sois vós?" E ele falou: "Sim". Então começou grande alegria e a alçar-se maravilhosamente, então foram as notícias ao palácio, que o rei Pellis ficou ciente. Então um cavaleiro lhe diz: "Senhor, eu posso vos dizer maravilha". "De quem?", falou o rei. "Seguramente, o cavaleiro que por tanto tempo ficou aqui dentro, exatamente como se estivesse morto, agora se levantou e está saudável, e é Lancelot do Lago".

Pois que o rei entendeu isto, então ficou muito contente e veio vê-lo muito depressa. E quando Lancelot o viu, então se levantou perante ele e ficou muito contente. E o rei lhe diz notícias de sua bela filha que lá estava morta, que lá tinha ganhado Galaat. Isso foi muito lamentável para Lancelot. Quando no quinto dia depois, pois que estavam sentados para a refeição, então tinha o Santo Graal preenchido a távola agora tão deslumbrante e tão maravilhosamente que ninguém no reino da terra podia pensar nem dizer.

Nisto que lá dentro se comeu, aconteceu uma aventura que eles consideraram muito maravilhosa, quando viram que as portas do palácio se fecharam visivelmente, sem que ninguém pusesse nenhuma mão. Então eles ficaram muito assustados. E um cavaleiro, armado com todas as armas, montava um grande cavalo branco, que veio à frente das portas e começou a clamar: Deixai-me entrar!" E os do castelo não o queriam deixar entrar. E ele clamou por tanto tempo até que o rei se levantou da távola e veio a uma janela do palácio e o viu e falou: "Senhor cavaleiro, não podeis aqui entrar, quando ninguém que cavalgou tão alto como vós pode entrar, porque o Santo Graal está aqui. Por causa disso assim segui a vossa via, quando seguramente não sois dos companheiros da demanda, quando sois daqueles que abandonaram o serviço de Nosso Senhor Jesus Cristo, e fostes ao serviço do Diabo". Pois que o cavaleiro ouviu isto, então ficou muito triste e não soube o que deveria fazer e retornou. E o rei clamou para ele e falou: "Senhor cavaleiro, porque para cá viestes, então me dizei, quem sois?" "Senhor," falou ele, "eu sou do reino de Logres, e sou chamado Hector de Mares e sou irmão do senhor Lancelot do Lago". "Em nome de Deus," falou o rei, "então bem vos reconheço, então estou muito mais triste do que estava antes, e lamento pelo vosso irmão que está cá dentro".

Pois que Hector ouviu que seu irmão estava lá dentro, a pessoa que ele mais temia no mundo pelo grande amor que por ele carregava, então falou: "Ah Deus, então cresce minha vergonha! Então não ouso nunca vir à frente dele desde que faltei naquilo em que os verdadeiros cavaleiros e as pessoas nobres não faltam. Seguramente, o bom homem na clausura me disse a verdade, que falou comigo e com o senhor Gawin e me diz o significado de meu sonho". Então seguiu através do castelo tão logo quanto conseguia andar a cavalo. E pois que os do castelo o viram fugir tão logo, então clamaram por ele e lhe falaram mal e maldisseram a hora em que ele nasceu e ralharam com ele e clamaram: "Seu mau cavaleiro e incrédulo!" E ele teve tão grande arrependimento que bem queria ter estado morto, e fugiu até que veio à frente do castelo e de pronto seguiu ao ermo que lá era todo farto. Então veio o rei Pellis para Lancelot e lhe diz as notícias de seu irmão, de que ele também ficou triste, que não sabia o que fazer. Porém não conseguia esconder, os do castelo testaram bem que as lágrimas lhe saíam dos olhos abaixo pelo rosto inteiro. Por causa disto o rei lamentou que lhe tivesse dito essa notícia.

Pois que se tinha comido, então falou Lancelot que se lhe fizesse trazer suas armas, quando queria rumar para o reino de Logres, quando nunca tinha vindo para lá em um ano. "Senhor," falou o rei, "quero vos pedir que me perdoais que eu vos trouxe notícias de vosso irmão". E ele falou que queria de bom grado perdoar. Então mandou o rei Pellis que se lhe trouxessem suas armas; então se as trouxeram, e ele as tomou. E quando estava armado, então o rei lhe fez trazer um bom cavalo e falou que ele montasse. E ele o fez e tomou licença do rei e se apartou de lá e cavalga uma grande distância diária através da terra estranha. E sucedeu uma noite que ele se albergasse em um mosteiro branco, onde os irmãos lhe fizeram grande honra porque ele era um dos cavaleiros aventurosos. De manhã, pois que tinha ouvido missa, e que devia sair do mosteiro, então viu pela direção do lado direito uma sepultura, que foi feita recentemente, como lhe pareceu. Então foi para lá contemplar o que era. E quando foi lá junto dela, então viu que era tão bela que lhe pareceu que lá embaixo jazia um grande senhor. Lá estavam letras que lá falavam: "Aqui jaz o rei Brandemer de Gorre, que o senhor Gawin assassinou". Então ele ficou muito triste porque ouviu isso, quando lhe tinha muito amor, e tivesse sido um outro que não o senhor Gawin, deveria ter estado morto. Então falou "ah Deus", e gritou muito e falou que seria grande vergonha, pois, da corte do rei Arthur e ainda de alguns cavaleiros de terras estranhas.

Durante o dia Lancelot permaneceu lá dentro muito triste por causa do rei, do nobre senhor, que lhe tinha feito alguma honra. Pela manhã, quando estava armado, então encomendou os irmãos a Deus e montou seu cavalo e seguiu por tanto tempo até que, com aventura, veio até as sepulturas onde as espadas estavam estiradas. E tão logo ele viu as sepulturas e a aventura, então seguiu adentro com seu cavalo e contemplou os túmulos. E então se apartou de lá e rumou tanto tempo até que veio à corte do rei Arthur, em que um e os outros lhe fizeram grande honra, tão logo eles o viram. Quando ansiavam muito por sua vinda e dos outros companheiros, de quem poucos vieram. E os que lá retornaram, não tinham conseguido senão que tivessem grande vergonha. Aqui, porém, deixa-se a fala de dizer deles e volta para Galaat, que era filho de Lancelot.

O Santo Graal

ENTÃO NOS DIZ a aventura que, quando Galaat se separou de Lancelot, que ele cavalga alguns dias assim como a aventura o guiava, um tempo à sua frente, um tempo para trás, assim tanto tempo até que veio ao convento onde jazia o rei Morderans. E pois que ouviu mais notícias do rei, que esperava pelo bom cavaleiro, então pensou em vê-lo. No outro dia, pois que tinha ouvido missa, então ele foi aonde o rei estava. E pois que para lá veio, o rei, que por longo tempo lá tinha perdido a visão e o poder do corpo, então aconteceu que se endireitou, tão logo ele sentiu o cavaleiro, que começava a aproximar dele, e falou para Galaath: "Servo de Nosso Senhor, verdadeiro cavaleiro, cuja vinda esperei por tanto tempo, ajuda-me e deixa-me repousar sobre teu peito, assim que eu possa morrer entre teus braços castos. Quando sobre todos os cavaleiros sois assim casto e puro, assim como as flores dos lírios, em que a castidade é significada, que lá é muito mais branca e bela que todas as outras. És um lírio de castidade, és uma reta rosa e uma flor de boas virtudes que lá tem calor do fogo. Quando o fogo do Espírito Santo verteu-se em ti e está apanhado em ti; quando minha carne, que lá estava toda morta e arruinada, tornou-se toda vivaz e em boas virtudes".

Pois que Galaat tinha ouvido esta fala, então se sentou junto à cabeça do rei e o envolveu e o deitou sobre seu peito, por causa de que era necessário ao bom homem que descansasse. E o rei se afundou para ele e o envolveu sobre os ombros e começou a pressioná-lo e falou: "Amado Pai Jesus Cristo, então tenho minha vontade! Então Te peço que venhas e me tomeis, quando nesta alegria, que por tanto tempo desejei, não é senão rosas e lírios".

Tão logo ele tinha feito essa oração a Nosso Senhor, então foi uma coisa visível que Nosso Senhor ouviu sua oração, quando todo de pronto lá Lhe deu a alma, a quem ele tinha servido, e faleceu nos braços de Galaat. E quando os no convento ficaram cientes, então vieram até o corpo e acharam que as feridas, que ele por longo tempo tinha tido, estavam todas curadas, e tomaram isso por um grande milagre. Então fizeram ao corpo o que lhe era devido, como simplesmente se deve fazer a um rei, e o sepultaram ali. E Galaat fica lá dois dias, e no terceiro dia então se aparta de lá e cavalga tanto tempo até que veio a um grande ermo, onde encontrou uma fonte, que fervia, de fato, muito. E tão logo ele tinha empurrado a mão lá para dentro, então voou o calor, por causa de que ele não tinha ganho nenhum calor de falta de castidade. E isso os da terra tomaram por um grande milagre. E depois ela perdeu seu nome e ficou chamada Fonte de Galaat.

Pois que tinha trazido ao fim a aventura, então veio a Gorre. E veio ao convento onde Lancelot tinha estado, onde ele tinha encontrado a sepultura do rei Loßente, filho de José de Arimateia, e no túmulo de Simeão, onde tinha faltado. E pois que lá entrou, então olhou nas covas que estavam sob o mosteiro. E pois que ele viu que queimava tão maravilhosamente, então perguntou aos irmãos o que seria aquilo. "Senhor," eles falaram, "é uma aventura maravilhosa que não pode ser levada ao fim, a não ser que o faça aquele que lá deve superar, com bem e com cavalaria, todos os companheiros da Távola Redonda". "Eu queria", falou ele, "que me escoltásseis às portas por onde se entra, se vos for do agrado". Então falaram que o queriam fazer de bom grado. Então o guiaram até as portas da cova, e ele entrou. E tão logo ele veio para junto da tumba, então se puseram o fogo terrível e a chama, que por alguns dias tinha sido grande e maravilhosa, por causa da vinda daquele que não tinha em si nenhum mau calor. E pois que veio à tumba, então a ergueu contra o monte e viu lá dentro jazer o corpo de Simeão. E tão logo o fogo se pôs, então ele ouviu uma voz que lá falou: "Galaat, Galaat, deveis simplesmente louvar e honrar a Deus daquilo que Ele vos deu tão grande graça, que ele, por causa da boa vida que tendes, pode deixar o tormento terreno e colocá-las na alegria do Reino dos Céus.[1] Eu sou Simeão, um de vossos velhos, e estive bem trezentos anos e sessenta e quatro anos nesse grande calor que vistes, por causa de um

---

1. O texto original mostra-se, nesta altura, muito confuso, porém procuramos manter a tradução fiel ao documento. A tradução de Hans-Hugo Steinhoff apresenta outra versão, com propósito de esclarecimento do excerto: "Galaat, Galaat, tendes todo o motivo para louvar e elogiar a Deus, pois Ele vos presenteou muita Graça, que vós, graças à vida pia que levais, podeis apagar o tormento terreno e colocar a alma dele na alegria do Reino do Céu".

pecado que uma vez fiz contra José de Arimateia. E com o tormento que eu padeci, assim estaria danado e perdido, quando a graça do Espírito Santo, que lá mais atuou em vós que a cavalaria terrena, viu-me com a misericórdia, por causa da grande humildade que há em vós. Assim Ele me arrancou através de Sua graça do tormento terreno e colocou-me na alegria do Reino dos Céus, somente por causa da graça de que cá viestes".

Os do convento que tinham vindo lá para perto tão logo a chama estava apagada, então bem ouviram a fala, e a tomaram por uma grande maravilha. E Galaat retirou o corpo do túmulo e foi ao mosteiro. E pois que o tinha feito, então o tomaram os que lá estavam e o sepultaram como se deve sepultar um cavaleiro, quando ele tinha sido um cavaleiro, e lhe fizeram tal serviço como se lhe deve fazer e o sepultaram à frente do alto altar. E pois que tinham feito isto, então vieram a Galaat e lhe fizeram tão grande honra como jamais lhe puderam fazer. Então perguntaram a ele de onde ele seria e de que pessoas, e ele lhes disse a verdade.

Pela manhã, pois que Galaat tinha ouvido missa, então Galaat separou-se de lá e encomendou os irmãos a Deus. E põe-se em seu caminho e cavalga desta maneira cinco anos, antes de vir à casa do rei Mahames. E todos os cinco anos Parsifal lhe fez companhia para onde seguisse. Ao tempo eles tinham trazido ao fim todas as aventuras no reino de Logres, que não se viu acontecer muito mais, que não fossem sinais de Nosso Senhor Deus. E em nenhum fim a que jamais vieram, não foram vencidos, quantas pessoas lá estivessem, nem que se temessem nem tivessem inquietação.

Um dia aconteceu que eles deviam sair de um ermo, que era muito grande e maravilhoso. E Bohort os encontrou próximo a uma via, e ele cavalga sozinho. E quando eles o reconheceram, não havia dúvida de que estavam felizes, quando tinham rumado por longo tempo, que tinham ansiado por ele. Eles o saudaram e falaram que ele deve ter boa sorte e honra, e ele também lhes respondeu assim. Então lhe perguntaram de seu ser, e ele lhes diz a verdade e como ele tinha, desde então, rumado e falou que seriam bem cinco anos que ele nunca ficou quatro noites lá onde antes tinha ficado, nem em abrigos, mas em ermos estranhos, onde ele teria estado mais de cem vezes morto, pois que a graça do Espírito Santo o tinha consolado todo o tempo. "E vós encontrastes o que estamos procurando desde então?", falou Parsifal. "Seguramente", disse ele, "não, quando bem sei que não vamos ainda nos separar um do outro, que não tenhamos levado a fim aquilo pelo qual esta demanda foi assumida". "Nisto Deus precisa nos ajudar", falou Galaat, "quando, como Deus me ajude, eu não sei de nenhuma coisa que mais me agrade que vós terdes vindo, quando amo vossa companhia e vos desejo de todo o meu coração".

Assim vieram juntos os três companheiros que a aventura tinha separado um do outro. Então cavalgaram por longo tempo, assim que um dia vieram ao castelo de Corbemon.[2] E pois que lá vieram, e que o rei os reconheceu, então a alegria ficou grande e maravilhosa, quando então bem sabiam que deveriam ficar cientes, com este acontecimento, da aventura do castelo, que por muito tempo tinham esperado. E as notícias subiram e desceram tanto que todos os do castelo ficam cientes, e todos eles vieram vê-los. E o rei Pellis grita para Galaat, e assim também fizeram os outros, quando o tinham visto criança pequena. E quando estavam desarmados, Elias, o filho do rei Pellis, trouxe-lhe à frente a espada que lá estava quebrada, de que a aventura vos tinha dito em outros tempos, com que José foi golpeado através de sua perna. E pois que ele tinha sacado a espada de sua bainha, e que ele lhes tinha contado como ela foi quebrada, então Bohort a tomou com a mão, contemplando se conseguiria ser colocada junta de novo, mas isso não podia ser. Pois que viu que tinha faltado, então a deu a Parsifal e falou: "Senhor, tentai esta aventura, se a conseguis levar ao fim". "De bom grado", falou ele e tomou o pedaço e os colocou juntos; quando não conseguiam saltar juntos. E pois que ele viu isto, então falou: "Senhor, nessa aventura faltamos. Então deveis vós tentá-la e assim se faltardes, então bem creio que ela nunca será levada ao fim com nenhum homem mortal". Então tomou Galaat a espada e encaixou um quebro no outro. De pronto saltaram os pedaços um para o outro tão maravilhosamente que ne-

---

2. Na tradução de Hans-Hugo Steinhoff, o nome Corbemon já aparece, diretamente, como Corbenic. Entretanto, optamos, mais uma vez, pela manutenção dos nomes que figuram no texto medieval.

nhum homem no mundo era aquele que poderia reconhecer os quebros que antes foram e que já tinham sido quebrados.

Quando os companheiros viram isto, então falaram Nosso Senhor lhes tinha mostrado um bom começo. Então bem acreditaram que facilmente deveriam levar ao fim as outras aventuras, porque aqui lhes tinha ido com algo bom. E quando os do castelo viram a aventura da espada consumada, então ficaram muito maravilhosamente contentes, e então a deram a Bohort e falaram que não poderia ser melhor alocada, quando ele era muito um nobre e um bom cavaleiro.

Pois que eram as vésperas, então o céu começou a nublar-se e ficar escuro e a mudar. E o vento batia-se grande e maravilhoso e seguia através do palácio, e estava bem cheio de calor, que a maior parte queimou e chamuscou seu cabelo, e muitos também desmaiaram de grande inquietação que tinham. E então ouviram uma voz que lhes falou: "Os que lá não devem sentar-se à távola de Jesus Cristo, que sigam sua via; quando então devem ser saciados os verdadeiros cavaleiros da refeição celestial". Pois que eles ouviram isto, então saíram todos, exceto o rei Pellis, que lá muito era um nobre homem e era de vida santa, e Elias, seu filho, e uma donzela casta, que lá era a sobrinha do rei, que lá era a mais santa e mais nobre que se poderia encontrar. E junto a esses três ficaram os três companheiros, a contemplar que sinais Nosso Senhor queria fazer-lhes. Pois que estavam lá há um tempo, então viram vir bem nove cavaleiros aos portões, estando armados, que tiraram seu elmo e suas armas. E vieram a Galaat e inclinaram-se para ele e falaram: "Senhor, nós muito nos apressamos e ansiamos, por causa de que estivéssemos junto a vós para esta ceia em que o Alto Mestre deve ser repartido". E ele lhes respondeu que eles eram bem-vindos, quando vieram bem a tempo. Então se sentaram no meio do palácio, e Galaat perguntou-lhes quem eles eram. E os três falaram que eram da Gália, e os outros três falaram que eram da Dinamarca.

 E nisto que eles falam, então viram sair de um câmara uma cama de madeira, e quatro donzelas a portavam. E na cama jazia um bom homem igual a um homem doente, e tinha uma coroa dourada sobre sua cabeça. E pois que estavam no meio do palácio, então o assentaram e seguiram sua via. E ele ergueu sua cabeça e falou para Galaat: "Senhor, deveis ser bem-vindo, quando muito ansiei por ver-vos e muito esperei por vossa vinda, na medida e no tormento em que um outro não conseguiria ter padecido. Quando se Deus quiser, então veio o tempo em que essas coisas devem ser resolvidas, e eu devo apartar-me deste reino da terra assim como me foi prometido há muito tempo". No instante em que assim falaram, então ouviram uma voz que lá falou: "Os que lá não foram companheiros do Santo Graal, que saiam, quando não é de direito que permaneçais aqui mais tempo". Tão logo a fala foi falada, então saíram o rei Pellis e Elias e a donzela. E quando o palácio estava solteiro daqueles que lá não eram companheiros da demanda, então pareceu àqueles que lá dentro permaneceram que do Céu veio um homem, vestido em igualdade a um bispo, e tinha um bastão curvado[3] na mão e tinha uma mitra sobre a cabeça. E quatro anjos o traziam em uma poltrona muito rica e o assentaram junto ao Santo Graal.

Aquele que lá foi trazido em igualdade a um bispo tinha letras em sua testa, que lá falavam: "Vede cá José, o primeiro bispo da Cristandade, o mesmo que Nosso Senhor sacramentou na cidade de Saras no palácio espiritual". E os cavaleiros, que viram isto, bem reconheceram as letras, quando muito se maravilharam do que poderia ser. Quando José, de que falavam as letras, foi separado deste mundo há mais de trezentos anos. E ele falou para eles: "Ah, cavaleiros de Deus, servos de Nosso Senhor Jesus Cristo, não vos maravilheis que me vejais à vossa frente, como eu estou perante o Santo Vaso. Quando assim como eu o servi no reino da terra, assim o sirvo no instante em que sou espiritual".

Pois que ele o tinha falado, então foi na direção da távola, que lá é de prata, e ficou lá perto sobre seus joelhos perante o altar. E pois que tinha estado assim por longo tempo, então ouviu a porta abrir-se, e olhou naquela direção, e assim também fizeram todos os outros, e viram saírem os anjos que tinham trazido José. E dois deles traziam duas velas e o outro, um pano de samítico vermelho, e o quarto trazia uma lança,

---

3. No texto medieval, o termo "curvado" figura como adjetivo de "bastão". Convém assinalar que Hans-Hugo Steinhoff optou, em sua adaptação para o alemão contemporâneo, por introduzir o termo composto *Krummstab*, que se traduz por "báculo". Em nossa tradução, mantivemos a disposição sintática do texto medieval.

que sangrava tanto que as gotas corriam a contra vale[4] a um cibório que ele tinha na mão. E os dois colocaram suas velas sobre a távola e o terceiro, o pano à frente do Santo Vaso; e o quarto segurava a lança estendida sobre o Santo Vaso, assim que o sangue que fluía a contra vale correu para o Santo Vaso. Tão logo eles o tinham feito, então José se levantou e ergueu a lança um pouco mais alto quanto ao vaso e a cobriu com o pano de samítico, que era muito rico.

Então José fez igual a que se preparasse para a missa. E pois que estava um momento naquilo, então agarrou o Santo Vaso e tomou uma hóstia, que lá estava feita em igualdade a um pãozinho. E com isto que ele deveria erguê-la, então desceu do Céu uma figura igual a uma criança. E tinha um rosto tão vermelho e tão flamejante quanto fogo e entrou no pão, assim que os no palácio visivelmente viram que o pão tinha uma forma de uma pessoa. E pois que José o tinha longamente segurado, então o coloca no Vaso.

Pois que José tinha feito o que pertencia ao serviço da missa, então veio a Galaat e o beijou e falou que beijava seu irmão, e ele o fez. E pois que o tinha feito, então falou para eles: "Servos de Jesus Cristo, quando vos trabalhastes em tormento por causa de que pudésseis ver uma parte do milagre do Santo Graal, então vos coloqueis à frente desta távola, assim sereis preenchido da mais alta refeição e do melhor

---

4. Convém ressaltar que, em nosso intuito de preservar ao máximo a riqueza de estilo do escrito medieval, traduzimos, com alguma literalidade, as expressões *wiedder berg* e *wiedder tale*, que exaram, respectivamente, os sentidos de "para cima" e "para baixo".

que nenhum cavaleiro jamais conseguiu e da mão mesma de Nosso Senhor. E bem podeis falar que vos trabalhastes bem, quando hoje deveis tomar a alta paga que nenhum cavaleiro tomou".

Pois que José o tinha dito, então desapareceu entre eles, que não souberam aonde tinha vindo. Então se sentaram de pronto à távola com grande temor e choraram muito de coração, assim que seus rostos ficaram vermelhos. Então os companheiros viram no Vaso um homem, como se estivesse nu, e as mãos lhe estavam sangrentas, e o corpo e os pés. E ele falou para eles: "Cavaleiros e Meus fiéis servos e Meus bons filhos, que da vida mortal se tornaram espirituais e que por tanto tempo Me procuraram, que nunca posso Me esconder de vós, precisais ver uma parte de meus segredos. Quando tanto fizestes que sois desejados à Minha távola, em que nunca nenhum mais cavaleiro comeu desde o tempo em que José de Arimateia aí ceou. Quando os outros tiveram assim como mereciam, é para saber que os cavaleiros daqui e ainda de muitas outras terras foram saciados da graça do Espírito Santo e do Santo Vaso. Quando não se sentaram junto a Mim mesmo, assim como vós estais sentados. Então tomai e recebei a Alta Refeição pela qual por tanto tempo ansiastes, e por cuja causa tanto vos trabalhastes".

Então tomou Ele mesmo o Santo Vaso, e veio a Galaat, e ele se ajoelhou. Então lhe deu seu Criador, e ele O recebeu com as mãos dobradas juntas. E assim fizeram todos os três, e deles não houve nenhum ao qual não parecesse que se lhe dava o pedaço na boca em igualdade ao pão. Pois que eles todos tinham recebido a Alta Refeição, que lhes pareceu tão doce e tão maravilhosa, que lhes pareceu que seria a melhor coisa que se poderia imaginar, Aquele que os tinha preenchido, que falou para Galaat: "Filho, tão puro e tão bom como uma verdadeira pessoa pode ser, sabes o que tenho sob minhas mãos?" "Não," falou ele, "dizei-me pois". "É a tigela de que Jesus comeu o cordeiro na Quinta-feira da Paixão com seus jovens. É a tigela que lá serviu todos que, para agradecimento, lá estavam em Meu serviço. É a tigela que nunca nenhum crente viu, sem que lhe servisse até agradecer. E por causa de que ela tinha servido a todas as pessoas, então ela deve simplesmente ser chamada de Santo Graal.

Viste aquilo por que tanto tempo ansiastes ver. E ainda não o viste completamente como ainda deves fazer. E sabes onde isto deve ser? Na cidade de Saras, no palácio espiritual. E por causa disto deves partir daqui e fazer companhia ao Santo Vaso, que à noite deve se separar do reino de Logres, de maneira que nunca mais deve ser visto lá, nem doravante deve acontecer nenhuma aventura. E sabes por qual causa se afasta daqui? Por causa de que não é honrado como deve, nem é servido como deve de direito, por aqueles desta terra. Quando se irritaram, por mais que tenham sido bem repletos da graça do Santo Vaso. E por causa disso quero que vás de manhã cedo até o mar, e lá deves encontrar o navio, dentro do qual tomas a espada com a asa estranha. E por causa de que não rumes sozinho, quero que tomes contigo Parsifal e Bohort, e ninguém mais. E também por causa de que não quero que te apartes desta terra, primeiro fizeste saudável o rei Mahagine, então quero que tomes do sangue desta lança e untes a perna dele. Quando é uma coisa com que ele deve convalescer, e não de outro modo".

"Ah, Senhor, por que causa não os deixais todos seguirem comigo?" "Por causa de que não o coloco! Quando por direito assim como vós vos sentastes comigo à távola do Santo Graal, e vós sois doze, como doze eram os apóstolos, e Eu sou o décimo-terceiro sobre vós, quando devo ser vosso mestre e vosso pastor. E justamente assim como eu os dividi e os fiz ir pregar em toda terra, bem assim vos separo, um aqui, outro lá, e deveis todos morrer neste serviço, exceto um de vós". Então lhes deu Sua bênção e seguiu de lá de maneira que eles não souberam aonde ele vinha, quando O viram seguir na direção do Céu. E Galaat veio até a lança, que lá estava colocada sobre o Santo Vaso, sobre a távola, e tomou do sangue e veio ao rei e untou-lhe a perna através da qual estava espetado. Então se vestiu de pronto e saltou da cama saudável e nobre. Então ele agradeceu a Nosso Senhor de que o tinha feito saudável tão suavemente e alimentado. E depois viveu ainda longo tempo, quando isto não foi no mundo, quando ele se deu de pronto em um convento com monges brancos. E Nosso Senhor fez desde então alguns sinais por causa de Sua vontade, de que a aventura aqui não diz, quando disso haveria muito a dizer.

Bem por volta da meia-noite, quando tinham por muito tempo orado a Nosso Senhor, que Ele por Sua misericórdia os quisesse conduzir para a conservação de suas almas aonde viessem, então veio uma voz que falou: "Meus filhos, e não meus filhos adotivos, meus amigos, e não meus inimigos, ide daqui e rumai para onde achais o melhor a fazer e justamente como a aventura vos conduza". Pois que ouviram isto, então respondem todos com uma voz: "Pai do Reino do Céu, bendito és Tu que nos tomas por Teus filhos e por Teus amigos. Então bem vemos que não perdemos em nosso tormento e em nosso trabalho". Então saíram do palácio e foram à corte e encontraram armas e cavalos e montaram habilidosamente tão logo estavam armados. Pois que saíram do palácio, então perguntaram e falaram um para os outros de onde eram, para que um reconhecesse os outros. E acharam que os três eram da Gália, e Claudins, filho do rei Claudas, era um deles; e os outros, de onde fossem, eram nobres o suficiente e de alta linhagem.

Pois que chegou uma despedida, então se beijaram como irmãos e choraram muito, de coração, e falaram para Galaat: "Senhor, sabei que nunca fomos tão felizes como ao sabermos que deveríamos ter-vos por companheiro, e nunca ficamos tão tristes como estamos de que tenhamos de nos separar de vós tão logo; quando bem vemos que esta separação Nosso Senhor quer e por causa disto devemos nos separar sem arrependimento". Então falou Galaat: "Caros Senhores, eu tive vossa companhia de tão bom grado como tivestes a minha, quando bem vedes que não pode ser que um de nós faça companhia ao outro. E por causa disto assim vos encomendo a Deus e vos peço: vinde à corte do rei Arthur, que me saudeis meu senhor Lancelot, meu pai, e todos os companheiros da Távola Redonda". E eles falaram que viriam para lá, que não queriam se esquecer dele. Então se separaram um dos outros e seguiram sua via. E Galaat voltou para trás, ele e seus companheiros, e cavalgaram, que vieram ao mar no quarto dia, e teriam lá vindo mais cedo, quando não conheciam das vias.

Pois que vieram ao mar, lá encontraram o navio onde encontraram, dentro, a espada com a asa estranha e viram também as letras no bordo do navio, que lá falavam que ninguém deveria entrar, que não acreditasse totalmente em Deus. E pois que vieram a bordo, e olharam lá dentro, então viram que no meio da cama, que foi feita no navio, estava a távola de prata que eles tinham deixado na casa do rico rei Mahagine. E o Santo Graal estava sobre a távola, coberto com um samítico vermelho, que estava feito em igualdade a um pano. Pois que os companheiros viram a aventura, então mostraram eles uns aos outros e falaram que bem lhes tinha vindo que lhes deveria fazer companhia, pelo que ansiaram ver por todo o tempo, assim até onde devessem permanecer. Então fez cada qual uma cruz à sua frente e encomendaram-se a Deus e entraram no navio. E tão logo lá entraram, então veio um grande vento e bateu na vela tão maravilhosamente que fez o navio partir das margens e o lançou em alto mar.

Então ele começou a rumar muito rápido, quando o vento o impele.

Desta maneira seguiram por muito tempo no mar, que nunca souberam de onde vinham e para onde rumavam. Todo o tempo em que Galaat esteve de pé e foi dormir, pedia a Nosso Senhor que, quando ele pedia e desejava a morte, que Ele lhe quisesse enviá-la. E fez isto por tanto tempo, noite e dia, que a voz celestial falou: "Galaat, não tenhais dúvida, quando Nosso Senhor dever fazer-te a tua vontade, daquilo por que Lhe pediste. E quando desejas a morte, assim deves tê-la no corpo, e a alma deve ter a vida e a alegria que não passa". A oração que Galaat tão fartamente tinha feito, Parsifal bem a tinha ouvido, e o teve muito maravilhosamente porque ele fez isto. "Devo dizer-vos," falou Galaat: "na noite em que vimos uma parte do milagre do Santo Graal, que Nosso Senhor nos mostrou através de Sua misericórdia, no que eu vi as coisas ocultas que lá não estão descobertas para cada qual, apenas para o servo de Jesus Cristo, nisto que vi essas coisas, que o coração de nenhuma pessoa pode imaginar, então estava meu coração em tal desejo, quando estivesse apartado do mundo, eu bem sei que nunca nenhuma pessoa teria morrido em tal alegria como eu teria feito. Quando foi tão grande companhia de anjos junto a mim, que eu teria partido desta vida terrena para a alegria celestial dos anjos e dos mártires e dos amados amigos de Nosso Senhor. E por causa de que vi que ainda devo vir a tão grande volúpia e alegria ou em maior do que estava, por causa disso faço esta oração.

E tão logo Nosso Senhor me coloque em tão grande alegria, assim quero pedir nessa oração e assim esperar apartar-me deste reino da terra".

Assim Galaat comunicou a Parsifal como ele queria morrer, assim como a voz celestial tinha dito. E da maneira como eu vos disse, assim o reino de Logres perdeu o Santo Graal por causa de seus pecados, que muitas vezes o tinha repleto. E assim como Nosso Senhor lhes tinha enviado Galaat e José e, aos outros, os que deles vieram, por causa de seu bem, justamente assim o tomou dos maus por causa de sua maldade, que neles encontrou. E por causa disso assim se pode ver visivelmente que os maus o perderam por causa de sua maldade, que os bons tinham conservado por muito tempo com seus bens.

Por longo tempo permaneceram os companheiros, tanto que um dia falaram para Galaat: "Senhor, na cama que vos foi feita assim como as letras falam nunca dormis. E por causa de que assim o deveis fazer, quando esta carta fala que deveis descansar sobre essa cama". E ele falou que queria lá repousar. E deitou-se lá e dormiu por um longo tempo. E pois que estava acordado, então olhou à sua frente e viu o portão de Saras. Então veio uma voz que falou para eles: "Saí do navio e tomai convosco as três de prata e as portai à cidade assim como está, e não as coloqueis no chão antes que venhais ao palácio espiritual, onde Nosso Senhor Deus em primeiro sacramentou José de Arimateia como bispo".

Nisto que quiseram tirar as távolas do navio, então olharam a água abaixo e viram vir o navio onde há muito tempo tinham colocado a irmã de Parsifal. E pois que viram isto, então falou um deles para o outro: "A donzela bem nos manteve sua promessa, que até agora nos serviu". Então tomaram as távolas e as tiraram do navio. Bohort e Parsifal a tomaram mais pela frente, e Galaat a tomou por trás.[5] Então foram na direção da estrada. E pois que vieram até a porta, então Galaat estava muito cansado. E ele viu um homem entre as portas, que lá ia com muletas e esperava as pessoas que lhe costumavam fazer bem por causa da vontade de Deus. E quando veio para junto dele, então lhe clamou: "Bom homem, vem cá e ajuda-me até que tenhamos carregado estas távolas ao palácio". "Ah," falou ele, "por Deus, o que dizeis, já faz bem dez anos que nunca consegui ir sem auxílio". "Isto não esclarece," falou ele, "levanta-te, e não teme por ti, estás convalescido".

Pois que Galaat o tinha falado, esse viu se poderia ir. Então se achou tão saudável e tão forte como se nunca tivesse sofrido dor. Então correu em direção à távola e a tomou por um lado, em frente a Galaat. E quando foi à cidade, então falou para todos aqueles que o encontravam o milagre que Deus lhe tinha feito. Pois que subiram ao palácio, então viram a poltrona que Nosso Senhor fez por causa de que José nela se sentasse. E todo de pronto perceberam o rei e os da

---

5. Importa ressaltar, para correto acompanhamento do texto, que o original apresenta variação de referência a uma távola e a três távolas na presente passagem.

cidade o grande milagre e vieram ver o homem paralítico que foi recentemente tornado saudável.

Pois que os companheiros tinham feito o que lhes foi ordenado, então foram ao navio onde a irmã de Parsifal jazia, e a sepultaram tão ricamente como se deve simplesmente fazer ao filho de um rei. Quando o rei da cidade viu os três companheiros, então lhes perguntou de onde seriam e o que foi que tinham trazido sobre a távola de prata. E lhe disseram a verdade e os milagres do Santo Graal e o poder que Deus lá tinha dado. E ele ficou descrente e mau como aquele que veio da linhagem dos pagãos, e não retinha o que eles lhe diziam e falavam, como se fossem maus traidores, e esperou até que tiraram suas armas. Então ele os fez agarrar e colocar na prisão e os manteve assim por um ano, que de lá nunca saíram. E foi-lhes, porém, tão bem que, tão logo estavam na prisão, Nosso Senhor, que não se tinha esquecido deles, enviou-lhes para sua frente o Santo Graal por causa de que lhes fizesse companhia, de cuja graça eles foram saciados todos os dias e repletos tanto tempo quanto estiveram na prisão do rei.

No tempo de um ano, então adveio que Galaat queixou-se perante Nosso Senhor e falou: "Senhor, parece-me que estive o suficiente neste mundo. Se é vossa vontade, assim me tomai brevemente". No mesmo dia em que o rei Estorant deitou-se viciado da dor da morte, então os fez vir perante ele e pediu-lhes pela graça de que os tinha mantido injustamente. E eles o perdoaram. Então ele morreu de pronto.

E pois que estava sepultado, então os da cidade ficaram muito lamentosos, quando não sabiam quem deveriam fazer rei e aconselharam-se por longo tempo. E nisto que estavam em conselho, então ouviram uma voz que lá falou para eles: "Tomei o mais jovem dos três companheiros, que deve bem vos proteger e aconselhar por tanto tempo quanto estiver junto a vós". E fizeram o mandamento da voz e tomaram Galaat e o fizeram seu senhor, fosse de seu agrado ou lamento. E colocaram-lhe a coroa sobre a cabeça, que lhe foi de grande lamento; quando então ele viu que isso precisava ser, então lhes permitiu, de outra maneira o teriam assassinado. Pois que Galaat veio a que devesse conservar terra, então fez abrir, sobre a mesa de prata, uma arca de ouro e de rica pedra, que lá cobria o Santo Vaso. E pela manhã, tão logo se levantou, então veio perante o Santo Vaso e também seus companheiros e falaram sua oração para Nosso Senhor Deus com bom coração.

Quando se veio, ao tempo de um ano, no mesmo dia em que foi coroado, então se levantaram o rei Galaat e seus companheiros muito contentes. E quando vieram ao palácio, que se chamava de palácio espiritual, então viram à frente do Santo Vaso estar um bom homem, vestido justamente como um bispo. E esse se assentava sobre os joelhos e se batia à frente de seu coração. E tinha ao redor de si uma multidão de anjos, justamente como se fosse Deus mesmo. E pois que por muito tempo tinha ficado sobre seus joelhos, então se levantou e começou a falar missa da real Mãe de Deus. E quando adveio o silêncio da missa, então fez a pátena do cálice e clamou: "Galaat, vem cá à frente, servo de Deus Nosso Senhor Jesus Cristo, deves contemplar aquilo por que tanto tempo ansiavas ver". E ele veio aqui à frente e viu o Santo Vaso. Então começou a palpitar muito maravilhosamente, quando aquele que lá era mortal viu as coisas espirituais. Quando Galaat, o rei, viu isso, então ergueu suas mãos perante o Céu e falou: "Senhor, eu te agradeço que me completaste meu anseio, quando então vejo justamente, visivelmente, o que nenhuma língua consegue contar, nem nenhum coração o pode imaginar. Aqui vejo as grandes adesões, e as grandes honra e dignidade, bem aqui vejo milagre sobre todos os milagres. E porque é assim, amado Pai do Reino dos Céus, que me preencheste meu desejo, por causa disso assim me dai aquilo pelo que sempre ansiei. Então vos peço[6] que no ponto e na alegria em que estou agora internamente, queirais tomar-me desta vida terrena e queirais conduzir-me à companhia celestial".

Tão logo Galaat tinha feito esta oração a Nosso Senhor, o bom homem, que estava à frente do altar em igualdade a um padre, tomou o corpo de Nosso Senhor sobre a mesa e o deu ao rei Galaat, e ele o recebeu muito humildemente com grande devoção. Então falou o bom homem: "Sabes quem sou eu?" "Eu não, dizei-me então!" "Então sabe que sou José, que lá era filho de José de Arimateia, e que Nosso Senhor para cá enviou para fazer-te companhia. E sabes

---

6. Mais uma alteração pronominal de tratamento.

por que causa Ele me enviou mais que qualquer outro? Por causa de que foste igual a mim em duas coisas, nisto que viste os milagres do Santo Graal como eu fiz, e nisto que foste casto como eu fui. Por causa disso é bem de direito que um homem casto, puro, venha prestar companhia ao outro". Pois que tinha falado esta fala, então foi o rei Galaat a Parsifal e a Bohort e os beijou e falou para Bohort: "Saudai por mim meu pai tão logo o vejais". Então voltou Galaat para a távola e sentou-se junto dela, sobre um joelho. E não ficou assim muito tempo, que caiu morto sobre as lajes do salão, quando a alma lhe estava agora fora do corpo, e os anjos que conduziam as almas pelo caminho com grandes alegrias e louvavam muito a Nosso Senhor Deus.

Tão logo Galaat estava falecido, aconteceu bem então um grande milagre, quando os dois companheiros viram visivelmente uma mão, que lá veio do Céu, quando não viram de que corpo era a mão. E ela veio diretamente para o vaso e o tomou e o conduziu para o Céu, de maneira que nunca desde então se conseguiu assim esperar por aquele que pudesse falar que tivesse desde então visto o Santo Graal.

Quando Parsifal e Bohort viram que Galaat estava morto, ficaram tão tristes que não podiam ter estado mais tristes. E se não fossem tão boas pessoas e de tão boa vida, podiam bem logo ter caído em uma descrença, por causa da grande tristeza que tinham, e a maior parte da terra, que estavam à vez muito tristes. Então foi feita uma sepultura muito rica, e tão logo ele estava sepultado, então Parsifal se pôs em uma clausura fora da cidade e vestiu roupas espirituais. E Bohort estava junto dele, quando não transformou nunca suas roupas do mundo, quando o fez por causa de que ainda desejava vir à corte do rei Arthur.

Um ano e dois meses vive Parsifal na clausura, e depois se separa deste mundo. E Bohort o fez sepultar junto de sua irmã e junto ao rei Galaat no palácio espiritual. Pois que Bohort viu que ficou sozinho em terra tão longínqua, justamente como se estivesse na Babilônia, então se apartou de lá e seguiu até o mar assim armado e veio a um navio; e foi-lhe tão bem que em curto tempo veio ao reino de Logres. E pois que estava na terra, então cavalga tanto tempo até que veio perante Camlot[7], onde estava o rei. Então nunca a nenhum homem foi feita tamanha alegria, como se lhe fez, quando consideravam tê-lo perdido, quando estivera por muito tempo fora da terra.

Pois que se tinham assentado na corte, o rei Artur fez vir à frente os escribas, que lá costumavam descrever as aventuras dos cavaleiros da corte do rei Arthur. E quando Bohort tinha contado as aventuras do Santo Graal, da maneira como as tinha visto, e foram descritas e conservadas na abadia de Salisbúria. Disto o Mestre Gatiers começou a fazer o livro do Santo Graal do latim para o gaélico, por vontade do rei Henrique, seu senhor, a quem ele tinha muito amor. Disto assim se cala a aventura e não diz mais das aventuras do Santo Graal nem daqueles que a levaram ao fim.

---

7. Grafia alternativa a "Camelot", presente ao texto original.

Apêndice

O Santo Graal, o «Ciclo de Artur» e o mundo moderno

O HISTORIADOR francês Jérôme Baschet aborda, ao estudar a civilização feudal, um tema relevante para compreender a trajetória histórica do Ocidente. Formulando-o como uma pergunta — se há algo como um "singular destino do Ocidente" — Baschet percebe o papel central da Idade Média na formação de nossa identidade e cultura no Ocidente contemporâneo. Esse "destino" significa, em última análise, a permanente reapropriação, transformação e reatualização de nossa herança medieval. Dentre os produtos culturais da Idade Média ainda atuantes no mundo contemporâneo, a matéria cavaleiresca apresenta especial destaque, um verdadeiro culto nostálgico a nossas raízes medievais. E os motivos da cavalaria não se dissociam, no imaginário ocidental contemporâneo, da fascinante figura do rei Artur, sempre acompanhado pelos 150 cavaleiros da Távola Redonda.

O ETHOS CAVALEIRESCO

O ideal do cavaleiro medieval foi, em grande medida, desenhado pela ortodoxia católica, principalmente pela doutrina da *Militia Christi* (o "exército de Deus") de São Bernardo de Claraval (abade da Ordem de Cister), que preconizava um monge-guerreiro, portador das virtudes teologais da fé, esperança e caridade. Esse cavaleiro cristão, tendo a missão bíblica de amparar, preferencialmente, órfãos, viúvas e pobres, deveria ser capaz de sobrepor a glória de Deus e a destruição dos infiéis a suas ambições pessoais, sobretudo aquelas inspiradas pela cupidez. Tal monge-guerreiro seria, por extensão, a força armada da Igreja, sacramento que, conforme a Teologia católica, torna Deus presente na história dos homens, devendo combater pela justiça, paz e supremacia deste Corpo Místico de Cristo. Com esta expressão, a Teologia Católica define a Igreja como uma sociedade perfeita, conjunto de todos os fiéis cristãos e, ao mesmo tempo, sacramento que faz Cristo permanecer vivo na história dos homens, presente no tempo terreno. Com base na doutrina de São Paulo, na Primeira Epístola aos Coríntios (I Co: 12, 27), essa comunidade de fiéis em Cristo se representa como um corpo ordenado (*corpus*), em que Cristo é a cabeça (*caput*) e cada membro exerce uma função própria, já que é dotado de um carisma específico, dom do Espírito Santo.

Não se pode dissociar a construção deste ideal do cavaleiro cristão da Reforma Pontifical, dita por vezes "Reforma Gregoriana", assim referida em virtude do papa Gregório VII (1073–1085), um de seus principais impulsionadores. Essa tentativa de reforma, não apenas do corpo clerical, mas de toda a sociedade cristã, iniciou-se antes ainda do pontificado de Gregório VII e conheceria seu término por ocasião do IV Concílio de Latrão de 1215. Tratava-se, no plano das representações ideológicas, de um retorno urgente e imediato à pureza originária das primeiras comunidades cristãs, como descritas nos *Atos dos Apóstolos*. Este ideal consagrou a denominada *vita vere apostolica* ("vida verdadeiramente apostólica"), como seria referida pela Ordem Franciscana no século XIII, que remetia a um intuito de imitar a Cristo ao longo da existência terrena (*imitatio Christi*). Na verdade, a Reforma Pontifical significou, do ponto de vista das relações de poder, um projeto de construção de uma monarquia papal universal, uma teocracia pontifícia, que elevasse o Pontífice à condição de *dominus mundi* (senhor do mundo), sobrepondo-se aos poderes laicos, notadamente ao Sacro Império Romano-Germânico.

Todavia, no seio do fenômeno que o historiador Jacques Le Goff designou como "reação folclórica" da aristocracia laica, outro ideal cavaleiresco foi cunhado. Na Idade Média Central (séculos XI a XIII), em especial no século XIII, ocorreu uma ascensão social da cavalaria à condição de pequena nobreza. Anteriormente mercenários ou camponeses incumbidos de proteger os castelos senhoriais, ou elementos marginais que realizavam assaltos em estradas e florestas, os cavaleiros não apenas ascenderam ao *ordo* (como eram designadas as camadas sociais no Medievo) nobre, como tal estrato social passou a identificar-se – e ser identificado pela aristocracia clerical – com a função bélica. O cavaleiro passa a encarnar a própria autorrepresentação traçada pela nobreza feudal. Neste lastro, projetam-se valores próprios desta camada nobiliárquica nobre sobre o tipo social do cavaleiro, valores que se contrapõem à investida normatizadora da Reforma Pontifical.

A "reação folclórica" correspondeu à constituição de verdadeiras mitologias de origem — que exercem a função legitimadora de narrativas identitárias — para as casas nobiliárquicas. Isso se deu a partir do apelo a entes fantásticos do imaginário pagão pré-cristão, advindos da cultura oral híbrida céltica, germânica e greco-romana, que se mesclaram no interior da moldura ideológica e retórica do Cristianismo. Foi o caso da fada Melusina, ancestral mítica da casa borgonhesa de Lusignan, representada como uma mulher-serpente que vagava pelos castelos feudais alertando, com seu pranto, sobre a morte iminente de algum membro das linhagens aristocráticas.

No seio desta efabulação, estabeleceu-se um outro ideal cavaleiresco, que apresentava o cavaleiro como um guerreiro audaz, capaz de superar aventuras, provar seu valor e suas proezas em justas e torneios promovidos nas cortes senhoriais e principescas, além de um praticante do *fin'amor* ou amor cortês. Em breves linhas, pode-se definir esse amor cortês como um jogo estilizado e sublimado de disciplina do desejo erótico e reafirmação dos vínculos feudovassálicos entre os nobres laicos. O amor cortês cumpre uma função de legitimação e fortalecimento do contrato feudal entre senhores e seus vassalos (que não podem ser confundidos com os servos de gleba). Este pacto obrigava os vassalos a prestar homenagem ao suserano (seu senhor), além de integrar seu exército e aceitar a convocação para participar de seu conselho de deliberação sobre combates ou outros assuntos de seu interesse (*auxilium et consilium*). Também estava obrigado a contribuir financeiramente para a sagração, como cavaleiro, do filho não primogênito do suserano, como também em relação ao dote para o casamento da filha mais velha do senhor com outro nobre. Se o suserano partisse para a Cruzada ou caísse prisioneiro em batalha, o vassalo deveria também auxiliá-lo financeiramente. Por outro lado, o suserano se comprometia a conceder proteção militar ao vassalo.

Por meio desse contrato feudovassálico, o senhor outorgava ao vassalo um feudo, ou seja, um direito, uma relação jurídica patrimonial que poderia incidir sobre uma extensão de terra agricultável (senhorio ou *dominium*), uma taxa de passagem em pontes ou para embarque em portos (direito de *peagem*) ou uma renda, em espécie ou dinheiro. A celebração do pacto envolvia um ritual, uma liturgia, em que o vassalo se encomendava à proteção do senhor. O senhor tomava a mão direita do futuro vassalo entre as suas e indagava "queres ser meu homem?". Se respondida afirmativamente, a pergunta cedia lugar ao *osculum*, o beijo na boca, que tinha o propósito de amalgamar os dois nobres, pela mescla de sua saliva. Em Castela, no século XIII, o ritual ainda incluía beijar a mão do suserano ao final.

O primeiro registro da expressão *amor cortesão* deveu-se a Gaston Paris, em 1883, a propósito de um artigo acerca do *Le Chevalier de la charrette*, de Chrétien de Troyes, *roman* que narra a relação de amor arquetípica, ou "mais que perfeita", entre o cavaleiro Lancelote e Guinevere, a esposa do rei Artur. O vínculo amoroso conduz o herói à prática de proezas e a jurar ilimitada obediência às ordens de sua dama.

Também denominado *vraie amour* (amor verdadeiro), cultivado pelos trovadores cortesãos, o amor cortês conheceria um registro doutrinário, constitutivo de uma verdadeira normativa, no *Tractatus de amore* (Tratado sobre o amor), de 1184, de André, o Capelão, composto sob o mecenato da condessa Maria da Champanha. Na poesia trovadoresca, o amor cortês figura virtualmente como uma relação adúltera, já que a dama é habitualmente casada, destinatária de um cortejo amoroso, de uma súplica sentimental veiculada por poemas (cantigas líricas de amor). Passa-se a conceber o amor cortês consoante o nível social, já que vedado a clérigos e plebeus, para então associá-lo a uma perfeição ideal, definida de acordo com "julgamentos de amor" proferidos por grandes damas. Excluindo o *fin'amor* do contexto matrimonial, após enunciar as regras amorosas, o Capelão finalmente desiste de trilhar, ele mesmo, a senda desse amor cortês, na medida em que desafia e contesta a moral cristã. Denota-se, pois, um eixo de tensão extrema entre a elaboração lírica e os valores do esteio social, que faculta a gênese mesma do amor e sua recepção.

Convém destacar como o fundamento feudovassálico do amor cortês está explícito no vocativo, frequente nos poemas trovadorescos, "minha Senhora" (*mi dona*, em occitânico, *minha Senhor*, em português medieval), posto que o eu-lírico se encontre ao dispor da dama como um vassalo ante seu Senhor, devendo-lhe, inclusive, prestar homenagem. Mesmo não se especificando o ritual da homenagem feudal nas cantigas trovadorescas, tem-se a questão da *saisine*, da posse pelo ósculo, como a se tomar posse de um feudo. Se bem cortejada a dama, o poeta poderá, talvez, aspirar a um *guerredon* (literalmente, "cura"), uma recompensa, que pode consistir em um olhar, um beijo, uma sempre incerta declaração de amor, talvez mesmo uma união carnal, denominada "algo a mais".

A posição amorosa deve sempre estar vinculada ao valor pessoal daquele que aspira a cortejar uma dama, devendo mostrar-se leal e cortês, dedicar toda a atenção ao elogio da amada e, nas regiões ao norte da atual França, inserir-se na problemática bem romanesca do aperfeiçoamento pessoal por meio da ostentação das virtudes bélicas nos torneios e combates. Não por acaso, o termo *prouesse*, em *langue d'oïl* (variante do francês medieval falada nas regiões setentrionais), remete às virtudes guerreiras, enquanto *proeza*, em *langue d'oc* (variante do francês medieval falada no sul), abrange as qualidades de um "fino amante".

O amor cortês instaura uma verdadeira religião do amor, cujo culto orbita a dama nobre. Neste espectro, a alegoria do deus Amor, que permeia os escritos romanescos cortesãos, revela a sujeição do eu-lírico ao sentimento que, doravante, é sua única razão para viver. Com efeito, a intensidade da vida interior é a todo tempo sugerida pela lírica, bem como pelas passagens romanescas em que o herói se encontra cativo de uma imagem fascinante, em estado de *dorveille* (torpor). Nesta liturgia amorosa, para aceder à alegria final, o enamorado precisa enfrentar a provação da castidade (*assag*, em *langue d'oc*), o que demanda um extraordinário domínio sobre o desejo, mesmo em uma situação em que o cavaleiro-trovador, amante, jaz nu ao lado de sua dama.

Nestes termos, o *fin' amor* consiste em uma erótica do controle do desejo, que conduz o enamorado a suspirar (sendo *fenhador* ou suspirador), e adorar, muitas vezes de longe. Para aspirar à aceitação por parte da dama, deve tornar-se suplicante (*precador*), para assim exprimir seu desejo com maior clareza, sem, no entanto, insistir. Se aceito (sendo, doravante, *entendedor*, em *langue d'oc*, ou *merceians*, em *langue d'oïl*), poderá ser admitido ao *assag* e, ao depois, talvez se torne um amante carnal (*drut*). A harmonia pretendida (*joy*), que transcende o puro prazer físico (*gauc*), é elevação repleta de alegria, que transmuta o ser pela força do desejo. Nas cortes principescas e castelãs setentrionais (região da *langue d'oïl*), essas longas etapas de perfecção do amor cortês são menos usuais, sendo menos explícitas as promessas mais sensuais. A dama parece sempre ausente e seus favores são dificilmente obtidos. Enfim, nas palavras do erudito

Jean Frappier, o amor figura como "extremo refinamento da cortesia", espelho da mesma como virtude de sociabilidade.

Ao passo que a cortesia setentrional (*courtoisie*) aparece como conjunto das virtudes da sociabilidade, a que pertence a arte de amar, a *cortezia* dos trovadores meridionais encontra-se mais intimamente ligada à arte do *fin'amor*. Vincula-se, com efeito, à *mezura*, autocontrole e domínio do desejo, implicando que a dama deve recompensar quem a serviu fielmente. A *mezura* designa, enfim, a atitude de espírito do amante cortês, sua paciência e humildade. Outro predicado inescapável do amante cortês é a "juventude" (*joven*), que não se refere apenas às virtudes de uma camada etária, mas à generosidade, à aptidão para a dádiva, à liberalidade, e obviamente ao serviço de cortejo das damas, assim transcendendo a mera galanteria. Ao atingir a consumação do vínculo amoroso, os amantes precisam resguardar-se de uma personagem constante, que encarna o perigo de que a relação seja revelada, o bajulador (*losengier*, em *langue d'oïl*). Nas palavras da historiadora Danielle Régnier-Bohler, "o culto secreto a que se devota o discípulo do *fin'amor* é passível de espreita e o nome da dama jamais deve ser revelado".[1] Os escritos arturianos são permeados pela dualidade do ideal cavaleiresco, mas nas versões ducentistas de *A Demanda do Santo Graal*, o amor cortês está quase convertido em ascese (devoção) mística, de acordo com a normativa clerical. Isto descortina uma

---

1. Cf. RÉGNIER-BOHLER, Danielle. "O amor cortesão". In LE GOFF, Jacques. SCHMITT, Jean-Claude. *Dicionário temático do ocidente medieval*, São Paulo: Edusc, 2002, p. 51.

progressiva apropriação dos *romans* de cavalaria pelos clérigos, sobretudo os já mencionados cistercienses.

Todavia, o códice de Heidelberg (c. 1290), posterior às versões francesa e portuguesa de *A Demanda do Santo Graal*, ainda é portador de uma profunda tensão entre esses dois discursos disciplinares. Os leitores perceberão que há momentos na trama em que, no intervalo de poucas páginas, a cortesia é louvada e censurada pelas personagens clericais. Na fala das donzelas aristocráticas e dos Cavaleiros da Távola Redonda, à exceção de Galahad, Parzival e Bohort, há sempre um elogio à cortesia como virtude cavaleiresca, o que revela, ao longo do enredo, a existência de uma voz discordante em relação à dogmática clerical, um discurso que mobiliza os motivos da "reação folclórica".

Pode-se concluir, portanto, que a imagem estilizada do cavaleiro cristão foi objeto de disputas ideológicas e disciplinares entre dois projetos, a Reforma Pontifical e a "reação folclórica". As duas aristocracias procuraram articular um *ethos* cavaleiresco, conjunto de valores, crenças, tradições, hábitos e usos que definem a identidade de certo grupo social.

A MATÉRIA DA BRETANHA E O GÊNERO RETÓRICO DO ROMAN

No que concerne aos gêneros escritos medievais, há duas formas de composição que apresentam o idílio do amor cortês: a canção de amor (*canso*), imitada pelos poetas do norte, e o *roman*, desenvolvido principalmente em *langue d'oc*. As tonalidades do *fin'amor* são bastante matizadas entre os diversos trovadores. É notório como, entre os *trouvères* (os poetas líricos da região de *langue d'oc*), conserva-se distância entre a dama e o enamorado. Ante o caráter inacessível da amada, qualquer palavra pode parecer excessivamente ousada, um ultraje, uma desmesura. Na verdade, o tormento de amor é simultaneamente prazer e morte.

Antes de se detalhar a questão do *roman*, suporte por excelência da Matéria da Bretanha (narrativas concernentes ao rei Artur, aos cavaleiros da Távola Redonda e ao Santo Graal), quando de sua compilação na Idade Média Central, faz-se necessário aclarar que tais escritos não podem ser considerados *literatura*, propriamente dita. No lastro de estudiosos como Paul Zumthor e Michel Zink, não é possível pensar em uma *literatura medieval*, como a definimos atualmente, o que remete tal conceito a uma convenção de ficcionalidade. Isto significa, em termos breves, que o conteúdo narrado em uma obra literária é verossímil, mas não verídico, ou seja, o público receptor da obra sabe que se trata de um enredo fictício. Para os medievais, escritos como os arturianos eram considerados portadores de acontecimentos verídicos, "históricos". Isto equivale a afirmar que esses escritos integravam uma convenção retórica de veracidade, que se denota, por exemplo, no fato de que palavras como *roman* e *estoire* eram intercambiáveis no período medieval. Conceitualmente, o mais correto é pensar em gêneros retóricos medievais, na medida em que se trata de discursos moralizantes, disciplinares, vocacionados para a normatização das condutas de todos os estratos sociais por parte da Igreja. A tentativa de monopólio clerical sobre o *roman* não elidiu seu uso como suporte para o discurso persuasivo da nobreza laica, inclusive como forma de resistência simbólica à Reforma Gregoriana.

Assim, essa espécie narrativa não deve ser confundida com a noção atual de romance como narrativa afeita à convenção de ficcionalidade da literatura. Com efeito, o vocábulo *roman* adveio da expressão *mettre en roman*, vale afirmar, traduzir determinado *corpus* do latim para os idiomas vernáculos que florescem a partir do século VIII, conhecem seus primeiros registros em documentos normativos de meados do século IX (com destaque para o *Juramento de Estrasburgo de 842*) e afirmam-se na Idade Média Central, denotando o fenômeno da *diglossia*. Daí a existência de expressões como *romanice loqui*, do latim clássico, ou os derivados *fabulare* e *parabolare romanice*, que confirmam a etimologia do *roman*.[2] Se for desejável ensaiar uma tradução para o português, o vocábulo mais correto seria *romanço*, vale afirmar, o falar popular derivado do latim tardio, que se praticava na Europa românica até a Alta Idade Média.

A *diglossia* significa que a produção cultural erudita se expressa em latim, não nos nascentes idiomas vernáculos, ao passo que havia uma cultura letrada não dominada pela Igreja e já expressa nos idiomas vernáculos europeus. O latim

---

2. Cf. MEGALE, Heitor. *A Demanda do Santo Graal*. Das origens ao Códice Português. Cotia: Ateliê Editorial, 2000, p. 36.

correspondia à norma culta herdada da Antiguidade Clássica e monopólio dos setores clericais mais versados na erudição dos autores clássicos e na teologia dos Padres da Igreja (Patrística), bem como na Escolástica da Idade Média Central. Torna-se notório que o latim, adequado aos textos sagrados (*Vulgata* de São Jerônimo), litúrgicos e aos grandes tratados de teologia, constitui a língua da memória em um contexto social em que memória e verdade tornam-se sinônimos, em virtude da manipulação ideológica do idioma latino pelos *oratores*, justamente pela hegemonia da oralidade sobre a escrita. Desta forma, o *ordo clericorum* (eclesiásticos) consagra sua posição de elite intelectual de *litterati* (letrados), manuseadores unitários da escrita latina e do saber formal e erudito, bem como do sagrado e seus efeitos teúrgicos (produção de prodígios considerados milagres canônicos).

Por outro lado, autores como o linguista russo Mikhail Bakhtin identificam a existência de um variado esteio de cultura popular na Idade Média Central, relativo aos camponeses, vilões, cavaleiros analfabetos e outros homens desprovidos de formação intelectual formal, os *ilitterati*. Sua manifestação simbólica poderia ser identificada na ampla gama de gestos, hábitos, celebrações, tradições, contos e sagas transmitidos pelo viés da oralidade. Sua singularidade religiosa poderia ser apreendida nas formas concretas de adaptação dos ritos e cânones católicos aos usos e costumes cotidianos de cada população, forjando-se expressões concretas e peculiares de representação do sagrado e interação com o sobrenatural. Em alguma medida, essa cultura popular passaria a conhecer registro, expressão e transmissão escritos a partir do surgimento dos idiomas vernáculos locais, evoluídos de formas dialetais híbridas de elementos latinos, celtas e germânicos, a partir do século VIII.

Os leitores poderão perceber, ao longo do texto, grande variação na escrita dos nomes das mesmas personagens ou locais (principalmente castelos). Do ponto de vista da sintaxe textual, há muitas repetições e, não raras vezes, construções que nos parecem, como leitores de outro tempo, desconexas, contraditórias, ou simplesmente "incorretas". Não se trata aqui de qualquer expediente retórico proposital, segundo interpretamos. Concordamos com a observação de Paul Zumthor, quando este medievalista suíço pensa tais características dos escritos romanescos centro-medievais como índices de uma oralidade primária que ainda subjaz ao texto e o permeia. Além dessa questão, deve-se considerar que esses textos constituem suportes memoriais para idiomas que, em boa medida, ainda estão em estado nascente, em processo cambiante de estruturação lexical e sintática.

Os significativos estudos de Mikhail Bakhtin e demais linguistas do Círculo de Tartu sobre a história cultural medieval superaram a noção de que o espólio cultural deste período histórico estaria reduzido à produção erudita dos *litterati*, desconsiderando a pluralidade de manifestações simbólicas das camadas populares. A interação entre a cultura de alto repertório e a popular ocorre, na concepção de

Bakhtin, por meio de uma circularidade de seus produtos culturais, que se interpenetram, ressignificam, invertem e reconfiguram a todo instante. A tese da circularidade cultural também se encontra em outros autores relevantes para o debate historiográfico medievalístico contemporâneo, como Carlo Ginzburg, Aaron Gurevitch e Georges Duby.[3]

Questionando também o rigor da clivagem entre cultura erudita e cultura popular, Jean-Claude Schmitt[4] afirma que ambos extremos foram a todo tempo intermediados por ampla esfera de interface entre seus produtos culturais. De fato, as sociedades europeias ocidentais do século XIII contaram com atores culturalmente híbridos e versáteis, responsáveis pelo trânsito entre os dois polos da cultura medieval. Pode-se exemplificar este permanente diálogo entre os registros da cultura europeia medieval mediante a ação evangelizadora do clero católico. Os próprios sacerdotes de menor grau hierárquico, intermediários entre os grandes pensadores cristãos e os estratos populares, sempre adaptaram os cânones da dogmática ortodoxa produzida nos mosteiros e abadias às peculiaridades culturais das regiões em que atuavam, sobretudo em vista do esforço catequético. Exibiram elevado grau de tolerância e mesmo claro propósito sincrético perante as manifestações laicas de religiosidade cristã, profundamente

---

3. FRANCO JR, Hilário. "Meu, teu, nosso. Reflexões sobre o conceito de cultura intermediária". In: *A Eva Barbada*. Ensaios de Mitologia Medieval, São Paulo: Edusp, 1996, pp. 34-5.
4. SCHMITT, Jean-Claude. *Le Corps, les rites, les rêves, le temps: essais d'anthropologie médiévale*. Paris: Gallimard, 2007, pp. 130-147.

impregnadas de crenças, ritos e signos do patrimônio ancestral celta, germânico e greco-latino pagão.

É necessário ponderar, neste momento, que não é o fato de tais agentes transitarem pelos dois outros polos culturais que torna intermediário seu estrato de cultura. Como ensina Hilário Franco Júnior, trata-se exatamente do oposto. Havendo uma esfera compósita e polissêmica, em que se verificam fenômenos de hibridação, retroalimentação, ressignificação e reconversão de elementos da cultura de alto repertório e da cultura popular, é que se torna possível a existência de atores sociais de cultura intermediária. Os contrastes de ritmo e intensidade com que *litterati* e *illitterari* se apropriam do espólio híbrido dependem não apenas do conflito entre valores e interesses em tela, mas também da detenção de instrumentos culturais diferenciados em cada estrato social. Ponto de convergência entre as demais esferas de produção simbólica, a cultura intermediária permite a migração de determinados elementos comuns, alargando as identidades de cada qual dos *ordines* e constituindo o próprio fenômeno da intermediação cultural, hoje muito estudado por historiadores da cultura e antropólogos. Essa migração se processa, em primeiro lugar, com uma recepção e ressignificação dos espólios na teia da cultura intermediária, que então fornece a matéria prima, já híbrida e inédita, que retorna para os estratos originários transformada em algo inédito.[5]

---

5. FRANCO JR, Hilário. *Op. cit.*, pp. 34–6.

O *roman* floresce precisamente no seio desta cultura intermediária, fundamentalmente impulsionado pelo Ciclo Arturiano, cultivado por atores sociais intermediários como jograis, menestréis e trovadores, que declamavam nas cortes senhoriais e principescas. Os jograis e menestréis, bem como os segréis em Castela, estavam em íntimo contato com os vilões — camponeses habitantes das vilas e aldeias —, assim promovendo a circulação dos produtos culturais.

Este gênero retórico desenvolveu-se a partir das canções de gesta da Alta Idade Média (séculos IX a XI) e das crônicas historiográficas. As canções de gesta revelavam uma verdade do enunciador, proclamada e reverberada de forma circular e sempre idêntica ao próprio canto, referindo-se a feitos de bravura e grandes batalhas, façanhas militares e vitórias de grandes heróis. Seu exemplar mais célebre é a *Chanson de Roland* (Canção de Rolando), datada de cerca de 1080. Como assinala o estudioso Heitor Megale, o cantor procura integrar o caos do vivido em uma ordem, e encerrar as dúvidas em uma moldura de justiça. Ademais, o diálogo — evidentemente virtual — do cantor com seu público, instituiria uma "duração permanente", ou "uma atemporalidade", ao conteúdo narrado. Este fenômeno decomporia, por conseguinte, a narrativa em células relativamente autônomas que se sucedem, por vezes ordenadas em conjuntos justapostos, cuja progressão, absolutamente não linear, seria percebida por paralelismos e repetições, que, entretanto, não desfazem as contradições entre os episódios singulares.

Se as canções de gesta apresentam uma circularidade do canto, que se perfaz por uma captação da memória coletiva, Megale está plenamente correto em inferir que se instaura uma realidade de expressão coletiva de que muitos homens participam, mediados pelo cantor. Assim, não apenas se reflete uma camada de historicidade sentida como real, porém se verifica uma compensação simbólica pela ruptura entre o vivido e o imaginado em uma sociedade regida pela oralidade. Enfim, a história seria ratificada por intermédio da rigidez do discurso e da proeminência de um estilo formal e seus recortes.[6]

A transição da canção de gesta para os gêneros da historiografia e do *roman* encerraria uma ruptura dos laços da narrativa com a memória coletiva, contemporânea a um desejo emergente por um conhecimento não ficcional, porém marcado pela História, assumindo o antigo ouvinte uma condição similar àquela de um "aluno consentido". A Antiguidade Clássica legou à Idade Média uma concepção moral do discurso sobre a História, implicando uma moldura do mesmo como exposição estilizada e persuasiva destinada à instrução e conversão dos hábitos sociais. Eclipsada durante a primeira época feudal, tal tradição seria retomada em tempos de desenvolvimento político do Sacro Império Romano-Germânico, em fins do século XI (com destaque para a região da Lotaríngia). Mas seu pleno renascimento, com efeito, ocorreu no século XII, sendo que a ela aderiram os anglo-

---

6. Cf. MEGALE, Heitor. *A Demanda do Santo Graal, Op. Cit.*, pp. 32–3.

-normandos, quando de sua expansão pela Grã-Bretanha e Itália, sendo tal tendência consignada pelo inegável impacto das Cruzadas.

A produção das formas arcaicas de *roman*, ainda em verso, ocorreu nos domínios continentais da dinastia dos Plantagenetas, onde também se havia desenvolvido a historiografia. Um novo estrato senhorial, nessas áreas de maior estruturação política, percebe a nocividade da guerra e a correspondente ética veiculada pelas canções de gesta.[7] Ao mesmo tempo em que clérigos e cavaleiros instruídos aspiram liberar-se da palavra poética, a partir do fenômeno das escolas medievais, cria-se o prazer pelo códice, pelo texto em prosa. As próprias autoridades políticas passam a comunicar-se por textos escritos com seus vassalos. Nos territórios britânicos, a monarquia normanda instaurada por Guilherme, o Conquistador, desde seu triunfo na Batalha de Hastings (1066), incentivou a compilação e reprodução de motivos arturianos. Isto para atrair a simpatia das populações celtas e desconstituir a anterior hegemonia saxã, proveniente das penetrações de anglos e saxões na transição entre os séculos V e VI e da formação de sua heptarquia, em 827, com Egbert of Wessex.

Não se pretende aqui sugerir que a Dinastia dos Plantagenetas fosse pacífica ou não se envolvesse em querelas feudais. Ao contrário, justamente por estarem imersos em

---

7. Cf. JACKSON, W. H., RANAWAKE, Silvia A. "Introduction". In *The Arthur of the Germans*. The Arthurian Legend in Medieval German and Dutch Literature. Avon: University of Wales Press, 2000, po. 6.

disputas com os Capetos franceses e por manterem vínculos linhageiros com os Hohenstaufen alemães, que se opunham aos reis franceses, era necessário proscrever a apologia da guerra. Condenar as canções de gesta ao esquecimento e promover o cultivo e difusão dos *romans* cavaleirescos significava, na verdade, procurar pacificar as contendas entre senhores feudais e exortá-los a obedecer à suserania do rei inglês.

Todavia, a difusão dos motivos arturianos parece ter despertado, entre as populações celtas britânicas, o intuito de resgate de uma glória pretérita então imaginada, o que implicou a necessidade de a monarquia normanda enfrentar o messianismo em torno da figura de Artur. O mesmo se vinculava, fundamentalmente, à Abadia de Glastonbury, em Gales, que reunia escritos de origem céltica e muitos monges irlandeses. Reputava-se fundada por José de Arimateia quando de seu êxodo da Palestina, tendo-se lá desenvolvido uma devoção cultual ao fundador mítico que, em última instância, pretendia legitimar a própria antiguidade da Igreja Católica inglesa. Essa última poderia, desta forma, clamar paridade eclesiológica com Roma enquanto verdadeira fundação apostólica, uma vez que José de Arimateia teria sido, consoante o *Evangelho de São Mateus* (27:57), um discípulo secreto de Cristo, mesmo permanecendo membro do Sinédrio. Na *Gesta regum anglorum* (1025), William of Malmsbury afirma que a fundação da Abadia de Glastonbury se deu por determinação do papa Eleutério, que teria enviado uma missão ao mítico rei Lucius, no século II d.C., registrada em escritos historiográficos anglo-saxões. Elaborou-se, posteriormente, a versão de que dois missionários, Phagan e Deruvian, teriam encontrado, no local da abadia, uma igreja pretensamente fundada por discípulos de São Felipe e São Tiago, em 63 d.C.

A associação entre a abadia e José de Arimateia parece ter sido também uma efabulação do *roman* arturiano *Perlesvaus*, em que Glastonbury é textualmente mencionada. De acordo com Richard Barber, o apogeu do projeto plantageneta de identificar Glastonbury a José de Arimateia e à própria ilha mítica de Avalon deu-se no século XV, sob a influência do abade Richard Bere, que impulsionou o culto ao primeiro guardião do Santo Graal, vindo a alterar o selo de armas da abadia, para incluir a figura de José de Arimateia. Já era corrente, todavia, a versão oral de que José de Arimateia estaria sepultado na igreja antiga de Glastonbury, incendiada em 1184, e de que o decurião teria aportado a esse mosteiro duas ampolas, com o sangue e o suor de Cristo. Tal narrativa foi atribuída a um escritor semianônimo de nome Melkin, para quem a descoberta do sepulcro de José de Arimateia teria revelado um cadáver incorrupto. Ainda em 1345, o rei inglês Eduardo III encorajou a busca por este túmulo, missão que Henrique V ordenaria aos próprios monges em 1419, o que revela um projeto político de autonomização da Igreja inglesa com relação a Roma. Tal temática, discutida no Concílio de Constança (1414–1418), foi posteriormente esquecida, sendo apenas resgatada na Inglaterra anglicana, quando se atribuiu a origem de uma relíquia identificada com o próprio Graal à Abadia de Glastonbury.

A partir do século XII, a fabricação da coincidência do túmulo de Artur com o território de Glastonbury propiciou a difusão das narrativas arturianas por diversos estratos sociais, o que se denota pela alusão ao regresso messiânico de Artur e à própria Távola Redonda no *Roman de Brut* (1155), do normando Robert Wace. Tal *roman* correspondeu à adaptação poética da *Historia regum Britanniae*, de Geoffrey de Monmouth, por solicitação de Henrique II (1154–1189), que desejava uma epopeia versificada para consagrar uma narrativa laudatória à Dinastia Plantageneta, apta a suplantar a celebridade da *Canção de Rolando*, de que os Capetíngios se valiam para exaltar suas glórias e, assim, legitimar seu poder político.

Com efeito, o rei anglo-normando Henrique II teria ordenado, em 1189, que se procurassem os vestígios mortais de Artur no terreno da abadia, identificada à ilha de Avalon (já que se situava em meio a um pântano), o que teria redundado na descoberta de ossos gigantescos de um homem e uma mulher, juntos a uma cruz de chumbo, em que se encontrava a inscrição latina *Hic jacet Artorius, Rex Britonnum* ("aqui jaz Artur, rei dos bretões"). Henrique II interpretou a descoberta como evidência inconfutável de que Artur estaria morto, como qualquer outro homem, o que deveria condenar as esperanças messiânicas dos celtas sobre o futuro reino de Artur. Isto implicava, evidentemente, sua projeção, ressignificada, sobre a casa normanda dos Plantagenetas.

Não por outra razão, articulando as pretensões de isonomia e autonomia da Sé inglesa, a pretexto da antiguidade da Abadia de Glastonbury, ao projeto centralizador e auto-emancipatório em relação à Sé Romana e à pretensão de universalidade política do Sacro Império Romano-Germânico, acalentado pelos Plantagenetas, aparece uma crônica, portanto um escrito do gênero historiográfico, *De antiquitate glastoniensis ecclesiae* (c. 1130) de William of Malmesbury.

Autonomizar a Sé inglesa em relação ao poder papal já é, evidentemente, um avanço no processo de centralização da monarquia britânica. Neste lastro, ainda que Roma pudesse reivindicar a supremacia sobre todos os demais bispados, apelando para a presença dos vestígios mortais de São Pedro e São Paulo *intra muros*, seria efetivamente árduo contrapor-se, com êxito retórico, a uma narrativa cristológica em que uma Sé, se não propriamente fundada por um apóstolo, pois José de Arimateia não pertencia ao círculo dos doze, figuraria como aquela em que o discípulo secreto de Cristo ocultou o próprio sangue do Senhor, contido, mais ainda, no cálice da Santa Ceia. Nada poderia, por coerência com a mitologia cristã, superar, em relevância e dever de adoração, o que seria a relíquia por excelência do próprio Cristo, seu sangue.

Enfoquemos agora a questão da métrica poética e elementos retórico-poéticos da Idade Média Central. Como nas primeiras expressões do gênero historiográfico, nos primeiros *romans* cavaleirescos escritos em versos octassílabos, de rimas paralelas e sem estrofes definidas, exclui-se o canto, bem como a fragmentação dos versos ordenados em estrofes. Isto implica uma forma de inflexão do texto sobre si mesmo, ou, no entender de Heitor Megale, uma "concentração sobre a intenção formalizante" que determina tais escritos. Observa-se, portanto, um incipiente desenvolvimento da prosa, que se tornará plena no século XIII, tanto nos *romans* de cavalaria como na historiografia. Como resulta evidente, esses textos são multifacetados, recebendo acréscimos e continuações. Ademais, mostram-se independentes do ritmo poético, que conferia unidade à canção de gesta a partir do ato único e real da voz, que era ato de sua produção. Volker Mertens percebe que, a exemplo das crônicas, nas canções de gesta o acontecido legitima e valida o narrado, desenhando-se uma sincronia de núcleos de ação narrativa, por meio de remissões recíprocas entre os episódios.[8] Já o novo paradigma de texto revela uma finalidade, não mais coincidente com a expressão da voz mesma da comunidade que o ouve, mas um propósito de descrever o mundo para essa comunidade, para aprofundar um elo fictivo, artificial mesmo, entre o passado da memória e o futuro que ainda se deve desenhar.[9]

Como salienta Volker Mertens, a prosa, linguagem dos Evangelhos (núcleo do Texto Sagrado cristão), é, por excelência, a forma discursiva do verídico. Distinguindo-se, em

---

8. Cf. MERTENS, Volker. *Der deutsche Artusroman*. Stuttgart: Reclam, 2007, p. 151.

9. Cf. MEGALE, Heitor. *A Demanda do Santo Graal*, op. cit., pp. 35–6.

certa medida, do verso como "linguagem das *res fictae*", da ficção, a prosa estaria apta a produzir a impressão de veracidade, como narrativa das *res factae*, os episódios verídicos, o que aproxima os gêneros retóricos do *roman* e da crônica historiográfica.[10]

A GESTA DA MATÉRIA DA BRETANHA

A primeira referência à Távola Redonda ocorre em uma hagiografia (narrativa moralizante e exemplar acerca da vida de um santo) bretã, redigida em latim, a *Legenda Sanctii Goeznovii*. Tal ocorrência é antecedida por extensa produção textual efetuada no lastro da cultura celta, especialmente nas regiões das Ilhas Britânicas e na Armórica (território da Gália celta hoje correspondente à Bretanha francesa). Sendo consensual a transmissão do espólio arturiano por meio da oralidade, pensa-se na possibilidade de uma influência de narrativas celtas galesas sobre os ciclos de compilação, versificação e prosificação da Matéria da Bretanha nos séculos XII e XIII. Neste sentido, uma referência residual seriam os contos compilados sob o nome de *Mabinogion*[11] (contos para a infância). Há, entretanto, problemas de datação referentes a

---

10. Cf. MERTENS, Volker, *op. cit.*, p. 145.

11. Estes contos celtas, cujo título original galês é *Y Mabinogi* constituem-se de quatro ramos de narrativas, cujos manuscritos completos remanescentes são o *White Book of Rhydderch* (*Llyfr Gwyn Rhydderch*, c.1350) e o *Red Book of Hergest* (*Llyfr Coch Hergest*, c.1400). Um possível local de compilação destes contos orais seria a abadia galesa de Llanbadarn. Muitas vezes atribuídos ao monge local Rhygyfarch, tais escritos podem ter sido produzidos na segunda metade do século XI.

tal compilação, sendo que a associação dos *romans* de compiladores bretões como Chrétien de Troyes e Robert de Boron aos *Mabinogion* (*Y Mabinogi*) enfrentaria problemas também de definição do vetor de influência. Como as narrativas celtas apenas se deixaram conhecer tardiamente, podem ser antes tributárias dos *corpora* arturianos que suas ancestrais.

Os *Mabinogion*, provenientes da tradição medieval dos celtas de Gales (*mittelkymrische Erzählungen*), legaram à posteridade quatro textos, "de conteúdo muito arcaico e próximo ao mito e, para o erudito vienense Helmut Birkhan, de indubitável lugar na literatura mundial".[12] Esse autor assinala que se poderia tratar, neste caso, de manuais de instrução para aprendizes de bardos, portadores de aventuras heroicas, a serem memorizadas, que encontrariam paralelo nas *Enfances* francesas ou nos *Macgnímartha* ou "Atos dos meninos" dos celtas da Hibérnia (atual Irlanda). Esses escritos são atribuídos a uma personagem constante de seu próprio enredo, o bardo (*cyfarwydd*) celta Dafydd ap Gwilyn (provavelmente no século VI d.C.), que Birkhan compara ao trovador alemão Walther von der Vogelweide. Tais fontes não compõem, todavia, uma unidade, apesar de manterem um traço comum, justamente a presença de elementos depois apropriados pela Matéria da Bretanha.

---

12. (...) *Zu Recht tragen nur vier Texte sehr archaischen, mythosnahen Inhalts und von unzweifelbar weltliterarischem Rang den Titel: "Vier Zweige des Mabinogi" (Pedeir Keinc y Mabinogi).* Cf. BIRKHAN, Helmut. *Keltische Erzählungen vom Kaiser Arthur.* Wien: Lit Verlag, 2004, p. 33.

São relevantes, para os estudos arturianos, os contos *Kulhwch e Owein* e *O sonho de Rhonabwy*, com notórios paralelos na cultura escrita medieval de expressões francesa e alemã. De acordo com Helmut Birkhan, o primeiro conto, por denotar afastamento em relação à morfologia clássica das novelas de cavalaria centro-medievais, é decisivo para equacionar a "questão dos Mabinogion". Esse escrito apresenta um indício para a especulação sobre o possível itinerário de apropriação pelo qual teriam transitado os *Mabinogion*, se não influenciado pela recepção, nas Ilhas Britânicas, das narrativas arturianas continentais. Apesar de presentes aos contos celtas, Artur e seus cavaleiros são referidos por caracteres diversos daqueles assinalados nos *romans* de Chrétien de Troyes.

Kulhwch e Owein traz ainda outra especificidade ante as novelas centro-medievais, qual seja, um tema arcaico, conforme o qual as aquisições de Owein não se devem a suas habilidades heroicas, mas à ação coletiva da corte, o que permite a aparição do rei Artur como um *primus inter pares* quanto aos cavaleiros dessa corte, destacando-se por seus atos de heroísmo. Os *romans* da tradição continental apresentam um Artur que se aparta das batalhas e se vê ameaçado quando ocupa a posição de protagonista. Com efeito, os escritos romanescos arturianos revestem-se de um caráter de rito de iniciação à cavalaria, uma vez que a aventura é "distribuída" por personagens que agem solitárias, aumentando seu valor por meio de seus atos.

Além dos *Mabinogion*, outros escritos de antiga tradição celta insular apresentam referências ao rei Artur, como o *Livro Negro de Carmathen* (*Das Schwarze Buch von Carmathen*), que data de cerca do ano 1000 (portanto pré-normando), em que o monarca se faz acompanhar de Key, figurando ambos como campeões de Hexen, ocasião em que teriam conhecido um gato gigantesco maravilhoso. O mesmo livro relata uma pugna, nos montes que circundam Edimburgo, entre os dois heróis e homens cinocéfalos. Da mesma forma, em outro conto galês, *O saque do inframundo* (*Preideu Annwvyn*), narra-se a imersão do rei Artur no Além céltico (a Ilha dos Mortos, Avalon), de onde teria trazido um caldeirão mágico e sua espada maravilhosa *Caledvwlch*, depois denominada *Excallibur*, que havia estado sob a tutela de nove virgens no supramundo (*Oberwelt*).[13] Tal narrativa

---

13. O nome *Excallibur* aparece em uma novela inglesa de fins do século XIII, denominada *Arthour and Merlin*. Patrick Ford propõe que *Caledvwlch* deriva do galês *caled* ("duro, forte") e *vwlch* ou *bwlch* ("ponta"). Já outro autor, Heinrich Zimmer, preconiza que a fonte da referência para a espada de Artur seria *Caladbolg*, a espada da personagem-título do poema holandês *Fergus*. Em algumas versões, como *Morte Arthure*, o rei possui duas espadas, *Clarent* (*Guerra*) e *Claris* (*Paz*). O nome Excallibur, por sua vez, advém de outra versão das narrativas arturianas, conforme a qual a espada originária do rei, *Calliburnus*, teria sido partida em duas em uma batalha contra um cavaleiro anônimo que guardava uma fonte. Aconselhado por Merlin, Artur lança a espada partida no lago onde habita a Dama do Lago, que lhe restitui uma nova espada, forjada a partir dos fragmentos da anterior, portanto, uma espada *ex Calliburnu*, daí se originando *Excallibur*. Cf. LITTLETON, Scott. MALCOR, Linda. *From Scythia to Camelot*. A Radical Reassessment of the Legends of King Arthur, The Knights of the Round Table and The Holy Grail. New York: Routledge, 1994, p. 190.

foi atribuída ao bardo galês do século VI Taliesin, declamador na corte do rei Urien (ou Urbgen), do reino celta escocês de Rheged. Em *Bran, Filha de Llŷr*, também se fala de uma expedição militar à Hibérnia (atual Irlanda), comandada por Artur, com o fito de apossar-se de um caldeirão mágico. O caldeirão de *Annwvyn*, ao lado de inúmeros outros que grassam nas culturas celtas, e a cornucópia celta da fartura são prováveis antecessores do Santo Graal.

Outro exemplo da recorrência do tema arturiano entre os celtas provém de *A Estória da Condessa da Fonte*, em que se apresenta o herói Owein (ou Ewein), filho do já mencionado Uryen de Rheged, localidade na Escócia austral, esse último um dos três "reis benditos" (*gwynderyn*) das Ilhas Britânicas. O aludido conto também se atribui ao bardo da corte de Uryen, Taliesin, sendo que, na *Historia Britonnum*, Nennius relata que o velho rei enfrentou o rei anglo Teodorico (que teria reinado entre 572 e 579). Esse embate celta contra os anglos foi retratado no *Lamento* (*Klagenlied*) de Taliesin quando Teodorico é denominado "flamejante" (*Flamddwyn*) e referido como *Theodoricus de Bernicia*, o Dietrich von Bern.[14] Essa personagem foi referida, ainda, na *Canção dos Nibelungos* (*Nibelungenlied*), como o rei dos amelungos.

Em outra fonte, *O sonho de Ronabwy* (*Breudwyt Ronabwy*), desenha-se uma rivalidade entre Owein e Artur. Ambos são descritos disputando um jogo de tabuleiro, en-

---

14. A mesma descrição pode ser encontrada na canção de outro bardo celta coevo, identificado como Llywarch Hen. Cf. BIRKHAN, Helmut, *op. cit.*, p. 21.

quanto seus guerreiros assassinavam-se reciprocamente em uma contenda. Cada movimento efetuado no tabuleiro implicava um golpe no campo de batalha. Interessa salientar que, em *Peredur, Filho de Evrawc*, o "Castelo das Maravilhas", objeto da demanda do herói, observa-se descrito como castelo do tabuleiro mágico de xadrez.

Ainda em terras britânicas, os temas arturianos conheceram ampla difusão em latim, em obras da Primeira Idade Média (séculos IV a VIII) como *De excidio et conquestu Britaniae*, do prelado galês Gildas (c. 504–570),[15] que descreve a invasão de hordas anglo-saxãs à Britânia romana e as tentativas de resistência da população romano-bretã, sob a liderança de Artorius. Após *Historia Britonnum* (c. 800 d.C.), de Nennius, há a *Gesta regum anglorum* (1125), em que William of Malmesbury apresenta Artur e seu sobrinho, Galwain, como personagens históricas referidas à narrativa das origens da monarquia britânica, confirmando suas virtudes guerreiras e denegando as expectativas messiânicas acerca do retorno do rei da Ilha de Avalon. Ademais, em *Historia regum Britaniae* (1100–1155), que o erudito arturiano Volker Mertens

---

15. Helmut Birkhan apresenta uma narrativa galesa de cerca de 1188, o *Itinerarium Kambriae*, atribuído a Giraldus Cambrensis, em que Artur teria assassinado o irmão do próprio Gildas. O narrador semianônimo ainda se refere, em Caerlon, a primeira corte do rei Artur, à presença de um mago, Myrddin, uma possível prefiguração do Mago Merlin. Giraldus estatui um vínculo entre os videntes celtas de Gales e a vidente Cassandra, de Troia, reverberando a tendência messiânica de tais populações celtas, bem como seu desejo de estabelecer uma mitologia das origens que os vinculasse aos troianos. Cf. BIRKHAN, Helmut. *op. cit.*, pp. 19, 24 e 25.

considera o "momento fundador" da tradição arturiana, Geoffrey of Monmouth (1100–1155) alude, ao lado das virtudes bélicas do herói, a sua generonisade, datando sua ascensão ao trono de Logres aos quinze anos de idade, predicando-lhe o mesmo estatuto de figura histórica atribuído a Carlos Magno. Este compilador clamava ter escrito com base em *auctoritates* como Nennius, o Venerável Beda ou Gildas, além de um livro escrito "em língua britânica", que estaria traduzindo, entregue pelo arquediácono Walter Map. Tal prelado presidiu a sé de Oxford e seria cortesão do futuro rei Henrique II da Inglaterra.

A contribuição fundamental de Geoffrey of Monmouth para a gesta mítica de Artur seria sua caracterização — inaugural — como conquistador celto-romano contemporâneo do imperador romano do Oriente Leão I (457 a 474 d.C.). Algumas fontes adicionais são a *Historia Anglorum* (c. 1129), de Henry of Hudingdon, que situa o reinado de Artur entre 527 e 530, e o *Chronicon Montis Sancti Michaelis in Periculo Maris*, que associa o rei à data de 421.

Também se encontram alusões à corte de Artur na *Historia Ecclesiastica Gentis Anglorum* (731), do Venerável Beda.[16] Não por acaso, Helmut Birkhan assinala que, na Alta Idade Média (séculos IX a XI), os habitantes de Gales estavam plenamente convencidos da existência "histórica" do rei Artur, a quem se atribui um túmulo no elenco de sepulcros *Beddeu*, constante do *Livro Negro de Camarthen*.

---

16. Cf. MEGALE, Heitor. *op. cit.*, pp. 30–1.

Na Europa continental, o advento dos mitos arturianos, oralmente cultivados desde o século VI nas Ilhas, deve-se, de acordo com a maioria dos estudiosos, ao contato com os principados celtas britânicos a partir da Batalha de Hastings. Os primeiros *romans* em verso com estes motivos originaram-se na Armórica (depois chamada Bretanha), sob a pluma do clérigo intermediário Chrétien de Troyes, na segunda metade do século XII. Sua primeira versão de *Perceval ou Le conte dou Graal* foi redigida sob os auspícios do conde Felipe, de Flandres, e evidências indicam que a primeira versão continuadora, anônima, guarda relações com a Burgúndia ou a Champanha em princípios do século XIII, atingindo a Picardia e a região de Paris apenas décadas mais tarde.

A segunda versão, atribuída a Wauchier de Denain, provavelmente foi composta para Joana, a neta do conde Felipe de Flandres, entre 1212 e 1244, para quem o mesmo já havia dedicado alguns escritos, bem como algumas hagiografias a seu tio, o conde de Namur. A terceira versão seria redigida por Manessier, tão incógnito como Wauchier de Denain, possivelmente para a mesma destinatária, como narrativa de legitimação de sua pretensão ao trono de Flandres, questionada por um nobre que se pretendia seu pai. A corte senhorial dos condes flamengos desenvolveu a tal grau o mecenato que o historiador inglês Richard Barber incorre na afirmação, algo temerária, de que o *roman* redigido por Chrétien de Troyes era reputado "propriedade da família governante", em virtude das associações dinásticas.[17] A propósito, um manuscrito da terceira versão, sem o prólogo e os versos finais, teria sido compilado para João II de Avesne, que clamava o trono de Flandres no século XIII, com vinculações linhageiras referidas ao imperador romano-germânico.

Por outro lado, o autor da quarta versão permite-se conhecer melhor, em função de outros escritos que o notabilizaram, como o *Roman de la Violette*, dedicado à condessa de Poitou, entre 1227 e 1229. Trata-se de Gerbert de Montreuil, que Barber supõe frequentador da corte régia em Paris e, de forma muito indiciária, um ator social da cultura intermediária, que "parece ter tido um pé em ambos os mundos, clerical e aquele dos menestréis e dos jograis", esses últimos em estreito contato com a cultura popular.

A par das obras completas *Le Chevalier de la Charrette* (1179), que apresenta a infâmia dos amores clandestinos do cavaleiro Lancelot e da rainha Guinevere, e *Eric et Enide*, uma ode às proezas guerreiras da cavalaria e uma advertência para que os bravos cavaleiros não contraiam matrimônio, sob pena de acovardar-se, Chrétien de Troyes falece antes de concluir *Perceval ou Le conte dou Graal*. Além das quatro continuações mencionadas, houve ainda dois prólogos ao *roman* em verso, ambos de autoria anônima. O primeiro deles, menos extenso, identificado por Richard Barber como *O Prólogo de Bliocadran*, enfatiza a genealogia de Perceval (Bliocadran aqui figura como seu pai), a própria linhagem

---

17. BARBER, Richard. *Op. Cit.*, p.p. 28 e 29.

sagrada de protetores do Santo Graal. Há uma notória insistência em aspectos negativos – assim considerados sob a perspectiva de uma normativa eclesial – da cavalaria, como a propensão à guerra e suas formas ressignificadas, o torneio e a justa. Trata-se de um alerta moralizante acerca dos perigos da guerra e de como a demanda por glórias nos feitos de bravura redunda em traição aos ideais da cavalaria cristã.

Já no segundo escrito, o *Prólogo da Elucidação*, narram-se aventuras preliminares ao conto do Santo Graal, em que ocorre o roubo de copas mágicas e o estupro de virgens habitantes de uma floresta, nas imediações de poços. A violência se dá por parte do rei Amangons e seus guerreiros, assumindo Artur e seus cavaleiros o dever de vingá-las. No mais, há uma clara repetição do enredo apresentado por Chrétien de Troyes, com a distinção de que aqui o Santo Graal, cuja aparência ecoa a primeira e anônima continuação a *Perceval ou Le conte dou Graal*, encontra-se bastante dessacralizado, sendo apenas mais uma entre tantas aventuras cavaleirescas. O que esse Prólogo apresenta de inédito é uma descrição dos sete ramos da estória da corte do rico rei Pescador, que aludem aos sete sacramentos da ortodoxia católica, definidos desde o século XII e ratificados no Quarto Concílio de Latrão (1215).

A denominada *Vulgata da Matéria da Bretanha* representa a primeira prosificação pela qual passou o espólio anterior em versos, ao redor de 1220. Abrange a sequência narrativa das novelas *Estoire de Merlin, Estoire dou Graal,*

Lancelot du Lac (*roman* redigido em três livros, que ocupa mais da metade desse primeiro ciclo), *La Queste del Saint Graal* e *La Mort le roi Artu*. Com efeito, detectou-se que *Lancelot du Lac*, *La Queste del Saint Graal* e *La Mort le roi Artu* foram redigidos antes de *Estoire dou Graal* e *Estoire de Merlin*, cabendo a primazia cronológica ao primeiro.

Como expõe Heitor Megale, a constituição plena do *Ciclo da Vulgata* exigia a redação das *Suites* ao *roman* sobre o Mago Merlin, com as necessárias acomodações para tornar coerentes as novelas. Esse primeiro ciclo de prosificação denominou-se também *Ciclo do Lancelot-Graal*, o que desvela a fusão das massas narrativas pertinentes ao Cavaleiro Lancelot, mais antiga, e ao Santo Graal, posterior. A propósito, a narrativa relativa a Lancelot não figura no *Ciclo da Post-Vulgata*. O *Ciclo do Lancelot-Graal* conheceu incontáveis cópias que geraram uma abundante tradição manuscrita no Ocidente europeu medieval, o que atesta, à evidência, uma difusão ímpar, sem qualquer paralelo conhecido, da *Matéria da Bretanha* no universo medieval. No *Ciclo da Post-Vulgata*, a *Estoire dou Graal* passa também a ser referida como *O Livro de José de Arimateia*. Alguns autores referem-se a *Lancelot du Lac*, *Queste del Saint Graal* e *La mort le Roi Artu*, em conjunto, como *Lancelot en prose*, apesar de outros empregarem tal expressão apenas para designar o *Lancelot du Lac*. Observe-se que as expressões *Ciclo da Vulgata* e *Ciclo da Post-Vulgata* devem-se à terminologia proposta pela estudiosa Fanny Bogdanow, em seu ensaio *The Romance of the Grail* (1966).

O *Ciclo da Vulgata*, conservado em seis manuscritos dos cem compilados entre os séculos XIII e XV, foi identificado a um só autor ou compilador, apesar da improbabilidade de se deverem todas as novelas a uma pena solitária. Esse escriba seria o galês Gautier Map ou Walter Map, porém já há tempos é denominado Pseudo-Map, pois já era falecido tal compilador quando da primeira prosificação. O primeiro *roman* a integrar esse ciclo inicial de prosificação da Matéria da Bretanha, *Lancelot du Lac*, atribuído ao suposto clérigo galês Gautier Map, foi compilado em francês. O escriba era arquediácono da sé de Oxford e cortesão do rei Henrique II, tendo falecido em cerca de 1209. Os antropólogos estadunidenses Scott Littleton e Linda Malcor assinalam que o compilador exibia bons conhecimentos da geografia da região de Poitou, parcas noções sobre aquela relativa ao sudeste da Bretanha e praticamente nenhuma acerca de Gales. Para os mencionados autores, existiria um consenso entre os especialistas no *Ciclo da Vulgata*: o *roman* teria, efetivamente, sido escrito nas cercanias de Poitou, em cerca de 1200–1210, combinando elementos de *Le Chevalier de la Charrette*, de Chrétien de Troyes, e de *Lanzelet*, do poeta Ulrich von Zatzikhoven, escrito entre 1194 e 1205.[18] O compilador, ou os compiladores, ocultou-se sob seu nome para atrair, em procedimento muito comum para a Idade Média, seu prestígio e

---

18. Cf. LITTLETON, Scott; MALCOR, Linda, *op. cit.*, pp. 82–84.

a aceitação futura de seus manuscritos. O que se pôde averiguar, posteriormente, foi a possível autoria da *Estoire dou Graal* e da *Estoire de Merlin*, atribuídas a Robert de Boron.

Já no segundo ciclo de prosificação, o do *Pseudo-Boron*, houve uma expressiva redução da matéria narrativa, com a eliminação daquela relativa a Lancelot, ao passo que *A Demanda do Santo Graal* e *A Morte do rei Artur* foram acoplados em um único volume, reduzindo-se a matéria do derradeiro. O *Livro de José de Arimateia* encerra praticamente o mesmo conteúdo da versão primeira da *Estoire dou Graal*. Essa segunda prosificação, inicialmente atribuída a Robert de Boron, fez-se conhecer como *Ciclo do Pseudo-Boron* ou da *Post-Vulgata*. Richard Barber, entretanto, pondera que a matéria narrativa concernente ao Graal pode ter sido uma interpolação advinda de outro compilador. A *Estoire dou Graal* apresenta uma introdução coerente ao principal *roman*, *A Demanda do Santo Graal*. O mencionado historiador inglês propõe ainda outro argumento, afirmando que o vínculo entre as novelas não elidiu completamente suas contradições. A *Estoire de Merlin* compunha o ciclo de prosificação de Rober de Boron (*Ciclo da Vulgata*), a que subjaz uma coerência narrativa entre as novelas acerca de Artur e do Graal. Confirma-se que o segundo ciclo de prosificação ducentista deve-se mesmo a um Pseudo-Boron, como evidenciou Heitor Megale. Mais uma menção introdutória ao Graal ocorre em *Lancelot du Lac*, provavelmente fruto de outra interpolação tardia. Nesse *roman*, institui-se, pela primeira vez, a aventura cavaleiresca para descobrir-se quem é o virtuoso cavaleiro digno do Graal[19].

No entanto, o Graal é citado, de forma inaugural, no *Roman d'Alexandre* (c. 1170–1180), epopeia dedicada a construir um inventário mítico sobre a vida de Alexandre Magno.

A explanação da gesta do Ciclo Arturiano, bem como de *Tristan*, deveu-se a autores do renome de Ferdinand Lot, Albert Pauphilet, Jean Frappier e Alexandre Micha, porém competiu a Fanny Bogdanow a proposição de uma exegese unitária do *Ciclo da Post-Vulgata,* como possível conversão da *Vulgata* em enredos mais breves e homogêneos. Consagra-se uma trilogia de *romans* que não se encontram representados em manuscritos completos, mas em inúmeros fragmentos de duas naturezas, vestígios de códices despedaçados, ou seções narrativas inseridas em manuscritos de outros ciclos, propensos à transmissão oral.

No concernente ao texto de *A Demanda do Santo Graal*, permaneceram apenas três versões, vale citar, a bretã, a portuguesa e a alemã. Com relação a uma possível versão inglesa, não se reteve qualquer exemplar original ou posterior, porém sua existência poderia ser supostamente comprovada, para alguns autores, de forma indireta, pela influência sobre a obra de Sir Thomas Malory, *Le Morte d'Arthur* (*sic*), concluída em 1470 e impressa em 1485, para o rei Henrique VII da Inglaterra. Tal a hipótese aventada pela estudiosa

---

19. Cf. BARBER, Richard. *The Holy Grail*. Imagination and Belief. Cambridge: Harvard University Press, 2004, pp. 71–2.

Elizabeth Bryan.[20] Como leciona Richard Barber, o século XV testemunhou uma demanda por textos mais breves e coerentes sobre o rei Artur e o Santo Graal, a que Malory responde com um desejo de conhecimento verídico de sua história. Neste espectro, *Le Morte d'Arthur* também pode ter sido escrito com base em um poema inglês medieval, *Morte Arthure*. No texto quatrocentista, o Santo Graal, claramente uma relíquia, aparece no contexto da desolação do reino de Logres, tema logo abandonado, no entanto. Em que pese o fato de que Malory procura introduzir uma visão laica a respeito do Santo Graal, sobretudo aludindo à Crucificação e ao *Evangelho Apócrifo de Nicodemos* (fins do século IV), aqui o Santo Graal se apresenta indissoluvelmente vinculado ao Mistério Eucarístico e à doutrina ortodoxa da Transubstanciação. Há, ainda, uma adaptção de *A Demanda do Santo Graal* para o irlandês, denominada *Logaireacht an tSoidigh Naomhtha*, bem como para o galês, *Y Seint Greal*.

A DEMANDA DO SANTO GRAAL ALEMÃ (GRAL-QUESTE)

Quanto ao universo cultural alemão, observe-se que *A Demanda do Santo Graal (Die Suche nach dem Gral)* e *A Morte do rei Artur (Der Tod des Königs Artus)* compõem a terceira parte do Códice 147 da Biblioteca Palatina Germânica de Heidelberg (*Codex Palatinus Germanicus* 147). A primeira parte do manuscrito contém uma adaptação do

---

20. Cf. BRYAN, Elizabeth. "*Introduction*". In MALORY, Thomas. *Le Morte d'Arthur*. New York: The Modern Library, 1999, p. IX.

Lancelot du Lac do Primeiro Ciclo de Prosificação. Esses textos baseiam-se, essencialmente, no *Ciclo da Vulgata* ou *Ciclo do Lancelot-Graal*, e não no *Ciclo da Post-Vulgata*, em que pese situar-se o início de sua compilação na segunda metade do século XIII.[21] O manuscrito alemão integral, também designado como *Prosa-Lancelot* pelos estudiosos, apresenta lacunas. O erudito que analisou e adaptou, para o alemão contemporâneo, a versão de Heidelbeg de *A Demanda do Santo Graal*, Hans-Hugo Steinhoff, elucida que, no caso alemão, esse processo de prosificação foi multissecular. A compilação de *A Demanda do Santo Graal* data da segunda metade do século XIII, mas a integralidade do códice 147 já aludido não se configurou antes de 1455, tendo existido interpolações do século XVI. O mencionado estudioso adverte, entretanto, que o texto alemão apresenta variações e especificidades que o afastam do *corpus* bretão que embasou os trabalhos de compilação.[22] Os estudiosos da versão alemã de *A Demanda do Santo Graal*, por vezes referida como *Gral-Queste*, supõem que a mesma não teria sido adaptada para o alemão, diretamente, com base no texto homônimo francês, mas a partir

---

21. Cf. ANDERSEN, Elizabeth A. *"The Reception of Prose: The Prosa-Lancelot"*. In VVAA. *The Arthur of the Germans*. The Arthurian Legend in Medieval German and Dutch Literature. Cardiff: University of Wales Press, 2000, p. 156.

22. STEINHOFF, Hans-Hugo. *"Der deutsche Text"*. In *Die Suche nach dem Gral*. Heidelberg: Deutscher Klassiker, 2004.

de um hipotético escrito que se teria compilado na região do Reno em meados do século XII, em alemão ou holandês.[23]

Com efeito, um manuscrito holandês preservado, que narra as aventuras do cavaleiro Lancelot, apresenta forte similaridade com a parte primeva do *Prosa-Lancelot* alemão, datada de cerca de 1250, correspondente ao *Lancelot du Lac* do Ciclo da Vulgata[24]. Elizabeth Andersen detectou uma lacuna de cerca de 1/10 da narrativa entre os dois primeiros livros do *Prosa-Lancelot*, se comparados aos escritos franceses. Ainda assim, o livro I, relativo a Lancelot, é três vezes mais longo que as narrativas combinadas de *A Demanda do Santo Graal* e *A Morte do rei Artur*. A mesma pesquisadora supõe a eventual existência de uma versão não cíclica de *Lancelot*, que depois teria sido melhor desenvolvido no *Lancelot du Lac* do *Ciclo do Pseudo-Map*. Sua hipótese se fundamentou na percepção de que há muitas homologias entre o primeiro livro do *Prosa-Lancelot* e o texto francês, como o episódio da humilhação de Lancelot ao adentrar a charrete, para resgatar Guinevere ou a assunção de Galahad aos Céus, no final da *Gral-Queste*.[25]

O *corpus* alemão integral parece ter sido dedicado aos condes de Hesse, Frederico I, o Vitorioso (1425–1476), e sua irmã Mathilde de Rottenburg, cuja corte se localizava em

---

23. Cf. JACKSON, W.H.; RANAWAKE, Silvia, *op. cit.*, pp. 3–4. Cf. SPECKENBACH, Klaus. "Prosa-Lancelot". In *Interpretationen. Mittelhochdeutsche Romane und Heldenepen*. Stuttgart: Reclam, 2007, p. 328.
24. Cf. ANDERSEN, Elizabeth A., *op. cit.*, p. 156.
25. *Idem ibidem*.

Heidelberg. Como os exemplares francês e português, *A Demanda do Santo Graal* alemã revela forte influência do pensamento cisterciense, sobretudo referido ao monastério de Gottesthal, no ducado de Lemburgo.[26] A propósito, convém observar que os *romans* arturianos alemães foram cultivados, principalmente, pelas cortes senhoriais, raramente pelas principescas, interessadas aquelas na difusão da imagem do cavaleiro laico enquanto campeão da justiça. Em tais ambientes aristocráticos alemães, entrevia-se forte presença de mulheres letradas, que conviviam com cavaleiros por vezes iletrados, tendo impulsionado a propagação de escritos em vernáculo. Os estudiosos artunianos Jackson e Ranawake salientam que os motivos arturianos conheceram especial difusão nas regiões meridionais do Sacro Império Romano-Germânico.[27]

O *Codex Palatinus Germanicus* 147 gerou dez manuscritos copiados, além de uma edição impressa de 1576, tendo representado, ainda, um ponto de inflexão nos escritos em prosa da tradição alemã. Em primeiro lugar, como destaca Volker Mertens, o *roman* introduz, nos círculos letrados alemães, a exemplo do francês e do flamengo, o hábito da leitura em pequenos grupos ou mesmo individual, paralela à declamação que ainda ocorre, nas cortes, do conteúdo desses

---

26. Cf. ANDERSEN, Elizabeth A., *Op. Cit.*, p. 157. Entretanto, outro estudioso do documento alemão, Klaus Speckenbach, afirma a inexistência do espírito cruzadista próprio à Ordem de Cister quanto a Galahad. Cf. SPECKENBACH, Klaus, *op. cit.*, p. 340.

27. Cf. JACKSON, W. H.; RANAWAKE, Silvia, *op. cit.*, p. 6.

escritos.[28] Antes do *Prosa-Lancelot*, não havia, na tradição escrita alemã, a prosa novelesca, e sim a bíblica e a jurídica. A familiaridade dos compiladores anônimos com os códices jurídicos e sermões clericais evidencia-se na sintaxe textual flexível deste *Roman*, bem como na visível impregnação da espiritualidade laica das ordens mendicantes do século XIII, estando presente uma perspectiva de História da Salvação.[29]

Recentemente, a estudiosa alemã Katja Rothstein tem-se dedicado a perscrutar a história da compilação e difusão da *Gral-Queste* no Sacro Império Romano-Germânico, explorando, sobretudo, o Ms. Allem. 8017–8020(H–A) da *Bibliothèque de L'Arsenal*, em Paris.[30] No Fólio 925 *retro*, consta a sua data de apresentação, o já citado dia 12 de setembro de 1576. Em sua investigação, esteve em cotato com o CPG 147 de Heidelberg (intitulado por ela *P-Redaktion*).

A erudita alemã concluiu que as 935 páginas do manuscrito parisiense parecem ter sido originadas de um só escriba. Com efeito, há uma autoidentificação do compilador como Christophorus Crispinus, que teria atuado a serviço de um patrício alemão de Strassburg, Wolffhelm Bock. O brasão de armas fabricado para esse mercador opulento, em seu afã de

---

28. Cf. MERTENS, Volker, *op. cit.*, p. 146.

29. *Idem*, p. 150.

30. O manuscrito fez parte, durante o século XVIII, da biblioteca de um bibliófilo alsaciano, o Barão Joseph von Heiss, tendo sido adquirido pela *Bibliothèque de L'Arsenal* ainda em fins do mesmo século. Cf. ROTHSTEIN, Katja. "Eine Entstehungsgeschichte der Lancelot-Handschrift. Ms. Allem. 8017–8020 (a)". In RIDDER, Klaus; HUBER, Christoph (org.), *Lancelot — Der mittelhochdeutsche Roman im europäischen Kontext*. Tübigen: Max Niemeyer, 2007, p. 282.

enobrecimento, um bode em salto para a esquerda, figura no códice Ms. Allem. 8017–8020. Há evidências da proeminência de sua família na Alsácia desde o século XIII, variando as grafias de seu nome, entre Bock, Böckle e Böcklin.

Para este segundo códice, Rothstein acredita que o compilador pode ter-se servido não apenas do original alemão, mas também de uma versão francesa da *Demanda do Santo Graal* do Ciclo do Lancelot-Graal. Para pesquisadores como Reinhold Kluge, o H–A é inteiramente dependente do CPG 147 de Heidelberg. De qualquer forma, é notório que o manuscrito quinhentista é muito mais similar à versão francesa que o manuscrito de fins do século XIII, objeto de análise do presente estudo.

Ademais, há um outro códice, anterior e não idêntico ao Ms. Allem. 8017–8020, dito Incunabulum 1488, mas não pode ter sido, na análise de Rothstein, a única fonte para a compilação do manuscrito do século XVI, já que o códice do Arsenal coincide em muitos pontos com o texto de Heidelberg, que, por sua vez, desvia do Incunabulum 1488. Não se trata aqui de acaso, mas de evidência de que, a partir do CPG 147 da *Bibliotheca Palatina Germaniae*, surgiu e se consolidou uma tradição alemã peculiar em torno da narrativa da *Demanda do Santo Graal*.[31] Já outra estudiosa, Monika Unzeitig-Herzog acredita que as incongruências entre o H–A do Arsenal e o códice 147 de Heidelberg denotam um

---

31. *Idem*, p. 283.

propósito de afastar-se da tradição, por meio do recurso às narrativas francesas.[32]

Quanto a tal debate no meio acadêmico alemão acerca do *Prosa-Lancelot*, Katja Rothstein afirma que a *P-Redaktion* filia-se, mais claramente, à versão francesa já cristianizada de *La Queste del Saint Graal*, ao passo que o Ms. Allem. 8017–8020 seguiria uma versão mais antiga. As convergências maiores entre esse último e o CPG 147 se dão quanto à narrativa sobre o Mago Merlin. A conclusão da estudiosa é de que houve uma preferência deliberada pela tradição arturiana alemã, o que sugere a percepção de que a mesma conheceu um processo minimamente bem sucedido de afirmação. Mas o que se procurou elaborar, nas cortes senhoriais do Sacro Império Romano-Germânico, foi uma fusão entre o códice de Heidelberg e a versão francesa do *Ciclo da Vulgata*.[33]

No itinerário de transmissão do Ms. Allem. 8017–8020, Rothstein descobriu o parentesco entre topolinhagens da nobreza de espada e o patriciado urbano ascendente. Uma parente de Wolffelm Bock, Sophia Bock, casou-se com um filho ilegítimo do Conde Frederico, o Vitorioso (e da cortesã Clara Tott), de nome Ludwig von Löwenstein und Scharfeneck, após enviuvar de seu primeiro marido, o também conde Konrad III von Tübingen. Desta forma, Christophus Crispinus teria conseguido acesso ao manuscrito produzido para a Corte de Heidelberg, provavelmente uma cópia posterior a 1475.

---

32. *Idem ibidem*.
33. *Idem*, p. 284.

Na perspectiva de Katja Rothstein, os textos alemães da *Gral-Queste* representam um intertexto em que dialogam as tradições francesa e a propriamente alemã, forjando mitemas arturianos modificados, enriquecidos e divergentes das demais versões europeias do mito.[34]

Sobre os três enredos distintos que compõem o *Prosa--Lancelot* alemão, Rothstein noticia a existência do códice H–S, de Schaffhausen, na atual Suíça alemã (correlato alemão ao *Agravain* francês) e do manuscrito H–K, de Colônia (correlato alemão ao *Le Chevalier de la Charrette*, de Chrétien de Troyes). O texto do cantão de Schaffhausen é similar ao CPG 147 de Heidelberg, tendo sido elaborado no mosteiro beneditino de Ochsenhausen, c. 1530. Rothstein assinala, no entanto, que não se tratou de mera reprodução, e sim de dois textos autônomos que se teriam baseado em uma fonte comum da tradição alemã. Supõe-se que tenha sido produzido para um nobre de Schaffhausen, Heinrich vom Stain zu Hürben (o nome se encontra no próprio códice), com parentesco por afinidade com a linhagem de Frundsberg, propritária de uma das maiores bibliotecas aristocráticas da Idade Média, em que foram localizados quatro *Romans* arturianos.

Interessa ainda observar que um exemplar do *Prosa--Lancelot* (CGM 573) abriga um brasão de armas simbolizando a aliança entre as linhagens de Frundsberg e vom Staim zu Hürden. Este texto passou à propriedade do Duque Albrecht V, conservado, na cidade de Munique, em sua

---

34. *Idem* p. 286

Münchener Hofbibliothek. Já o Códice de Colônia traz uma narrativa, a *Karrenepisode* (Relato sobre a charrete), ausente do *Lancelot von dem Lache* alemão, de c. 1250. Por esta razão, parece que os copistas alemães baixo-medievais utilizaram esse manuscrito H–K como padrão de prova para "corrigir" ou "complementar", já em princípios do século XVI, o *Prosa-Lancelot* de Heidelberg, com fulcro apenas na tradição alemã, sem recorrer aos códices franceses.

O Códice de Colônia parece descortinar, por conseguinte, um esforço de preenchimento das lacunas dos textos alemães, o que se deveu, em grande parte, ao impulso dos meios cortesões letrados de Heidelberg e Rottenburg, cujos senhores exerceram a função de príncipes eleitores do Imperador Romano Germânico, enquanto Condes Palatinos do Reno.[35] No afã de forjar uma versão alemã completa, não lacunar, do mito arturiano, tal códice baseou-se também na adaptação efetuada por Ulrich Füetrer a partir do próprio *Prosa-Lancelot* de fins do século XIII. Katja Rothstein não admite a hipótese de que a fonte de Füetrer possa ter sido o Códice de Heidelberg. Junto a ela, outro pesquisador alemão, Rudolf Voss, acredita que Füetrer precisou, necessariamente, basear-se em uma fonte menos lacunar, em relação ao texto francês do *Ciclo do Pseudo-Map*, que o CPG 147.[36] O próprio compilador quatrocentista o fez a serviço da corte de Muni-

---

35. Cf. BORST, Otto. *Geschichte Baden-Württembergs. Ein Lesebuch*. Stuttgart: Theiss, 2005, pp. 126–155.
36. Cf. ROTHSTEIN, Katja, *op. cit.*, p. 288.

que, também interessada em se apropriar de uma tradição arturiana propriamente alemã.

Acredita-se que outros aristocratas laicos alemães tenham tido acesso a cópias do *Prosa-Lancelot*, destacando-se o Conde de Manderscheid-Blankenheim, bem como seu cunhado, o Conde de Nassau-Hessen e o Conde de Waldeck. O primeiro também possuía um exemplar francês do *Lancelot du Lac*, de 1520, que lhe veio da parte do Conde Palatino reichart von Simmern, aparentado por casamento aos condes de Heidelberg, tendo registrado algumas glosas no livro. Noticia-se ainda um códice do século XVI (CPG 92), também da *Bibliotheca Palatina Germaniae* de Heidelberg, que continha as versões alemãs de *A Demanda do Santo Graal* e *A Morte do rei Artur*, além do *Donaueschinger Manuskript* 147.

Quanto ao último, de acordo com a correspondência entre Lassberg e Jakob Grimm, a terceira parte (*A Morte do rei Artur*) estaria evadida. Também o aristocrata Johann Werner von Zimmern, o Velho, que viveu seus últimos anos na corte bávara de Albrecht IV, teria lá travado contato com as compilações de Ulrich Füetrer. Saliente-se, finalmente, uma conclusão da pesquisa inaugural de Katja Rothstein: embora tanto o CPG 147 de Heidelberg quanto o Ms. Allem. 8017–8020 sejam as bases fundamentais para a difusão do *Prosa-Lancelot* pelo Sacro Império Romano-Germânico, o último parece encarnar o ponto culminante e terminal da história de transmissão do mesmo.[37]

BIBLIOGRAFIA

BARBER, Richard. *The Holy Grail. Imagination and Belief*. Cambridge: Harvard University Press, 2004.

BIRKHAN, Helmut. *Keltische Erzählungen vom Kaiser Arthur*. Wien: Lit, 2004.

FRANCO JR, Hilário. "Meu, teu, nosso. Reflexões sobre o conceito de cultura intermediária". In *A Eva Barbada. Ensaios de Mitologia Medieval*. São Paulo: Edusp, 1996.

JACKSON, W. H.; RANAWAKE, Silvia A. (org.) *The Arthur of the Germans. The Arthurian Legend in Medieval German and Dutch Literature*. Avon: University of Wales Press, 2000.

LITTLETON, Scott.; MALCOR, Linda. *From Scythia to Camelot. A Radical Reassessment of the Legends of King Arthur, The Knights of the Round Table and The Holy Grail*. New York: Routledge, 1994.

MEGALE, Heitor. *A Demanda do Santo Graal. Das origens ao Códice Português*. Cotia: Ateliê, 2000.

MERTENS, Volker. *Der deutsche Artusroman*. Stuttgart: Reclam, 2007 Editorial, 2000.

SCHMITT, Jean-Claude. *Le corps, les rites, les rêves, le temps: essais d'anthropologie médiévale*. Paris: Gallimard, 2007.

RÉGNIER-BOHLER, Danielle. "O amor cortesão". In LE GOFF, Jacques; SCHMITT, Jean-Claude. *Dicionário temático do ocidente medieval*. São Paulo: Edusc, 2002.

---

37. *Idem*, pp. 289 a 291.

COLEÇÃO HEDRA

1. *Iracema*, Alencar
2. *Don Juan*, Molière
3. *Contos indianos*, Mallarmé
4. *Auto da barca do Inferno*, Gil Vicente
5. *Poemas completos de Alberto Caeiro*, Pessoa
6. *Triunfos*, Petrarca
7. *A cidade e as serras*, Eça
8. *O retrato de Dorian Gray*, Wilde
9. *A história trágica do Doutor Fausto*, Marlowe
10. *Os sofrimentos do jovem Werther*, Goethe
11. *Dos novos sistemas na arte*, Maliévitch
12. *Mensagem*, Pessoa
13. *Metamorfoses*, Ovídio
14. *Micromegas e outros contos*, Voltaire
15. *O sobrinho de Rameau*, Diderot
16. *Carta sobre a tolerância*, Locke
17. *Discursos ímpios*, Sade
18. *O príncipe*, Maquiavel
19. *Dao De Jing*, Lao Zi
20. *O fim do ciúme e outros contos*, Proust
21. *Pequenos poemas em prosa*, Baudelaire
22. *Fé e saber*, Hegel
23. *Joana d'Arc*, Michelet
24. *Livro dos mandamentos: 248 preceitos positivos*, Maimônides
25. *O indivíduo, a sociedade e o Estado, e outros ensaios*, Emma Goldman
26. *Eu acuso!*, Zola | *O processo do capitão Dreyfus*, Rui Barbosa
27. *Apologia de Galileu*, Campanella
28. *Sobre verdade e mentira*, Nietzsche
29. *O princípio anarquista e outros ensaios*, Kropotkin
30. *Os sovietes traídos pelos bolcheviques*, Rocker
31. *Poemas*, Byron
32. *Sonetos*, Shakespeare
33. *A vida é sonho*, Calderón
34. *Escritos revolucionários*, Malatesta
35. *Sagas*, Strindberg
36. *O mundo ou tratado da luz*, Descartes
37. *O Ateneu*, Raul Pompeia
38. *Fábula de Polifemo e Galateia e outros poemas*, Góngora
39. *A vênus das peles*, Sacher-Masoch
40. *Escritos sobre arte*, Baudelaire
41. *Cântico dos cânticos*, [Salomão]
42. *Americanismo e fordismo*, Gramsci
43. *O princípio do Estado e outros ensaios*, Bakunin
44. *O gato preto e outros contos*, Poe
45. *História da província Santa Cruz*, Gandavo
46. *Balada dos enforcados e outros poemas*, Villon
47. *Sátiras, fábulas, aforismos e profecias*, Da Vinci
48. *O cego e outros contos*, D.H. Lawrence
49. *Rashômon e outros contos*, Akutagawa
50. *História da anarquia (vol. 1)*, Max Nettlau
51. *Imitação de Cristo*, Tomás de Kempis
52. *O casamento do Céu e do Inferno*, Blake
53. *Cartas a favor da escravidão*, Alencar
54. *Utopia Brasil*, Darcy Ribeiro
55. *Flossie, a Vênus de quinze anos*, [Swinburne]

56. *Teleny, ou o reverso da medalha*, [Wilde et al.]
57. *A filosofia na era trágica dos gregos*, Nietzsche
58. *No coração das trevas*, Conrad
59. *Viagem sentimental*, Sterne
60. *Arcana Cœlestia e Apocalipsis revelata*, Swedenborg
61. *Saga dos Volsungos*, Anônimo do séc. XIII
62. *Um anarquista e outros contos*, Conrad
63. *A monadologia e outros textos*, Leibniz
64. *Cultura estética e liberdade*, Schiller
65. *A pele do lobo e outras peças*, Artur Azevedo
66. *Poesia basca: das origens à Guerra Civil*
67. *Poesia catalã: das origens à Guerra Civil*
68. *Poesia espanhola: das origens à Guerra Civil*
69. *Poesia galega: das origens à Guerra Civil*
70. *O chamado de Cthulhu e outros contos*, H.P. Lovecraft
71. *O pequeno Zacarias, chamado Cinábrio*, E.T.A. Hoffmann
72. *Tratados da terra e gente do Brasil*, Fernão Cardim
73. *Entre camponeses*, Malatesta
74. *O Rabi de Bacherach*, Heine
75. *Bom Crioulo*, Adolfo Caminha
76. *Um gato indiscreto e outros contos*, Saki
77. *Viagem em volta do meu quarto*, Xavier de Maistre
78. *Hawthorne e seus musgos*, Melville
79. *A metamorfose*, Kafka
80. *Ode ao Vento Oeste e outros poemas*, Shelley
81. *Oração aos moços*, Rui Barbosa
82. *Feitiço de amor e outros contos*, Ludwig Tieck
83. *O corno de si próprio e outros contos*, Sade
84. *Investigação sobre o entendimento humano*, Hume
85. *Sobre os sonhos e outros diálogos*, Borges | Osvaldo Ferrari
86. *Sobre a filosofia e outros diálogos*, Borges | Osvaldo Ferrari
87. *Sobre a amizade e outros diálogos*, Borges | Osvaldo Ferrari
88. *A voz dos botequins e outros poemas*, Verlaine
89. *Gente de Hemsö*, Strindberg
90. *Senhorita Júlia e outras peças*, Strindberg
91. *Correspondência*, Goethe | Schiller
92. *Índice das coisas mais notáveis*, Vieira
93. *Tratado descritivo do Brasil em 1587*, Gabriel Soares de Sousa
94. *Poemas da cabana montanhesa*, Saigyō
95. *Autobiografia de uma pulga*, [Stanislas de Rhodes]
96. *A volta do parafuso*, Henry James
97. *Ode sobre a melancolia e outros poemas*, Keats
98. *Teatro de êxtase*, Pessoa
99. *Carmilla — A vampira de Karnstein*, Sheridan Le Fanu
100. *Pensamento político de Maquiavel*, Fichte
101. *Inferno*, Strindberg
102. *Contos clássicos de vampiro*, Byron, Stoker e outros
103. *O primeiro Hamlet*, Shakespeare
104. *Noites egípcias e outros contos*, Púchkin
105. *A carteira de meu tio*, Macedo
106. *O desertor*, Silva Alvarenga
107. *Jerusalém*, Blake
108. *As bacantes*, Eurípides
109. *Emília Galotti*, Lessing
110. *Contos húngaros*, Kosztolányi, Karinthy, Csáth e Krúdy
111. *A sombra de Innsmouth*, H.P. Lovecraft
112. *Viagem aos Estados Unidos*, Tocqueville
113. *Émile e Sophie ou os solitários*, Rousseau

114. *Manifesto comunista*, Marx e Engels
115. *A fábrica de robôs*, Karel Tchápek
116. *Sobre a filosofia e seu método — Parerga e paralipomena (v. II, t. I)*, Schopenhauer
117. *O novo Epicuro: as delícias do sexo*, Edward Sellon
118. *Revolução e liberdade: cartas de 1845 a 1875*, Bakunin
119. *Sobre a liberdade*, Mill
120. *A velha Izerguil e outros contos*, Górki
121. *Pequeno-burgueses*, Górki
122. *Um sussurro nas trevas*, H.P. Lovecraft
123. *Primeiro livro dos Amores*, Ovídio
124. *Educação e sociologia*, Durkheim
125. *Elixir do pajé — poemas de humor, sátira e escatologia*, Bernardo Guimarães
126. *A nostálgica e outros contos*, Papadiamántis
127. *Lisístrata*, Aristófanes
128. *A cruzada das crianças / Vidas imaginárias*, Marcel Schwob
129. *O livro de Monelle*, Marcel Schwob
130. *A última folha e outros contos*, O. Henry
131. *Romanceiro cigano*, Lorca
132. *Sobre o riso e a loucura*, [Hipócrates]
133. *Hino a Afrodite e outros poemas*, Safo de Lesbos
134. *Anarquia pela educação*, Élisée Reclus
135. *Ernestine ou o nascimento do amor*, Stendhal
136. *A cor que caiu do espaço*, H.P. Lovecraft
137. *Odisseia*, Homero
138. *O estranho caso do Dr. Jekyll e Mr. Hyde*, Stevenson
139. *História da anarquia (vol. 2)*, Max Nettlau
140. *Eu*, Augusto dos Anjos
141. *Farsa de Inês Pereira*, Gil Vicente
142. *Sobre a ética — Parerga e paralipomena (v. II, t. II)*, Schopenhauer
143. *Contos de amor, de loucura e de morte*, Horacio Quiroga
144. *Memórias do subsolo*, Dostoiévski
145. *A arte da guerra*, Maquiavel
146. *O cortiço*, Aluísio Azevedo
147. *Elogio da loucura*, Erasmo de Rotterdam
148. *Oliver Twist*, Dickens
149. *O ladrão honesto e outros contos*, Dostoiévski
150. *Cadernos: Esperança do mundo*, Albert Camus
151. *Cadernos: A desmedida na medida*, Albert Camus
152. *Cadernos: A guerra começou...*, Albert Camus
153. *Escritos sobre literatura*, Sigmund Freud
154. *O destino do erudito*, Fichte
155. *Diários de Adão e Eva*, Mark Twain
156. *Universidade, cidade e cidadania*, Franklin Leopoldo e Silva
157. *Tudo que eu pensei mas não falei na noite passada*, Anna P.
158. *A Vênus de quinze anos (Flossie)*, Charles Swinburne
159. *O outro lado da moeda*, Oscar Wilde
160. *A vida de H.P. Lovecraft*, S.T. Joshi
161. *Os melhores contos de H.P. Lovecraft*
162. *Obras escolhidas*, Mikhail Bakunin

H465   Heidelberg.
A demanda do Santo Graal: Manuscrito de Heidelberg (século XIII). /
Heidelberg. – Organização e tradução de Marcus Baccega. São Paulo:
Hedra, 2015.

ISBN 978-85-7715-406-7

1. História Antiga. 2. História Medieval. 3. Literatura Medieval.
4. Manuscrito Medieval. 5. Imaginário Social Medieval. 6. Mitologia.
7. Lendas do Rei Artur. 8. Grail. 9. Cavaleiros da Távola Redonda. I. Título.
II. Manuscrito de Heidelberg (século XIII). III. Baccega, Marcus,
Organizador. IV. Baccega, Marcus, Tradutor.

CDU 94(37)
CDD 930

Adverte-se aos curiosos que se imprimiu este livro em nossas oficinas, em 25 de fevereiro de 2015, em tipologia Libertine, com diversos sofwares livres, entre eles, LuaLaTeX, git & ruby.